Le cœur des louves

DU MÊME AUTEUR

Souviens-toi de la lune, Les Éditions du Rouergue, 2010.
Chat par-ci/Chat par-là, Les Éditions du Rouergue, 2014.
La langue des bêtes, Les Éditions du Rouergue, 2015.
Sirius, Les Éditions du Rouergue, 2017.
Félines, Les Éditions du Rouergue, 2019.

STÉPHANE SERVANT

Le cœur des louves

ROMAN

J'AI LU

À celles
avec qui j'ai grandi.

*

C'était au soir de la Saint-Jean. Partout dans la vallée de petits feux piquaient la nuit de jaune. Je suis entrée dans le village au son d'une vieille romance. Sur la place de la mairie, on avait installé une piste de danse. Quelques planches de la scierie jetées à même la terre battue. Des musiciens venus de la ville jouaient sans entrain pour une paire de danseurs. Les vieux assis sur des chaises, leurs yeux fendus comme ceux d'oiseaux de proie, les garçons aux épaules larges à parler trop fort sous les guirlandes de la buvette, les filles dans l'ombre à s'échanger du rouge à lèvres et des cigarettes, les joues roses et la nuque parfumée d'eau de lavande. Tout un monde qui m'apparaissait ce soir-là si étrange.

Quand j'ai posé mon pied nu sur les planches poussiéreuses, la musique s'est tue. Et les yeux des vieux se sont arrondis. Et les garçons se sont poussés du coude. Et les filles ont laissé la cendre de leur cigarette dégringoler sur leur corsage. Tout d'un coup, il n'y avait plus que les grillons qui chantaient au loin.

Les danseurs ont quitté la piste, affolés et titubants, comme si les planches avaient consumé la plante de leurs pieds. Moi, d'un coup de menton, j'ai ordonné aux musiciens de reprendre la mélodie là où ils l'avaient abandonnée. L'accordéoniste, un gars au visage brun, a écrasé sa cigarette, et ses doigts, un par un, sont allés courir sur le clavier. Une valse. Je me suis mise à danser, à tourner sur moi-même, les yeux grands ouverts, et leurs visages à tous se confondaient en une même face hideuse et grotesque. Je tournais, je tournais et je souriais de les voir ainsi, la bouche ronde et les yeux pleins d'indignation et de terreur. Je souriais parce que j'étais vivante, si vivante qu'eux en semblaient morts avec leurs épaules basses et leur visage blême. Et j'ai ri, j'ai ri jusqu'à ce que quelqu'un, je ne sais pas qui, tente de poser une main sur mon bras. Il y a eu un cri, peut-être le mien. Je me suis débattue, j'ai trébuché, la fourrure a glissé de mes épaules, dévoilant et ma peau et mon sein rond et mon sexe brun et mon ventre creux. Et l'enfant endormi entre mes bras.

L'accordéon s'est tu à nouveau. Celui qui avait tenté de m'arrêter, peut-être était-ce Armand, a reculé vivement. Les hommes à la buvette souriaient, à l'affût comme des bêtes sauvages. Alors je les ai cloués à la nuit avec mes yeux sombres qui leur disaient : « Venez, venez ici, danser avec moi, tourner avec moi, et toucher mon corps et faire courir vos mains sur ma peau et sur mon ventre. Venez. Venez et peut-être que je ne vous déchirerai pas », et, tous, je les ai vus pâlir et détourner le regard.

J'ai rajusté le manteau, j'ai écarté les cheveux sur mon front et je suis allée vers l'église. L'intérieur était sombre et froid. Le père Tibo se tenait entre les travées. Aussi vacillant et jaune que les flammes maigres des quelques cierges qui éclaboussaient le transept. Je me suis avancée lentement jusqu'au bénitier. L'eau était noire et fraîche dans ma paume. J'ai lapé longuement, avec de petits coups de langue. Le curé ne bougeait toujours pas. Aucun son ne nous parvenait du dehors. J'ai lavé la boue sur les joues de l'enfant qui dormait paisiblement entre mes bras. Puis je me suis assise sur la vasque de granit et j'ai laissé mon corps se détendre, enfin. Le son clair de l'urine chaude et dorée qui s'échappait de moi est venu trouer le silence. La bouche du père Tibo était ronde et noire comme un puits. J'ai passé une main entre mes jambes pour me nettoyer. Le manteau de louve sur mes épaules et l'enfant dans mes bras, je suis sortie de l'église sans me retourner et j'ai quitté la place sans un regard pour les vieux et les garçons et les filles qui étaient pareils à des statues figées.

Dans la nuit, les cloches ont sonné à la volée. Comme frappées par un diable en furie. Au petit matin, on a retrouvé le corps du père Tibo. Son corps nu et sa langue noire et gonflée. Durant la nuit, il s'était pendu.

Chapitre 1

— Les histoires, c'est ça le problème, les histoires.

L'homme n'en finit pas de parler, sans même se soucier de savoir si elle l'écoute. Les yeux perdus de l'autre côté de la vitre, elle regarde avec un peu de crainte les montagnes chargées d'arbres sombres s'élever de part et d'autre de la route.

Dans son cou, elle peut sentir l'haleine tiède et moite du vieux chien. Quand elle avait ouvert la portière, en bas dans la vallée, l'animal avait découvert ses crocs jaunes en grognant. Plus pour la forme que pour l'impressionner vraiment. Comme pour se conformer à ce que son maître attendait de lui. Une sorte d'instinct. Un instinct de bête soumise. Celui de répondre aux attentes de l'homme avant qu'il ne réclame et n'ordonne. Elle n'avait pas eu peur des dents émoussées et de la truffe humide, couturée de cicatrices. Elle avait même joyeusement avancé la main vers le poil rêche de la tête de l'animal, et le chien avait glapi bruyamment tout en remuant la queue. L'homme l'avait brusquement fait taire d'un coup de poing sur le museau. Il avait jeté un sourire édenté à la jeune fille.

— Faut pas croire, il grogne, mais c'est tout ce qu'il peut faire maintenant. Tu vas où, petite ?

Elle avait glissé un œil vers le chien, recroquevillé sur la banquette arrière défoncée. L'animal gémissait doucement. Un corps, maigre et pelé, roulé en boule. Deux yeux vitreux qui l'effleuraient sans la voir vraiment.

Elle avait hésité à monter, à cause de ce coup de poing que l'homme avait donné. Elle n'avait pu s'empêcher de frémir devant cette violence sèche. Celui qu'elle avait d'abord pris pour un vieux monsieur serviable en route pour une promenade dans les bois s'était en un instant métamorphosé. Elle aurait eu envie de dire à l'homme qu'il n'avait aucune raison de battre son chien, qu'il pouvait aller se faire voir, qu'elle n'avait pas besoin de lui. Elle aurait eu envie de claquer la portière et de partir sans se retourner, les épaules bien droites et le regard fier. Mais il se faisait déjà tard, elle était épuisée, et elle ne voulait pas risquer de se retrouver coincée là, sur cette route déserte au pied des montagnes, écrasée par la chaleur de l'été. Ou peut-être bien qu'elle se sentait incapable de faire le moindre reproche et d'élever la voix. Alors elle avait timidement donné sa destination, l'homme lui avait dit de monter et, docile, elle s'était assise sur le siège avant de la vieille voiture, le sac à dos râpé à ses pieds.

La boîte de vitesses craque comme un arbre fendu par la foudre quand l'homme passe la seconde pour attaquer la montée des gorges. À présent, plus aucune trace des forêts. La roche, juste la roche. À gauche, le chaos du ravin. À droite, le rasoir de la falaise. Même au cœur de l'été, le soleil ne s'aventure pas jusqu'ici.

L'homme était resté silencieux durant la première partie du trajet, ses mains crevassées agrippées au volant de la vieille voiture. Cela n'avait pas dérangé la jeune fille. Le coup qu'il avait donné au chien lui serrait toujours la gorge.

« Peut-être que si je dis quelque chose de travers il me frappera moi aussi », pensait-elle. Elle trouvait cela absurde, mais quelque chose au fond d'elle-même lui intimait l'ordre de rester tranquille, les mains sagement jointes sur ses genoux réunis. Et puis elle avait beaucoup parlé ces derniers jours. Trop parlé. Il avait fallu dire. Et redire. Et redire encore. Interroger. Mentir – très souvent. Elle qui depuis longtemps avait tissé autour d'elle un cocon de silence, elle s'était fait violence pour dénouer les fils de la parole. Elle était presque heureuse que ce vieil homme n'ouvre pas la bouche. Il y avait juste le toussotement poussif du moteur, le souffle paisible et un peu rauque du chien contre son épaule, et ça lui convenait ainsi. Et puis l'homme s'était mis à parler. « Par chance, s'était-elle dit, il ne me pose pas de questions comme tous les autres ». Il se contentait de parler à voix haute. Comme s'il réfléchissait pour lui-même. Ou comme s'il parlait à son vieux chien. « Par chance, s'était-elle dit, il ne me pose pas de questions ». Parce qu'elle n'avait pas de réponses, et qu'elle était fatiguée de mentir.

— Moi, c'que j'dis, c'est qu'on raconte trop d'histoires aux gamins d'aujourd'hui. Ouais, beaucoup trop d'histoires. Et que les gamins y confondent la vraie vie et les histoires. Ce qu'existe et ce qu'existe pas, poursuit l'homme, avec dans la voix cet accent si particulier aux gens des montagnes d'ici. Un accent fait de pics et de cols, de vallées et de gorges où dégringolaient les rochers. À la fois chantant et âpre. Tanné par le soleil d'été. Fissuré sous le givre des petits matins d'hiver. La voix de l'homme l'effraie un peu. Elle devine là aussi une sorte de violence à peine contenue. Mais, d'un autre côté, elle est presque heureuse d'entendre à nouveau cet accent si particulier qui la ramène vers l'époque, pas si lointaine, où elle n'était encore qu'une enfant.

— Alors tu peux faire ce que tu veux, la vie, ça a rien à voir avec les histoires. Non, rien du tout. Et tu veux savoir pourquoi ?

L'homme s'est tourné vers elle, il lui lance maintenant un coup de menton en guise de point d'interrogation et la voiture se balance sur la bande d'asphalte qui grimpe entre les deux parois sombres et rocheuses. Falaise, précipice, falaise, précipice. À l'arrière, le chien gémit doucement. L'estomac de la jeune fille se contracte brusquement et elle arrive à peine à émettre un gémissement en guise de réponse, un vague son qui pourrait ressembler à la plainte de l'animal dans son dos.

L'homme la regarde étrangement, comme s'il voyait pour la première fois ses cheveux en bataille, ses vêtements couverts de poussière et le gros sac à dos à ses pieds.

— Tu serais pas une fugueuse, toi ?

Elle secoue la tête. Elle a envie de lui hurler de garder les yeux sur la route, mais elle se retient. Si l'homme l'abandonne là, dans les gorges, il y a peu de chances qu'elle trouve une autre voiture pour l'amener vers le col et ensuite vers le village. Cette route, elle s'en souvient bien. Elle se souvient des montagnes. Des langues de forêts immenses et noires qui lèchent leurs flancs et qui, depuis toute petite, l'impressionnent tant. Alors, non, elle n'a aucune envie de rester là. Qui sait jusqu'à quand. Peut-être jusqu'à la nuit ?

Elle réussit finalement à articuler :

— Mes grands-parents, ils avaient une maison là-bas. C'est là que je vais. Je ne suis pas une fugueuse.

L'homme fait claquer sa langue, à la manière de quelqu'un qui goûte la saveur d'un vin, comme s'il essayait de faire le tri entre le vrai et le faux dans les paroles de la jeune fille.

— Non, t'es pas une fugueuse. Les gamins d'aujourd'hui, vous avez pas assez de courage pour vous frotter à la vraie vie.

Et l'homme retombe dans le silence.

Après de longues minutes de côtes et de virages, la gorge finit par desserrer son étau autour de la route et la voiture parvient au col en toussant. Là-haut, un brouillard épais a avalé le paysage. Dans le souvenir de la jeune fille, les jours de beau temps, on pouvait apercevoir la mer au loin. Un mince bandeau bleuté qui tremblait sur l'horizon. Mais cet après-midi tout est blanc et épais. Le village, couronné par son château en ruine, elle s'en souvient, n'est qu'à quelques kilomètres en dessous, mais à travers le brouillard elle ne distingue rien.

L'homme a stoppé la voiture sur une aire goudronnée.

— C'est ici qu'on s'arrête.

Le vieux chien s'ébroue sur la banquette arrière. La jeune fille descend avant de récupérer le sac à dos. L'homme a ouvert au chien, qui claudique en faisant claquer joyeusement ses mâchoires comme pour découper de larges bouchées de brouillard.

L'homme fouille dans son coffre et il en tire une carabine. Il donne un coup de menton vers la route qui dégringole de l'autre côté du plateau, vers la mer qu'on ne peut pas voir.

— Le village, il est à six kilomètres d'ici. Mais, si tes grands-parents étaient du coin, tu dois savoir.

Le vieux chien vient renifler affectueusement la main de la fille. Elle passe ses doigts fins dans la fourrure rêche, et les yeux aveugles de l'animal roulent de plaisir.

— C'est quoi le nom de tes grands-parents ? demande l'homme. Elle se contente de hausser les épaules et, après une dernière caresse au chien, elle s'avance sur la route.

Après quelques mètres, elle se demande soudain ce que l'homme va faire, seul avec son chien et cette arme, là, dans ce brouillard. Quand elle se retourne, un peu plus loin, l'homme est toujours immobile, sa silhouette estompée par la gomme humide de la brume. Il lui semble qu'il la regarde fixement. Le chien lui aussi regarde dans sa direction, attendant peut-être qu'elle disparaisse tout à fait.

Plus tard, alors qu'elle est déjà loin, elle entend un coup de feu. Et puis le silence à nouveau enveloppe le monde.

Chapitre 2

Elle n'avait rien répondu à l'homme, mais elle savait qu'il avait en partie raison.

Tout commence par une histoire. Tout commence toujours par une histoire.

Il y a : la chambre. Il y a : la voix de sa mère. Il y a : l'histoire.

Elle ne sait plus ce que l'histoire raconte. Peu importe, en fait.

Elle rit, elle frissonne, elle s'étonne, elle pleure – presque. Elle retient les larmes. À peine.

La voix de sa mère est un pinceau qui transforme le paysage. Qui étale des couleurs en elle.

Et puis il y a la fin de l'histoire.

Et à la fin, tout finit bien.

Toujours.

Et puis le temps passe. Les histoires aussi. La voix de sa mère disparaît, souvent. Comme le paysage dans le brouillard.

Et quand la voix revient, c'est pour affronter celle de son père, au rez-de-chaussée, dans la cuisine en dessous. Les histoires ne la font plus rire, ni frissonner, ni s'étonner. Elle plonge son visage dans les coussins pour tenter d'étouffer les mots qui lui parviennent depuis la cuisine.

Mais toujours ils se frayent un chemin jusqu'à ses oreilles. Un soir où les mots sont épuisés, elle réalise que dans chaque histoire se cache un mensonge, comme un serpent sous une pierre. Et c'est à ce moment-là, elle en est presque sûre, qu'elle cesse d'être une enfant.

Chapitre 3

Elle s'était attendue à être ensevelie sous les souvenirs, mais rien ne dégringole dans sa mémoire quand elle pousse la porte de la maison. À peine une poignée d'après-midi d'été, les grains de poussière en suspension dans une colonne de soleil jaune, une écorchure au genou après une chute dans l'escalier, une tartine de chocolat dans laquelle trône une dent de lait. Des choses minuscules dont elle ne sait même plus si c'est elle qui les a vécues ou si elles sont arrivées à une autre enfant, tant tous ces détails lui semblent figés comme de vieilles photographies prisonnières d'un sous-verre poussiéreux.

La maison est solide et froide, plantée à l'extrémité du village. La dernière sur la route qui s'élance dans la vallée. À l'intérieur : l'obscurité. Les volets de bois fatigués sont tirés sur les fenêtres closes et la poussière. Elle jette son sac à dos au hasard dans la cuisine sombre et elle parcourt les pièces comme une aveugle, les mains tendues devant elle. Elle pourrait bien sûr ouvrir les volets, laisser entrer la lumière ou même allumer les ampoules, mais elle ne fait pas confiance à ses yeux. Elle ne veut pas voir. Elle aimerait sentir. Ressentir. Aussi elle fait courir sa main le long des murs, elle promène ses doigts sur le bois des meubles dont elle devine à peine la masse dans la pénombre. Ici la cuisine, là le salon, plus loin le vieil escalier qui l'emporte à l'étage. Elle cherche dans la forme des choses le souvenir des étés qu'elle passait ici, mais les contours de sa mémoire restent flous. Une aquarelle détrempée par la pluie.

Ses pas la guident vers la chambre où elle dormait. Une pièce minuscule tapissée de jaune, blottie sous les toits. Étouffante l'été, glaciale l'hiver. Mais, en toute saison, la fenêtre s'ouvrait sur les montagnes au loin. Ici, les souvenirs reviennent, peu à peu, sur la pointe des pieds, pareils à des invités timides. Elle se souvient qu'à une certaine heure de la matinée les montagnes semblaient être si près qu'elle pouvait presque toucher leurs sommets en tendant simplement le bras. Vues d'ici, les forêts noires ne paraissaient pas effrayantes. On aurait dit un petit tableau un peu naïf. Les montagnes barbouillées de vert sombre. Les sommets éclaboussés de gouache blanche. Il ne manquait plus qu'ici et là une biche ou quelques écureuils pour parfaire le tableau.

Aujourd'hui, elle n'ouvre pas les volets. Elle n'en a pas envie. Elle veut encore goûter l'obscurité et le silence. Laisser le temps aux souvenirs de redécouvrir les lieux. Bientôt la maison s'animera des pas, des gestes brusques et des cris des déménageurs, des cartons que l'on éventre, de la vaisselle que l'on déballe. Tout un fatras de sons et d'objets qui viendront envahir cet espace calme. Des choses nouvelles qui enseveliront peu à peu là vie d'avant jusqu'à l'effacer totalement. Elle veut profiter de ce temps figé avant que Catherine, sa mère, n'arrive ici. Alors elle s'étend sur le lit. Longtemps elle ne dort pas, elle écoute. Elle écoute le silence. Et elle en tire des fils avec lesquels elle tisse un cocon, un cocon léger dans lequel elle vient se blottir.

Chapitre 4

Elle sort du sommeil comme on sort d'un bain. Reposéc. Neuve.

Cela faisait des jours qu'elle n'avait pas dormi ainsi. Là, à l'abri des murs imposants de la vieille maison, sur son lit d'enfant, le sommeil l'a tenue dans ses bras durant de longues heures. Il l'a bercée, très lentement, et elle a presque oublié la crainte et l'amertume qui ont rongé ses jours et ses nuits depuis qu'elle a pris la route au début du mois de juillet. « Au début du mois de juillet ? Allons, tu sais pertinemment que tout ça a commencé bien avant ! » se dit-elle. Mais elle chasse vite cette pensée comme on chasse une mouche collante les jours d'orage. « Pas maintenant. » Elle a envie de profiter encore du silence et de l'obscurité. Les volets sont toujours tirés, aussi elle n'a aucune idée de l'heure qu'il peut être. Aucun son ne parvient de l'extérieur. Il lui semble qu'il règne ici le même silence que celui qui enveloppe les cathédrales.

Enfant, quand elle venait dans cette maison, ce silence lui faisait peur. Il donnait à l'air même une texture particulière. Quelque chose de plus épais, de plus lourd : une espèce de draperie qu'elle imaginait aussi imposante et pourpre qu'un rideau de théâtre. Un manteau immense avec lequel il était plus difficile de se mouvoir. Elle pouvait passer des heures dans sa chambre surchauffée sous les toits. Allongée sur le lit, les bras serrés le long du corps, le front en sueur, elle se sentait écrasée par le mausolée du silence. Au fil des longues minutes, il lui semblait que son corps ne bougerait plus jamais. Que le silence épais et rouge était entré en elle pour la changer en statue. Une de ces statues qu'elle avait déjà pu voir dans les églises. Ou de celles que l'on trouve dans les contes de fées, dans la plus haute tour d'un château perdu au milieu d'une forêt de ronces. Une princesse pâle étendue, si pâle que son corps semble fait de marbre froid. « Oui, une princesse changée en statue, comme dans les contes de fées, se disait-elle, il faudra un baiser pour me délivrer. » Et puis la peur ou la mélancolie serrait son cœur. « Mais personne ne viendra pour moi. Qui voudrait m'embrasser ? » Et, dans ces histoires, elle se voyait indéfiniment prisonnière. Pour toujours son corps d'enfant enfermé sous ce linceul de silence pesant.

C'est souvent la voix de sa grand-mère qui venait finalement rompre le charme. Depuis la cuisine, elle l'appelait pour venir goûter. Toujours une tartine sur laquelle elle avait étalé une noix de beurre frais, ensuite saupoudrée d'une neige fine et brune de chocolat. Alors le cœur de la petite fille se remettait à battre. Le silence lourd refluait jusque dans les coins obscurs de la vieille maison. Elle faisait lentement bouger ses doigts, un à un, et puis elle battait des bras à la manière des oiseaux pour chasser les derniers lambeaux d'apesanteur qui s'accrochaient à elle. Enfin elle dévalait les escaliers, totalement libérée du sortilège.

Avec le temps, elle avait appris à goûter ce silence. À se mouvoir avec cette cape lourde et écarlate sur les épaules. Et il lui semblait même que ce manteau lui était devenu indispensable. Une sorte d'armure sans laquelle elle n'aurait pu être au monde. Un cocon qui la protégeait des autres. Qui même au milieu d'une foule furieuse l'aurait isolée de tous les dangers. Aux mots, à la colère, aux regards, aux mouvements désordonnés du monde, elle opposait le silence. Un silence absolu. Une absence qui la rendait inaccessible. Presque invisible.

Elle avait dû se défaire de cet habit durant son voyage. Elle avait été forcée – elle s'était forcée – à mettre des mots sur ses lèvres. Parler. Raconter. Mentir. Encore et encore. Et plus que de la poussière des chemins, elle s'était sentie sale de toutes ces paroles inutiles. De tous ces visages croisés. De toute cette agitation vaine. Parce qu'au final, elle n'avait pas trouvé ce qu'elle était partie chercher. Alors elle avait à nouveau posé ce manteau sur ses épaules maigres et blanches. Ce silence devait se savourer. Jusque dans ses moindres miettes. Aussi, c'est lentement et avec plaisir qu'elle pose ses pieds nus sur les marches de l'escalier. Comme pour respecter son désir, les marches de bois fatiguées retiennent leurs gémissements. Pour se guider dans l'obscurité, sa main glisse le long du mur où le plâtre se détache par endroits, laissant sur les doigts une poudre légère. Enfin, sous ses pieds nus le froid des tomettes de la cuisine. Un rayon de soleil perce encore entre les volets. Un maigre rayon de fin d'après-midi. Quelque chose de doux pour accompagner la fin du jour. « J'ai dormi une nuit et un jour entiers », se dit-elle. Et à cette simple pensée la faim s'agite dans son ventre. Une faim énorme. Une faim de naufragée. Une faim comme elle n'en a pas connu depuis bien longtemps, elle qui chipote toujours pour finir ses repas. Mais, un peu par superstition, elle n'ose pas ouvrir les placards. « D'ailleurs, ils doivent être vides. Grand-mère est morte il y a déjà longtemps. Il ne doit rien rester. »

Hier, elle est entrée dans le village en se glissant comme un chat par les plus petites ruelles silencieuses. Elle aurait pu aller jusqu'à la minuscule épicerie. Acheter de quoi boire, de quoi manger. Mais elle ne voulait pas se montrer. Les gens du village apprendraient bien assez tôt son retour et celui de sa mère. Les ragots se répandraient dans toutes les ruelles, toutes les cours et toutes les maisons. On parlerait à voix basse sur leur passage et les gens, depuis la place, tenteraient de les apercevoir à la fenêtre dès le matin arrivé. Alors elle a préféré se faire discrète. Se draper dans son manteau de silence écarlate et filer tout droit jusqu'à la vieille maison.

Elle fouille dans son sac à dos, répand sur les tomettes de la cuisine les vestiges de son voyage : une carte routière, un prospectus pour un restaurant élégant sur la Côte, un maillot de bain, ses sous-vêtements usés d'avoir été lavés sur les pierres des fontaines ou aux lavabos des station-services. Elle en sort finalement quelques barres de céréales. De quoi apaiser la bête qui réclame au fond de son estomac. Du robinet au-dessus de l'évier en marbre rouge, elle voudrait tirer de l'eau fraîche. La tuyauterie proteste et geint durant de longues secondes. Une centaine de fantômes secouent les vieilles canalisations de cuivre. Cela fait si longtemps que personne n'a vécu ici, que l'eau a peut-être oublié le chemin ? Mais l'eau jaillit enfin, éclabousse l'évier, le sol, son tee-shirt qu'elle n'a même pas pensé à changer. D'abord épais et noir, le jet laisse place à une eau claire et glaciale. Elle revoit alors sa grand-mère, dans la montagne au-dessus du village, assise sur un roc de granit étrange. Il avait la forme d'un œuf. Un œuf gigantesque. Chaque fois qu'elles passaient par là en allant à la cueillette, sa grand-mère s'asseyait sur l'œuf et elle paraissait minuscule sur cet énorme rocher.

« L'eau que tu bois à la maison. Elle vient de là, petite. »

Elle, elle s'en souvient, elle regardait alors vers le village, qui paraissait si minuscule dans la vallée. Comment croire que l'eau qui sortait du robinet avait fait un si long chemin ? C'était une chose impossible. Devant l'air perplexe de sa petite-fille, la vieille dame ajoutait : « Tu ne peux pas la voir, mais la source, elle est là-dessous. Elle bouillonne comme le sang. Elle court dans le cœur et le corps de la montagne. C'est elle qui fait que la rivière coule en bas. Et tout ce qui vit ici, c'est grâce à la source. Les fleurs, les animaux, le plus grand des arbres, la moindre petite araignée. Et moi. Et toi aussi, petite. »

Elle collait alors son oreille contre la roche, prudemment, de peur que la source ne la gronde ou ne jaillisse à la façon d'un volcan. Mais elle n'entendait rien. Juste l'index de sa grand-mère qui battait sur la pierre.

« On ne peut pas l'entendre. Les oreilles ne servent à rien. Il faut sentir, petite. Il faut sentir. »

Et bien des fois elle s'était allongée sur la pierre, au côté de sa grand-mère, essayant de saisir la moindre vibration dans la roche. Comme si son corps avait été un sismographe. Mais jamais elle n'avait pu *sentir* la source qui faisait battre le cœur de la montagne. De retour chez elle, elle avait demandé à son père : « C'est vrai ce que grand-mère a dit ? Qu'on peut sentir un cœur battre mais qu'on ne peut pas l'entendre ? » Et son père, pour une fois, n'avait pas su quoi répondre.

Elle a rempli une carafe de porcelaine ébréchée qui trônait sur la table en merisier de la cuisine après avoir chassé les araignées qui reposaient au fond. Puis, à tâtons, elle s'est installée sur le canapé du salon. Elle a disposé devant elle, sur la table basse, l'eau et les céréales. Le téléviseur grésille un peu quand il s'allume, et la luminosité lui fait monter les larmes aux yeux. À l'écran, un présentateur en quadrichromie agite ses fiches devant des candidats à l'air perplexe. Elle a coupé le son. Elle n'a pas envie d'entendre ce que ces gens ont à dire. Leur humour millimétré, leurs sourires forcés, leurs savoirs inutiles. Elle veut juste vérifier que le monde au-dehors existe toujours.

Chapitre 5

Les volets restent clos durant quatre jours. Elle ne sort pas. Elle n'en a pas le courage. Ou pas l'envie. Elle pioche dans les barres de céréales au fond de son sac. Elle fait sa toilette avec un bout de savon pâle et minuscule au-dessus de l'évier de marbre rouge. Elle passe des heures devant l'écran muet. Elle écoute. Le silence.

Dans la journée, le soleil frappe violemment aux volets. Le bois vermoulu se dilate, craque, geint quand les rayons viennent se planter en plein midi. Le soir, il soupire en retrouvant la fraîcheur de la nuit. La maison aux murs épais reste froide, gorgée d'obscurité. « Comme la source qui bat sous la montagne », pense-t-elle. De temps à autre, la cloche de l'église, sur la place, vient faire basculer les heures. Mais elle ne compte même pas les coups. Elle se contente d'apprécier la vibration qui subsiste dans l'air une fois que la cloche de métal a rendu sa sentence. Une vibration comme un écho aux mugissements étouffés des machines de la scierie, plus bas dans la vallée. Parfois, un camion chargé de troncs monstrueux descend de la montagne, faisant trembler les vieilles vitres et laissant derrière lui un parfum de gasoil et de sève fraîche.

Elle dort aussi, beaucoup. Elle se tricote des écharpes de rêves en se moquant du jour et des nuits. Dans un de ses rêves, sa grand-mère vient s'asseoir sur le canapé à ses côtés. À l'écran, le vieil homme, qui l'a prise en stop, tire une carabine du coffre de sa voiture et le chien se recroqueville sur la banquette arrière, terrorisé. Puis l'image est soudainement envahie par une neige grise. Elle se tourne vers sa grand-mère et lui demande : « Qu'est-ce que tu crois qui s'est passé ? » La vieille femme hoche lentement la tête. Ses yeux sont deux points noirs de fusain et sa bouche, à peine une esquisse. Elle finit par répondre : « Tu devrais ouvrir les volets, maintenant. Faire entrer le soleil avant qu'il ne disparaisse tout à fait. »

Quand elle se réveille, elle se dit que oui, elle devrait enfin laisser pénétrer le soleil entre les murs épais de la vieille maison. Elle vit depuis trop longtemps dans l'obscurité. Comme sa mère. Quand est-ce que cela avait commencé ? Certainement quelques semaines après la mort de la vieille femme. Un jour, en rentrant chez elle après l'école, elle avait trouvé tous les volets tirés. Elle avait voulu ouvrir ceux du salon et une voix lui était parvenue depuis le canapé. La voix de Catherine, sa mère : « Ne les ouvre pas. C'est beaucoup trop violent pour moi. » C'est comme ça que ça avait commencé, et les choses au fil du temps avaient empiré. Peu à peu, Catherine s'était persuadée que le soleil brûlerait sa peau si elle n'y prenait garde. Elle vivait dans la pénombre et, quand elle devait sortir, été comme hiver, elle s'abritait sous un large chapeau et emportait toujours des lunettes noires. « Et puis comme ça les gens ne pourront pas me reconnaître. » Comme si quelqu'un avait pu la reconnaître encore. Cela faisait des années qu'elle avait disparu des revues littéraires et des plateaux de télé. C'est vrai qu'elle avait eu son heure de gloire. Et la jeune fille avait même une fois surpris des paparazzis fouillant leurs poubelles. À la recherche de quoi ? Une page d'un manuscrit abandonné ? Des révélations sur sa vie intime ? Après le départ d'Arthur, sa mère avait complètement cessé d'écrire. Et les premiers signes étaient apparus. De petites lubies étranges que la jeune fille, qui n'était alors qu'une enfant, n'avait pas relevées. Le monde des adultes lui apparaissait à cette époque-là comme un labyrinthe étrange. Un chaos où causes et conséquences n'étaient reliées entre elles par aucune logique. Elle avait beau essayer de *comprendre,* rien ne faisait sens dans la conduite de ses parents. Rien ne venait expliquer les silences, les rires, les pleurs ou les éclats de voix qu'elle percevait parfois, la nuit, depuis sa chambre. Le monde des adultes était une jungle inextricable où elle se sentait perdue. Catherine avait de brusques sautes d'humeur. Tantôt expansive, tantôt plongée dans un mutisme froid et agressif. Elle pouvait faire preuve d'une affection étouffante, refusant même que sa fille aille au collège pour qu'elle l'accompagne durant ses journées de shopping. Et, le jour suivant, elle semblait ne pas la voir, sursautait quand elle la croisait à la porte de la cuisine, comme si elle avait oublié jusqu'à son existence. Elle suivait des régimes extravagants, bannissait une semaine certains types de nourriture, puis s'en gavait la semaine suivante. Elle pouvait passer la journée en chemise de nuit, cloîtrée dans le salon obscur, et, au soir venu, revêtir les tenues de gala qu'elle portait lors des salons littéraires prestigieux. Et ce, juste pour jeter dans le four un plat préparé. Catherine était femme. Catherine était enfant. Mais, aux yeux de la petite fille, elle était de moins en moins mère.

Puis avait commencé le temps de l'errance. Les déménagements. Les maisons luxueuses, les appartements glacés. Et les hommes, toujours différents. Beaux, superficiels, laids ou vaniteux, mais toujours très fiers de promener à leur bras une écrivaine dont l'aura ne s'était pas encore tout à fait affadie. Et ces derniers lambeaux de renommée légitimaient Catherine dans tout ce qu'elle pouvait leur faire endurer. Les crises d'angoisse, les brouillons qui s'entassaient dans les poubelles, les manuscrits qui finissaient de se consumer dans l'évier, les pleurs dans la nuit. Comme si sa mère avait voulu se venger des hommes. De tous les hommes. Après ces crises suivaient inévitablement les disputes, les ruptures et les déménagements. Catherine restait cloîtrée de longues semaines, en robe de chambre du soir au matin, le teint pâle et les cheveux fous. Et puis un jour, en rentrant du collège, la jeune fille découvrait sa mère métamorphosée. Habillée de vêtements propres et neufs, maquillée et coiffée. Et elle devinait ce qui allait inévitablement se passer ensuite. « On va bien s'entendre tous les deux, pas vrai, petite ? » dirait bientôt un autre homme en ébouriffant ses cheveux d'enfant. En grandissant, elle avait appris à rester indifférente à tout ça. Elle avait appris de son père que sous les plus beaux sourires des hommes se cachent souvent des gueules de loup. Des appétits féroces. Une noirceur insondable. Mieux valait s'en méfier. Étouffer la colère. Alors, elle se contentait de peindre sur ses lèvres un maigre sourire. Elle s'enveloppait de son manteau de silence écarlate et elle attendait que les hommes passent. Parce qu'ils finissaient tous par passer. Non sans avoir auparavant piétiné le cœur de sa mère. Son cœur de pauvre folle.

Chapitre 6

Les volets sont ouverts. Ils se sont dépliés en geignant, dévoilant les montagnes encore noyées de brume dans le petit matin. Le soleil est entré pour colorer en jaune les lames irrégulières du parquet. Des jardins en contrebas monte une colonne de fumée blanche, odorante et épaisse. Plus loin, des bâtiments noirs de la scierie s'échappent les plaintes des immenses machines qui débitent en planches bien régulières les arbres énormes que les hommes charrient depuis les montagnes.

La jeune fille à la fenêtre ferme un instant les yeux pour laisser toutes ces odeurs la remplir entièrement. Feuilles brûlées et sève de bois. Sur la route devant la maison, un visage se lève vers elle comme un point d'interrogation. Une vieille femme au corps recroquevillé dans un tablier noir, un panier chargé de tomates au bras. La jeune fille la salue d'un geste vague de la main et pousse plus loin son balai. « C'est le début, pense-t-elle, il fallait bien que ça arrive. À partir de maintenant, tout le monde saura que nous sommes de retour. » Mais peu importe, elle chasse cette idée comme elle fait tourbillonner la poussière dans l'air déjà frais de la fin du mois d'août. Elle déloge les araignées qui au fil des ans ont tricoté de lourdes toiles, étendant leur territoire sur la maison vide. Elle frotte les parquets au savon noir pour redonner au bois de châtaignier son éclat. Pièce par pièce, elle ranime la maison, et c'est comme si elle revenait à la vie elle aussi.

Il n'y a que dans la chambre de sa grand-mère qu'elle n'entre pas. La porte est fermée à clé. Et dans son plus lointain souvenir, la chambre a toujours été close. La vieille femme gardait la clé dans son tablier noir. Une lourde clé rouillée qui ne la quittait jamais. Bien des fois, alors que sa grand-mère était occupée à la cuisine ou au salon, elle avait collé son œil à la serrure, espérant découvrir le mystère que dissimulait cette porte. Mais elle n'y avait trouvé qu'une obscurité épaisse. « La clé doit être quelque part. Il faudra que je cherche », se promet-elle en passant devant la chambre. Mais pour l'heure elle redécouvre mille et une choses qui font éclore en elle les fleurs du souvenir. Un agneau en peluche sur une étagère. La photo jaunie d'une cohorte disciplinée d'enfants dans une salle de classe, les mains bien à plat sur leur pupitre. Une poêle noircie par le feu dans laquelle sa grand-mère lui faisait du pain perdu au petit déjeuner.

Ils venaient là l'été. Après des centaines de kilomètres d'autoroute, il y avait les gorges. Au bout des gorges, le col. Et ensuite, la descente dans la vallée. Puis le village, et enfin, tout au bout du village, la dernière maison. La vieille femme les attendait sur le seuil, les mains croisées sur le tablier noir. Immobile. Comme si elle avait attendu là leur arrivée durant le jour entier. Ou peut-être savait-elle exactement à quel moment la voiture viendrait se garer sur le petit terre-plein ? Il y avait un échange de baisers secs entre Catherine et sa mère. On aurait dit qu'un contact trop prolongé de leurs lèvres sur leurs joues aurait pu entraîner des catastrophes. Catherine ne restait jamais bien longtemps. Arthur, son père, se tenait en retrait, silencieux, le regard tourné vers les montagnes au loin. Elle devinait que derrière ces effleurements, ces baisers à peine esquissés, se cachaient des colères et des mots amers. Des noirceurs d'adultes dont il valait mieux ne rien savoir. Plus âgée, elle avait jeté à sa mère : « Pourquoi, moi, je suis obligée de passer l'été ici ? J'aime pas venir dans ce village. » Catherine l'avait longuement fixée. Dans ses yeux tourbillonnait ce que la petite fille avait d'abord cru être de la colère. Et puis une larme avait enflé jusqu'à dégringoler sur sa joue. Sa mère l'avait chassée d'un revers de main. « Moi non plus je n'aime pas venir ici. Mais ton père et moi avons besoin de temps. Du temps pour nous. Pour faire le point. Tu comprends ? » La petite fille qu'elle était, avait hoché la tête. En vérité, la seule chose qu'elle avait comprise, c'est que ce qu'on dissimulait derrière le mot famille pouvait être tout autre que les figures aimables que l'on voyait dans les dessins animés.

Après cet échange rapide et froid, la voiture repartait. Et puis c'était le temps de l'été. Le village était un étrange labyrinthe dont, après bien des années, elle n'était toujours pas certaine de pouvoir dresser la carte. Les rues sombres et tordues qui montaient vers les ruines du château l'attiraient autant qu'elles l'effrayaient. Il y avait quelque chose d'inexplicable dans la façon dont elles avaient été jetées en travers de la montagne. Comme si on avait voulu perdre celui qui n'était pas né ici, comme pour dissuader l'étranger.

L'étrangère, c'est ainsi que l'appelaient les enfants du village. Les garçons étaient les plus agressifs, toujours prêts à défendre leur territoire à coups de poing, de pierres ou d'insultes. « Hé, l'étrangère ! T'as rien à faire ici, retourne chez toi ! » lui lançaient des gamins aux genoux osseux et écorchés. La seule fois où elle avait osé répliquer, ils l'avaient rouée de coups. Qu'elle soit une fille n'y avait rien changé. Bien au contraire. Ils en tiraient une certaine fierté. Comme si ça avait été l'ordre normal des choses qu'une fille baisse la tête en passant devant eux. Ce jour-là, ils lui avaient jeté d'une voix mauvaise : « Ta grand-mère, c'est une sorcière ! Une sorcière et une pute, tu sais ça, l'étrangère ? » La colère était montée en elle. Violente et irrépressible. Elle avait réussi à frapper à l'entrejambe un des quatre garçons qui ricanaient, et, tandis qu'il se tordait au sol en gémissant, les autres l'avaient empoignée sans ménagement. Ils l'avaient plaquée contre le mur. Celui qu'elle avait frappé s'était relevé et avait approché son visage tout près du sien avec un rictus narquois. « T'es pas à la ville, t'es dans notre village. Et tu sais ce qu'on leur fait ici aux filles comme toi, hein ? » Et elle se souvient qu'ils avaient baissé tour à tour leur pantalon de toile et leur slip de coton avec des sourires goguenards. Ils avaient agité contre elle leur sexe blanc et minuscule. « T'as vu ça, hein ? T'as vu ? Tu sais ce qu'on te fera avec ? » Elle avait fermé les yeux, si fort qu'elle s'était dit que plus jamais elle ne pourrait rouvrir les paupières. Puis elle avait senti quelque chose de chaud et d'acide couler sur sa bouche. Elle avait ouvert les yeux, affolée. Les garçons avaient remonté leurs sous-vêtements. Celui qu'elle avait frappé lui avait craché dessus. Le goût de la salive acide lui avait donné un haut-le-cœur, et elle s'était retenue de vomir. Il lui avait ensuite dressé un inventaire des sévices sadiques qu'ils lui infligeraient si elle ne suivait pas leurs règles. Elle ignorait la majorité des mots qu'il avait employés, et elle aurait pu en rire, s'il n'y avait pas eu cette lueur dans les yeux des quatre garçons. Une sorte de sauvagerie. Ils se délectaient de sa peur et de leur pouvoir. Dangereux comme des chiots qui se découvraient des crocs. Alors, elle avait fini par baisser les yeux, terrorisée. Après de longues minutes, ils avaient lâché ses poignets endoloris et ils étaient partis en ricanant. « Et t'as qu'à aller raconter ça à la sorcière, on s'en fout. On n'est pas comme les vieux ! On a peur de rien ! »

Le soir même, elle avait observé sa grand-mère à la dérobée. Assise dans le canapé devant le poste de télé, la vieille femme semblait indifférente aux bavardages du présentateur d'un jeu insipide. Son regard noir se perdait de l'autre côté de la fenêtre du salon, vers la vallée plongée dans l'obscurité. « C'est vrai qu'elle ressemble à une sorcière », s'était dit l'enfant. Avec son visage desséché, creusé de sillons profonds. Avec sa voix rauque qui charriait les rochers de l'accent d'ici. Avec ses grands châles noirs parfumés de lavande et de cèdre dont elle s'enveloppait, été comme hiver. Comme pour les sorcières d'antan, les plantes n'avaient aucun secret pour sa grand-mère. Aux premières heures du petit matin, elle amenait la petite fille dans la montagne. Jusque dans les forêts noires et profondes. Là où seuls les chasseurs et les bêtes sauvages osaient s'aventurer. La vieille femme parlait peu. Son pas était assuré. Et la petite fille de la ville peinait à la suivre. Mais elle aurait préféré déchirer ses genoux à tous les ronciers plutôt que de se retrouver seule dans ces lieux étranges et menaçants. On le lui avait dit, Marcus, son grand-père, s'était perdu dans les forêts. Un jour d'hiver, peu après la guerre, il était parti à la chasse, et au soir il avait disparu. Il n'était jamais revenu et jamais son corps n'avait été retrouvé. Alors comment sa grand-mère pouvait-elle aller sans crainte par les bois ?

Un matin, elle avait tenté de dire sa terreur à sa grand-mère. Mais la vieille femme avait balayé ses plaintes. « Nous sommes chez nous ici. Il n'y a rien à craindre de ce qui vit dans les bois. » Elle savait qu'il était alors inutile de se plaindre à nouveau, de taper des pieds ou de se réfugier dans une colère feinte comme elle le faisait avec ses parents. Quand sa grand-mère disait quelque chose, ses paroles étaient définitives. Et la petite fille n'aurait jamais osé aller contre elle. Elle aimait sa grand-mère autant qu'elle la craignait. Jamais la vieille n'élevait la voix. Elle n'en avait pas besoin. Ses deux yeux noirs suffisaient à faire taire tous les caprices et toutes les colères.

Une fois dans la forêt, la vieille femme se penchait sur certaines plantes bien précises. Elle cueillait tiges, fleurs ou racines qu'elle faisait disparaître dans les poches de son tablier noir.

Elle avait essayé d'enseigner les noms, les formes, les couleurs et les odeurs à la petite fille. Mais il ne lui restait rien de tout cela. Elle n'avait gardé que le souvenir de l'angoisse de se perdre dans le labyrinthe de la forêt, comme autrefois son grand-père. Si au village elle craignait les rues tortueuses et la méchanceté des garçons, ici, le danger, elle le sentait, était bien réel. D'autant plus réel qu'il était invisible. Comme si derrière chaque arbre creux, derrière chaque roche moussue pouvait se cacher une créature faite de pure sauvagerie, à l'esprit primitif et insondable, à la faim jamais assouvie, hermétique à l'idée même de pitié, revêtue de la chair dont on fait les cauchemars. Et les paroles de sa grand-mère, murmurées au-dessus de la dépouille des plantes, formaient une litanie hypnotique propre à invoquer les ombres de la forêt.

Alors oui, ce soir-là, alors que la vieille femme plongeait son regard de l'autre côté de la fenêtre, elle s'était dit que sa grand-mère avait quelque chose de la sorcière. Peut-être pas de celles qui volent sur un balai. Mais elle était de ces vieilles femmes qui ont dans le cœur un éclat de nuit qui les pousse à marcher à côté du monde. En cela Catherine n'était pas différente. « Et moi ? » se demanda la petite fille ce soir-là.

« Et moi ? » se demande encore la jeune fille ce matin-là.

Chapitre 7

On entend les moteurs des camions bien avant que leur carrosserie poussiéreuse n'apparaisse sur la route à l'entrée du village.

Quand ils passent sous les fenêtres de la maison, un des passagers lève un visage sombre vers la fenêtre où se tient la jeune fille, un bol de thé fumant entre les mains. Elle a l'impression que l'homme lui sourit et elle cueille ce sourire comme un cadeau dans le petit matin encore mouillé de rosée.

Le convoi stoppe quelques centaines de mètres plus loin, sur la place. Le village résonne bientôt des cris des hommes et des coups de marteau sur la tôle.

La fête foraine vient d'arriver.

Une fois son thé achevé, elle fait le tour de la maison. Tout est prêt pour l'arrivée de Catherine. Elle a rangé, dépoussiéré, fait de la place pour les cartons qui viendront bientôt s'empiler un peu partout. Elle ne s'est pas encore aventurée au dehors. Elle attend le soir. Elle n'est pas encore tout à fait certaine d'avoir le courage d'affronter les regards, pas envie de chercher les réponses aux questions. Parce que, inévitablement, il faudra expliquer pourquoi elles viennent s'installer ici. Alors elle ne sort pas, pas encore. Elle va de pièce en pièce, s'assurant que tout est en ordre. Elle décroche le vieux téléphone. Pas de tonalité. « Il faudra faire rétablir la ligne, pense-t-elle. C'est la première chose que j'aurais dû faire. Aller à la ville et faire rétablir la ligne. » Mais elle n'est qu'une adolescente. Les gens des télécommunications lui auraient ri au nez. Elle aurait donné son nom et on lui aurait répondu : « Comme l'écrivaine ? Celle qui passait à la télé ? » Et dans leurs yeux, elle aurait lu en pointillé « Comme celle qui est devenue folle ? » Et de toutes façons, ça aurait fini ainsi : « Et vos parents, où est-ce qu'ils sont ? C'est aux adultes de faire ça. » Comment expliquer que c'est elle la seule adulte de cette famille ? Que le mot même de famille n'a plus aucun sens. Elle repose le combiné. Pourtant, elle aimerait s'assurer que Catherine viendra. Qu'elle ne changera pas d'avis. Qu'elle n'a pas oublié qu'elles devaient se retrouver ici. Elle se demande aussi si sa mère n'a pas fait semblant de ne pas comprendre ce que la jeune fille avait fait de tout son été. Se pouvait-il que sa mère soit à ce point déconnectée de la réalité pour ne pas le réaliser ?

Pour passer le temps, elle décide de chercher la clé de la chambre de sa grand-mère. Cette pièce l'a toujours intriguée. Sa grand-mère y guidait parfois des visiteurs. Homme ou femme. Des gens du village au regard fuyant, comme un peu honteux de se trouver là. Ceux-là même qu'elle avait croisés au matin sur la place ou à l'épicerie lui semblaient étrangement taciturnes.

Ils évitaient soigneusement le regard de la petite fille, et encore plus sûrement celui de la vieille femme. D'un coup de menton, la grand-mère congédiait l'enfant dans la rue ou vers la pièce sous les toits. La clé sortait de la poche du tablier noir. Elle jouait dans la serrure et la porte se refermait ensuite. À double tour. L'oreille contre le plancher de sa chambre, la petite fille tentait de percevoir ce qui se passait en dessous. Mais il n'y avait que le silence, à peine ébréché par le bourdonnement des mouches et les plaintes des machines de la scierie. Un silence dans lequel les mots, que lui lançaient les garçons, résonnaient étrangement. « Ta grand-mère, c'est une sorcière ! Une sorcière et une pute ! » En grandissant elle avait rempli ce silence de tout un peuple obscur aux corps dénudés et tordus, à l'esprit vicié, aux mœurs inavouables. Et puis la porte s'ouvrait à nouveau. Et les invités disparaissaient subitement. En bas des escaliers, dans le salon, sa grand-mère était égale à elle-même. La petite fille doutait parfois qu'ils fussent réellement venus. La présence des invités était aussi éphémère que celle des ombres un jour pâle d'automne.

Aujourd'hui encore, tandis qu'elle fait courir ses yeux dans les tiroirs du buffet de la cuisine, elle se demande qui était vraiment cette vieille femme qu'elle avait toujours appelée grand-mère. Qu'avait-elle à cacher dans cette chambre ? Pourquoi ne se séparait-elle jamais de cette clé ? D'ailleurs, pourquoi la chambre est-elle close ? Elle a bien dû être étendue là, sur son lit, le jour où son cœur a cessé de battre. Elle n'était pas venue assister à l'enterrement. Sa mère seule y était allée. Est-ce que Catherine avait récupéré la clé ? Mais pourquoi aurait-elle verrouillée la porte de cette pièce ? À moins qu'on n'ait enterré la vieille femme avec la clé, là-bas, dans le cimetière sur les hauteurs du village ?

Elle parcourt les étagères de la cuisine, soulève les couvercles des pots de terre sagement alignés qui tous laissent s'échapper l'odeur fanée des plantes des montagnes. Elle glisse un doigt dans les herbes sèches, qui immédiatement tombent en poussière. Elle déplace les ouvrages de la minuscule bibliothèque. Elle n'y trouve pas la clé. Pas de trace non plus des romans qui ont rendu sa mère célèbre. Elle se demande si Catherine les lui avait envoyés. « Non, peut-être pas. Quand j'ai voulu les lire, elle m'a fait une scène terrible. » Tous les prétextes avaient été bons pour que la jeune fille ne les lise pas. Comme si Catherine avait été trop pudique pour dévoiler son écriture, comme si elle avait honte de ce qu'elle livrait au fil des pages. « Comme si elle avait honte d'elle-même. »

Elle avait finalement cédé, et la jeune fille avait presque été déçue par ce qu'elle avait découvert derrière les couvertures glacées. Bien sûr, elle avait été fière de sa mère. De voir son nom imprimé sur la page de garde. Mais il s'agissait juste d'histoires. Des histoires de femmes qui cherchaient l'amour, croyaient l'avoir trouvé et se réveillaient un matin les mains et le cœur vides de tout ce qui les avait remplis durant deux cents pages. Et pour la jeune fille, ce n'était rien d'autre que la vie de sa propre mère qu'elle voyait là, imprimée en petits caractères noirs. Là où les filles de son collège auraient lu de beaux mélodrames qui vous faisaient chavirer le cœur et vous arrachaient des larmes, elle ne faisait que retrouver son quotidien un peu pathétique. Aussi avait-elle cessé de lire. Les ouvrages de sa mère et tous les autres. À quoi bon lire si les livres sont juste des miroirs ? Surtout quand les miroirs ne renvoient pas la lumière mais l'obscurité ?

*

L'automne s'était étiré comme un chat au soleil.

Mais c'était bien fini. Le chat était assoupi, roulé en boule dans les écharpes de givre de l'hiver. Les dernières feuilles s'étaient recroquevillées au bout des branches et elles avaient été cisaillées par le gel. Un matin, les montagnes alentour, ces montagnes que j'avais trouvées si belles à mon arrivée, n'étaient plus que des blocs gris et ternes, dépouillés de toute couleur. Poussés par le vent du nord, des nuages bas défilaient sans cesse au-dessus de la vallée. Blancs et silencieux. Une armée attendant la bataille. « Quand le vent tombera, il neigera », me disaient les vieux sur la place. « Il neigera. Beaucoup. » Je me contentais de hocher la tête. J'espérais qu'ils se trompent. Mais, cette année-là, ils ne se sont pas trompés.

Malgré le poêle qui ronronnait sans cesse au fond de la classe, j'avais toujours froid. J'enfouissais mon corps sous des tonnes de laine que ma mère avait patiemment tricotées. Quand elle les avait glissées dans mon bagage, j'avais pensé que c'était bien inutile. On disait que là-bas, dans le sud, il faisait toujours beau et chaud. Mais je n'avais rien dit. Je savais que tous ces brins de laine étaient pour elle un lien solide. Une manière de me serrer dans ses bras avant le départ. Une façon de dire : « Ne nous oublie pas, ton père et moi, quand tu seras là-bas. » Cet hiver-là, j'ai beaucoup pensé à elle.

Dans la salle de classe, je me souviens que souvent mes mains étaient bleues. Entièrement bleues. Comme faites de glace, de cette glace translucide qu'on trouve sur les plus hauts plateaux, là où la neige ne fond jamais. J'arrivais à peine à tenir le bout de craie quand le matin je préparais le tableau. Ce n'est pas que je craignais le froid. J'étais habituée à des températures bien plus basses. Mais le froid vous paraît toujours plus aigu quand on est loin de chez soi. Alors, avant que les enfants n'arrivent, je fourrais un peu plus de charbon dans le poêle et je laissais mes mains cuire au-dessus de la fonte. Au plaisir de la chaleur retrouvée se mêlait la douleur du sang qui peinait à circuler sous la peau. Je regardais mes mains et je me demandais ce qu'elles faisaient là. Dans ce village où tout, jusqu'au froid, m'était inconnu. Où on m'appelait bien souvent l'étrangère. Et je pensais à ma mère, et les larmes me venaient aux yeux tant je me sentais seule et perdue, et les larmes tombaient sur le poêle avec un tintement minuscule avant de s'évaporer immédiatement. Elles disparaissaient je ne sais où. Les cris des enfants me rappelaient alors à la réalité. J'essuyais sur mes yeux le voile de givre. Une nouvelle journée commençait.

Chapitre 8

La lune est déjà haute quand elle referme la porte.

Au-dehors, les éclairages découpent les ruelles en tranches épaisses, orange et noires. Les basses d'une mauvaise chanson de variétés font trembler la nuit. Plus loin, les ampoules colorées éclaboussent les pavés de la place. Odeurs de frites, de bière et de tabac. Autotamponneuses, manèges pour lilliputiens, stands de tir à la carabine ou de pêche aux canards en plastique. Sur les étagères derrière les forains s'alignent des armées de peluches aux couleurs violentes, des babioles de pacotille, toutes certainement fabriquées par des enfants dans des pays lointains.

Les garçons s'en moquent, ils se pressent devant les stands et se défient à grands éclats de voix. Venus en nombre de toute la vallée, ils sont réunis là pour la dernière fête avant l'hiver. Après, ce seront de longs mois de résignation et d'ennui. Il y a aussi quelques touristes, que l'on reconnaît de loin à leurs pantalons de toile beige, à leurs chaussures de randonnée et au pull sagement noué autour de leurs épaules. Ils errent à travers la fête minuscule. À la fois ravis de retrouver le décorum désuet d'une fête d'antan et pas très certains d'être à leur place, comme sonnés par la musique trop forte et régulièrement lardés de regards moqueurs.

Malgré la fraîcheur, les garçons d'ici portent des pantalons courts, des polos rayés à manches courtes, des chemises blanches largement ouvertes. Diamants à l'oreille. Chevilles tatouées. L'alcool colore déjà les pommettes de rose. On rit, on parle fort, on contracte les muscles quand les filles passent, les hanches roulant comme des barques bercées par la houle. Jeans moulants, tee-shirt roses, rimmel, strass, gloss. Sur les poitrines et jusqu'au bout des doigts étincellent la verroterie et les chaînes plaquées or. Les yeux brillent. Prenant des teintes tantôt bleues, jaunes ou rouges sous la lumière diffuse des guirlandes.

On aperçoit la jeune fille, on la regarde en coin. Pour cette première sortie dans le village, elle a pris soin de s'habiller de façon neutre. Elle porte les vêtements confortables qu'elle avait emportés pour son voyage. Un pantalon de toile noir et un haut en lin blanc. Ce matin, elle a utilisé la vieille machine à laver de la salle de bains. Elle a hésité à étendre sa lessive au balcon qui donne sur la vallée. Suspendre ses sous-vêtements à la vue de tous aurait sonné comme une provocation. Alors elle a placé ses habits sur le dossier des chaises du salon, devant les fenêtres. Elle a aussi pris une douche. Une vraie douche. Sa première douche depuis bien longtemps. Quand elle a tourné le robinet d'eau chaude, le jet est resté glacé. « Il faudra sûrement acheter une bouteille de gaz », s'est-elle dit. Mais comme elle était déjà nue, elle s'est forcée à supporter la morsure de l'eau froide et elle y a presque pris du plaisir. Sur le canapé, elle a ensuite réchauffé son corps pâle dans une flaque de soleil, à la manière des chats. Là, elle a soigneusement peigné ses longs cheveux bruns, qu'elle a noués en une grande natte qui serpente maintenant dans son dos. Elle a dîné d'une dernière barre de céréales, a pris une profonde inspiration quand elle a posé sa main sur la poignée de la porte, et elle est sortie.

Assise dans un coin de la place, elle sait qu'on l'observe. « La vieille femme de l'autre jour, le jour où j'ai ouvert les volets, aura fait passer le mot. Tout le monde sait que je suis là. Tout le monde attendait que je sorte enfin. » Et elle a l'impression que ce soir la place, coincée entre la mairie et l'église, est une petite scène de théâtre où tous sont à la fois acteurs et spectateurs. Sa prestation sera jugée, évaluée, et elle sera déterminante pour la suite de la pièce, celle qui se déroulera tout au long des semaines à venir. « Ici, ce n'est pas comme dans tous les endroits que j'ai traversés. Ici, je n'ai pas droit au faux pas. »

Dans les villes, les quartiers, les collèges où elle avait été, elle avait souvent pensé : « Qu'ils me regardent tant qu'ils veulent, jusqu'à l'écœurement, ça ne me dérange pas. » Ça ne la dérangeait plus depuis bien longtemps. Parce qu'elle savait que bientôt on l'oublierait. Elle savait devenir transparente. Elle avait appris ça. À être celle qu'on appelle « la nouvelle ». Celle qui vient s'asseoir juste à côté de vous au beau milieu de l'année. Celle qui vient partager votre bureau. On se retourne pour l'épier. On parle d'elle à voix basse dans les couloirs. On se demande qui elle est, d'où elle vient. On la jauge, on l'évalue.

En amie, en rivale, en souffre-douleur ou en bon coup potentiel. Parfois, on lui plante un coup de coude dans les côtes. « Excuse-moi, je t'avais pas vue. T'es la nouvelle, c'est ça ? » On prononce un peu trop fort son prénom sous le préau, en guettant sa réaction. On rit d'elle. Ou elle imagine qu'on rit d'elle. Mais jamais elle ne répond. Elle ne hausse pas les épaules. Elle ne fronce par les sourcils. Elle continue son chemin, bien à l'abri sous son manteau de silence. Parfois, on tente de lui parler. Les potins, une émission à la télé, le dernier groupe à la mode. Elle répond évasivement. Elle n'est pas intéressée. Elle n'est pas intéressante. Ni dérangeante, ni hautaine. Simplement transparente.

Mais ici, sur cette place, elle le sent bien, il en ira autrement. On ne la quittera pas des yeux.

Alors elle fait son entrée et s'avance dans la lumière. Elle papillonne de stand en stand. Se laisse hypnotiser par les ampoules qui clignotent dans les baraques de tôle. Esquive d'un sourire fin les boniments des forains qui l'invitent à tenter sa chance. Elle achète une paire de brochettes encore fumantes. S'installe sur un muret pour picorer. À l'autre bout de la place, elle aperçoit le chasseur qui l'avait prise en stop en bas de la vallée. Accoudé au comptoir de la buvette, il discute avec un homme aux épaules larges et aux cheveux longs. L'homme est ivre et ses mouvements désordonnés lui rappellent quelque chose. Elle le connaît. Mais elle n'arrive pas à se souvenir de qui il est exactement. Comme si le temps qui était passé sur le corps de l'homme avait modifié ses traits au point de le rendre méconnaissable. Il ne reste plus que ces épaules larges et ces cheveux longs, et cette violence rentrée qu'on dirait propre aux gens d'ici. Elle cherche le chien du vieil homme, mais il n'est nulle part. Est-ce que le coup de feu qu'elle a entendu alors qu'elle quittait le col a mis fin aux jours de l'animal ? Est-ce ainsi que finissent les chiens de chasse ? Abattus par leur maître dès lors qu'ils ne leur sont plus utiles ? Acceptant la mort avec docilité ?

Elle frissonne à cette pensée quand, soudain, un jeune homme lui offre un verre de bière. Elle l'accepte du bout des lèvres. Les yeux du garçon sont vitreux de déjà trop d'alcool et autour de son cou pend une minuscule médaille de la Vierge. Elle ne sait pas ce qu'il lui raconte. Elle n'a pas envie d'écouter. Son regard erre sur la place où les ombres titubent sur la musique assourdissante. Elle cherche dans les corps et les visages les vestiges de l'enfance. Certains d'entre eux, elle en est certaine, sont les mêmes que ceux qui la pourchassaient dans les rues du village. Aujourd'hui, les épaules sont carrées et les mains larges, usées par les travaux de la scierie, par l'écorce des troncs, par le métal des machines. Mais elle est certaine que dans leur regard brille encore cette lueur sauvage qui l'effrayait tant. Elle peine à les reconnaître. Peut-être sont-ils partis d'ici ? Tranchant net leurs racines avec dans le cœur des envies d'ailleurs ? Non, un chasseur ne quitte jamais son territoire. Là, elle croit se souvenir de l'un d'eux qui s'appelait Martial. Là, Adrien. Et celle-là ? Celle qui danse maintenant en relevant ses jupes, se délectant du regard des hommes, n'est-ce pas Alice ? Alice, une fille étrange, la seule avec qui elle jouait quand elle venait en vacances ici. Elle n'est pas très sûre. Elle voudrait demander au jeune homme, mais, quand elle se tourne vers lui, il a disparu. Sûrement lassé par l'indifférence de cette fille blottie dans le silence. Il ne reste sur le muret qu'un verre de bière vide.

À ses pieds un chien de chasse tortille de la queue. Elle passe une main dans son pelage et abandonne à l'animal les brochettes qu'elle a à peine touchées. Plus loin sur le muret, des yeux la dévisagent, sans même prendre la peine de se cacher. Les vieux. Des hommes, des femmes. Tous le dos vouté, les mains jointes sur les cuisses, le visage effaré des chouettes et les yeux aiguisés comme des lames. Des regards qui transpercent la jeune fille. Ils la fixent sans rien dire. Elle n'ose pas se détourner. Leur adresse un timide signe de tête. Peut-être certains d'entre eux venaient chez ma grand-mère ? Oui, il lui semble en reconnaître quelques-uns. Si le corps des jeunes a changé jusqu'au point de devenir méconnaissable, le leur s'est contenté de glisser. Un léger tremblement dans le temps qui a déplacé les volumes, sculpté dans la matière, tordu les os et ramolli les chairs. Mais ce sont bien eux. En faisant un effort, elle se rappelle leur nom. Firmin. Édith. Les sœurs Dandoc. Et d'autres dont elle ne connaît que le surnom. L'Espagnol. Filoche. La boiteuse. Tous étaient passés au moins une fois dans la maison. Tous avaient poussé la porte de la chambre. Certains avaient dû disparaître depuis. Mais ceux qui étaient là s'accrochaient à la vie avec la patience d'un vieux lierre. La plupart des hommes avaient travaillé à la scierie ou sur les chantiers dans les forêts, et ils en portaient les stigmates. Balafres, doigts manquants, articulations grippées. Une galerie de personnages tirés d'un roman qu'aurait pu écrire sa mère.

Comme les vieux continuent de la fixer, la jeune fille se lève et s'écarte un peu. Elle évite un couple de danseurs titubants, refuse une main tendue qui l'invite à rejoindre un groupe de garçons, et, dans son dos, il lui semble sentir la brûlure de leurs regards.

Chapitre 9

La musique a fini par se taire. Quelque part dans le village, une canette de métal dégringole dans un escalier. La place est maintenant déserte. Près des manèges, un fourgon blanc à la carrosserie défraîchie. Les portes arrière sont ouvertes et, devant, un garçon aux cheveux noirs et un des forains au visage sombre discutent à voix basse. Depuis son muret, elle voit les mains des deux hommes se frôler. Puis soudain surgit un groupe de garçons, la démarche mal assurée. Ils sont trois, habillés, jeans et polos rayés, larges d'épaules et sourires mauvais. Ils crachent par terre aux pieds du jeune homme.

— Hé ! t'as pas fini avec tes saloperies, petit pédé ? demande l'un d'eux. À son oreille, un diamant minuscule accroche l'éclat des ampoules.

Le jeune homme aux cheveux noirs le fixe avec un air plein de pitié.

— Tu devrais rentrer chez toi, Paul. Ton père t'attend.

— Et ton père, il sait ce que tu fais là avec ce Gitan ?

Une lame courte apparaît alors dans la main du forain. Il s'avance d'un pas décidé vers les trois garçons, qui bandent leurs muscles, prêts à se battre.

Le jeune homme s'interpose, pose sa main sur l'épaule de Paul.

— Sois pas jaloux, il y en aura aussi pour toi.

Et il dépose un baiser sur la joue du garçon. Les yeux de Paul se troublent un instant. Les deux autres garçons étouffent des ricanements et Paul repousse le jeune homme.

— Ça finira mal pour toi, Andréas. Très mal, dit-il en passant une main rageuse sur sa joue.

Andréas. Elle connaît ce prénom-là. Le visage d'un enfant surgit de sa mémoire. L'été. Le Moulin. La rivière. Andréas, le frère d'Alice, la petite fille avec qui elle jouait.

Andréas se retourne en haussant les épaules, désarme le forain et l'entraîne vers le fourgon. La porte se referme.

Les trois garçons promènent leurs yeux sur la place silencieuse. Quand a éclaté la dispute, les derniers fêtards se sont volatilisés. Il ne reste qu'elle, assise sur son muret. Comme une proie potentielle. Alors les trois garçons s'approchent et elle se maudit de n'être pas partie plus tôt.

— Qu'est-ce que tu fais là, toi ? D'où est-ce que tu viens ? Tu serais pas un peu perdue, petite ?

Les yeux de la jeune fille s'affolent, cherchent à s'évader. Mais les trois garçons l'entourent avec leurs épaules larges et leurs sourires de loups. Elle déglutit, difficilement. Elle aimerait qu'Andréas et le forain jaillissent du fourgon blanc et viennent la délivrer mais elle sait qu'il n'y a que dans les histoires que de telles choses arrivent.

— Faut pas avoir peur. Tu as pas peur, hein ? On est des gars sympas, nous.

Durant de longues secondes, ses doigts se nouent et se dénouent tels des serpents autour d'une branche maigre. Elle bafouille quelques mots qu'elle-même ne comprend pas.

Paul titube, fronce les sourcils et ricane.

— Tu serais pas défoncée ?

Mais comme elle ne répond pas, il ajoute :

— Ou un peu idiote, hein ?

Il se tourne vers les deux autres.

— Qu'est-ce que vous en pensez ? Vous pensez qu'elle est normale ? Vous avez compris ce qu'elle a dit ?

Les deux garçons secouent la tête.

— Peut-être qu'elle est perdue, Paul, dit l'un d'entre eux. Peut-être qu'il faudrait qu'on la ramène chez elle. Ses parents vont s'inquiéter.

La main de Paul vient se poser sur l'épaule de la jeune fille et elle ne peut s'empêcher de frémir. Elle aimerait hurler, planter ses dents dans la peau du garçon, arracher sa chair et fuir, fuir le plus loin possible. Retrouver la maison, sa chambre sous les toits, le silence de la nuit. Mais elle est incapable du moindre geste.

— Ouais, peut-être bien. On peut s'occuper de toi, petite. Tu sais, dans le coin, la nuit, il arrive tout un tas de choses étranges. Vaut mieux pas traîner seule ici. Heureusement, t'as rien à craindre avec nous. On te protégera. Pas vrai, les gars ?

Les garçons explosent de rire.

À ce moment-là, une fenêtre s'ouvre au-dessus de la place. Quelqu'un hurle : « C'est pas fini, non ? Rentrez chez vous ! Je connais vos parents, vous allez avoir des soucis ! »

Les trois garçons abreuvent la nuit d'insultes. Et soudain Paul plaque ses lèvres contre la bouche de la jeune fille. Elle ne cherche pas à se débattre même si la violence du geste et l'odeur de l'alcool lui soulèvent l'estomac.

— On se reverra, l'étrangère, lui promet Paul, l'index sur le diamant qui étincelle à son oreille. On se reverra.

Et les trois garçons partent en hurlant dans la nuit.

Plus tard, recroquevillée dans son lit, ses phalanges n'en finissent pas de craquer. Les yeux grands ouverts dans l'obscurité, elle trace sur le plafond pâle mille et un scénarios pour effacer ce qui s'est passé. Ce qu'elle a fait, ce qu'elle n'a pas fait, ce qu'elle aurait pu faire. Elle cherche une échappatoire à ce qui vient de se passer quelques heures auparavant, comme si elle pouvait réécrire le passé. Détourner le cours des choses à la seule force de sa pensée. Mais elle n'y parvient pas, alors elle se relève et sa main court sur le mur, et ses pas la mènent jusqu'à la salle de bains et là elle se lave les dents pour la centième fois.

Chapitre 10

Le camion de déménagement s'est immobilisé devant la maison. Par la fenêtre, la jeune fille entend le rire de sa mère, un peu trop haut, et la voix d'un homme à l'accent du Nord. Quand elle ouvre la porte, sa mère est tout sourire. D'un geste, elle désigne derrière elle le conducteur du camion, la quarantaine, mal rasé, cheveux longs et sourire franc.

— Bonjour ma chérie. Voici Bruno. C'est lui qui a conduit.

Finalement, Catherine est au rendez-vous. Elle avait si peur que sa mère oublie, ou qu'elle se perde dans un de ses mondes imaginaires. Mais non, elle est bien là. Les lunettes noires et le chapeau à larges bords ont disparu. Avec sa robe à bretelles légère et son maquillage léger, Catherine semble en pleine forme, et cela rassure la jeune fille.

Le camionneur tend son sourire et sa main énorme vers elle.

— Salut ma grande. Prête pour les cartons ? demande-t-il avec une voix enjouée.

Elle déteste qu'on lui parle comme à une enfant alors elle se contente de hausser les épaules.

— Attendez, intervient Catherine. Après toute la route qu'on vient de faire, Bruno voudra peut-être se rafraîchir un peu ? Tu peux allez nous chercher quelque chose à boire ?

Elle hausse les épaules à nouveau, répond que le frigo est vide, qu'elle n'a pas fait les courses.

Elle regarde Bruno, sa barbe, son bronzage et ses cheveux longs et elle se dit que pour *un nouveau départ* comme avait dit Catherine en parlant du déménagement, c'est raté. Elle pressent ce qui va se passer entre sa mère et cet homme. Elle ne le sait que trop bien. C'est toujours ainsi.

— Il y a de l'eau, si vous voulez. De l'eau de la source.

Tandis que le déménageur ouvre les portes arrière du camion, Catherine esquisse un baiser sur la joue de la jeune fille.

— Tu aurais pu au moins me dire bonjour. Ta mère ne t'a pas manquée ?

— C'est toi qui aurais pu me demander comment j'allais, répond la jeune fille sèchement.

Les yeux de Catherine se creusent subitement.

— Ne commence pas ma chérie, s'il te plaît, je suis épuisée.

Bruno les interrompt, les bras chargés d'une pile de cartons :

— Où est-ce que je mets tout ça ?

— Posez tout au salon, on s'organisera plus tard !

Catherine promène ses doigts sur la joue de la jeune fille.

— On a dit que c'était un nouveau départ. Pour nous deux. Tu verras, ici on sera bien.

La jeune fille se demande si sa mère le croit vraiment. Elle repense à toutes les fois où Catherine lui a dit qu'elle détestait cette région, cette vallée, ce village, cette maison et les gens d'ici. Elle avait failli vendre la maison. En tout cas, elle en avait parlé plusieurs fois. « Si on vendait cette vieille bicoque, on aurait de quoi vivre. On pourrait la vendre à des étrangers. Ils ont de l'argent et il paraît qu'ils adorent les coins paumés. » Aussi la jeune fille ne répond pas tout de suite. Elle se contente de sourire et elle pose sa main sur celle de sa mère. Et la main de Catherine est froide malgré le soleil qui coule sur les montagnes.

— Oui, maman, ici on sera bien.

Catherine s'engouffre dans la maison et la jeune fille se dit que sa mère n'a même pas remarqué que les volets étaient ouverts.

« Alors, oui, peut-être, se dit-elle, peut-être qu'ici on sera bien ».

Chapitre 11

Les cartons s'empilent dans le salon. Au-dehors, la nuit est tombée et le frigo est toujours vide, aussi Catherine propose de commander des pizzas. Bruno, appuyé contre l'évier de marbre rouge, acquiesce joyeusement. La jeune fille lui jette un regard noir.

— Bruno reste dîner avec nous, ma chérie. Il ne va pas repartir de nuit. Ce ne serait pas prudent. Les routes sont dangereuses par ici.

La jeune fille hausse les épaules.

— Comme tu veux. Mais je ne pense pas qu'il y ait de livreurs de pizza dans le coin. Et puis de toute manière on n'a toujours pas le téléphone.

Catherine fronce les sourcils.

— Vraiment ? Je n'ai pas fait le nécessaire ? Tiens, c'est étrange, je me souviens pourtant que…

Sa phrase reste en suspens, et elle la ponctue par un vague geste de la main.

— Bon, eh bien, nous n'avons qu'à aller sur la place. J'ai vu qu'on y vendait de quoi se restaurer.

Et, prenant le déménageur par le bras :

— Vous allez voir Bruno, les fêtes d'ici sont si pittoresques !

Ils se sont assis autour d'une table en plastique dans un coin de la place. Catherine n'en finit pas de parler, encore et encore. Les gens qui passent lui jettent des regards à la dérobée, mais elle reste indifférente, trop absorbée par son récit. La jeune fille est certaine que tout le monde a reconnu sa mère malgré la paire d'immenses lunettes noires qui lui mangent maintenant le visage. Ou peut-être que, justement, tout le monde l'a remarquée à cause de ces lunettes extravagantes. Catherine sait très bien que personne ne porterait ce genre d'accessoire ici. C'est comme si elle avait voulu attirer les regards au lieu de les éloigner. « Elle a toujours été comme ça », se rappelle la jeune fille. Catherine se plaignait de la curiosité malsaine des journalistes et des lecteurs, et elle se lamentait quand le monde se détournait d'elle. Elle tempêtait contre son attachée de presse quand au téléphone elle lui annonçait que non, il n'y avait pas eu d'article publié sur son livre cette semaine.

En face de Catherine, Bruno hoche la tête, et jamais le sourire ne quitte ses lèvres. « Comme si ce qu'elle raconte le passionnait. Il sait juste qu'il faut en passer par là pour finir dans son lit », pense rageusement la jeune fille. « Elle est tellement pathétique à voir. »

Elle écoute Catherine raconter sa vie : son enfance dans les rues du village, son amour pour la littérature. Le départ pour la ville, la première publication, les doutes, la réussite, le succès, les interviews, les salons, les plateaux télé. Arthur, le père de la jeune fille, est à peine esquissé, comme un détail un peu flou, le personnage d'une intrigue secondaire. Sa fille elle-même apparaît dans le récit tantôt comme un élément central, tantôt comme une figurante dont le seul rôle serait de mettre l'héroïne en valeur. La jeune fille connaît tout ça. Elle connaît la trame générale. Chaque fois sa mère ajoute ou escamote des éléments, au gré de son imagination, en fonction de l'homme en face d'elle. Et la jeune fille ne voit pas pourquoi Catherine se donne tant de mal. Bruno est conquis. Il n'attend qu'une chose, qu'elle cesse de parler et qu'elle lui ouvre ses bras. « Et son lit », peste la jeune fille. Que sa mère ait des amants, cela ne la dérange pas. Il y a longtemps qu'elle a cessé de croire que Catherine était une créature parfaite et désincarnée. Mais c'est la douleur qui viendra ensuite qui lui fait serrer les dents. Parce que c'est certain, Catherine souffrira quand elle se retournera sur le lit défait. Les draps froissés seront comme un miroir qu'on interroge et qui ne ment jamais. Catherine n'y verra qu'une absence insupportable. Le reflet d'un vide insondable. Une béance. Comme une faille sismique qui, du lit fracturé, plongerait jusqu'au plus profond de son cœur. Et sa mère aura beau y précipiter tous les hommes qu'elle croise, jamais ce vide ne sera comblé. Car la jeune fille devine que l'épicentre ne se trouve dans aucun lit, sous aucun drap. Tout vient du cœur de sa mère. C'est là que prend naissance la douleur. Est-ce à cause des trahisons d'Arthur ? Ou peut-être tout cela est-il ma faute ? se demande la jeune fille. Si j'avais su me taire. Si j'avais enfoui la vérité sous le silence, peut-être bien que la vie aurait continué à couler, paisible. Elle repense alors à cet après-midi au cinéma avec son père. La salle vide et noire. Les couleurs étalées sur l'écran. Et puis le siège vide à côté d'elle... Elle secoue la tête. Elle ne veut plus penser à tout ça. Elle veut oublier.

Alors la jeune fille laisse sa mère dévider le fil de son histoire et, tout en sirotant un panaché, elle promène son regard sur la place et ses manèges. Elle craint d'y découvrir les polos rayés de Paul et de ses amis, mais non, ils ne sont pas là. Près du fourgon blanc, les forains jouent aux cartes. Elle reconnaît l'homme qui a tiré le couteau hier soir et elle a un haut-le-cœur en repensant aux trois garçons et aux lèvres de Paul qui viennent s'écraser sur les siennes. Bien évidemment, elle n'en a rien dit à Catherine. À quoi bon faire voler en éclats les moments de calme ? Elle repense aussi au jeune homme aux cheveux bruns, Andréas. Andréas et sa sœur Alice. Ils jouaient ensemble, l'été, au bord de la rivière. Et elle se rappelle maintenant qui était l'homme ivre aux épaules larges et aux cheveux longs qui s'accrochait à la buvette. Leur père, Thomas. Elle se souvient d'un homme taciturne, un géant aux manières brusques qui l'effrayait beaucoup quand il venait au bord de l'eau pour faire rentrer ses enfants. Ils habitaient un vieux moulin décrépit en contrebas du village, sur la route de la scierie. Et cet endroit-là, sa grand-mère lui avait interdit de s'en approcher.

La jeune fille est tirée de ses pensées par la voix de Bruno.

— Ta mère m'a dit que tu étais partie en vacances toute seule cet été ? C'est bien ça, les voyages, ça fait grandir. T'en as profité ? demande le déménageur avec un clin d'œil qui se veut complice.

« Et voilà l'opération séduction », pense la jeune fille. Ils sont tous les mêmes.

— J'étais chez une amie. Sur la Côte. Ses parents ont une maison. Avec piscine. On s'est baignées. Voilà.

Elle ne se donne même pas la peine de ponctuer sa phrase d'un sourire. Elle n'en a pas envie. Elle fait simplement craquer ses phalanges. Il la prendra certainement pour une adolescente un peu rebelle. « Tant mieux, il me fichera la paix », se dit-elle.

Bruno hoche la tête et glisse à Catherine :

— Je suis sûr qu'elle raconte pas tout, pas vrai ?

Et puis à la jeune fille :

— T'en fais pas, à ton âge je faisais pareil. Et ta mère, ça devait pas être la dernière pour faire les quatre cents coups !

Pour une fois, la jeune fille est bien d'accord avec Bruno. Non, elle n'a pas tout raconté. Il y a des choses qu'on garde pour soi. Parfois il vaut mieux ne rien dire et laisser le silence répondre à notre place.

Chapitre 12

Bruno et Catherine sont partis chercher des verres de bière à la buvette quand la jeune fille aperçoit la silhouette d'Andréas près du fourgon blanc.

Le visage fin, les yeux aiguisés, les cheveux noirs comme l'aile d'un corbeau, la jeune fille devine à peine dans les traits du jeune homme, l'enfant qu'il était autrefois.

Andréas, après avoir échangé quelques mots avec les forains, s'en va vers une ruelle qui descend en contrebas du village. La jeune fille, sans savoir vraiment pourquoi, peut-être pour tromper l'ennui mais sans doute plus par curiosité, se lève et décide de le suivre de loin.

Après le dédale des ruelles, il y a les parcelles de jardins qui cascadent vers la rivière et la forêt. Le soir qui s'étale sur la campagne efface peu à peu les couleurs et les formes. Ne reste que le chant hypnotique des grillons et le bouillonnement lointain de la rivière. À peine si d'ici on perçoit des échos lointains de la fête.

La jeune fille descend vers le vallon à petits pas. Malgré l'obscurité qui gagne, elle n'a pas peur. Elle est venue là bien des fois. En bas, il y a la rivière dans laquelle elle se baignait quand les après-midi d'été le soleil embrasait tout le village. L'eau qui descend des montagnes, et dont sa grand-mère disait qu'elle provenait de la source sous la roche, est claire et froide. Elle se rappelle de sa morsure glaciale autour de ses chevilles d'enfant. Elle sait aussi qu'une fois passé le gué il y a le Moulin. Le Moulin où vivaient Andréas, Alice et leur père Thomas.

À l'instant où elle va poser son pied sur la première pierre du gué, elle perçoit des cris, et elle arrête son geste, le cœur battant. Quelqu'un remonte le chemin, aussi elle se dissimule dans un bosquet de noisetiers. Elle reconnaît le forain de l'autre soir. L'homme traverse le cours d'eau puis s'éloigne vers le village, les poings enfoncés dans les poches et le regard aussi noir qu'un ciel d'orage. La jeune fille sort de sa cachette. De l'autre côté de la rivière, à une dizaine de mètres, deux silhouettes face à face. Elle devine Andréas et le corps immense de son père, Thomas. L'homme vocifère mais la cavalcade de la rivière emporte les mots sans qu'elle puisse en saisir aucun. En face de son père, Andréas reste imperturbable. Sa passivité aiguise la colère de l'homme. Alors soudain une main se lève, prête à s'abattre sur la mâchoire du garçon. Ce sont les doigts du jeune homme sur la joue de son père qui arrêtent son geste. Une caresse. Le bras de l'homme s'abaisse, impuissant, et Andréas prend le chemin du village. Une nouvelle fois, la jeune fille se dissimule dans les arbres et la nuit. Andréas passe devant elle sans la remarquer, un sourire aux lèvres. De l'autre côté de la rivière, l'homme immense sanglote à genoux.

Elle n'ose pas bouger, de peur qu'il ne la voie. Alors elle reste longtemps à le regarder, le cœur étrangement partagé entre la colère et la pitié. Ses larges épaules sont secouées par les pleurs, ses poings profondément enfoncés dans la terre noire, comme s'il cherchait à les faire disparaître. Elle aurait presque envie d'aller consoler de ses bras fins ce corps immense. Enfin, Thomas se relève et s'en va à pas traînants vers le Moulin. La jeune fille hésite et puis décide de franchir le gué, d'aller voir de l'autre côté.

Et au bout du chemin, le Moulin est bien là, planté de guingois dans un béal boueux. Ses murs lépreux envahis de mousses et de lierre. Ses fenêtres au verre grossièrement dépoli. Les volets vermoulus, le jardin mangé d'herbes folles et de bidons d'huile et de pièces de voiture rongées de rouille comme des carcasses d'animaux. Et, derrière la bâtisse, la forêt énorme qui menace d'engloutir le bâtiment. Comme elle s'approche en frissonnant, au rez-de-chaussée, un visage apparaît derrière une fenêtre étoilée. Un œil tuméfié. Les lèvres fendues. Le visage ravagé d'une jeune fille qu'elle reconnaît. Alice. Et quand Alice l'aperçoit, ses lèvres derrière la vitre forment silencieusement le prénom de cette ombre qui grelotte au-dehors : « Célia. »

*

C'était pourtant l'heure mais les enfants n'étaient pas là. Pendant un instant, je me suis demandée si je n'avais pas perdu le compte des jours. Peut-être qu'engourdi par le froid mon esprit se mettait à me jouer des tours ? J'ai vérifié sur le calendrier. Non, nous n'étions pas un jeudi. C'était bien un jour de classe. J'ai ouvert la fenêtre et l'hiver a dérobé le peu de chaleur qui se blottissait près du poêle. La grande carte représentant les frontières du pays a claqué dans mon dos, soufflée par le courant d'air.

La cour de récréation était vide.

Pas de courses, pas de billes, pas de cris. On entendait seulement le mugissement des machines de la scierie. Un flocon de neige a tourbillonné devant moi. Très lentement. Il a décrit des arabesques compliquées avant de disparaître complètement. Quand j'ai relevé la tête, Jeanne, la femme d'Armand, levait ses yeux vers moi. Deux trous sombres dans un visage blême. J'ai fait un geste de la main pour la saluer. Sa bouche s'est ouverte, mais aucun son n'en est sorti. Elle s'est signée et elle est partie vers le centre du village en trottinant sur ses jambes maigres comme celles d'une souris. C'est étonnant comme certaines personnes ont le goût du malheur. Jeanne était de celles-là. Pour combler le silence de sa maison, elle se repaissait des lambeaux minuscules du quotidien. Et quand elle portait la main à son front, à son cœur et à ses épaules en un signe de croix, c'était que le sort avait charrié son lot de catastrophes. Il y aurait à voir et à entendre. Elle se signait comme si elle remerciait pour le malheur qui viendrait bousculer ses journées monotones. Bien sûr, je ne savais pas tout ça ce matin-là. Je n'ai rien vu qu'une femme à l'air apeuré.

Quand les machines de la scierie ont cessé de gémir, j'ai compris.

J'ai compris qu'il s'était passé quelque chose. Que c'était arrivé, ici aussi. J'ai jeté sur mes épaules une capeline de laine rêche et grise. Et je suis sortie.

Chapitre 13

Célia court, elle court vers le village, et sa course éparpille les oiseaux de nuit effrayés et le tambour de son cœur bat plus fort encore que les basses de la musique que l'on entend au loin.

Sous les traits brouillés du visage derrière la vitre, Célia a retrouvé le visage de l'enfant avec qui elle jouait souvent au bord de l'eau. Elle se rappelle cette petite fille un peu étrange, un peu sauvage, qui connaissait tout de la rivière et des bois et des bêtes qui vivent sous les rochers et de celles qui vont par les chemins secrets. Elle se rappelle les silences d'Alice. Ces heures qu'elle pouvait passer sans bouger, absorbée par le ventre d'argent des poissons ou par la marche raide d'un scarabée à l'armure de nuit. Elle se rappelle maintenant les marques étranges qui s'étalaient sur le corps de la petite fille. Elles s'amusaient en maillot au bord de la rivière. « Qu'est-ce que t'as là ? » avait demandé Célia en faisant courir son index sur le bras d'Alice. Sous son doigt, des tâches rougeâtres aux contours irréguliers. Alice l'avait longuement fixée de son regard étrange. Des yeux noirs, d'un noir si dense qu'on aurait dit deux billes de charbon. Avec ça et là des paillettes dorées comme des étoiles suspendues dans la nuit. Des yeux qui lui donnaient un regard grave et insondable et qui, déjà, n'avait plus rien du regard insouciant d'une enfant.

— C'est des morsures. Les morsures des bêtes sauvages qui vivent là-bas, avait-elle fini par répondre.

Son index s'était tendu vers les bois.

— Les bêtes qui vivent là-bas, de l'autre côté de la forêt.

Elle avait dit ça à voix basse, comme si elle craignait d'énoncer un terrible secret. Comme si ces *bêtes* qui vivaient dans les ombres des bois avaient presque pu l'entendre. Et peut-être même quitter leur refuge pour déchirer les deux enfants.

Le menton de Célia s'était mis à trembler, et malgré le soleil d'été elle avait senti un grand froid lui étreindre les reins. Alors Alice avait ri. Un rire un peu rauque, un rire qui sonnait faux. Elle s'était subitement levée et elle avait plongé dans la rivière en riant toujours, comme pour mieux éloigner la présence inquiétante de ce qui guettait de l'autre côté.

Mais les bêtes rôdaient dans l'esprit de Célia. Quelques jours après, elles étaient toujours là. Elles venaient la nuit, quand la petite fille attendait en vain le sommeil. Il lui semblait qu'elles étaient là, juste là, derrière les volets, rassemblées en une meute affamée. Soudain leurs corps se faisaient plus minces et plats que des ombres. Elles se faufilaient ainsi dans l'espace minuscule entre les deux vantaux de bois. Dans l'obscurité, elles reprenaient leur forme de prédateurs. Leurs corps se dilataient. Les poils recouvraient à nouveau leurs échines et leurs pattes. Elles étaient venues pour la petite fille. Mais leurs yeux aveugles leur dissimulaient la proie. Alors elles faisaient crisser leurs griffes sur les lames larges du parquet. Elles labouraient le plâtre des murs. Leurs naseaux balayaient les boiseries à la recherche de l'odeur de l'enfant et, de leurs gueules béantes s'échappaient des filets d'une salive épaisse et blanche qui marquaient les murs comme de la craie grasse. Célia s'efforçait de rester immobile, les bras le long du corps, le corps raide et tendu. Les yeux douloureusement clos, elle respirait à peine. Elle était persuadée que si elle restait ainsi, silencieuse et inerte, pareille à une morte, les bêtes se détourneraient d'elle. « Ce qui est mort ne les intéresse pas. Elles veulent de la chair fraîche. Elles aiment ce qui est vivant. » Et quand elle se réveillait le matin, le corps courbaturé, elle constatait avec soulagement que les bêtes avaient disparu.

Elle avait raconté ses cauchemars à Alice, qui avait haussé les épaules comme si ça n'avait pas été autre chose que des enfantillages. Célia en avait été profondément vexée et elle en était même venue à douter de la réalité de ce qu'avait raconté son amie. « Peut-être que ces marques, c'est elle qui se les fait. Juste pour me faire peur. »

Mais les bêtes étaient revenues la nuit suivante. Alors au matin, la petite fille aux yeux cernés avait fini par demander à sa grand-mère si des monstres existaient réellement au cœur des forêts et s'il arrivait qu'on puisse les croiser. Et, à cause de sa peur, elle n'avait pas osé ajouter : « Et est-ce que ces monstres-là pourraient venir me chercher ? Me prendre comme ils ont pris grand-père ? » La vieille femme avait lentement saupoudré de chocolat une tartine beurrée et elle était venue la déposer sur l'assiette blanche devant la fillette. Un instant, Célia avait cru que sa grand-mère n'avait pas entendu la question, mais quand la femme avait posé les deux points de fusain de ses yeux sur elle, elle avait su qu'il n'en était rien.

— Oui, petite, ils existent.

Du bout des doigts l'enfant avait tracé une spirale dans le chocolat.

— Tu les as déjà rencontrés ?

Sa grand-mère l'avait regardée avec gravité.

— Oui. Et il vaut mieux que ces bêtes restent où elles sont. De l'autre côté.

— Mais, je veux dire… avait commencé la petite fille.

La vieille femme avait alors saisi sa main et elle avait essuyé les doigts de l'enfant dans son tablier. Puis elle avait déposé un baiser sur son front et Célia en avait été surprise car sa grand-mère se montrait généralement avare de baisers et de gestes d'affection.

— Toi, tu es en sécurité, ici. Tu n'as pas de souci à te faire. Tu peux dormir tranquille. Il n'y a rien dans la nuit.

Il n'y a rien dans la nuit. Le soir même, dans son lit, Célia s'était interminablement répété cette phrase. Comme une litanie pour éloigner ce qui était tapi au-dehors. Et effectivement, les bêtes n'étaient pas revenues. Peut-être n'existaient-elles pas ? Peut-être avaient-elles eu peur du baiser déposé sur son front par sa grand-mère ? « Oui, c'est sûrement ça, s'était dit la fillette. Les bêtes ont horreur des baisers. Elles détestent la chair de ceux qui s'aiment. Pour elles, l'amour est un poison qui tord le ventre. Et si Alice se fait mordre, c'est que son père ne l'aime pas assez. »

Et Célia, alors qu'elle entre dans le village, se dit qu'elle n'était pas si loin que ça de la vérité. Le visage tuméfié d'Alice lui serre le cœur. Elle se reproche d'avoir éprouvé de la pitié pour ce géant qui pleurait les poings enfoncés dans la terre après la dispute avec Andréas. Ces mêmes poings qui ont certainement brisé la bouche d'Alice. Parce que Célia le comprend à présent. Les bêtes les plus terrifiantes ne viennent pas la nuit. Elles n'ont ni griffes ni crocs. Elles vont sur deux jambes et elles ont tout de l'apparence d'un homme. Les bêtes peuvent parfois avoir le visage d'un père.

Chapitre 14

— Où est-ce que tu étais passée ? Nous, on a déjà commandé. Bruno avait très faim. Tu n'auras qu'à aller te chercher quelque chose.

Bruno et Catherine, attablés devant des portions de frites. Leurs yeux troublés par l'alcool. La musique trop forte. Les cris des enfants sur les manèges ridicules. Les odeurs de viande et de graisse. Les ampoules qui écrasent leurs teintes fades sur le rideau de la nuit. Et le visage d'Alice, qui n'en finit pas de tournoyer dans l'esprit de la jeune fille, jusqu'à la nausée.

— C'est bon. Pas faim. Je vais rentrer, répond-elle en se rattrapant de justesse au dossier d'une chaise en plastique.

— Tu es sûre que ça va ma chérie ? demande Catherine comme elle remarque la pâleur de sa fille.

— Je ne suis pas ta chérie ! Je m'appelle Célia ! crache-t-elle avant de s'éloigner.

Tout lui semble soudain grotesque. Cette place, ce village, le rire des enfants. Comme une toile grossièrement barbouillée pour cacher la laideur et la bêtise.

Devant la buvette, une main se pose sur son bras nu. Le visage de Paul fendu d'un sourire.

— Tu t'en vas déjà, la belle ? Tu vas manquer la fête.

Célia tente de se dégager d'un coup d'épaule mais la main du garçon la retient fermement.

— Hé, on peut causer, je te paye un verre si tu veux.

— Lâche-moi, ordonne Célia avec une voix qui se veut menaçante.

Paul renverse la tête en riant. Le diamant à son oreille étincelle.

— C'est bon, je vais pas te manger.

— Lâche-la, tonne une voix derrière eux.

C'est l'homme au chien. Celui qui l'a prise en stop. Sa bouche est comme un sillon profond et ses yeux n'ont plus rien de ceux d'un vieillard paisible.

Le garçon et l'homme s'affrontent du regard, mais l'homme ne cille pas. Paul finit par desserrer son étreinte sur le bras de la jeune fille.

— C'est bon, Tonio. Je rigolais, c'est tout, je rigolais.

Célia s'enfuit loin de la place, vers la dernière maison du village. Elle n'a qu'une envie, s'allonger dans son lit, sous les couvertures, pour chasser la nausée qui monte en elle.

À mi-chemin, une voix résonne dans son dos. La voix de Tonio :

— Petite, viens ici !

Et cet ordre stoppe sa course. Elle attend le vieil homme qui s'approche lentement en boitant. Célia ne saurait dire son âge. Il pourrait avoir quatre-vingts ans mais il a encore la voix impérieuse d'un homme dans la force de l'âge. Un homme habitué à commander. Arrivé en face d'elle, Tonio sort un mouchoir à carreaux de la poche de son gilet de laine, essuie sa bouche, range le mouchoir et désigne la vallée d'un coup de menton.

— Faut pas aller là-bas.

— Où ça ? bafouille Célia.

— Au Moulin. Laissez ceux du Moulin tranquilles.

La jeune fille secoue la tête.

— Je ne sais pas ce que...

— Tu m'as entendu ? la coupe le vieil homme. Vous ne devez pas aller là-bas. Ni Catherine, ni toi. C'est tout.

Et à nouveau il y a quelque chose de menaçant dans sa voix. Comme l'éclair qui roule dans le ventre des nuages noirs.

Célia hoche nerveusement la tête.

L'homme lui lance un sourire tordu et s'éloigne en claudiquant. La jeune fille le rappelle alors qu'il n'est qu'à quelques mètres.

— Et le chien ? Qu'est-il arrivé à votre chien ?

Mais l'homme continue, peut-être n'a-t-il pas entendu. Ou peut-être ne veut-il pas répondre.

Plus tard dans la nuit, allongée dans son lit sous les toits, Célia perçoit des rires étouffés, des pas incertains dans les escaliers, une porte qui claque, un verre qui se brise. Elle tente d'étouffer tous ces sons au fond de son oreiller, mais rien n'y fait. Ce que ses oreilles ne peuvent entendre, son imagination se charge de le mettre en mouvement sur la toile du plafond blême. Comme quand les bêtes de la forêt venaient lui rendre visite. Il y a le corps blanc de sa mère, à peine éclairé par la lune. Le dos velu de Bruno.

Les muscles qui roulent sous la peau. Le lit qui tangue. Les draps qui enflent. Une chrysalide de chair et de sang. Et à l'intérieur, sous le coton, une créature monstrueuse se débat et gronde.

Tout se confond dans un cauchemar où, accroupi dans un angle de la chambre, son père Arthur vient battre un paquet de cartes avec l'adresse d'un magicien. Carreau, trèfle, cœur, pique. Valet, dame, roi, as. Carreau, trèfle, cœur, pique. Valet, dame, roi, as. De plus en plus vite. Si rapidement que c'est comme si un film miniature s'animait entre ses mains. Un court-métrage où l'héroïne s'enfuit dans les bois sombres. Derrière elle, court la meute. Une horde indistincte. Une bête aux mille têtes couronnées de métal. Et tous ces visages sont mangés de barbe et de nuit. À la faveur du pinceau de la lune, elle reconnaît dans la masse grouillante les traits de Thomas, de Paul, de Tonio, des hommes qu'elle a croisés cet été, le visage du garçon avec qui elle a fait l'amour pour la première fois dans cette grange abandonnée.

La jeune fille court, les mains tendues devant elle comme une aveugle, et la forêt tout entière semble vouloir la retenir pour mieux la livrer au monstre derrière elle. Ses bras et ses chevilles pâles se déchirent aux épines des ronces. Les branches fouettent ses joues et empoignent ses cheveux. La horde est juste là, dans son dos nu et zébré d'éclairs de sang. Elle peut sentir son souffle moite. Elle trébuche sur une masse sombre, ses genoux se plantent dans la boue. À ses pieds, le cadavre du chien aveugle. Dans un gémissement, l'animal lève vers elle ses yeux morts. Sa fourrure est entièrement rouge.

D'un rouge épais comme le sang. La jeune fille veut se relever mais une main l'agrippe et la tire vers le sol. C'est la main de sa mère qui apparaît sous le pelage du chien. Le manteau de fourrure de l'animal écorché sur le dos, elle se débat dans la boue. Ses yeux aveugles cherchent sa fille sans la voir. Et le visage de sa mère se brouille, comme si sous l'épiderme de Catherine se débattaient les visages de dizaines de femmes. Un souffle chaud lui fait lever la tête vers le ciel crevé d'une lune jaune. Au-dessus d'elle, la bête aux mille têtes. Et tous ces visages finissent par se fondre pour recomposer une tête unique. Celle d'Arthur, son père, qui dans l'angle de la pièce cesse alors de battre les cartes. Son corps nu est hérissé de poils et dans sa bouche luisent des crocs jaunes. Il étale le jeu devant lui et toutes les cartes sont à son image. Du lit où se débat Catherine monte un cri. Entre plaisir et douleur. Un hurlement animal qui déchire les oreilles de Célia, comme la plainte d'un nouveau-né monstrueux délivré du ventre d'une créature sans âge, une enfant aux yeux de nuit, jetée en travers des décombres du monde, promise à être dévorée par l'animal couronné.

Chapitre 15

Assise sur les restes de l'ancienne muraille du château aujourd'hui en ruine, Célia contemple la nuit qui frémit à cette heure du chœur des grenouilles. Sous les étoiles : le village assoupi et la vallée. De loin en loin brûlent des feux minuscules, et on pourrait presque les confondre avec les étoiles tant la nuit est dense.

Sur la pointe des pieds, elle a quitté la maison silencieuse et elle s'est lancée titubante comme une somnambule à travers les rues désertes du village. En montant vers le château, elle est passée devant une vitrine qu'elle ne connaissait pas. Une enseigne au-dessus de la devanture annonçait *Atelier du livre*, et derrière la vitre s'amoncelaient des plantes, des pots, des piles de feuilles de papier grossier, des dessins abstraits. Depuis la fenêtre au-dessus de la boutique lui sont parvenus les sons étouffés d'une fête, des rires, les reliefs des conversations, les notes sautillantes d'une guitare. Elle s'est arrêtée, a levé les yeux vers le balcon, avec l'espoir que ces choses simples effaceraient les cercles concentriques de ce mauvais rêve qui brouillaient encore son esprit. Andréas et un garçon blond sont apparus sur le balcon.

Ils ont échangé une cigarette et l'odeur poivrée de l'herbe est arrivée jusqu'à elle. C'est le garçon à côté d'Andréas qui l'a vue le premier. Il lui a lancé un sourire qui se voulait amical :

— Salut, tu veux monter ?

Elle a secoué la tête. Non, elle ne voulait pas. Encore remuée par le cauchemar, elle n'aspirait qu'à retrouver la paix, et elle aurait été incapable de prononcer un seul mot sans que ses mains se mettent à trembler.

Tandis qu'elle reculait, les yeux d'Andréas se sont posés sur elle. Ses sourcils bruns sont venus dessiner un arc, comme si son esprit avait soudain associé le visage blême sous le balcon à un souvenir lointain.

Andréas a murmuré quelque chose, peut-être son prénom accompagné d'un point d'interrogation muet.

La jeune fille a secoué la tête et elle s'est éloignée en courant presque.

— Célia ! a appelé Andréas.

Mais Célia n'avait envie de rien d'autre que du silence, aussi elle ne s'était pas retournée.

Au milieu des vestiges du château, elle tente de trouver un sens à ce cauchemar duquel elle a émergé, le corps endolori et les cheveux collés au front. Mais ces images incohérentes ont labouré son esprit et elle se sent vidée, incapable de démêler les écheveaux du rêve. La figure de ses parents y était apparue déformée, monstrueusement grotesque. « C'est comme si je les avais vus tels qu'ils sont vraiment » se dit-elle. De la rencontre d'Arthur et de Catherine elle savait presque tout. Comment ses parents s'étaient connus lors d'une manifestation féministe. Comment ils avaient lancé leurs slogans, côte à côte sur le bitume. Comment Arthur, son futur père, avait invité Catherine dans un café, et comment ils avaient fini par se plaire. Cela, elle pouvait en être certaine, Arthur et Catherine le lui avaient raconté. La flamme qui brillait dans les yeux de la femme qui n'était pas encore sa mère. Son envie de changer les choses. Sa détermination. Arthur avait écouté Catherine défendre ses idées avec attention. Ils avaient bu une bière. Puis deux. Puis trois. Comme la soirée avançait et qu'il restait tout un monde à refaire, ils avaient commandé des huîtres et une bouteille de vin blanc. Le serveur avait déposé leur commande sur la table, accompagnée d'une corbeille débordant de larges tranches de pain brun et de beurre. Il avait lancé avec un clin d'œil : « Voilà pour vous les amoureux ! » Cette phrase était venue colorer de rose les joues d'Arthur et de Catherine. « Voilà pour vous les amoureux ! », une phrase que son père aimait lancer quand il poussait la porte de la maison avec un panier d'huîtres entre les mains. Et cette phrase enchantait la petite fille qu'était alors Célia. On aurait dit un vrai conte de fées, ne manquaient plus que l'orchestre et les robes et les violons. Plus tard dans la soirée, en titubant un peu, Catherine et Arthur avaient éparpillé leurs rires dans la rue. Alors que le froid et le vin blanc faisaient briller les yeux de Catherine comme deux perles, le cœur du jeune homme avait fondu. Il avait tendu vers elle ses lèvres mais elle l'avait repoussé. « Tu... je ne te plais pas ? » avait bafouillé Arthur. Catherine avait ri et s'était approchée de lui. « Si, idiot, tu me plais beaucoup. » Elle avait noué ses bras autour de lui. Son haleine formait de petits nuages devant sa bouche rouge. « Mais aujourd'hui ce sont les femmes qui choisissent d'embrasser les hommes. Et je te choisis » avait-elle dit avant de plaquer ses lèvres sur celles d'Arthur.

Célia était née quelques années plus tard. Catherine, la trentaine passée, était alors sur le point d'achever ses interminables études de lettres. Quand elle ne travaillait pas sur sa thèse, elle passait ses soirées à écrire les pages de son premier roman. Arthur, lui, était employé dans une aciérie. De simple manœuvre, il était devenu chef d'atelier, mais il n'avait pas oublié ses débuts difficiles et il s'investissait beaucoup dans le syndicat de l'entreprise. C'est peu après la naissance de Célia que le succès de Catherine avait enflé comme une voile. Les salons, les interviews, les adaptations télé s'enchaînaient. À partir de là, ce qui s'était passé devenait flou. L'enfant qu'elle était avait cru saisir la réalité, mais les faits tels qu'elle les avait perçus devenaient tout autres dans la bouche des adultes. La parole de son père contre celle de sa mère. Tout était incertain. Il n'y avait rien à quoi se raccrocher dans les sables mouvants de la mémoire.

En grandissant, Célia s'était résolue à faire un tri. Les choses ne s'étaient peut-être pas déroulées ainsi mais il fallait bien qu'elle organise sa propre histoire. Catherine avait été de moins en moins présente, de plus en plus angoissée par l'écriture. À cette époque, le père de Célia passait beaucoup de temps à l'usine. La direction avait décidé de transférer une partie de la production dans un pays étranger. Arthur avait organisé la riposte en réunissant les ouvriers sur les piquets de grève. La bataille avait duré de longs mois. Célia se rappelle des traits tirés de son père, qui réapparaissait de temps à autre à la maison. Il fourrait quelques couvertures dans des sacs, préparait des marmites entières de nourriture pour les grévistes et repartait immédiatement. Le linge sale s'empilait dans la salle de bains. La vaisselle sale débordait de l'évier. Plus personne ne l'aidait à faire ses devoirs quand elle rentrait de l'école. Les disputes avaient commencé à ce moment-là. Catherine n'arrivait pas à travailler dans cette ambiance de fin du monde. Il fallait absolument qu'elle rende son manuscrit à la date prévue. Son éditeur la harcelait. Arthur ne pouvait laisser l'usine s'écrouler et accepter qu'ils aillent tous pointer au chômage. Célia ne comprenait pas ce qui avait divisé ses parents. Tout ce qu'elle savait c'est que la maison était devenue un champ de ruines et que l'amour de ses parents se trouvait profondément enseveli sous les décombres. Quelque chose s'était brisé le jour où la grève avait été levée. La direction des syndicats avait abdiqué. Une signature au bas d'un papier marquait la fin de la bataille. Arthur fut l'un des premiers à recevoir sa lettre de licenciement. Dès lors, ses parents avaient vécu côte à côte, distants comme deux étrangers.

« À quoi bon ressasser tout cela ? » se demande Célia à demi-voix, les yeux flottant parmi les étoiles saupoudrées au-dessus du village endormi. « À quoi bon toujours revenir au passé ? »

C'est alors qu'elle entend derrière elle une sorte de grognement. Comme une réponse à sa question murmurée. Elle se retourne. Là-bas, dans les ruines du château, quelque chose vient de bouger. Une masse indistincte. À peine plus claire que la nuit.

— Qui est là ? lance Célia.

D'un pas hésitant, elle s'avance un peu vers les ruines.

— Il y a quelqu'un ? demande-t-elle encore, et sa propre voix lui semble ne pas être autre chose qu'un coassement maladroit.

Là-bas, entre les blocs de pierre rongés par le temps, elle devine alors les courbes d'une bête tapie. À quatre pattes. Un pelage gris. Et un souffle qui s'élève dans la nuit en petits nuages fantomatiques. Un loup ? Est-ce vraiment un loup qui se tient là-bas ?

Célia frissonne. Le froid lui paraît soudain atroce. Un froid qui décolore ses joues. Qui fait trembler malgré elle ses lèvres si rouges. Et est-ce ses dents qu'elle entend claquer ? Ou les mâchoires de la bête tapie dans l'obscurité ?

Célia voudrait crier, courir, mais la peur enserre ses reins, sa langue et ses pieds.

Alors une voix arrive jusqu'à elle.

Une voix qui dit :

— Je t'attendais, Célia.

Et cette voix, celle qui sort de la gueule de la bête, elle la reconnaît.

Ou elle croit la reconnaître.

Elle secoue la tête. Parce que ça lui semble impossible.

Parce que cette voix, c'est celle d'Alice.

Alors Célia court. Un fantôme livide dans les rues du village que rien ne pourrait arrêter.

Chapitre 16

Le camion de déménagement est parti et Bruno avec lui. Catherine, les cheveux défaits et un vieux pull sur le dos, contemple le salon d'un œil morne.

— Quel bazar là-dedans ! Je ne sais pas par où commencer.

Elle passe une main lasse sur son visage. Sous ses yeux les excès de la nuit ont laissé deux trainées grises.

— Il me reste tout juste deux mois pour remettre mon manuscrit. Ce n'est pas possible de travailler dans un tel fatras.

Célia pose une main sur l'épaule de sa mère.

— On va ranger tout ça. Ne t'inquiète pas.

Catherine lève vers elle un maigre sourire.

— Merci chérie. Sans toi, je ne sais pas ce que je ferais.

La jeune fille se retient de tout commentaire. Elle verse le fond d'un paquet de café dans un filtre au-dessus d'une vieille cafetière émaillée.

— Tu m'en veux ? demande Catherine.

— Pourquoi je t'en voudrais ?

Catherine hausse les épaules comme une enfant.

— Pour Bruno. Tu sais, il…

— C'est bon, maman ! la coupe sèchement Célia.

La jeune fille, une casserole noircie à la main, verse lentement l'eau bouillante sur le café noir. Elle n'a pas envie de parler de tout ça. Elle sait déjà ce que sa mère dira. Ces paroles-là ont déjà été prononcées. Dans combien de cuisines, de salons, de chambres. Après combien de claquements de portes, de cris et de pleurs. Elle ne saurait compter. Il n'y a rien de plus à dire. Il suffit de se concentrer sur le mince filet d'eau qui s'échappe de la casserole. Une eau limpide et brûlante qui viendra nettoyer les souvenirs de la nuit. Elle peine à retenir un frisson en repensant au pelage gris du loup aperçu dans les ruines du château. « Non c'est impossible », se dit Célia en regardant le café qui enfle et qui laisse échapper des arômes poivrés. « Pourtant, c'est bien la voix d'Alice que j'ai entendue. Il n'y a pas de doute. Mais pourquoi ce déguisement ? Est-ce qu'elle voulait me faire peur ? » Tout ça lui paraît illogique, comme si la fin de la nuit n'avait été qu'un mauvais rêve de plus. Aussi, pour se défaire du malaise, la jeune fille s'absorbe dans les travaux de la maison.

Elle et sa mère passent la matinée à déballer le contenu des cartons. Célia a ouvert les volets sur le soleil pâle et l'air vif du matin, et Catherine n'a pas protesté. Le papier journal froissé s'accumule en boules à travers le salon, tandis que Célia retrouve une multitude d'objets familiers qui l'accompagnent depuis des années. Des choses de peu. Quelques peluches rescapées de l'enfance. Un album photo aux pages cornées.

Les ballerines noires d'un cours de danse qui n'aura duré qu'un printemps. Un magnétophone antique que son père lui avait offert. Quelques cassettes de musique classique aux bandes usées. Des choses de peu qui sont comme un phare pour Célia.

Au fil des déménagements, le décor change mais ces quelques objets lui permettent de savoir que ce n'est pas la chambre d'une autre, qu'elle vit bien là, dans ce nouveau lieu qu'elle quittera certainement dans quelques mois. Des trésors minuscules qu'elle dispose aujourd'hui avec soin sur les étagères de la pièce sous les toits. Elle glisse une cassette dans le magnétophone, et quand le piano enrobe la chambre de ses volutes mélancoliques, elle en oublierait presque les plaintes des machines de la scierie qui montent depuis la vallée. Elle en oublierait *presque* la voix d'Alice entendue cette nuit et la silhouette de la bête dans les ruines du château. Elle se rappelle être partie en courant, jetant ses pas au hasard des ruelles, le front en sueur malgré le froid. Et puis elle s'était réveillée dans son lit, le corps tordu comme après les cauchemars qui la hantaient enfant.

Elle secoue la tête pour chasser le souvenir, défroisse une feuille de journal, noie ses yeux dans le flot des caractères d'imprimerie qui dansent sous ses yeux sans faire sens, se laisse bercer par les notes de piano et le soleil qui baignent la pièce.

Sa mère l'appelle depuis la cuisine.

— J'aurais dû me débarrasser de toutes ces vieilleries, dit Catherine en désignant les pots alignés sur les étagères.

Célia, avec un pincement au cœur, accepte de faire le tri dans les affaires de sa grand-mère. Quand la jeune fille a demandé où était la clé de la chambre close, le visage de Catherine s'est fermé : « Non, toutes les pièces mais pas celle-là. » Célia a demandé pourquoi. « C'était sa chambre. Je ne veux pas qu'on y touche. Je m'en occuperai. » Célia sait bien qu'il y a autre chose, mais elle n'a pas insisté et s'est mise au travail. Chaque fois, avant de précipiter un objet au fond d'un carton, elle demande à Catherine : « Et ça, tu es sûre de vouloir le jeter ? » Et à chaque fois sa mère hoche la tête, comme si rien du peu que possédait sa grand-mère n'avait de valeur. Célia est troublée par cette indifférence. « Finalement, une vie, ça se résume à ça, se dit-elle, des objets dérisoires qu'on fait disparaître sans s'émouvoir parce qu'ils n'avaient de valeur qu'à nos yeux. Est-ce que tout ce que je viens d'installer dans ma chambre s'évanouira ainsi quand je serai morte ? Mes peluches d'enfant ? Mes cassettes de musique ? Est-ce que tous mes trésors seront jetés dans un sac plastique sans plus d'attention qu'un haussement d'épaules ? » Catherine semble ravie de faire disparaître ces vieux objets dans des cartons. Comme si elle avait voulu rayer à tout jamais le moindre vestige de son enfance.

Célia s'attarde sur de vieilles boîtes de biscuits en métal où reposent des fleurs et des feuilles séchées. Si vieilles qu'elles tombent en poussière dès qu'elle les effleure. « J'ai peut-être vu ma grand-mère cueillir ces plantes », et l'enfance lui parait être un autre bout du monde. Un bout du monde qui s'éloigne encore quand la boîte de métal vient se ranger dans le carton aux côtés des vieux pots de terre. Elle y ajoute une pile d'articles de journaux jaunis par l'âge où on peut lire les tragédies d'un quotidien révolu et lointain. La disparition d'un enfant, l'incendie d'une forêt, un accident de chasse malheureux. Des ombres avalées par le temps.

Les yeux de la jeune fille se perdent sur de vieux calendriers de la poste où l'encre d'un stylo noir a tracé des arabesques complexes. Si denses que l'on peine à repérer les dates. En se concentrant, elle parvient à déchiffrer dans les enchevêtrements une poignée de noms, d'heures et de lieux. Elle a souvent vu sa grand-mère griffonner sur ces plaques de carton au centre desquelles figurait immanquablement une photo naïve. Cheval au galop sur une prairie à l'herbe trop verte, chatons aux yeux humides, sable blanc et eau turquoise, comme des fenêtres qui se seraient ouvertes dans l'obscurité de la cuisine sur des paysages irréels. Sa grand-mère notait soigneusement les heures et les jours où elle avait réalisé ses collectes de plantes. Elle apposait le nom de ceux qui étaient venus la visiter dans la chambre close. Elle traçait des liens entre des dates qui semblaient n'avoir pour seul rapport que d'avoir été déclarées par les hommes comme faisant partie de la succession logique des jours. La petite fille avait souvent cherché dans les méandres de l'encre noire un sens à cette chronologie de l'invisible. Une révélation qui lui ouvrirait la porte sur qui était véritablement sa grand-mère. Et plus largement une porte sur la face cachée des adultes. Car derrière les sourires, les haussements d'épaules et les regards fuyants, elle devinait quelque chose de bien plus sombre et complexe. Une obscurité qui l'attirait autant qu'elle lui faisait peur. Mais elle n'était jamais parvenue à percer le mystère des calendriers. Elle percevait juste les cassures ou l'harmonie des traits de stylo. Quelque chose d'hypnotique qui semblait lui murmurer qu'un autre monde était à portée de main. Comme si la magie était juste enfouie sous les traits du quotidien.

Aujourd'hui, à genoux sur les tomettes pourpres de la cuisine, Célia se demande si le destin avait été tracé par sa grand-mère sur un de ces calendriers. Les angoisses de Catherine ? Le départ d'Arthur ? Les déménagements ? Le visage cassé d'Alice ? Et tant d'autres secrets. Était-ce le décompte de cette banalité pathétique que sa grand-mère avait patiemment noté ? Le monde, finalement, se résumait-il à ça ? Des traits d'encre noire comme des égratignures au cœur. Non, Célia ne veut pas y croire, alors elle enfouit les calendriers dans un carton et les recouvre de boules de papier froissé. Plus tard, on ira les jeter.

Chapitre 17

La ville s'étale comme une flaque épaisse sur la plaine en bas de la vallée. C'est une ancienne cité minière qui porte encore les stigmates de ce passé que tous regrettent mais que personne n'envie plus. Partout des fenêtres aveugles, des maisons d'ouvriers étroites et branlantes, des appels à la lutte délavés sur des murs lézardés, maintenant recouverts par des affiches pour des cirques de pacotille. Au loin, les silhouettes rouges des cheminées qui ne cracheront jamais plus leurs panaches noirs. Des hommes usés promènent au hasard des rues leur air hagard. Sur la place centrale, des jeunes traînent leur ennui entre les platanes, font jaillir de canettes en métal de la bière trop forte, s'amusent des chiens qui se disputent les pigeons à grands coups de crocs jaunes. Célia trouve qu'ils ressemblent à des morts-vivants, gris et maigres. Une voiture de police roulant lentement les éparpille soudainement. Il ne reste qu'une vieille femme qui lève vers le ciel un regard interrogateur, comme si là-haut, dans le ciel bleu et froid des premiers jours de septembre, on pouvait lire une réponse au pourquoi des choses.

Catherine et Célia sont descendues à la ville. C'est ce qu'a dit le conducteur du bus : « Vous descendez jusqu'à la ville ? » Elles ont hoché la tête. Sur les sièges, les passagers, pour la plupart de vieilles femmes du village, les observaient attentivement, sans même tenter de dissimuler leur curiosité. Célia avait cru en reconnaître certaines, mais comme Catherine les ignorait, elle s'était dit qu'il valait mieux faire de même. De toute manière, les passagères savaient très bien *qui* elles étaient. Tout le village devait à présent savoir que Catherine et sa fille étaient revenues ici. La seule question qu'elles se posaient était : « Combien de temps resteront-elles ? » Le conducteur avait tendu deux billets à Catherine. Elle avait observé les coupons de papier, puis elle avait dit : « Il manque le retour. » Le conducteur surpris avait froncé les sourcils. « Il nous a sûrement prises pour des touristes », s'était dit Célia. Une fois les billets en poche, le bus avait glissé vers la ville, s'arrêtant de temps à autre pour embarquer des personnes âgées et leurs caddies à roulettes, une armada en route pour les supermarchés.

Catherine avait fait la moue quand le bus s'était arrêté sur la place. « C'est encore plus moche que dans mon souvenir. » Célia en convenait. En traversant l'ancienne zone industrielle hérissée de terrils et de cheminées, la jeune fille s'était demandée à quoi pouvait ressembler le lycée dans lequel elle serait bien obligée d'aller d'ici une dizaine de jours, mais elle ne l'avait pas aperçu. « Peu importe, en fait, j'y serai aussi transparente qu'ailleurs » s'était-elle dit. La ville, du moins son épiderme, était affreuse, et ça ne donnait pas envie de gratter derrière les façades de brique rouge pour vérifier si c'était mieux de l'autre côté. Mais elle présentait un avantage : ici, à la sortie des cours, la jeune fille serait anonyme. Il n'y aurait personne pour écarter les rideaux derrière la fenêtre sur son passage, elle pourrait déambuler librement dans les rues, s'abrutir de lumière aux vitrines des magasins, le village et les forêts sombres seraient bien loin.

Pendant que Catherine est allée faire le nécessaire dans une boutique pour rétablir la ligne téléphonique, Célia trompe l'ennui en observant le chantier au milieu de l'avenue principale. Perchés sur des échafaudages, des ouvriers piquent la façade grise d'un énorme bâtiment. Au-dessus, depuis le toit, des hommes, à l'aide d'un treuil et de câbles d'acier, tentent de descendre une enseigne géante portant l'inscription « Cinéma ». « C'était certainement le seul de la ville » pense Célia. Mais cela lui est bien égal. Elle s'est juré, il y a longtemps maintenant, de ne plus retourner dans une salle de cinéma. Après son licenciement, Arthur l'emmenait souvent voir des films le mercredi ou le samedi après-midi. Catherine était de moins en moins présente, accaparée par les salons ou les interviews. À cette époque-là, Célia s'en souvenait, sa mère avait commencé à se dissimuler sous de larges chapeaux et derrière ses lunettes noires. Alors Arthur s'occupait d'elle. Elle aimait bien ça. Plonger avec son père dans les salles du *Lido*, le vieux cinéma du quartier. Les fauteuils n'étaient pas très confortables, mais on vendait avant la projection des glaces et des bonbons. Comme le vestige d'une époque révolue, une ouvreuse passait dans la salle avec une panière remplie de friandises. Célia prenait le temps de faire son choix, puis elle désignait un paquet coloré du doigt. L'ouvreuse le lui tendait avec un grand sourire avant d'aller plus loin dans la rangée. La petite fille enlevait alors ses bottines, repliait ses jambes sous ses fesses et attendait avec plaisir le moment où les lumières s'éteindraient. Là, tout le monde faisait silence. Un rectangle entièrement blanc venait éclairer la toile, d'un blanc si intense qu'on aurait dit une fenêtre donnant sur la banquise. Durant quelques secondes, on n'entendait plus que la bobine qui se déroulait dans le projecteur, et puis les images surgissaient. Célia profitait du générique pour ouvrir lentement son sachet de confiseries. Il s'agissait de faire le moins de bruit possible, pour ne pas déranger les gens autour. Bien sûr, elle aurait pu déchirer l'emballage avant le début de la projection, mais elle aimait ce rituel-là. « Je vais ouvrir le paquet de bonbons et si personne ne se retourne pour me faire de gros yeux, c'est que le film sera bon. » Et les films étaient souvent aussi bons que les confiseries. Dans l'obscurité, elle prenait alors un chocolat ou un caramel, le premier bonbon du paquet, et elle venait le déposer dans la large paume de son père, qui attendait, sagement ouverte, sur l'accoudoir du fauteuil. C'était toujours ainsi. La main de son père se refermait. Et elle aimait voir dans le noir, à peine éclairé par le film sur l'écran, le sourire d'Arthur qui s'élargissait. Le sourire de son père comme un prologue à l'histoire qui allait être racontée.

Un jour, Célia et son père étaient allés voir *Les Temps modernes*. Elle se souvient que l'ouvreuse lui avait offert un paquet de bonbons. La petite fille avait regardé son père, qui avait hoché la tête pour qu'elle accepte. « Ça va être un très bon film », s'était-elle dit. Et effectivement le film avait été très bon, elle avait ri aux pitreries de Charlot, elle avait frissonné pour lui alors qu'il était suspendu dans le vide et elle s'était réjouie que le film finisse bien. Le générique achevé, les lumières de la salle s'étaient rallumées.

Et le fauteuil de son père était vide.

Elle n'avait pas osé bouger pendant de longues minutes, le corps pétrifié par l'angoisse, tentant de se persuader que son père avait dû aller aux toilettes, qu'il allait revenir. Tous les spectateurs étaient sortis sans lui accorder la moindre attention. Dans la cabine de projection, quelqu'un démontait la bobine. La salle était parfaitement silencieuse. Et son père ne revenait pas. Elle avait bondi de son siège quand elle avait entendu les doubles-portes battre derrière elle. Mais ce n'était pas Arthur. Juste un vieil homme avec une pelle et un balai. « Qu'est-ce que tu fais là petite ? C'est fini ici. » Elle avait bafouillé quelque chose et, le cœur battant, elle s'était enfuie de la salle. Elle avait poussé des portes et des portes. Derrière, il y avait d'autres salles, d'autres films, d'autres silhouettes anonymes, plongées dans l'obscurité. Et puis elle avait ouvert une porte et elle avait reconnu son père. Entre les bras d'Arthur, contre la bouche d'Arthur, il y avait une femme. Une femme que Célia avait cru être sa mère. « Maman ? » avait-elle demandé. Et la femme avait baissé vers elle des yeux surpris. Des yeux qui lui rappelaient ceux de l'ouvreuse qui lui tendait les paquets de bonbons. Les mêmes yeux, le même nez, la même bouche. Célia s'était dit que c'était étrange, cette ressemblance. C'est comme si les traits de l'ouvreuse avaient subitement remplacé ceux de sa mère. Comme si leurs visages avaient été intervertis. Et puis il y a la bouche de son père qui s'ouvre et qui se ferme sans qu'aucun son ne s'en échappe. À la manière des poissons que l'on voit parfois de l'autre côté des parois de verre des aquariums. Et c'est à ce moment-là que Célia comprend. Non, personne n'a volé le visage de sa mère, ce sont bien les lèvres de l'ouvreuse contre celles de son père. Alors les larmes coulent sur ses joues et ses pas claquent dans les couloirs du cinéma et ils se perdent au fil des rues et la voix d'Arthur derrière elle appelle : « Célia, reviens ! » Cette voix la poursuit. Aux oreilles de la petite fille, ce n'est plus la voix de son père. C'est un cri plein de fureur. Presque une menace. Et tout son corps se raidit d'effroi quand la main d'Arthur finit par se poser sur son épaule.

Dans la voiture, son père ne dit rien. Ou peut-être tente-t-il d'expliquer mais Célia n'entend pas, Célia ne parle pas. La nuit, elle enfouit sa tête dans l'oreiller pour empêcher les mots de jaillir. Parfois, elle ensevelit sa bouche sous ses mains pour s'empêcher de crier. Elle enfouit son esprit loin, très loin, de l'autre côté des fenêtres des salles de classe. Et au psychologue qui lui demande si tout va bien, si elle veut dire quelque chose, elle répond par des craquements de phalanges, et sa tête se balance d'avant en arrière, d'arrière en avant, et les cachets lui font la bouche sèche, et au fond de sa gorge, au fond de sa poitrine, les mots s'accumulent.

Un jour de colère, à la fin d'un repas, tout explose en elle. Les mots jaillissent, acides d'avoir été retenus si longtemps. Comme l'assiette qui vient de se briser à ses pieds, les mots viennent frapper ses parents. Ils éclaboussent la table de la cuisine. Tout est emporté par la tempête. Elle crie si fort qu'elle a le goût du sang dans la bouche. Ensuite elle ne se rappelle que du menton et des yeux de sa mère qui tremblent, pareils à des oiseaux saisis par l'hiver. Et les mains de son père qui s'ouvrent et se ferment sur du vide. Et enfin il y a le silence qui se dépose sur ses épaules et sur son cœur comme un manteau écarlate. Son père s'en va. Il ne reviendra plus jamais. Les volets resteront fermés.

— Ça va, ma chérie ? demande sa mère.

Célia n'en est pas certaine. Sur le chantier, les hommes ont fini par réussir à descendre l'enseigne jusqu'au sol.

Ce qu'elle sait, c'est qu'elle n'ira plus au cinéma.

Chapitre 18

La nuit suivante, Célia descend sans bruit les escaliers.

En passant devant la porte de la chambre de sa mère, elle entend une chaise grincer, le tabac qui grésille sous la flamme d'un briquet, la pointe d'un stylo qui glisse sur la feuille. Des sons infimes qui lui confirment que Catherine s'est remise à travailler à son roman. La jeune fille sait qu'elle écrira toute la nuit, c'est le moment où sa mère semble avoir le plus de facilité. Comme si le silence et l'absence de lumière incitaient les mots timides à glisser de leur univers immatériel jusqu'à la feuille blanche. La nuit est pour le texte un cocon douillet. Au matin, tous ces mots auront éclos sur le papier en une succession de phrases et de chapitres. Catherine aura les traits tirés. Elle sera peut-être heureuse de ce qu'elle a écrit, Célia l'espère.

La jeune fille se glisse hors de la maison. Le froid est vif. Les grenouilles depuis la rivière déroulent sans fin leur litanie de coassements. La place est vide. On a décroché les ampoules. Les forains et leurs manèges sont partis ce matin. Ils ne reviendront que l'année prochaine. Célia s'installe sur un muret du château. Au-dessus d'elle un mince croissant de lune autour duquel s'enroule un voile de brume. Il y a comme un léger parfum d'automne qui descend des forêts. Des senteurs de sous-bois, de mousses et de champignons. Elle remonte le col de sa veste. Elle attend. Longtemps. Elle attend longtemps mais la bête ne réapparaît pas. « Ce n'était pas une bête. C'était Alice », la jeune fille en est certaine. La voix qu'elle a entendue l'autre soir et les mots prononcés ne l'ont pas quittée : « Je t'attendais, Célia. » Alors, ce soir, elle attend elle aussi. Les nuages s'amoncellent autour des sommets et finissent par déborder sur la vallée. Ils laissent courir sous leur ventre gonflé une fine traîne de bruine qui mouille les joues de Célia. Quelque part, dans la nuit, un chien aboie. Une solitude immense étreint les épaules de Célia.

Ce soir, Alice ne viendra pas.

*

Sur la place du village était amassée une foule compacte et étonnamment silencieuse. Tous, les épaules blanchies des premiers flocons de neige, se tenaient tournés vers quelque chose que je ne pouvais voir. Il y avait des vieux, des mères qui tenaient leurs gamins serrés près de leurs jambes, des ouvriers de la scierie, des anciens des mines. Personne ne m'a parlé. On se contentait de hocher gravement la tête à mon passage. Et puis j'ai entendu la voix forte d'Armand qui ordonnait aux gens de s'écarter. Je l'ai aperçu, avec un groupe de bûcherons et le père Tibo, au centre de la place. Il y avait là une vieille fourgonnette cabossée, celle qu'empruntaient au matin les ouvriers pour partir sur les chantiers. Les portes arrière étaient ouvertes. Armand s'est penché à l'intérieur du véhicule. Quand il s'est relevé, il tenait quelque chose dans ses bras. Je n'ai pas compris tout de suite. J'ai cru que c'était un paquet de draps sales. Je me suis dit que je m'étais trompée. Que nous étions épargnés. Que rien de tout ça ne pouvait se produire ici. Et puis une femme s'est mise à hurler pas très loin de moi : « Marie ! » Des hommes sont venus la soutenir avant qu'elle ne s'écroule. Jeanne et d'autres femmes se sont signées, le visage grave. C'est là que j'ai réalisé ce que tenait Armand. Ce n'étaient pas des draps. C'était le corps blême d'une enfant, maculé de boue et de sang. Et cette enfant était dans ma classe. Marie. Je crois que je me suis mise à hurler moi aussi.

Chapitre 19

— Non, ça avance. Oui, oui, je sais, Richard, je devais appeler il y a une semaine. Mais j'ai dû faire installer la ligne, ça prend du temps. Tout prend du temps ici. Tu ne peux pas imaginer, Richard, c'est comme un bout du monde. Oui, je sais, j'aurais pu choisir un autre endroit. Mais tu sais, je sens qu'il y a une belle énergie. Les montagnes, la forêt… Oui, dans une semaine, promis.

Catherine raccroche le téléphone avec un geste rageur.

— Quel connard, ce Richard !

Célia détourne le regard. Cela fait bientôt trois ans que sa mère a entamé l'écriture de ce roman. Trois années que dans les poubelles s'entassent des brouillons froissés. Il lui arrive d'écrire toutes les nuits sans relâche pendant un mois entier. Comme si sa vie en dépendait. Au matin, Célia la retrouve un bol de café à la main, les yeux barrés d'un noir aussi sombre que l'encre de ses stylos. Elle ne parle pas. Elle ne la regarde pas. On dirait qu'elle est ailleurs. De l'autre côté, avec ses personnages. Parfois, un sourire flotte sur ses lèvres. Célia se dit alors que l'inspiration est revenue. Que sa mère va *revenir*. Qu'une fois le manuscrit achevé on pourra vivre normalement. Mais toujours le manuscrit finit dans une corbeille. Depuis trois ans, Richard, son éditeur, l'appelle régulièrement pour faire le point, et Catherine enchaîne les mensonges. Elle demande parfois à Célia, une main sur le combiné : « Qu'est-ce que je peux lui dire cette fois-ci ? » Et la jeune fille l'aide à trouver les excuses qui expliquent ce retard. Richard n'est pas dupe. Le succès de ses précédents ouvrages, l'argent et la notoriété accumulés, expliquent certainement sa patience. C'est Célia qui a suggéré à Catherine l'idée de la résidence : « Le village. Les montagnes. Pour finir le roman. Au calme. » Jamais sa mère n'aurait voulu avouer qu'elle quittait la ville pour ce bout du monde à cause de l'argent. À force de déménagements et d'excentricités, Catherine a dilapidé l'argent que les romans lui ont rapporté. La banque l'a privée de carte de crédit et de chéquier. Le propriétaire de l'appartement luxueux qu'elles habitaient a envoyé recommandé sur recommandé. Il les menaçait d'expulsion. Les injonctions finissaient à la poubelle, avec les brouillons de son roman. Le frigo et les placards étaient vides. Comme les bouteilles du bar dans le salon, Célia s'en était aperçue. Quand elle rentrait du lycée, sa mère, en robe de chambre, le visage dévasté par l'alcool, traînait son angoisse derrière les volets clos. La poubelle débordait de ratures et le cendrier de mégots de cigarettes à demi consumées. Il avait fallu qu'un huissier frappe à la porte pour tirer sa mère de sa léthargie. « Il faut faire quelque chose, ma chérie. Sinon on va se retrouver à la rue ! » avait-elle dit. Célia avait proposé : « On pourrait aller là-bas, au village, la maison est à nous. Tu diras à ton éditeur que tu es partie quelques mois en résidence. » Mais le visage de Catherine s'était froissé. Elle avait bataillé durant de longues heures. Et même si ça ne l'enchantait pas non plus, c'était dans l'immédiat la seule solution pour éviter le pire. Sa mère avait fini par abdiquer. « À la fin de l'été. C'est d'accord. On ira là-bas. » Célia savait que ça ne réglerait rien. Il lui fallait retrouver Arthur. C'était à lui de réparer tout ça. Alors, un jour où Catherine était assommée par les mauvaises nuits et la vodka, elle avait fouillé dans ses papiers. Elle avait trouvé ce qu'elle cherchait.

Célia murmure :

— Ça va, maman ? mais Catherine la congédie d'un geste vague.

Cela ne sert à rien d'insister. Les colères de Catherine sont des orages. Il faut rentrer les épaules et attendre que ça passe.

Alors Célia descend, se perd dans les ruelles, les poings enfouis au fond de ses poches. Elle sait que quand elle rentrera les volets seront tirés et que l'obscurité enveloppera sa mère. Il n'y a rien à faire et cela fait enfler la colère dans le cœur de la jeune fille. Un sentiment d'impuissance insupportable. Ses pas l'ont menée en contrebas du village, vers le Moulin. La rivière bouillonne et gronde et bondit à ses pieds. Elle hésite un instant. Elle se souvient des mises en garde de sa grand-mère. Et de la menace du vieux Tonio : « Vous ne devez pas aller là-bas. Laissez ceux du Moulin tranquilles. » Mais elle sent qu'elle va devenir folle si elle ne croise pas un visage connu. Alice est le seul lien qu'elle a ici. Et puis il y a les marques sur le visage de la jeune fille derrière la vitre. Il y a aussi le loup qu'elle a cru voir l'autre soir. La voix d'Alice qu'elle a entendue. Célia en est venue à douter de sa raison. Elle a besoin de savoir. Elle a besoin d'un geste, d'une parole, d'une caresse. Alors, sans plus réfléchir, elle s'avance. L'eau éclabousse ses chaussures quand elle franchit le gué.

Dans le jardin en friche, Thomas, le père d'Andréas et d'Alice. Ses mains larges sont plongées dans le moteur d'une tronçonneuse. Ses cheveux longs forment un rideau devant son visage.

Quand la jeune fille s'approche, Thomas relève la tête, l'air mauvais.

— Qu'est-ce que tu fais là, toi ?

— Je m'appelle Célia. Je suis venue voir Alice.

L'homme déplie son corps immense, essuie ses mains grasses sur son pantalon, jette un regard vers la bâtisse derrière lui.

— Je sais qui tu es. Tu es la fille de Catherine. La petite-fille de Tina, c'est ça ?

Célia hoche la tête.

Tina. Elle n'a jamais appelé la vieille femme par son prénom. Pour elle, c'était juste « grand-mère ». Célia ne s'étonne pas que l'homme sache qui elle est. Les ragots du village n'ont pas dû mettre longtemps à courir jusqu'au Moulin.

— Vous êtes en vacances au village ? demande Thomas.

— Non. On vit ici maintenant.

Thomas s'accroupit à nouveau au-dessus de l'engin. Et, malgré l'écran de ses cheveux, Célia a cru voir briller une lumière étrange dans ses yeux.

— Alice, elle est pas là.

La jeune fille n'en croit rien. Elle a vu l'homme regarder vers le Moulin un bref instant.

— Je voulais lui dire bonjour.

— Elle est pas là. Faut pas revenir ici. Compris ?

Dans la voix de l'homme, cette question sonne comme une menace sourde, aussi Célia n'insiste pas.

Elle revient jusqu'au gué et, persuadée qu'Alice est bien chez elle, elle décide de contourner le bâtiment pour aller jusqu'à la fenêtre où elle a aperçu le visage meurtri de la jeune fille l'autre soir. Elle bataille avec les broussailles, retient un cri quand une ronce lui griffe la joue, et parvient enfin jusqu'à la fenêtre. Elle essuie le carreau sale de sa manche et plaque son visage contre la vitre. De l'autre côté, taché d'obscurité : un matelas à même le sol, des piles de vêtements, des assiettes sales abandonnées. Et soudain le visage d'Alice contre le sien.

Célia sursaute. La peau qui vire au vert sous l'œil, la bouche blessée, elle a du mal à reconnaître le visage de l'enfant avec qui elle jouait. Mais il y a les yeux. Les yeux noirs saupoudrés d'or qui n'appartiennent qu'à elle. Alice sourit de ses lèvres fendues. Célia promène un doigt sur le carreau, dessinant le contour de sa bouche abîmée.

— Je t'attendais, Célia, dit Alice.

Et sa voix étouffée par la vitre semble venir de très loin.

— Est-ce que… Est-ce que c'était toi, l'autre soir, au château ?

Le sourire d'Alice s'agrandit.

— Rejoins-moi ce soir. Sur les murailles, à minuit.

Célia se force à sourire.

— C'est Thomas qui t'a fait ça ?

Alice plaque sa main contre la vitre.

— Ce soir, Célia. Rejoins-moi.

Et le visage d'Alice recule jusque dans la gueule de l'obscurité.

Chapitre 20

Les volets sont clos quand elle pousse la porte de la maison.

Catherine s'est enfermée dans sa chambre.

Célia prépare un repas rapide. Quelques légumes cuits à la vapeur relevés d'un trait d'huile d'olive.

Elle frappe doucement à la porte de la chambre de sa mère, mais personne ne répond. Alors elle se contente de déposer l'assiette sur le plancher. Elle imagine Catherine, de l'autre côté, le dos courbé, le stylo suspendu entre les doigts, le regard sombre au-dessus de sa feuille. Peut-être est-ce une phrase sur laquelle elle trébuche. Peut-être un simple mot. Elle sait que sa mère ne mangera pas tant qu'elle n'aura pas épuisé les possibles. Tant qu'elle n'aura pas trouvé *le mot vrai*. Celui qui donnera l'illusion parfaite de la réalité. Et, dans cette quête, Catherine en oublierait presque que la réalité est ici, de l'autre côté de la porte.

Célia, dans le canapé face à la télé muette, se demande si sa mère est devenue folle. Ce qui est certain, c'est qu'il y a un peu plus de huit ans quelque chose s'était brisé en elle. Célia s'en rappelle encore, le téléphone avait sonné dans le salon. Catherine, croyant à un appel de son éditeur, s'était précipitée sur le combiné. Elle avait raccroché, le visage blême. « Qu'est-ce qu'il y a, maman ? » avait demandé la petite fille.

« C'est ta grand-mère. C'est Tina. Elle est morte. »

Il y avait eu l'enterrement. Catherine était partie seule un matin. Arthur n'avait même pas entendu la porte se refermer. Son regard errait sur l'écran de la télévision qui diffusait un dessin animé. Célia, sur le tapis du salon, avait passé la main devant le visage de son père pour vérifier qu'il n'était pas endormi malgré ses yeux ouverts. Mais l'homme n'avait pas réagi.

Catherine n'était pas rentrée le lendemain. Ni le surlendemain. Une semaine entière était passée sans que le téléphone ne sonne dans le salon, mis à part l'éditeur furieux au nez duquel Arthur avait raccroché. Son père avait appelé la gendarmerie du canton où se trouvait le village. Puis les gendarmeries et les hôpitaux de la région. Oui, tout le monde connaissait le nom de Catherine. Oui, tout le monde l'avait vue au moins une fois à la télé. Mais non, pas de traces d'elle sur les routes, dans le casier d'une morgue ou sur un lit d'hôpital. Comme si elle avait disparu de la réalité. Arthur avait ensuite juré à voix haute avant de composer un numéro sur le cadran du téléphone. Il avait longuement discuté avec un homme dont Célia avait perçu l'accent si particulier des gens du village de sa grand-mère.

Oui, Catherine avait été présente pour la sépulture. Elle était arrivée en fin de matinée. Elle était restée une nuit au village. Elle avait dormi dans la vieille maison. Au matin, les volets étaient clos et la voiture avait disparu. Là-bas, on ne savait pas où elle pouvait être allée.

Catherine était revenue deux semaines après le décès de Tina. Elle avait sur son visage un large sourire. Le teint frais. Légèrement maquillée. Dans le salon, elle avait lancé à Arthur et à Célia un bonjour joyeux. La petite fille s'était agrippée aux jambes de sa mère et le bonheur de la retrouver s'était échappé en perles de ses yeux. La main de sa mère avait caressé ses cheveux bruns. Légèrement. Puis elle avait disparu dans son bureau. La porte avait claqué. La clé tournée dans la serrure. Les volets tirés. Comme pour bien marquer la frontière avec la réalité.

Et comme Célia dévide la pelote des souvenirs, elle cherche dans les contours du salon gommés par la nuit ce qui a bien pu arriver ici. Où Catherine avait-elle disparu ? Qu'avait-elle fait durant deux semaines ? Qu'est-ce qui l'avait à ce point changée ? Il y a ici, dans ce village assommé par la nuit, Célia en est certaine, la réponse à cette question.

Sur la table du salon, les légumes sont complètement froids. Au-dehors on entend la cloche de la vieille église égrener ses douze coups. Célia referme la porte.

Elle a rendez-vous.

Chapitre 21

— Alors tu es venue. Je savais. Je savais que tu viendrais.

Les yeux d'Alice brûlent au milieu de son visage émacié. Elle entoure Célia de ses bras secs et la serre contre elle. De son corps émane une odeur forte. Sueur et feu de bois. Célia lui rend son accolade, un peu troublée. « C'est comme si on s'était quittées hier à peine », pense-t-elle, alors que cela fait bien longtemps qu'elle n'est pas revenue au village. Même si elles jouaient ensemble près de la rivière, sous la surveillance discrète d'Andréas, Célia n'avait jamais considéré Alice comme une amie. Tout juste une compagne de jeu éphémère qu'elle oubliait une fois l'été achevé. Car il y avait chez Alice quelque chose qui l'avait toujours vaguement effrayée, qui l'avait empêchée de se livrer totalement. Peut-être ses yeux noirs qui évoquaient une nuit insondable, primitive et sauvage. Aussi Célia est un peu mal à l'aise quand Alice attrape sa main et l'entraîne au-delà des ruines du château.

— Viens, suis-moi !

Elles dépassent le cimetière, empruntent un sentier qui s'élève au-dessus du village, et bientôt arrivent à la forêt. Les silhouettes des arbres dansent sous le vent. De la masse sombre et compacte des bois semble s'échapper un souffle profond. Célia retient un frisson. Les bêtes qui la hantaient se réveillent et s'ébrouent, et elle pourrait presque entendre leurs mâchoires claquer. Elle s'arrête brusquement et, en secouant la tête, elle dit : « Je ne veux pas. Je ne veux pas aller dans les bois. »

Alice se retourne et pose sa main sur la joue de Célia.

— T'as pas à avoir peur.

L'angoisse serre la gorge de la jeune fille, étranglant ses mots.

— Je... je ne veux pas.

— Je sais. Je sais que tu as peur. Mais t'es pas seule. Je suis avec toi. Je te protégerai. Tu dois avoir confiance en moi.

Comme Célia baisse les yeux, Alice s'approche de son oreille.

— Tu te souviens du serpent ?

— Le serpent ?

— Un après-midi. On était à la rivière. On avait une collection de pierres, tu te rappelles ?

Célia ne se souvient ni du serpent ni des pierres, aussi elle reste muette.

— Mais si ! Souviens-toi ! On plongeait sous l'eau, on ramenait des cailloux et on les triait sur la berge. On les alignait par couleur pour faire un tableau. Évidemment, on jouait toutes les deux, mais toi t'avais peur de mettre la tête sous l'eau. Je t'avais montré comment faire. Pour se boucher le nez et retenir sa respiration. Mais tu avais bu la tasse et tu voulais plus aller dans la rivière. T'étais allée t'asseoir dans le sable en disant que tu t'occuperais du classement des pierres. Moi, j'étais la plongeuse. Et puis, pendant que je ramassais des cailloux près d'un bosquet, tu as vu le serpent sur les rochers qui filait vers moi. Moi, j'avais la tête sous l'eau, alors je voyais rien. Alors t'as pris un caillou, une grosse pierre. Tu t'es avancée dans la rivière et t'as visé le serpent. Quand j'ai repris mon souffle, tu étais toute blanche, debout dans l'eau, et tu fixais quelque chose. J'ai suivi ton regard et j'ai vu le serpent gris et vert. Il flottait dans le courant. Il avait la tête tranchée. Tu te souviens de ça ?

Célia hoche la tête. Oui, elle se souvenait maintenant. Peut-être pas aussi précisément qu'Alice, mais elle se souvenait de la peur qu'elle avait ressentie en voyant le serpent s'approcher de la petite fille. Elle avait d'abord paniqué. Elle avait crié, mais Alice avait la tête sous l'eau et elle ne pouvait l'entendre. Elle avait appelé Andréas, mais il était plus haut sur la rivière et lui non plus n'avait pas entendu son appel. Et puis cette drôle de sensation l'avait envahie. Une sorte de rage primitive. Comme si son cerveau s'était soudain déconnecté. Sans réfléchir, elle avait su ce qu'il fallait faire. La pierre aux arrêtes tranchantes s'adaptait parfaitement à sa main. Elle ne se souvient même pas être rentrée dans l'eau. La seule image nette qui lui reste, c'est la tête du serpent flottant sur la rivière, une aquarelle de sang, le sourire d'Alice, et dans sa main, trois petits cailloux dorés.

— Tu vois, ce jour-là, je me suis dit que je pouvais avoir confiance en toi, continue Alice.

Que tu serais toujours là pour moi. Alors ce soir je voudrais que ce soit pareil pour toi. Allez, s'il te plaît, accompagne-moi.

Et le souvenir de cet après-midi-là pousse Célia vers la forêt. Alice semble suivre des pistes invisibles qui serpentent à travers les sous-bois. Comme dans ses cauchemars, les buissons agrippent les chevilles de Célia, les branches fouettent ses joues, les rochers se dérobent sous ses pieds. Le souffle court, elle trébuche souvent. Elle peine à suivre Alice. Et quand elle demande : « Où est-ce qu'on va ? », la jeune fille qui l'entraîne par la main reste muette.

Après ce qui a semblé être une éternité, la forêt s'ouvre enfin sur un large plateau. Au milieu du cercle noir des arbres, un lac circulaire aux eaux sombres et épaisses, frappées du croissant bleu de la lune. Ça et là, comme dans les yeux d'Alice, sont piqués d'infimes morceaux d'étoiles qui scintillent. Un miroir immense posé à flanc de montagne. Et sa surface est si plane et le reflet est si parfait qu'on dirait qu'un bout de nuit est venu se déposer là. La beauté de l'endroit est telle qu'Alice et Célia ne pensent même pas à se lâcher la main. Côte à côte près de la berge, elles se laissent envahir par la quiétude du lac. L'air est froid et pur et le silence à peine ridé par le balancier du hululement d'une chouette, quelque part dans la montagne au-dessus.

— C'est beau, hein ? demande Alice à voix basse.

— C'est beau, répète Célia apaisée, soudainement indifférente à la masse noire des forêts qui encerclent le lac.

Alors Alice lâche la main de Célia et retire son pull de laine grise. Elle se défait un à un de ses vêtements.

— Qu'est-ce que tu…

— Chut… Ne parle pas, lui intime Alice alors qu'elle dégrafe son soutien-gorge.

Sur la toile sombre des bois, son corps fin et musclé semble aussi pâle et brillant que la lune. Sur ses bras, son dos, partout, des zébrures rouges. Elle s'approche de Célia, prend ses mains entre les siennes. La jeune fille détourne le regard pour ne pas voir les deux seins minuscules, la toison blonde qui monte sur son ventre.

— N'aie pas peur, regarde.

Alors Célia lève ses yeux vers Alice. Blanche et nue comme une statue antique, la jeune fille s'approche du lac et pose un pied dans l'eau que Célia imagine froide et mordante. Un pied, puis l'autre. Et, sans hésiter, Alice avance dans l'eau noire qui peu à peu engloutit ses mollets, ses cuisses, ses fesses, son ventre, jusqu'à faire disparaître complètement son corps laiteux et ses cheveux blonds. La panique gagne Célia. L'eau est certainement glaciale. Alice n'y survivra pas. Que doit-elle faire ? Retirer ses vêtements ? Plonger pour sauver la jeune fille ? Elle espère voir émerger le corps d'Alice, mais la surface du lac reste désespérément plane. Alors elle s'accroupit, entreprend de défaire les lacets de ses chaussures en maudissant Alice, retire ses chaussettes, son pantalon, trébuche, tombe, crie, et tout son corps tremble dans l'air froid de la nuit. Au moment où elle se relève, des larmes de rage sur les joues, quelque chose, de l'autre côté du lac, émerge de l'eau. Célia espère que c'est

Alice, mais dans la nuit elle peine à distinguer les formes de ce qui se déplace lentement là-bas sur la berge. Alors elle s'approche en contournant le lac, le cœur battant, sans même penser à remettre ses vêtements et ses chaussures, indifférente aux cailloux et aux herbes coupantes. Et plus elle s'approche, plus il lui semble impossible de croire à ce qu'elle voit. Il y a là-bas, sur la berge, une bête. Une bête grise qui marche sur quatre pattes. Un loup. Le loup aperçu sur les murailles l'autre soir. Et de la gueule de l'animal monte une plainte sourde dont les échos n'en finissent pas de rebondir sur le miroir de l'eau. Alors Célia se retourne et court. Elle court vers le village. Elle court au hasard des bois. Elle déchire ses joues aux griffes des aubépines, écorche ses pieds nus sur les racines des sapins et, dans une sente de bêtes sauvages, elle perd l'équilibre, chute, roule. Sa course s'arrête contre un rocher qui lui ensanglante le front et la précipite dans la nuit.

Chapitre 22

Ce sont les flammes jaunes d'un feu qui tirent la jeune fille du sommeil.

— Il faut pas avoir peur, dit la voix apaisante d'Alice.

Célia ouvre difficilement les yeux. Elle remue un peu sous la couverture brune et rapiécée. Tout son corps semble criblé d'aiguilles.

— Qu'est-ce que… qu'est-ce qui s'est passé ? demande-t-elle, et sa voix est si faible qu'on dirait qu'elle parvient de très loin. Est-ce que j'ai rêvé ? Est-ce que c'était toi de l'autre côté du lac ?

Alice renverse la tête en riant.

— Il n'y a personne d'autre que nous, Célia. Personne d'autre.

La jeune fille se redresse et s'assoit en retenant un gémissement. Elles sont dans ce qui ressemble à une grotte. La roche des parois est luisante d'humidité. Au centre de la cavité dansent les flammes d'un feu de résineux qui parfume l'air de senteurs épicées. Au-dessus s'ouvre un mince boyau, une cheminée qui permet aux volutes de fumée de s'échapper. Sur le sol, des couvertures défraîchies. En face de Célia, un boyau étroit s'enfonce dans l'obscurité. Et contre une des parois, un coffre et des étagères, un mobilier de fortune fait de palettes et de caisses de bois retournées.

— Où est-ce que nous sommes ? demande Célia.

De l'autre côté des flammes, Alice sourit, bienveillante.

— Un abri de bergers dans la falaise. Près du lac Noir. On est en sécurité.

— Qu'est-ce qu'on fait ici ?

— J'aimais nos après-midi à la rivière, tu sais, dit Alice, comme si elle n'avait pas entendu la question. Avec toi, je me sentais bien. Je sais pas comment l'expliquer. T'étais pas comme une sœur, tu vois, toutes ces conneries d'enfant. Non, on aurait dit qu'on faisait toutes les deux partie d'un tout, tu comprends ?

Célia masse ses tempes douloureuses.

— Je ne suis pas sûre de…

— Ce que je veux dire, Célia, c'est que je ressentais quelque chose de spécial avec toi. Comme si on avait été une seule et même personne, tu vois. Une personne qui un jour aurait été partagée en deux par la foudre. Je t'apprenais la rivière, les poissons, les oiseaux. Toi, tu me parlais des livres que ta mère écrivait, de la ville, de ses lumières. Quand on était ensemble, rien ne pouvait nous arriver, j'en étais certaine. Je me sentais bien. À ma place.

Alice tend un bol de bois à Célia. À l'intérieur, un liquide sombre et épais.

— Tiens, bois ça, ça te fera du bien.

— C'est quoi ? demande Célia, les sourcils froncés.

— Des herbes. Bois.

— Non, ça va, je…

— Allez, idiote, c'est du thé ! dit Alice en riant. Tu peux boire, je vais pas t'empoisonner !

Célia porte le bol à ses lèvres et le breuvage brûlant efface un peu la douleur qui court entre ses tempes.

— Tu te souviens de la rivière, toi aussi, pas vrai ?

— Oui. Enfin, un peu, admet Célia. Il s'est passé beaucoup de choses depuis ce temps-là. J'ai déménagé, j'ai croisé beaucoup de visages différents. Et puis je me suis occupée de ma mère après le départ de mon père.

Alice baisse les yeux vers le feu, visiblement déçue que Célia ne soit pas aussi émue qu'elle.

— Oh… je pensais que c'était important pour toi aussi.

— Oui, ça l'était, se rattrape Célia, un peu gênée. Je me souviens de la rivière. Des cailloux. De ton frère. Du serpent. Et puis… et puis des traces que tu portais sur tes bras, sur ton dos.

De l'autre côté des flammes, Alice relève la tête.

— Tu disais que c'était les bêtes qui t'avaient fait ça. Et j'en ai fait des cauchemars pendant des nuits entières.

Alice hausse les épaules.

— Je mentais, Célia. Je mentais. Les animaux ne font jamais de mal, tu sais ça ? Le mal et le bien, ça existe pas pour eux. Ils vivent, c'est tout.

— Ces traces… c'est ton père, c'est ça ? demande prudemment Célia.

Alice se rapproche et vient poser sa tête sur l'épaule de la jeune fille.

— C'est compliqué. Très compliqué.

Célia cherche des mots qu'elle ne trouve pas, alors elle se contente de passer une main affectueuse dans le dos d'Alice.

— Tu sais, un homme est venu me voir, dit finalement Célia. Un vieil homme. Tonio, c'est son prénom, je pense. Il m'a dit qu'il ne fallait pas vous déranger. « Laisse ceux du Moulin tranquilles », voilà ce qu'il a dit.

— T'en fais pas pour eux, les gens du village, ils comptent pas.

— Ils sont au courant ? Ils savent que ton père…

— C'est pas la question, tranche Alice d'une voix dure. Tu sais, on a toujours été mal vus dans le village. Mon grand-père, Armand, c'était le propriétaire de la scierie. Quand il est devenu trop vieux et qu'il a commencé à perdre la vue, il a donné la scierie à mon père. Il l'a pas fait par plaisir. Je crois qu'il savait ce qui allait arriver. Mon père… Mon père a été incapable de gérer tout ça. Il buvait déjà trop. Ça a été une catastrophe. Ma mère est partie. La scierie a failli fermer. Tout le monde nous a montrés du doigt. Tu vois, les mines et les usines de la plaine se sont arrêtées depuis longtemps. Et la scierie, c'est le seul endroit où bosser dans le coin. Y'a plus de soixante personnes qui travaillent là. Sans compter les bûcherons. Alors quand les types de la comptabilité ont annoncé que la scierie n'avait plus de quoi continuer, ils ont tous paniqué dans la vallée. Ils ont dit que c'était la faute de mon père. Il a même reçu des menaces de mort.

Comme Alice sombre dans le silence, Célia demande : « Qu'est-ce qui s'est passé ensuite ? »

— Pour Andréas et moi, ça a été très dur. Notre mère était partie. À l'école, on nous a mis de côté. Plus personne ne nous parlait. Les autres gamins du village nous tombaient dessus régulièrement. J'étais paniquée au moment de partir à l'école. Alors j'ai fini par ne plus y aller. Mon père... mon père, je crois, avait très peur qu'il nous arrive quelque chose, alors il a voulu que je reste au Moulin. Andréas, lui, il a continué à aller l'école et il en a bavé. Mon grand-père Armand a pas supporté tout ça. Il a quitté le village pour s'installer dans une maison plus haut dans la montagne. Finalement, la scierie a été sauvée. Et comme ça, du jour au lendemain, mon père qui était patron s'est retrouvé ouvrier. Mais c'est pas grave. Le plus terrible, c'est que les gens ont pas oublié ce qui s'était passé. Ici, ils oublient jamais. Comme si leur mémoire venait se graver dans la montagne. Il faut des millions d'années pour qu'ils oublient et qu'ils pardonnent. Et pourtant, si tu savais... Eux aussi ils en ont des secrets. Des choses immondes qu'ils planquent dans des placards. Tonio et tous les autres, ils tremblent que quelqu'un découvre un jour tout ça. Pour eux, c'est plus facile de cracher sur notre famille. Comme si on était les seuls responsables.

Alice ne bouge pas pendant un long moment, si bien que Célia la croit endormie. Il y a sa respiration paisible, le parfum boisé de ses cheveux blonds, sa peau blanche sous la laine du pull. Célia elle-même se sent d'un coup très fatiguée. La chaleur du feu sur ses joues et les flammes qui tourbillonnent l'entraînent vers le sommeil. Mais la voix d'Alice contre son cœur la ramène vers la grotte.

— Tu as eu peur parfois, Célia ?

— Tout le monde a peur.

Alice lève ses yeux de nuit vers Célia.

— Vraiment ?

— Oui.

— Pourtant... tu sembles si forte. Quand je suis avec toi, j'ai peur de rien.

Célia retient un sourire.

— Forte ? Moi ? Tu te trompes.

— C'est parce que tu doutes trop de toi. Le jour où tu as tué ce serpent, près de la rivière, j'ai su qui tu étais. Ce que t'étais prête à faire pour que la vie continue. T'es faite pour résister aux orages.

Célia reste un instant silencieuse, embarrassée par les paroles d'Alice.

— Et tout à l'heure ? Tout à l'heure quand je me suis enfuie et que j'ai trébuché dans la forêt, tu m'as trouvée courageuse ?

— T'as eu peur de la louve ?

— La louve ? Écoute, je ne savais pas si c'était un vrai animal ou si c'était toi. C'était si irréel. On aurait dit une histoire inventée par ma mère.

Un sourire fend le visage d'Alice.

— Et ?

— Et, quoi ?

— Est-ce que c'était moi sur la berge du lac ?

Célia hausse les épaules.

— Je suppose, oui. Il n'y a plus de loups depuis longtemps.

— T'en es certaine ?

Célia frissonne devant les yeux d'Alice.

— Qu'est-ce que ça veut dire ? Pourquoi est-ce que tu me poses toutes ces questions ? demande-t-elle, les doigts noués. Soudainement, elle aimerait être dans son lit, au chaud, à l'abri sous le toit de la maison aux murs épais, loin d'ici. Loin d'Alice dont les yeux renvoient les éclats jaunes du feu.

— Je pensais que tu voulais savoir.

— Non, dit Célia en se relevant pour chasser la nausée qui monte en elle. Je vais rentrer. Je suis fatiguée. Et ma mère va s'inquiéter.

Alice saisit la main de la jeune fille.

— Je sais qui est ta mère. Je sais tout ce qu'on raconte sur elle. Tous les hommes qui…

— Ne parle pas de ma mère, la coupe Célia.

— Quoi ? T'as pas envie d'être toi-même ? Sans tout ce poids ? Parce que toutes les deux on…

Célia repousse la main d'Alice.

— Je vais rentrer. Maintenant.

— C'est comme tu veux, lâche Alice avec une moue renfrognée.

À la sortie du boyau, les eaux noires du lac sont parsemées du crin des nuages qui s'effilochent dans le ciel de l'aube à venir. Les deux filles descendent vers le village par des pistes que seule Alice sait voir. Célia a froid et son crâne semble sur le point d'exploser. Alice marche devant, le regard sombre, et ses lèvres restent closes durant tout le trajet.

Arrivées sur la place du village encore assoupi, les deux filles se séparent sans un mot. Puis la voix d'Alice retient Célia qui s'éloigne.

— Tu reviendras me voir ?

Célia ne répond pas. Tout ce qu'elle souhaite maintenant, c'est dormir.

Chapitre 23

Célia est réveillée par le parfum sucré des crêpes qui monte depuis la cuisine. Il y a pourtant moins d'une heure qu'elle s'est allongée dans le lit. Elle n'a pas vraiment dormi. Son esprit a vacillé entre rêves et cauchemars. La louve se tenait tapie au bord du lac Noir comme au bord de sa conscience. Les yeux de nuit d'Alice l'appelaient silencieusement. Et elle avait autant envie de s'avancer que de fuir.

Dans la cuisine, Catherine est penchée au-dessus d'une poêle fumante. Sur une assiette de porcelaine ébréchée, une pile de crêpes. Les volets sont ouverts sur la vallée et on perçoit au loin la plainte des machines de la scierie.

— Bonjour, Célia. J'ai vraiment réussi à avancer cette nuit, déclare joyeusement Catherine. Je me suis dit que ce serait bien que l'on déjeune toutes les deux pour une fois. Puis, se tournant vers la jeune fille :

— Qu'est-ce que tu as au front ? Tu es tombée du lit ?

Célia avait oublié la chute. Juste avant l'aube, elle s'est jetée dans les draps sans même se déshabiller, aussi elle n'a pas pensé à nettoyer la blessure. Elle répond évasivement et vient s'asseoir à la table sur laquelle sa mère dépose l'assiette de crêpes blondes.

La jeune fille est heureuse de retrouver le sourire de Catherine, mais elle se méfie un peu. Elle a appris à connaître ses sautes d'humeur. L'esprit de sa mère est un ciel d'avril. Le soleil toujours menacé par l'arrivée de nuages lourds.

— Au fait, j'ai reçu une lettre du lycée. Les cours ont commencé au début de la semaine et ils ont été surpris de ne pas te voir. Tu avais oublié ?

Non, Célia n'a pas oublié. C'est même elle qui s'est occupée du dossier de son inscription. Catherine s'était contentée d'apposer sa signature au bas du formulaire. Sans cette lettre du lycée, Catherine n'aurait jamais réalisé que les cours avaient commencé. Célia savait bien que la rentrée avait eu lieu, mais elle n'avait rien dit. Elle espérait que Catherine s'en rendrait compte le plus tard possible. Chaque jour qui passait, elle se plaisait à imaginer que sa mère ne remarquerait peut-être rien du tout. Plus jamais elle ne serait obligée de retourner dans une salle de classe, ce serait alors une véritable année sabbatique. Mais, évidemment, ce n'était rien de plus qu'un rêve. Jusqu'en juin dernier, Célia suivait les cours avec une sorte d'indifférence, se contentant de fournir l'effort minimum pour que rien ne puisse la retenir plus longtemps que nécessaire dans cet univers qu'elle trouvait bruyant et agressif. Il n'y a qu'en littérature que ses notes étaient désastreuses. « Elle a une sorte de blocage », disaient les enseignants. « La littérature, ça suffit comme ça, j'en ai assez à la maison », pensait-elle pour elle-même. Elle a tellement entendu parler d'écriture que la lecture d'une simple page lui est pénible. Sa langue trébuche sur les mots, ses yeux sautent de ligne en ligne, à la recherche d'une échappatoire, d'une respiration. Quand elle lit, elle a l'impression de s'asphyxier. Pourtant, enfant, Célia adorait les livres. Elle dévorait tous ceux qu'elle empruntait au hasard des bibliothèques. Elle en fabriquait parfois, de petits ouvrages faits de feuilles quadrillées maladroitement reliées entre elles par de la ficelle beige. Des histoires de loups et de lapins, de princesses et de châteaux merveilleux. Une mythologie à hauteur d'enfance.

Et puis la trahison de son père et les angoisses de sa mère l'avaient définitivement convaincue que la littérature était une sorte de pomme empoisonnée qui brouillait l'esprit. On se réfugiait dans les romans pour oublier combien le quotidien était terne et décevant. Parce que si elle n'avait pas été là après le départ d'Arthur, elle en était convaincue, Catherine aurait sombré dans ses textes jusqu'à la folie. Pendant que sa mère tournait et retournait les mots au bout de son stylo, Célia avait géré les courses, les repas, les papiers administratifs. Elle s'était occupée de tout. Alors, la littérature, elle ne voulait plus en entendre parler. Quitte à subir les colères des enseignants quand elle se murait dans le silence au-dessus d'un extrait de roman. « De toute manière, se disait-elle, il y aura bientôt un autre déménagement. Un autre lycée. » Partout, les établissements se ressemblent. Des monolithes froids et ternes. Des couloirs aux peintures en lambeaux. Des salles de classe sales, au plafond constellé de boulettes grises de salive. Des chaises branlantes où des milliers d'autres avant elle ont posé leurs fesses anonymes. Des tables usées par des strates sans âge de graffitis obscènes. Des professeurs fatigués à la voix soporifiques. Et puis la cohorte des couloirs, cette masse grouillante, vibrante d'envies et de frustrations, et, au final, terriblement consciente que les rêves sont morts avant d'être nés.

— J'ai téléphoné pour dire que tu serais en cours demain, tranche Catherine.

Célia hausse les épaules tout en mordillant une crêpe. Ça ou vivre recluse dans une maison aux volets clos... Et cette idée la ramène à Alice. Célia se demande ce que la jeune fille aux yeux de nuit fait de ses journées. Est-ce qu'elle reste enfermée comme une prisonnière dans le vieux Moulin en attendant le soir pour s'échapper ? Depuis combien de temps est-elle ainsi coupée du monde ?

« Il n'est pas étonnant qu'Alice ait bâti toutes ces histoires de louve », se dit Célia en débarrassant la table que sa mère a fui pour travailler dans le salon. « Elle vit dans un monde imaginaire, loin du Moulin et de Thomas. Un monde où elle peut être libre. » Célia y avait presque cru hier soir. Elle se souvient de la terreur qui l'avait envahie quand elle avait aperçu le pelage de la louve de l'autre côté du lac. Une sensation primitive au creux de son ventre. Un instinct. Il fallait courir pour éviter d'être dévorée. « C'est ce à quoi doit certainement ressembler la vie d'Alice », pense la jeune fille. « Une course immobile. Cloîtrée dans la chambre, elle cherche à échapper aux colères de son père. Le lac Noir et la grotte sont pour elle un refuge. » Et c'est vrai que Célia s'était sentie bien entre les parois humides, les joues chauffées à blanc par le feu parfumé. Il y avait là-haut, sur ce plateau, quelque chose de pur et limpide, loin des réalités du monde. Là-bas, dans le ventre de la terre, au cœur des forêts, on se sentait protégé. Et la jeune fille se prend à sourire à cette pensée, elle qui a toujours été effrayée par la montagne. Sur le retour, elle n'avait pas eu peur. Elle savait qu'Alice connaissait les chemins secrets, les animaux qui peuplent la nuit, et qu'elle serait là si quelque chose devait arriver.

Célia fait la vaisselle dans l'évier de marbre rouge quand trois coups sont frappés contre la porte. Andréas se tient sur le seuil, une sacoche de cuir fauve au bout du bras.

— Bonjour, est-ce que ta mère est là ?

Célia jette un coup d'œil vers le salon. Sa mère est sur le canapé, des feuillets entre les mains, un sourire aux lèvres.

— Oui. Entre.

— Tu aurais dû monter l'autre soir quand je t'ai appelée. On faisait une fête à l'Atelier.

— L'atelier ?

Andréas adresse un signe de main à Catherine.

— Oui, l'*Atelier du livre*. Je fais du papier et des encres végétales. Je fournis des artistes de la région. Et comme j'ai eu une grosse commande, on fêtait ça avec quelques amis. Je t'ai pas reconnue tout de suite quand tu es passée dans la rue. Tu as vraiment changé et...

— Bonjour, Andréas, lance gaiement Catherine depuis le salon. Tu as amené ta production ?

— Oui. Prêle, châtaignier, graminées, j'ai tout là-dedans, dit le jeune homme, la main sur la sacoche.

— Très bien, viens par ici, on sera plus à l'aise.

Avant de rejoindre Catherine, Andréas se penche vers la jeune fille.

— Passe quand tu veux, d'accord ?

— Pourquoi pas.

Et, comme s'il pensait soudainement à quelque chose : « Tu as vu Alice ? »

Célia hoche la tête silencieusement.

— C'est bien, dit Andréas. Je pense que ça lui fera du bien. Elle t'aimait beaucoup, tu sais.

Dans le salon, le jeune homme a disposé des feuilles au grain épais sur la table basse. Catherine n'en finit pas de dévider la pelote de sa vie comme elle l'a fait le soir de son arrivée avec Bruno. Andréas l'écoute attentivement, un sourire flotte sur ses lèvres. Avec ses cheveux bruns, sa barbe naissante et ses traits fins, il est séduisant. « Peut-être un peu trop séduisant pour sa mère », pense Célia.

Chapitre 24

Le premier jour de lycée est aussi insipide que Célia l'avait imaginé. Il y a les regards en coin, les coups de coude en douce, il y a l'indifférence ou les sourires forcés des professeurs, il y a la salle de cantine assourdissante, il y a les murs moches et les graffitis stupides dans les toilettes puantes. Après la tranquillité du village, le silence des pierres, la densité des montagnes, tout lui semble factice et grotesque. Tous connaissent les règles tacites, le périmètre exact des territoires, les lignes à ne pas franchir, les mots à dire ou à taire, les allégeances à prêter, les cabales à mener. Ils ont grandi ensemble pour la plupart. Enfants de la vallée, les garçons ont la voix rocailleuse et tranchante, le geste assuré, le rire large et la claque facile. Les filles, elles, comme un troupeau apeuré, les observent depuis l'autre bout de la cour bétonnée. Certaines se rêvent princesses de clips télé. À leurs poignets, à leurs oreilles, autour de leur cou, des breloques argentées qui tintent à chaque pas. Comme il fait encore bon dans la journée, les jupes sont courtes, moulantes, et les décolletés généreux. On échange secrets de beauté et saignements de cœur à voix basse. On déclare bien haut pour les oreilles des garçons que samedi on ira danser au *Planet*. Et que là, sur la piste et sur le parking de la discothèque, à l'arrière d'une voiture, là, tout pourra arriver. D'autres se font plus discrètes. Sursautent pour un éclat de voix. Baissent les yeux sur leur jupe sage. Les garçons se moquent, leur adressent des clins d'œil provocateurs, la main sur l'entrejambe. Elles détournent leur regard offusqué, mais tout au fond de leurs yeux étincelle la curiosité de savoir ce qui se cache là, sous le jean des garçons. La curiosité et la peur de confronter le réel à ce qui, au fond des rêves, allongées sur leur lit d'enfant, n'en finit pas de venir troubler leurs nuits solitaires.

Les pas de Célia se perdent dans les couloirs gris et infinis. Elle progresse la tête basse, évite les corps qui se frôlent et se bousculent. Ici, on ne s'appelle pas par le prénom, mais on lance des noms de famille d'un bout à l'autre des allées. Comme on le faisait autrefois dans les puits des mines avant qu'elles ne ferment ou dans les hangars de la scierie. Et les trahisons et les rivalités et les amitiés de leurs aînés coulent toujours dans le sang des garçons et définissent le rôle qu'ils ont à tenir, et, c'est une question d'honneur, ils s'y tiennent comme si leur vie en dépendait.

« À bien y réfléchir, se dit Célia, les garçons d'ici ne sont pas si différents de ceux de la ville. » Sauf qu'à la ville on se bat pour une rue, un quartier ou un immeuble. Dans les quartiers pauvres comme chez les riches. Partout, c'est la même violence sourde qui pulse dans ces corps jeunes.

Comme s'il n'y avait d'autre manière d'être au monde qu'en usant de ses poings.

Et puis, il y a les autres.

Ceux qui sont hors du monde. Ceux qui ont choisi de se tenir à l'écart. Ceux qui n'ont pas choisi, mais que l'on a poussés dans un angle gris de la cour. Des filles et des garçons aux cheveux trop longs, à la voix trop peu assurée, aux yeux trop cernés de khôl sombre, ceux aux habits trop larges, trop rapiécés, trop noirs, trop colorés, trop démodés, ceux à la peau pas assez claire, ceux au corps pas assez affirmé, ceux aux avant-bras bandés pour cacher les cicatrices, ceux au regard fuyant, ceux aux phalanges qui n'en finissent pas de craquer. Une constellation de planètes esseulées qui s'effleurent, s'évitent, ou se regroupent la plupart du temps par affinité vestimentaire, par goûts musicaux, par couleur de peau. Et, pour faire perdurer cette cohésion nouvelle et précaire, le groupe s'empresse, à la manière de ceux qui les ont mis à l'écart, de désigner celui qui deviendra l'autre. Celui qui est trop. Ou pas assez. Mais, dans tous les cas, celui ou celle qui est ce qu'ils ne sont pas. L'étranger.

Célia, au fil des déménagements, a appris à endosser ce rôle. Aussi, le premier jour du lycée, elle n'attend pas qu'on lui assigne une place à force de brimades. Elle la prend. Elle dépose sur ses épaules son manteau de silence écarlate, rabat la capuche sur son visage et vient s'assoir sur le banc le plus éloigné de la foule. Les traits impassibles, les cheveux bruns tressés en natte, les épaules droites, les mains à plat sur les cuisses, elle se figure qu'elle est une statue antique. « Pas une statue de reine au milieu du parc d'un château. Non, ce n'est pas pour moi. Il y aurait trop de bruit encore. Je serais la statue toute simple d'une bergère. Aux traits simples et maladroits, à peine esquissés dans la pierre par les mains rudes d'un vieil homme. J'aurais été déposée à la croisée des chemins pour veiller sur l'horizon. Je n'aurais d'autre but que celui de contempler le soleil et la lune dans leur course éternelle. »

Là, sur son banc, ainsi métamorphosée, elle se sent bien. Ce qu'on dira d'elle, elle s'en moque. Parce que personne ne peut savoir ce qui se passe sous la capuche du manteau de silence. À la vue de tous, elle peut laisser son esprit vagabonder. Elle repense à ce matin. Quand elle est sortie de la maison, le jour pointait à peine au-dessus des montagnes. Sur la place, ils étaient cinq. Deux collégiens aux yeux ensommeillés et une paire de vieilles femmes, cabas à la main. Les sœurs Dandoc. Ils ont échangé des bonjours à voix basse, comme si le village avait pu se réveiller s'ils avaient parlé trop fort. Tous la regardaient en coin. Ils détaillaient ses cheveux tressés. Ses vêtements sans excentricité ni fioritures. Ses mains sagement croisées sur son cartable de toile beige. Les deux gamins pouffaient en sourdine. Peut-être à cause d'elle, peu importe, elle s'en moquait. Et les deux vieilles avaient échangé quelques mots qu'elle ne s'était pas donné la peine de saisir. Le bus était finalement arrivé en faisant crisser ses freins. Elle s'était installée sur un siège libre au milieu du véhicule et personne n'était venu s'asseoir à côté d'elle.

À la sortie du village, le bus a croisé la camionnette des bûcherons qui partait pour les forêts.

Et derrière une des vitres, à l'arrière, il y avait le visage d'Alice.

Les yeux de nuit de la jeune fille se sont agrandis quand elle a aperçu Célia. Elle est venue poser son index sur ses lèvres abîmées, comme pour lui dire de taire un secret qui n'existait qu'entre elles. Et puis chaque véhicule a continué sa course. Cela n'a duré que quelques secondes. Peut-être moins, mais ça a suffi à faire remuer quelque chose dans le cœur de Célia. Durant tout le trajet, elle n'a pu se défaire de l'image du doigt sur les lèvres closes d'Alice. « Voilà ce qu'elle fait de ses journées. Elle est là-bas, avec son père et les bûcherons, là-bas, dans les forêts. » Et, immobile sur son banc telle la statue maladroite d'une bergère des temps anciens, elle envie presque Alice. Elle aurait aimé se retrouver près d'elle, à l'arrière du véhicule, dans la chaleur des corps mal réveillés. Tous partant à l'assaut de la montagne, arpentant les pistes invisibles des forêts, le cœur et l'esprit errant en liberté.

Mais un cri la ramène soudain dans la cour grise et vide. Là-bas, un surveillant l'appelle : « Vous n'avez pas entendu la sonnerie ? Vous vous croyez où, hein ? »

« Où je me crois ? » se demande Célia. « Ailleurs. »

Et ailleurs, c'était bien.

Chapitre 25

— Hé, Célia. Comment ça va ?

La jeune fille se retourne. Dans la ruelle derrière elle, la silhouette de Paul. Elle referme les bras autour de son sac de toile beige et continue son chemin vers la dernière maison du village. La journée a été longue. Longue et bruyante comme toutes les autres au lycée depuis une semaine maintenant. Elle a envie d'ôter ses vêtements, de prendre une longue douche et de retrouver le silence de sa chambre sous les toits. Mais Paul la suit, se faufile près d'elle dans la ruelle.

— Allez, quoi. Tu peux me parler, non ? T'es d'ici maintenant, dit le garçon avec un sourire.

— D'ici ? répète Célia, les sourcils en point d'interrogation.

— Ouais, je veux dire, tu habites au village. Alors bon, je me disais qu'on pouvait discuter, non ?

Célia baisse les yeux en accélérant le pas.

— Je suis fatiguée.

— Et pourquoi tu restes dans ton coin au lycée ? Je t'ai vue, tu sais. Faut pas faire ça. Les gars se posent des questions. Je leur ai dit que t'étais nouvelle. Que t'étais une timide. Qu'il fallait te laisser le temps.

— C'est ça, laisse-moi le temps.

Paul arrête Célia, une main sur son épaule.

— Allez, tu m'en veux encore pour le soir de la fête. On déconnait, c'est tout. J'étais bourré. Tu sais comment c'est, j'ai pas vraiment réfléchi. Je t'ai trouvée très belle et j'ai eu envie de m'amuser un peu. Rien de méchant, quoi.

La jeune fille regarde la main de Paul posée sur le coton de son chemisier.

— C'est d'accord, Paul. Je comprends. Lâche-moi, maintenant.

Le garçon approche son visage de celui de Célia.

— T'as pas peur de moi, quand même, hein ?

— N... non, bafouille la jeune fille en se maudissant d'être aussi émotive. Pourquoi faut-il qu'elle perde tous ses moyens dès qu'un garçon s'approche d'un peu trop près ?

— Je savais. Je savais que t'étais pas comme les autres de la ville. Une sainte-nitouche. Alors on passe l'éponge, hein ?

— Oui, c'est bon.

— T'as rien à craindre avec moi. Tonio, mon grand-père, il m'a fait la leçon. Comme quoi il fallait pas t'emmerder. Et Tonio, tu vois, je le respecte. Tout le monde le respecte ici. C'était le maire et avec lui tout a toujours filé droit. Il est de la vieille école. Il discute pas. Il agit. Et même s'il est plus tout jeune, je sais qu'il hésiterait pas à m'en coller une si je déconnais. Donc, tu vois, y'aura pas de problème.

Célia frissonne en repensant au chien aveugle du vieil homme. Au coup de carabine qu'elle avait entendu alors qu'elle descendait du col. À la menace que Tonio lui avait lancée de sa voix usée dans la ruelle sombre le soir de la fête : « Vous ne devez pas aller là-bas. Ni Catherine, ni toi. C'est tout. »

— Tu sais, je me suis pas rappelé de toi tout de suite. C'est que le lendemain. Quand mon grand-père a parlé de toi et de ta mère, je me suis souvenu. Tu venais en vacances chez Tina. Tu te rappelles de moi ?

Célia secoue la tête.

— Bon dieu, j'ai changé tant que ça ? Avec la bande, on arrêtait pas de t'emmerder, tu te rappelles pas ? dit Paul en riant aux éclats. Un jour on t'avait coincée dans une ruelle vers le château et on avait baissé nos frocs. Qu'est-ce qu'on était cons à l'époque, hein ?

Un vide immense se creuse alors dans l'estomac de Célia.

— C'est toi ? C'est toi qui disais que ma grand-mère...

— On faisait que répéter ce qui se racontait au village. Faut pas faire attention. C'est des gamineries, tout ça. Du passé. On est presque adultes, non ?

Paul passe une main sur la joue de Célia. Son visage est si près qu'elle peut presque distinguer les facettes du diamant à son oreille. La jeune fille retient un frisson. Elle a envie de s'enfuir vers la maison mais elle craint que le moindre mouvement ne rende le jeune homme fou. Il pourrait alors se mettre à courir après elle, et il la rattraperait inévitablement. Et après... Elle se souvient de lui et de ces deux garçons qui l'avaient plaquée contre un mur. Elle se souvient de leur sexe minuscule recroquevillé entre leurs cuisses. Elle se souvient du goût acide de la salive de Paul qui coulait contre ses lèvres. Elle s'en rappelle si bien qu'elle sent la nausée envahir son ventre.

— On fait une petite soirée le week-end prochain. Dans une boîte au village en dessous. Le *Planet*. J'aimerais bien que tu viennes.

Célia secoue la tête.

— Je ne sais pas. On verra.

Les lèvres de Paul déposent un baiser sur sa joue.

— C'est tout vu, Célia. Je t'attendrai.

Et comme elle s'éloigne, il ajoute :

— Allez, viens, en souvenir du bon vieux temps !

La maison est plongée dans le silence. Catherine n'est pas là. La jeune fille jette son sac de cours dans le salon. Elle allume le téléviseur, l'éteint, s'enfonce dans les coussins du canapé, fait craquer ses phalanges, se relève. Elle plaque son œil contre la serrure de la chambre de sa grand-mère. Du noir. Rien que du noir. Elle fait jouer la poignée. Elle pousse la porte, qui reste fermée. Elle ôte ses vêtements, passe la tête sous le jet glacial de la douche. Rien ne parvient à la calmer. Elle tremble encore, comme si la main et les lèvres de Paul étaient encore posées sur elle. Alors elle se rhabille et se perd dans les ruelles assoupies du village. De la muraille du château, elle contemple la vallée qui s'apprête à basculer dans le soir. Elle tente d'apercevoir le vieux Moulin, mais il reste dissimulé par la forêt. Elle aimerait qu'Alice soit à ses côtés.

Plus tard, elle redescend jusqu'à l'Atelier d'Andréas. Elle ne sait pas trop pourquoi elle est venue jusque-là. Peut-être parce que le jeune homme lui a semblé doux et attentif. Lui aussi est un peu à part dans le village. Il n'a pas les manières rudes des gens d'ici. Il y a une sorte de calme immense en lui, un calme qui le rend plus fort. Elle a envie de ce calme-là, de cette force-là. Alors elle tape trois coups contre la porte de la boutique, mais personne ne répond. Elle se recule, lève les yeux vers le balcon de l'appartement au-dessus de la vitrine. La porte-fenêtre est ouverte. Elle attrape au vol quelques notes de musique, des rires. Elle appelle : « Andréas ! » Mais là non plus personne ne semble l'entendre. Elle hésite un instant puis se décide à pousser la porte. La pièce dans laquelle elle pénètre est sombre, envahie de bocaux et de bassines dans lesquels macèrent certainement des plantes servant à la confection des encres. Dans un coin, une énorme presse aux reflets d'acier. Au-dessus sèchent des dizaines de feuilles aux teintes écrues. On devine dans le papier les arabesques ciselées de feuilles de fougère. Elle appelle en vain le jeune homme. Célia s'avance vers un escalier qui l'amène à l'étage, face à une porte de bois. Derrière filtrent des voix et la mélodie légère d'une chanson. Elle frappe discrètement. Andréas finit par ouvrir, les yeux rougis et les cheveux flous : « Oh... Célia. »

— Bonjour Andréas. Tu... tu m'as dit de passer quand je voulais. Alors voilà. Je suis là.

Le jeune homme hausse les épaules, un peu gêné.

— Si je te dérange, je peux revenir plus tard. C'est juste que j'avais besoin de...

Derrière Andréas, Célia aperçoit une silhouette. Celle de Catherine, un joint à la bouche. Sa mère se tourne vers elle et un sourire déforme sa bouche comme une grimace.

— Célia ?

Elle savait. Elle savait depuis le début que sa mère ferait tout pour charmer Andréas. La jeune fille serre les poings pour retenir les larmes qui menacent ses joues et elle dévale les escaliers.

— Célia, attends-moi, lance sa mère depuis le balcon.

Mais la jeune fille est déjà loin.

*

Les mineurs du village auraient comparé ça à l'effondrement d'une galerie. Les bûcherons, à l'explosion soudaine d'un arbre. Pour moi, c'est comme si le sang avait déserté chacun de nos corps. Le village n'était plus qu'un corps d'enfant exsangue et meurtri. La neige qui avait recouvert les paysages ne pouvait effacer l'image de cette fillette morte. Personne ne pouvait oublier.

Le père Tibo avait célébré une messe où avait afflué la population de la vallée, si bien que tous n'avaient pu rentrer dans l'église. Sur le parvis, j'avais offert mes condoléances maladroites à la mère de Marie, mais elle avait détourné ses yeux rougis par les pleurs et la colère. Comme pour me hurler que tous mes mots étaient dérisoires. Même si Marie était au paradis comme l'avait dit le père Tibo, elle n'en restait pas moins morte. Et son ange porterait à jamais les stigmates du supplice.

Dans la classe, sa chaise vide était un hurlement infini. À toute heure, les regards des enfants convergeaient vers son pupitre pour vérifier la réalité de ce qu'ils avaient vu ou entendu. Moi-même, en faisant l'appel du matin, je n'avais pu retenir mes lèvres de former le prénom de la fillette. S'en était suivi un silence glacial où tous les enfants s'étaient tournés vers la chaise vide. Comme si le simple fait que j'évoque son nom avait pu effacer ce qui s'était passé et leur rendre leur amie, là et maintenant, dans cette salle de classe lugubre. Évidemment, il n'y avait pas de magie. Marie était morte. Ne restait d'elle que l'absence. Les enfants s'étaient retournés vers moi et leurs yeux étaient chargés de reproches. Ils devaient penser que je les avais trompés. Ou que j'étais folle. Je m'en étais voulu la journée entière.

Le soir même, comme je n'arrivais pas à trouver le sommeil, je me suis levée, j'ai enfilé ma capeline de laine et je suis descendue jusqu'à la salle de classe. La pièce était plongée dans l'obscurité. Le vieux poêle de fonte était noir et glacial. Le parquet gémissait sous mes pieds nus. Je n'ai même pas allumé la lumière et j'ai commencé à déménager les petits bureaux. Je ne sais pas combien de temps ça m'a pris, mais quand j'ai eu fini, j'avais les cheveux en bataille et des échardes plein les pieds. J'étais en nage, mais au moins le froid avait reflué. L'absence de Marie s'était diluée dans le nouvel agencement. Ensuite, j'ai ouvert le cahier d'appel. Je suis restée de longues minutes la gomme en suspens au-dessus du nom de la fillette. J'hésitais. Comme si c'était un acte sacrilège. Comme si d'effacer ces quelques traits de crayon pouvait effacer définitivement l'enfant. L'enfant et son âme dont le père Tibo avait tant parlé lors de la messe. Bien entendu, je savais qu'il n'en serait rien. Le souvenir s'accrocherait à nous, à la manière des herbes folles fichées dans les chaussettes de laine après une promenade dans les champs. Personne n'oublierait. Mais il fallait continuer. Au moins au début, faire semblant de vivre. Et puis la vie, la vraie, avec son lot d'errances, de joies, d'insouciance et d'aigreur, tôt ou tard reviendrait. Les gens avait maintenant l'habitude. La guerre était venue jusqu'ici. Elle avait labouré toutes les familles. On avait appris à faire semblant. À Marie aussi on survivrait. Alors j'ai effacé le nom comme on se jette à la mer. En gonflant mes poumons. En retenant mon souffle. En fermant les yeux. Et je pensais seulement : « Pourvu que ce soit la dernière. »

Deux fillettes de la vallée avaient été assassinées avant elle.

Et Marie ne fut pas la dernière.

Chapitre 26

En crépitant, un petit feu vient éclairer les parois de la grotte.

— Je suis la seule à connaître cet endroit, dit Alice en versant de l'eau dans un bol. Peut-être qu'avant des bergers venaient s'abriter ici pendant l'orage. Mais aujourd'hui il n'y a plus de berger. Tout le monde a oublié cette grotte. Ce sera notre secret.

— J'ai froid, articule difficilement Célia, qui grelotte depuis qu'elles ont quitté le château battu par la pluie et le vent. Terriblement froid.

En arrivant, Alice a ôté ses vêtements lourds de pluie. Elle l'a fait sans honte, ne cherchant même pas à dissimuler ses seins minuscules ou son sexe blond.

— Tu ferais mieux de te déshabiller si tu ne veux pas être malade demain, a-t-elle lancé à Célia, qui baissait les yeux.

Alors elle s'est dévêtue elle aussi. Elle a hésité, elle aurait bien voulu garder sa culotte et son soutien-gorge, mais elle a eu peur de paraître ridicule, alors elle a tout enlevé. Les bras autour des genoux, elle tente de retrouver un peu de chaleur près des flammes.

— Le feu va nous réchauffer, t'en fais pas.

— Tu n'as pas une couverture ?

Alice secoue la tête, saisit le bol de bois qui a tiédi au bord du feu.

— Tiens, bois ça. Ça te fera du bien.

Une odeur âcre et poivrée s'échappe du récipient mais Célia n'y fait pas attention. Elle avale le liquide tiède dans l'espoir de retrouver un peu de chaleur. Le breuvage a un goût de vieux cuir qui lui tire l'estomac au bord des lèvres.

— Ma mère couche avec Andréas, lâche brusquement Célia. Enfin, je crois qu'ils sont ensemble.

— Et alors ? demande Alice en haussant les épaules.

— Tout est si confus depuis que je suis arrivée ici. Parfois, j'ai l'impression de ne plus savoir où est la réalité.

— La réalité ? Quelle réalité ? demande Alice en souriant.

— Eh bien, je ne sais pas, ce qui relie les gens entre eux. Les sentiments, l'histoire.

— La réalité est un mensonge, Célia.

— Un mensonge ?

— Tu crois vraiment qu'on voit les choses comme elles sont ? Vraiment ? interroge Alice, qui tire des tissus du coffre de bois. Tu sais quoi ? Moi je pense que tout ça, c'est des inventions. Des inventions d'humain. Des illusions. On met des mots sur des choses qui n'existent pas. On se persuade comme ça que notre vie a un sens. On se donne des prétextes pour faire passer la peine ou la douleur. On court après des rêves de bonheur. Et qu'est-ce qui reste au final ? Rien. Il reste rien.

Célia secoue la tête lentement, engourdie par la chaleur du feu.

— Mais l'amour, la famille, tout ça, ça existe, pourtant.

Alice accroche un carré d'étoffe sur la cheminée au-dessus des flammes. Célia regarde son corps nu teint en jaune par le feu et il lui semble que les flammes dansent sur sa peau.

— Vraiment ? Tu sais ce que ma mère m'a dit la première fois où je l'ai vue avec un œil au beurre noir ? Qu'elle s'était fait ça toute seule. Toute seule. Et le pire, c'est que je pense qu'elle y croyait. Qu'elle était responsable de ça. À force de vouloir croire à ce qui n'existe pas, on se fait mal, voilà.

Célia baisse la tête. Elle voudrait protester, affirmer que, non, malgré toutes les erreurs, malgré tous les mensonges, il y a de l'amour, mais elle s'englue dans ses pensées, aussi elle ne dit rien et laisse Alice continuer.

— Tu veux que je te dise ce qui est réel ? C'est ce que vivent les animaux. Il n'y a qu'eux qui sont vraiment dans le réel. Et ça se limite à peu de chose. La soif. La faim. Le sexe. Ça c'est du concret. Le reste, c'est des histoires, c'est là-dedans que ça se passe, et uniquement là, conclut Alice en pointant un doigt sur sa tempe.

Célia voudrait lui répondre, mais ses mâchoires et sa langue semblent soudainement taillées dans du bois. La fatigue a décoloré ses joues. Son esprit tangue et la voix d'Alice lui parvient de très loin. Le bol de bois roule à terre, laissant sur le sol un sillon humide qui se met à osciller sous ses yeux. Les formes, les couleurs, les sons se mélangent peu à peu. Célia secoue la tête pour chasser la nausée.

— Qu'est-ce qui m'arrive ? Qu'est-ce que tu m'as fait boire ?

Alice frotte vigoureusement le dos nu de Célia.

— Ce qu'il te faut, pour le voyage.

— Le voyage ? répète Célia, vacillante.

— Il faut que ça sorte, poursuit Alice. Tu peux pas garder tout ça à l'intérieur.

Célia secoue la tête. Elle ne comprend pas. À ce moment-là, elle remarque la fumée qui a envahi la grotte. Une fumée âcre, épaisse. Des boules de chiffon obstruent la cheminée et l'entrée de la cavité. La jeune fille tente de se lever, mais son corps est aussi lourd que de la pierre.

— Qu'est-ce qui se passe ?

Le corps nu d'Alice danse dans la fumée.

— Tu dois rester concentrée, Célia. Tu dois oublier tes peurs.

La jeune fille sent quelque chose remonter depuis son estomac. Comme un immense ver qui se glisserait jusqu'à sa bouche. Le front en sueur, elle renverse la tête, elle tousse, elle crache. La fumée assèche les larmes dès qu'elles viennent à ses yeux. Elle rampe vers le boyau, mais Alice s'interpose.

— Tu ne dois pas fuir, Célia. Non, tu ne peux pas fuir.

Célia se débat. Elle hurle : « Tu es folle ! Laisse-moi ! Laisse-moi passer ! » Mais Alice la retient et la repousse. Son corps roule sur le sol de la grotte et se recroqueville. Ses poumons se contractent douloureusement. Tout tangue autour d'elle. Les parois de pierre. Les flammes. Alice. Les parois de pierre. Les flammes. Alice et son corps nu qui n'est plus qu'un tourbillon. Célia est sur le point de perdre connaissance quand une gifle sèche la ramène dans la grotte.

— Bats-toi ! hurle Alice.

Alors elle se relève en titubant, frappe au hasard à travers le brouillard blanc. Les deux jeunes filles luttent sur le sol de la grotte, le souffle court. Les mains d'Alice la retiennent, alors elle mord, elle griffe, elle hurle. Elle n'a qu'un désir, s'échapper de la grotte. Une force qu'elle ne connaissait pas s'empare d'elle. Elle pourrait tuer. Tuer pour vivre. Et le corps d'Alice noyé de fumée prend tour à tour l'apparence de celui d'Arthur, de sa mère, de Tina ou de Paul. C'est une armée de fantômes qui l'agrippent. Comme dans les cauchemars qui la hantaient autrefois, elle est cernée par la créature au souffle rauque et aux mille visages. Mais ici la fuite est impossible.

Célia voudrait croire que ces visions ne sont dues qu'à la drogue, mais les mains qui se tendent vers elle sont si fermes quand elles l'empoignent, et leurs ongles si acérés quand ils viennent labourer sa peau, et le sang si rouge quand il coule, qu'il n'y a pas de doute, pour elle, tout cela est bien réel. Il faudra se battre pour survivre. Alors Célia frappe, les yeux inondés de larmes, les mâchoires crispées, la rage dans chacun de ses poings fermés. D'un coup de pied, elle parvient enfin à se dégager de l'emprise de la bête. Elle arrache le rideau donnant sur le tunnel, avale une grande goulée d'air frais qui lui glace les poumons.

Le boyau s'enfonce dans la montagne, noir et humide. La terre grasse et les feuilles sèches collent aux genoux de la jeune fille. Des insectes aveugles courent sur sa peau. Elle entend Alice qui rampe derrière elle. La bête avec qui elle a livré bataille est loin à présent. Elle ne les suivra pas à l'air libre, elle est morte dans cette grotte, étouffée par les fumées, Célia le sait. Le tunnel s'incline en pente douce. Elle est venue ici il y a quelques jours à peine, mais le tunnel ne lui avait pas semblé si long. Elle aimerait se recroqueviller là, sur les feuilles et l'humus, et s'endormir à jamais. Mais elle veut vivre, alors elle continue, s'écorche les genoux et les épaules sur la roche, et puis devant elle s'ouvre enfin la nuit, maintenant débarrassée des nuages lourds de pluie.

Allongée dans l'herbe humide, Célia laisse le vent du nord sécher la sueur sur sa peau. Elle tente de retrouver sa respiration et de calmer les battements de son cœur. Elle entend derrière elle les clapotis du lac. Et la voix d'Alice, maintenant si douce, près de son oreille : « Ce n'est que le début du voyage, Célia. Tu dois continuer. »

Elle ne tente même pas de saisir le sens de ces paroles. Elle ne démêle pas le faux du vrai. Peu importe. Elle s'est débarrassée là-bas de quelque chose, et son esprit est loin, très loin d'ici. Toute haine l'a abandonnée. À la rage et aux peurs qui l'habitaient tout à l'heure a succédé la sérénité, presque un abandon. Aussi, quand Alice l'aide à se relever et l'amène près du lac et lui dit : « Viens, suis-moi », elle avance sans réfléchir.

L'eau du lac est noire. Si épaisse que les étoiles tombées du ciel viennent s'y engluer comme des insectes dans la cire d'une bougie. Le vent agite la cime des sapins. Fragrances de champignons.

Craquements de brindilles. Le corps d'Alice, pâle et musclé, luit faiblement dans la nuit. Elle lève la tête vers l'encre du ciel, écarte les bras, inspire et expire profondément. Elle offre son corps aux arbres, aux roches, aux insectes et aux animaux tapis dans les sous-bois. Comme si dans un double mouvement elle se donnait et se remplissait de ce qui pulse dans le cœur de la nuit et dans les forêts alentour. Célia, les joues brûlantes, a l'impression que ce n'est pas elle, au bord de ce lac. Elle pourrait aussi bien être assise là-bas, sur un rocher, simple spectatrice d'une étrange scène de théâtre. Oui, c'est ça, une partie d'elle est là-bas et s'étonne à peine de voir ces deux filles, ces deux papillons au corps nu et blanc, qui s'avancent sur les berges du lac sombre, main dans la main.

L'une dit à l'autre : « Suis-moi », et glisse un pied dans l'eau noire.

Assise sur son rocher, elle peut presque sentir la morsure du froid autour des chevilles des jeunes filles. Un frisson qui remonte le long de leurs jambes, qui plante ses crocs dans leurs reins, qui raidit douloureusement leurs seins avant de venir hérisser le duvet sur leur nuque fine. Peu à peu, très lentement, le noir des eaux engloutit le blanc des corps. Le lac avale consciencieusement les deux tâches de lumière, faisant glisser sans heurts dans sa gueule cuisses, ventres, épaules et visages. Pendant un instant, il n'y a plus que la chevelure mêlée des deux jeunes filles qui semble flotter à la surface. Et puis, dans un hoquet humide, les eaux se referment sur elles. Un grand silence vient sceller la surface du lac. Sur son rocher, la spectatrice solitaire tente de deviner les corps qui nagent peut-être vers l'autre rive. Mais l'encre épaisse du lac ne laisse filtrer aucune lumière. En fermant les yeux, elle peut tenter d'imaginer les paupières closes des deux jeunes filles. Leur progression aveugle sous le couvercle des eaux. Leurs cuisses et leurs bras qui brassent ce noir épais. Leurs cheveux qui ondulent mollement dans leur dos. Le froid qui enveloppe leur corps. Les aiguilles de la douleur fichées dans les muscles. La respiration ténue. Le poids de l'eau, des forêts, des montagnes et de la nuit entière qui, de seconde en seconde, vient peser sur leurs poumons.

La poitrine comprimée, Célia sent que l'air se raréfie. Des lucioles pâles viennent danser sous ses paupières. À moins que ce ne soient de minuscules créatures qui vivent là, dans les profondeurs du lac. Des invertébrés aveugles à la carapace phosphorescente comme on en trouve seulement dans les cavités qui plongent vers le centre de la Terre ou dans les grands fonds marins. Des créatures sans âge, indifférentes aux cataclysmes et aux passages des saisons, qui peuplaient déjà le monde quand l'homme n'était même pas encore l'ébauche d'un poisson. À présent, les formes l'entourent et vibrent autour de son corps nu, anéantissant toute idée de haut et de bas. Il n'y a qu'une nuit sans frontières dans laquelle elle flotte légère, en apesanteur. Elle tend un doigt vers une luciole et, au contact de sa peau, la minuscule lueur s'éteint, et c'est comme si la lumière était entrée en elle. Elle la sent descendre vers son ventre et maintenant doucement réchauffer son corps. Alors elle part à la poursuite des créatures qui lui rendront la chaleur. Elle oublie jusqu'à la présence d'Alice, dont elle ne distingue plus qu'une vague auréole pâle loin devant. Elle se remplit de la lumière des lucioles, à pleines mains, à pleine bouche, les insectes rentrent en elle. La chaleur dans son ventre se fait intense. C'est un morceau de soleil qui se consume en elle. Célia se sent bien, comme elle ne s'est jamais sentie. *La sensation qu'elle fait partie d'un tout et qu'elle est ce tout*. Et plus elle avale de lucioles, plus la lumière irradie de son ventre, plus elle se sent au centre de l'univers. Tout se met à tourner autour d'elle. Elle est un soleil. Une planète énorme au cœur en fusion. Sa force d'attraction est telle que l'univers même se replie et se contracte autour d'elle. Dans son ventre, la chaleur liquéfie les planètes, et le brasier n'en est que plus ardent. Et le feu primordial vient embraser son corps entier et la brûlure est si violente que la douleur elle-même n'existe plus. Quand la moindre particule d'oxygène a été consumée, le feu s'éteint brutalement, comme dévoré par lui-même, et plonge Célia dans la nuit. Alors deux mains se tendent, empoignent la jeune fille sous les aisselles et la hissent sur la berge. Des lèvres se posent sur sa bouche. Et un souffle tiède emplit ses poumons. Elle se tourne sur le côté et vomit un peu d'eau noire. Les étoiles filent au-dessus d'elle. À moins que ce ne soient les paillettes dans les yeux d'Alice.

Dans la grotte, elles se serrent l'une contre l'autre devant les flammes. Leurs deux corps nus ont une teinte bleutée que le jaune du feu ne parvient pas totalement à effacer. Sur leur peau, la boue a tracé des arabesques noires. Alice sourit en écartant les cheveux bruns collés sur le front de Célia.

Puis elle dépose sur son dos la cape de fourrure.

La fourrure de la louve.

Je suis louve.
Sur mon pelage court le chant du vent.
Sous mes pattes, la terre qui pulse.

Le cœur
de la terre.

Boum boum Boum boum Boum boum

Tambour
de sang.

À mes oreilles explosent
le silence des écailles, le cliquetis des carapaces,
la dilatation de la gorge d'un crapaud noir.

Sous la nuit épinglée d'étoiles,
un tourbillon jaune.
Deux yeux ronds.
Les deux yeux fous du fils de la lune.
Un lièvre.
Boule de sang, de muscles, d'os et de poils, enivrée de thym.
La senteur âcre de l'urine. Parfumée de peur. Les oreilles qui frémissent. La salive à mes lèvres.

Je cours.
Je ne cours pas :
je suis la course,
je suis pattes,
je suis cœur
et salive et griffes et sang.
Trop tard. Lièvre enfui. Déjà loin, là-bas.
Tap-tap. Tap-tap.
Ses grandes pattes foulent la bruyère et éclaboussent la nuit. Fils de lune parti. Laissant derrière lui un chapelet de crottes sèches au goût de fenouil et de terreur.

Mes crocs **claquent**.
L'envie.
Je gémis.

Derrière moi, un visage qui n'est plus qu'un museau. Alice. Nom idiot. Inutile. Pelage gris. Fendu en deux par une balafre de poils noirs. Deux yeux noirs pailletés d'étoiles.

Je suis moi.
Je suis toi.

Tu entends ?

Deux cœurs.
Un rythme.

Le même que celui de la terre sous nos griffes, le même que celui de la sève derrière l'écorce de l'arbre, le même que celui de la course du lièvre.

Viens.

Viens mesurer la vie qui bouillonne en moi.

Je bondis.
Fourrures mêlées, frottées de terre et de feuilles et de griffes et de nuit.
On roule, lutte, grogne, jappe.
Je sens son odeur. Son haleine. Ses crocs jaunes barbouillés de rouge.
Moi sur le flanc. Elle au-dessus.

Et toujours sous la lune,
le cœur qui tape.

Boum boum Boum boum Boum boum

Comme s'il ne devait

jamais

s'arrêter.

Chapitre 28

— Et voilà, bientôt ce sera l'hiver, dit une des vieilles femmes derrière Célia.

Mais la jeune fille n'écoute pas vraiment. Le front appuyé contre la vitre, son regard erre sur le long serpent noir de la route haché par la pluie. Les mains bien à plat sur les cuisses, le cartable de toile beige posé sur le siège vide à côté, elle ressemble à une écolière sage perdue dans ses pensées. Ni le conducteur du bus, ni les deux vieilles femmes, ni les collégiens qui chahutent devant ne peuvent savoir. Personne ne pourrait deviner ce qui se noue au fond de sa poitrine dans le bus au petit matin. La corde invisible tendue entre ses yeux et son cœur.

Célia attend d'apercevoir le visage d'Alice.

Les minutes qui passent et les kilomètres qui défilent augmentent la tension et font vibrer cette corde à la manière d'un archer glissant très lentement sur un violon. Il y a quelque chose d'agréable dans cette sensation. La promesse ténue d'un plaisir qui tarde à venir, qui se laisse désirer. Et, dans le même temps, la déception n'en est que plus aiguë les matins où la route reste désespérément vide. C'est comme un rituel entre elles, depuis ce soir-là. Un rituel tacite. Parfois, il n'y a pas besoin de mots, Célia le sait bien, pour dire ce qui relie deux êtres.

Bien sûr, il arrive que la camionnette à la carrosserie blanche piquée de rouille passe plus tôt. Ou que le bus arrive en retard sur la place. Célia y voit alors le signe d'une mauvaise journée à venir. Rien ne se déroulera comme elle veut. On la sifflera dans les couloirs. Les professeurs lui demanderont de venir faire une stupide lecture sur l'estrade. Sa mère tentera encore de lui expliquer que, non, elle n'a rien fait avec Andréas. Le père d'Alice n'aura pas assez bu pour que la jeune fille puisse s'échapper du Moulin sans être inquiétée. Cette attente, le front contre la vitre froide, c'est un peu comme quand enfant elle ouvrait le paquet de friandises dans la salle de cinéma et qu'elle savait que le film serait bon si personne ne se retournait pour la gronder. Il y a le même plaisir à provoquer le sort.

Aussi, ce matin, quand sur la route noyée de pluie surgit la camionnette blanche, la corde dans sa poitrine vibre plus fort. Et si tous peuvent voir les deux véhicules qui se croisent, personne ne pourrait deviner derrière les vitres froides les regards de Célia et d'Alice qui viennent dans le matin froid se nouer en silence. Cela ne dure pas plus de quelques secondes. Mais il y a dans leurs yeux une intensité et une chaleur qui justifient toutes les attentes et qui réchaufferont les deux filles tout au long de la journée. Un peu de chaleur pour tenir jusqu'au soir, jusqu'au moment où elles se retrouveront à la grotte, jusqu'à l'instant où elles jetteront sur leurs corps nus le pelage des louves, comme toutes les nuits depuis dix jours maintenant.

Déjà le bus dévale vers la plaine. Et Célia pense à Alice, aux forêts qu'elle arpentera tout à l'heure avec les bûcherons, aux arbres dont elle martèlera l'écorce, aux châteaux de pluie qui de leurs branches s'écrouleront sur les épaules de la jeune fille. Elle aimerait être à ses côtés, lever comme elle ses yeux vers les copeaux de ciel gris éparpillés entre les cimes, se remplir du parfum poivré de la sève des résineux, essuyer sur son front la boue et ses cheveux mêlés.

« Pour la première fois, j'ai l'impression d'être », pense Célia. « Pour la première fois, je suis. Avec Alice, je suis vraiment moi. »

Mais le bus stoppe bientôt devant les grilles du lycée. Et Célia les franchit avec un sourire et le souvenir encore tiède du regard d'Alice. Aujourd'hui, ce sera une bonne journée.

Chapitre 29

Catherine a tiré les volets. Dans l'obscurité du salon, les brouillons froissés en boule sont de petites planètes mortes. Pour la troisième fois, la sonnerie du téléphone se heurte au vide. Célia ne se donne pas la peine de répondre. Elle sait qui sera à l'autre bout du fil et elle sait quelles seront les questions auxquelles elle ne pourra pas répondre : « Où est Catherine ? » tonnera Richard, l'éditeur de sa mère. « Qu'est-ce qu'elle fait ? Elle devait me remettre son manuscrit la semaine dernière ! Elle se moque de moi ! Si elle ne… » Et Célia n'a pas envie d'entendre ces jérémiades. Pas plus que d'être confrontée au visage défait de Catherine. Aussi elle ne frappe même pas à la porte de la chambre de sa mère pour dire qu'elle est rentrée.

Célia jette son sac sur le canapé du salon, attrape une pomme dans une corbeille d'osier sur la table de la cuisine et claque la porte derrière elle. La journée, comme elle l'avait prévue, s'est bien passée. Et pourtant, on lui a demandé de passer au tableau pour lire un passage d'un livre soporifique inscrit au programme. Elle aurait été terrorisée il y a quelques semaines à peine.

Mais là, elle s'est levée, nonchalante, et avec un sourire amusé elle a ânonné un chapitre entier. Pendant qu'elle lisait, le livre dans une main, son autre main a glissé sur sa cuisse, lentement. Elle ne sait pas bien pourquoi elle a fait ça. C'était quelque chose d'inconscient. Ou peut-être pas. Peut-être qu'elle avait eu envie de retirer de ses épaules le manteau écarlate de silence et d'indifférence. Peut-être qu'elle avait voulu jeter à la face de ces individus somnolant sur leurs chaises l'image de sa vie retrouvée. Et cette main qui glissait lentement sur sa cuisse, et sentir la peau sous le tissu, c'était le meilleur moyen de se prouver à elle-même et au monde qu'elle existait bel et bien. Le professeur, un vieux type avec une moustache ridicule, n'avait rien vu. Les élèves, tout d'abord indifférents et assommés d'ennui, ont peu à peu remarqué qu'il se passait devant le tableau quelque chose d'inhabituel, et les yeux des garçons se sont arrondis. Comme s'ils découvraient Célia pour la première fois. Cette main qui caressait sa cuisse, qui remontait vers son ventre, cette sensation lui évoquait la main qu'elle avait glissée dans la fourrure qu'Alice lui avait tendue dix jours auparavant. Les poils étaient rêches, piqués de feuilles dentelées et collés en paquet par la boue.

— C'est ça ? avait demandé Célia, presque un peu déçue par ce qu'on aurait pu prendre pour un manteau de peau défraîchi. C'est une vraie fourrure de louve ?

Alice avait secoué la tête.

— À quoi tu t'attendais ? C'est pas un manteau de luxe. C'est beaucoup plus que ça. C'est la peau d'un animal. Un animal qui a parcouru toutes les montagnes autour de nous. Un animal qui s'est battu pour survivre. Contre le froid, le soleil, la soif, la faim. Un animal qui a peut-être tué les hommes qui le pourchassaient. Tout ça est profondément incrusté dans cette peau. Elle porte les marques de cette histoire. Et c'est plus précieux que tout.

Célia était restée muette. Ce qu'elle avait vécu sur le plateau du lac Noir lui semblait n'être qu'un rêve lointain. Peut-être que la drogue que lui avait fait boire Alice lui avait complètement fait perdre la tête ? Comment croire que cette simple fourrure qui sentait la terre et le feu de bois était durant la nuit devenue sa propre peau ?

Alice, comme si elle avait perçu le trouble de Célia, s'était penchée vers l'oreille de la jeune fille.

— Qu'est-ce qu'on en a à faire de ce qui s'est vraiment passé ? L'important, il est là, avait-elle murmuré en posant sa main sur la poitrine de Célia.

— L'important, c'est ce que tu vis. C'est ce qu'on vit toutes les deux. Le reste, c'est rien. Rien du tout.

Célia avait enfermé la fourrure dans le placard de sa chambre. Dès qu'elle revenait du lycée, elle prenait plaisir à passer sa main dans les poils rêches de cet animal qui avait autrefois hurlé sa liberté sans que rien ne puisse l'arrêter.

— Oui, l'essentiel est là, se disait-elle alors. Dans le grondement de la vie.

Et dans cette salle de classe, aujourd'hui, elle avait voulu faire gronder cette vie. Cette vie, elle pulsait au creux de son ventre et elle voulait la faire surgir. Qu'elle emporte les murs gris, les tables bancales, les visages mornes, le professeur à la moustache ridicule, tout ce décor fade. La vie était revenue en elle, il fallait que ça se sache !

Elle avait fini de lire son texte. Le professeur, sursautant comme s'il avait été tiré d'un long sommeil, l'avait renvoyée à sa place d'un vague geste de la main. Entre les travées, tous les regards, amusés, curieux ou outrés, étaient braqués sur elle. Elle avait souri en s'asseyant à sa table. À compter de ce jour, elle ne serait jamais plus celle que l'on ne remarque pas, elle s'en était fait la promesse.

En sortant de la maison, Célia se heurte presque à Andréas, qui s'apprêtait à frapper à la porte.

— Oh ! salut Célia, dit le jeune homme avec une esquisse de sourire.

La jeune fille croque dans sa pomme jaune et écarte Andréas d'un coup d'épaule.

— Tu peux entrer si tu veux. Mais Catherine est enfermée dans sa chambre.

— Elle n'est pas bien ?

— Catherine n'est jamais bien. Elle t'a embobiné l'autre jour, hein ? Le numéro de la grande écrivaine, hein ? Eh bien, tu vas apprendre à la connaître.

Une rage sourde pulse en Célia. Elle ne peut s'empêcher d'imaginer le corps fané de sa mère contre celui d'Andréas.

Le jeune homme marche derrière elle tandis qu'elle se dirige vers le château.

— Célia, je ne sais pas ce que tu crois, mais tu te trompes. Il ne s'est rien passé avec Catherine. On a juste discuté, c'est tout.

— Ne te fatigue pas. Je m'occupe de ma mère depuis des années. Je la connais parfaitement, lance Célia sans prendre la peine de se retourner.

La main d'Andréas vient se poser sur l'épaule de la jeune fille, qui sursaute.

— Ne me touche pas ! ordonne-t-elle sèchement, faisant exploser le silence de la fin d'après-midi. Ses yeux sont deux braises rougeoyantes qui font reculer le jeune homme.

Andréas lève les mains en signe d'apaisement.

— Célia, il y a des choses que tu ne sais pas.

Célia s'éloigne, le visage fermé.

— Catherine était amoureuse de mon père, lance alors Andréas. Et mon père était amoureux d'elle.

La jeune fille se retourne en secouant la tête.

— Qu'est-ce que tu racontes ?

Andréas tend sa paume ouverte vers elle.

— Viens. Je veux te montrer quelque chose.

Chapitre 30

— Ce n'est pas une noix, ni un fruit, même si ça y ressemble. C'est plus une sorte de tumeur, dit Andréas en faisant rouler entre ses doigts une boule verte striée de rouge de la taille d'un œuf de pigeon. On en trouve sur les chênes des forêts autour du village. En fait, du point de vue de l'arbre, on pourrait considérer ça comme une tumeur, mais, pour l'insecte, c'est un véritable cocon. Durant l'été, la femelle de cette guêpe noire vient pondre son œuf à la base de la feuille du chêne. Autour de l'œuf se forme ce que l'on appelle une galle. C'est une sorte de protection pour la larve qui va se développer à l'intérieur. À la fin de l'automne, les feuilles vont tomber. Les galles aussi. Ce qui est fascinant, tu vois, c'est que de ces cocons-là ne sortiront que des femelles. Jamais un seul mâle. On appelle ça la parthénogenèse. Si tu veux, à ce stade-là, il n'y a pas besoin d'accouplement. Ensuite, pendant l'hiver, ces femelles vont aller pondre à leur tour sur les bourgeons de l'arbre. Et dans ces galles de printemps vont se développer un mâle et une femelle. Une fois libérés de leur cocon, ils s'accoupleront. Et bientôt la femelle viendra pondre une nouvelle femelle et le cycle continuera ainsi.

Célia observe la boule un peu collante entre ses doigts.

— Ce que tu vois là, ce trou, ça veut dire que la galle est vide. Les œufs ont éclos et les insectes sont sortis. Je n'utilise pas ces galles-là.

— Pourquoi ?

— La qualité est meilleure quand les guêpes sont encore présentes à l'intérieur.

Célia lève ses yeux ronds vers Andréas.

— Tu veux dire que tu fabriques de l'encre avec des insectes ? C'est… dégoûtant.

Andréas ignore la remarque de la jeune fille, dépose dans une bassine de fer blanc une dizaine de noix de galle et entreprend de les piler avec un maillet de bois.

L'estomac de Célia se contracte en imaginant les insectes piégés au cœur de leur cocon.

— Il y a une période très précise pour les ramasser, dit Andréas, penché au-dessus de la bassine éclaboussée d'un jus jaunâtre. Il faut bien connaître les saisons pour repérer le moment où les guêpes sont presque adultes et cueillir les noix avant que les insectes ne sortent.

Au fond du récipient, le liquide vire déjà au brun. À la surface flottent de minuscules vers bruns. Andréas verse de l'eau sur la préparation.

— De l'eau de pluie, précise-t-il. Ensuite, je place le mélange dans un bocal hermétique pour éviter l'évaporation. Il faut laisser macérer trois semaines pour laisser s'échapper les tanins. Après avoir fait bouillir et réduire le tout, je filtre le mélange et j'ajoute des sulfates de fer pour renforcer la teinte et des sulfates de cuivre pour la brillance. Puis de la gomme arabique pour épaissir le liquide. Et quelques clous de girofle, c'est le petit secret. Pour que l'encre résiste au temps.

Célia observe les larves qui flottent entre deux eaux. Dans la rue, de l'autre côté de la vitrine, le soir tombe déjà sur la ruelle silencieuse.

— Pourquoi est-ce que tu me racontes tout ça ?

Andréas se relève en essuyant ses mains sur son pantalon de velours noir.

— Tout ce que je sais, c'est grâce à Tina, ta grand-mère.

— Tina ?

— Oui. C'est elle qui m'a appris tout ça.

Célia fait quelques pas entre les bassines et les conserves qui encombrent l'Atelier. Elle se souvient de sa grand-mère, qu'elle accompagnait dans ses cueillettes à travers les bois.

— Tu la connaissais bien ? demande-t-elle enfin.

— J'imagine que oui. Même si Tina ne parlait pas beaucoup. Enfin, dit le jeune homme, tu sais tout ça, pas vrai ?

Célia se contente de hocher la tête, silencieuse.

— À la maison, c'était compliqué. Les gamins du village ne m'aimaient pas beaucoup. À cause de ce qui s'était passé à la scierie quand mon grand-père Armand l'a cédée à mon père.

— Je sais. Alice m'a raconté.

Quelque chose passe dans les yeux d'Andréas, comme des nuages fuyants. Il s'assied sur un tabouret et, d'une boîte tirée de la poche de son pantalon, il sort une tête d'herbe qu'il émiette dans une feuille à rouler.

— Après l'école je passais beaucoup de temps à traîner là-haut, dans les forêts, dit-il en allumant un joint à la senteur poivrée. Là, j'avais l'impression d'être tranquille. Libre. Dans les bois, il n'y avait plus de regards en coin, plus d'insultes, plus de bousculades. Je n'étais plus celui qu'on maltraite, celui sur qui on crache. J'étais simplement moi. Plusieurs fois, je me suis retrouvé dans les bois sous l'orage. Un gamin de mon âge aurait pu avoir peur. Mais, en fait, j'adorais entendre les arbres se tordre, et craquer, et gémir. Et quand le tonnerre faisait sursauter jusqu'aux cailloux du chemin, j'avais l'impression que mon cœur bondissait avec eux. Mais ce n'était pas de la frayeur, non. Une sorte de bonheur. Le bonheur simple de sentir que tout, autour de moi, était vivant. Et que si la mort devait survenir, ce n'était que parce que c'était la suite logique des choses. Il n'y avait que l'instant présent et j'étais sous l'orage, au centre des éléments. Quand j'y repense, c'était une sensation très étrange. J'avais vraiment l'impression que le monde tournait autour de moi et que dans le même temps j'étais une partie de ce monde-là. Tu comprends ?

— Je crois, murmure Célia en refusant le joint que lui tend Andréas.

— Mon père n'aimait pas que je parte dans les bois comme ça, bien sûr. Je me suis pris de sacrées raclées en rentrant après la tombée de la nuit. Mais rien ne pouvait m'arrêter. J'étais certain que là-haut rien ne pouvait m'arriver. Et pourtant, un soir d'orage, un orage bien plus violent que les autres, je me suis perdu. Je connaissais pourtant les chemins, mais, quand un chêne immense s'est embrasé devant moi, j'ai paniqué. Le fracas de la foudre m'avait renversé, mes tympans avaient dû être touchés, parce que je n'entendais pas le feu qui crépitait tout autour. Il n'y avait qu'un sifflement ininterrompu. J'ai passé une main sur mes oreilles et j'ai vu qu'il y avait du sang. Je me suis relevé difficilement. Je ne reconnaissais plus rien. La pluie, la fumée, les flammes, j'ai pris peur et je me suis mis à courir. Au hasard. C'était stupide, bien sûr. Mais c'est comme si d'un coup j'avais réintégré mon corps et mon esprit d'enfant. Le danger était tout autour de moi et j'étais certain que des bêtes sauvages me poursuivaient. Je pouvais presque entendre à travers les rafales de vent leurs pas derrière moi. La nuit était tombée complètement quand je suis arrivé près du lac.

— Le lac ? demande Célia, le cœur battant.

Andréas écrase son joint dans un pot de yaourt abandonné.

— Oui, le lac qu'il y a là-haut. On l'appelle le lac Noir. Il y a tout un tas de légendes qui courent sur ce lac parce que ses eaux sont vraiment sombres. Les gens d'ici évitent d'en parler ou d'aller dans ce coin-là. Des superstitions. Bref, je suis arrivé là-haut et, je ne sais pas trop comment, j'ai fini par trouver un abri. Un simple trou dans la paroi de la falaise au-dessus du lac. Et puis je me suis rendu compte que c'était un boyau qui s'avançait dans la roche, alors je l'ai suivi. J'étais terrorisé à l'idée de ce qui pouvait se tapir à l'intérieur. Mais j'ai fini par déboucher sur une grotte. Du moins, c'est ce que j'ai compris du bout des doigts, parce que c'était l'obscurité la plus totale là-dedans.

En tout cas, il n'y avait pas de bêtes sauvages et j'étais au sec. Épuisé, je me suis endormi. Le lendemain, quand je suis sorti, le ciel était parfaitement bleu. L'eau du lac m'a paru vraiment noire. Malgré le soleil, je tremblais tant que mes dents s'entrechoquaient. J'avais attrapé froid et j'avais de la fièvre. Je ne rêvais que d'un bon repas et d'une douche chaude. J'ai commencé à redescendre vers le village, mais dans mon état c'était difficile. En plus, tu ne le croiras peut-être pas, mais la veille j'avais perdu une chaussure sans même m'en apercevoir ! Je ne savais pas vraiment où j'étais. C'est au moment où je quittais le plateau que j'ai rencontré Tina, un panier à la main. Avec tout ce que j'avais vécu la nuit précédente, voir cette vieille dame avec son air paisible, comme si tout était normal, c'était… enfin, je veux dire, je crois que j'ai hurlé de joie.

— Elle cueillait des plantes, c'est ça ?

Andréas hoche la tête, les yeux légèrement rougis par l'herbe.

— Oui. Mon père m'avait souvent dit de ne pas lui adresser la parole. Ta grand-mère, enfin, Tina, avait mauvaise réputation au village. On disait d'elle des choses pas très aimables.

— Que c'était une sorcière. Et une pute. Tu peux le dire, murmure Célia. Je m'en moque.

— Je n'ai jamais cru à tout ça. Je suis bien placé pour savoir ce que valent les rumeurs. De toute manière, je te jure qu'à ce moment-là peu importe ce qui se racontait. J'étais trop heureux de voir un visage connu. Elle m'a aidé à redescendre au village. Et puis, une fois arrivés, je me suis mis à trembler de plus belle. J'ai dit à Tina que c'était à cause de la fièvre, mais elle n'en a rien cru. Elle m'a pris par la main et elle m'a amené vers le Moulin. J'étais terrorisé de me retrouver face à mon père. Je savais ce qui allait m'arriver. Tina le savait aussi. Il lui avait suffi de m'effleurer du regard pour comprendre. Quand mon père a ouvert la porte, il était ivre. Tout son visage était jaune de trop d'alcool. Je crois qu'il a ouvert la bouche et qu'il s'apprêtait à hurler contre Tina et moi. Mais ta grand-mère l'a muselé d'un simple coup de menton. Ils sont rentrés tous les deux à l'intérieur. Moi je grelottais sur le perron. J'ai fait le tour de la maison pour tenter de les apercevoir à travers une fenêtre, mais je n'ai rien vu. Je ne sais pas ce qu'ils se sont dit, mais quand Tina est ressortie le visage de mon père était étrangement paisible. Enfin, ce n'est peut-être pas le mot. Disons qu'il était vide. De toute colère ou de toute haine. J'ai passé la semaine suivante au lit à lutter contre la fièvre. Et mon père ne m'a jamais reparlé de tout ça.

Le récit d'Andréas flotte devant les yeux de Célia, mêlé à la fumée du joint. Elle devine qu'il y a sous les mots des choses cachées, mais elle est incapable de saisir la logique de tout ça.

— Quel est le rapport avec ma mère ? Tu as dit que ma mère et ton père étaient amoureux, c'est ça ?

Andréas hoche la tête, se lève et décroche des feuilles de papier brun épinglées aux fils à linge qui courent au plafond.

— À la suite de ça, j'ai revu Tina. Je crois qu'elle m'appréciait bien. On se retrouvait au rocher de la source et petit à petit elle m'a appris les plantes, et les arbres, et les animaux.

Un étrange sentiment vient alors aiguillonner le cœur de Célia. Quelque chose comme de la jalousie, elle qui avait été incapable d'apprendre ce que sa grand-mère avait voulu lui montrer.

— Je n'ai pas réalisé sur le moment, poursuit Andréas. Tina parlait peu. Elle ne disait que les choses essentielles. Et elle ne m'a jamais dit qu'elle voulait m'apprendre tout ça. C'était peut-être dans son intention, je n'en sais rien. Peut-être qu'elle voulait me transmettre ce qu'elle savait. Peut-être que j'étais pour elle une simple compagnie. Dans tous les cas, je l'ai suivie. Et j'ai appris. Ce qui au début me paraissait n'être qu'une masse informe de noms, de couleurs, de textures, tout ça a commencé à faire un tout. Il y avait un secret derrière chaque feuille anodine, derrière chaque écorce, chaque mousse, et Tina me les révélait. On passait beaucoup de temps tous les deux après l'école. On se cachait des gens du village. Tina y tenait beaucoup. Ce n'est pas qu'elle avait honte de moi. Je pense plutôt qu'elle voulait me protéger. À cause de sa réputation dans le village. L'histoire de mon père était déjà assez lourde à porter pour Alice et moi, et je crois qu'elle ne voulait pas ajouter un fardeau supplémentaire sur nos épaules. Bref, un après-midi, elle m'a parlé de toi.

— De moi ? demande Célia, surprise.

— Oui, je pense qu'elle venait d'avoir un coup de fil de Catherine. Elle m'a parlé de la ville, du métier de ta mère et de l'école que tu fréquentais. Pour moi, je dois l'avouer, tout ça n'avait pas trop de sens. La ville, ça ne m'évoquait rien d'autre que des usines abandonnées et des bâtiments gris, comme ceux qu'on trouve en bas dans la vallée. Et puis elle m'a parlé de toi. Et c'est étrange, c'est avec Tina que j'ai appris à te connaître.

— Qu'est-ce que tu veux dire ?

— En fait, je savais à peine qui tu étais, s'excuse Andréas en empilant les feuilles dans un carton brun. Tu étais une amie d'Alice avant tout. Je ne jouais jamais avec vous à la rivière. J'avais mon monde à moi. Et puis tu n'étais là que quelques semaines tous les ans. Et ensuite tu disparaissais. Mais ça m'a fait plaisir qu'elle me parle de toi, d'imaginer ta vie, ce que tu faisais quand tu avais du temps libre. Et puis tu étais la fille de quelqu'un de célèbre, et j'ai trouvé ça formidable.

Célia laisse s'échapper un rire méchant.

— C'est parce que tu n'avais pas idée de ce que je pouvais vivre ! Tu ne connaissais pas Catherine et toutes ses manies !

Andréas abandonne les feuilles et rejoint la jeune fille.

— Justement, Célia. Je lui ai posé des questions sur ta mère. Et elle m'a raconté. Elle s'est mise à parler comme elle ne m'avait jamais parlé. Et je ne sais pas si c'est à moi qu'elle s'adressait. En y repensant, on aurait dit que tout ça était destiné aux forêts, aux montagnes ou au ciel.

— Qu'est-ce qu'elle t'a dit ?

— Elle m'a expliqué que mon père et Catherine avaient été amoureux. Qu'ils avaient voulu se marier mais que certains événements avaient fait que les choses s'étaient déroulées autrement. Elle n'a pas précisé ce qui s'était passé et j'étais trop timide pour demander pourquoi. Ta mère ne t'a jamais parlé de ça ?

Célia secoue lentement la tête, troublée.

— C'est pour ça que Catherine a quitté le village quand elle était jeune, poursuit le jeune homme. Parce qu'il y avait quelque chose entre elle et mon père. Et que leur amour était impossible. Avec Catherine, l'autre jour, on a parlé de Tina. De sa passion pour la nature. Des étés où tu venais ici en vacances. Quand j'ai évoqué mon père, elle a changé de conversation. J'ai bien vu que ça la dérangeait.

Célia tente d'imaginer Catherine et Thomas, jeunes et enlacés près de la rivière, mais les corps et les visages se brouillent.

— Et alors, tu n'en sais pas plus ? demande Célia, troublée.

— Non, dit Andréas en haussant les épaules. De toute manière, c'est leur histoire, pas la mienne. Ça ne me regarde pas.

— Pourquoi est-ce que tu me racontes ça ?

Le jeune homme esquisse un mince sourire.

— Je ne veux pas que tu te fasses de fausses idées. Avec ta mère, on ne faisait que discuter. Rien d'autre.

Célia se contente de hocher silencieusement la tête. Et comme elle se retourne vers la porte de l'Atelier, Andréas ajoute :

— Ta mère, elle n'est pas comme tu penses. Laisse-lui une chance.

Mais déjà la porte se referme.

Je suis louve.

Boum boum Boum boum Boum boum

Le tambour
de sang
accompagne notre course folle.

Terre . Bruyères. Urine.
Lavande. Salive.

Les odeurs sont des sentiers phosphorescents qui découpent la nuit en tranches. Sous les feuilles sèches. Sous l'écorce moisie. Sous l'eau noire. Sur les branches hautes des sapins sombres. Dans les replis de la peau des montagnes.

La vie.
Grouille. Partout.
Et la mort.
Ici. N'est qu'une autre forme.
De vie.

Putréfaction. Charognes vertes. Aux ventres gonflés. Grouillent. Vers blancs gras. Et les mouches. Bourdonnent. Dans la tiédeur. Des chairs pâles ramollies. Dans l'orbite creuse d'une carcasse. Un scarabée luisant aux pattes ciselées.

Tout un univers s'agite.

Sous le manteau gras des fourrures percées. Et de la pourriture éclosent les larves brillantes. D'une nouvelle vie. Le mouvement. Incessant.

Boum boum Boum boum Boum boum

Le tambour

de sang.

Qui jamais ne s'arrête.

Le rythme.

Qui jamais ne finit.

Alice court. Son pelage gris. Fendu d'un sourire noir. Bondit dans les fourrés. À travers la nuit. Lumineux et trouble. Comme un feu follet. Un gaz rare. Soufflé par le vent du nord. Disparu. À peine entrevu. Une rémanence de peau claire. À la limite de la vision. Je cours derrière elle. Souffle. Court. Souffle. Court. Et ma peau s'en va. Aux épines des chardons.

Je cours derrière elle. Et elle court derrière le lièvre blessé. Fils dément de la Lune. Court depuis un million d'années. Le sang et l'urine et la peur et la salive mêlés. Et le duvet blanc de son derrière qui sautille. Fait claquer nos mâchoires. Nos corps entiers tendus vers cette étoile naine gorgée de graisse et de sang. Une irrésistible attraction.

Rien. Ne peut nous arrêter. Ni les ronces. Ni les branches. Ni la boue. Ni le trou sombre dans lequel le lièvre vient de tomber. Nos ongles. Griffent la terre brune. Et le sourire d'Alice brille de crocs. Ma langue sur mes lèvres. Quand du ventre de la terre. Monte le cri aigu. La plainte de vie. Par les pattes suspendu. Le fils de la Lune ne se débat pas. D'un coup si calme. Et pourtant. Sous le pelage.

Le cœur.

Boum boum Boum boum
Boum boum

Le tambour
de sang.

Bat plus vite. À la limite. De la rupture. Alice tend vers moi la boule de poils. Son œil rond est énorme. Il m'enveloppe, avale le monde tout entier. Son œil rond ne parle pas. Ne supplie pas. Ne gémit pas. Ne pleure pas. Son œil rond est. Le monde. L'univers entier. Là où la vie s'écoule. À travers la nuit. À travers la mort. Sans jamais faiblir ni s'arrêter.

Et je suis dans cet œil rond. Comme au centre de l'univers. Comme au centre de la vie.

Rien. Ne peut m'arrêter.

Alice tend vers moi la boule de poils. Et je souris.

Et le tambour de sang.

BOUM BOUM BOUM BOUM
BOUM BOUM

Explose dans ma gorge. Quand dans la fourrure douce. Je plante mes crocs.

Chapitre 32

Au-dessus d'elles, la lune est aussi ronde et pleine qu'un œil de lièvre. Le vent du nord lèche la sueur sur leur peau nue. Plus loin, jetés en boule, les deux manteaux de louve. Quelque part, dans la chevelure d'un arbre, bruissent les plumes d'un oiseau de nuit.

— On serait bien ici. Toutes les deux. Loin des hommes, dit Alice, le visage frotté de boue et de graisse.

— Oui, c'est vrai.

La main d'Alice se glisse dans celle de Célia.

— Tu le penses vraiment ?

— Oui, répond Célia. Tout est si simple ici. Si différent de ce qui se passe là-bas au village. Mais on ne peut pas tout quitter comme ça. Ce n'est pas si facile, j'imagine. Et puis de quoi on vivrait ?

Alice se redresse, et, en souriant, ouvre grand les bras comme pour étreindre le plateau et le lac Noir où flotte l'œil de la lune.

— De quoi on vivrait ? Mais regarde autour de toi ! Tout ça est à nous ! Parce qu'on fait partie de tout ça.

Le visage d'Alice vient se plaquer contre celui de Célia. Si près que la jeune fille peut sentir son haleine chaude, parfumée d'herbes. La voix d'Alice se fait plus douce.

— L'important, c'est pas de savoir de quoi on vivrait. Mais *comment* on vivrait. Tu veux ressembler à tes parents ? C'est ça l'avenir que tu veux ?

L'avenir. Célia n'y a jamais vraiment pensé. Le présent est déjà si difficile à porter. Alors l'avenir n'est pour elle rien d'autre qu'un horizon lointain. Si lointain que l'on vient à douter de son existence même.

Comme Célia ne répond pas, Alice pose sa tête contre sa poitrine nue.

— Moi, je t'assure, j'ai pas envie que ma vie ressemble à la leur.

Célia caresse doucement les cheveux courts de la jeune fille.

— Ta mère. Est-ce que tu as eu des nouvelles ? Où est-ce qu'elle est passée ?

— Elle est partie quand mon père a repris la scierie et qu'il a commencé à boire. À force, elle a dû en avoir marre de prendre des coups. Je crois qu'elle a tiré un trait sur nous. Ou alors mon père n'a pas voulu qu'on parte avec elle. De toute façon, elle pouvait pas lutter contre lui. Je n'ai plus jamais eu de ses nouvelles. Peut-être qu'elle a essayé, qu'elle nous a écrit ou qu'elle a téléphoné. Va savoir. Ça m'est égal.

— Pourquoi tu restes avec ton père ? Pourquoi est-ce que tu n'as pas fait comme Andréas ? Tu as presque l'âge de louer un appartement. Tu pourrais t'en aller.

Alice reste silencieuse un long moment, si bien que Célia pense qu'elle s'est endormie.

— Mon père, finit-elle par dire, mon père, même s'il est violent, reste mon père. Il peut pas vivre seul. Il faut que je sois là pour lui.

— Mais tu ne peux pas subir ça, Alice. Tu devrais le quitter. Pour te protéger.

— Tu comprends pas.

— Andréas, lui, est parti.

Alice hausse les épaules.

— Andréas. Il a jamais pensé qu'à lui. C'est un égoïste. S'il avait vraiment eu du courage, il serait resté avec nous, au Moulin. Mais il a préféré fermer les yeux. Fabriquer ses encres et son papier. Vendre son herbe, surtout. Moi je suis là-bas, avec mon père. Il est devenu tellement parano, il a tellement peur que je parte, moi aussi, qu'il m'a fait embaucher à la scierie. Il a l'impression de veiller sur moi. La vérité, c'est que c'est moi qui veille sur lui. Sans moi, il serait mort depuis longtemps.

— Tu savais que ma mère et ton père étaient amoureux quand ils étaient jeunes ?

— Qui t'a raconté ça ?

— Andréas.

Alice lève vers Célia ses yeux couleur de nuit.

— Oui, je le savais.

— Qu'est-ce qui s'est passé ?

— C'est ta grand-mère Tina et mon grand-père Armand qui n'ont pas voulu qu'ils se marient. Et c'est à cause de ça que mon père s'est mis à boire. C'est ce que j'ai entendu dire.

— Qui dit ça ?

Alice passe sa main sur la joue de Célia.

— Les histoires disent ça. Et pour les gens d'ici les histoires sont comme la vérité. Mais peu importe ce qui s'est passé entre eux. Je me fiche de Tina, d'Armand, de nos parents. Je veux être libre, Célia.

— Nous sommes libres. Il suffit de…

— Libres, hein ? la coupe Alice en se relevant sur les coudes. Nous sommes libres ici, quand on est toutes les deux, quand on court, quand on chasse ! Mais est-ce que tu es libre quand tu attends un geste ou une parole aimable de ta mère ? Quand tu gères tout pour elle dans la maison ? Ou quand tu espères le retour de ton père ? T'es aussi libre qu'un chien qui remue la queue quand on lui file un coup de pied.

Célia reçoit les paroles d'Alice comme un coup de poing en plein ventre. Un coup d'une violence fulgurante qui lui fait monter les larmes aux yeux.

— Pourquoi ? Pourquoi est-ce que tu me dis tout ça ?

Alice se recroqueville, les bras enroulés autour des jambes. Sa voix n'est qu'un mince filet qui s'écoule dans la nuit.

— Parce que je vaux pas mieux que toi, Célia. Mon frère a eu le courage de partir. Moi, j'arrive pas à quitter mon père. Je suis le sale cabot sur qui on passe ses nerfs quand il fait nuit et que la bouteille est vide. Alors, si j'avais du courage, ton courage, je crois que je partirais. Je quitterais tout. Je vivrais, ici, avec toi.

Célia regarde l'œil pâle de la lune qui dérive à la surface du lac. Loin, très loin, on entend sonner la cloche du village.

— Je ne suis pas si forte, dit enfin Célia. Ne crois pas ça. Je ne t'ai pas dit ce que j'ai fait cet été. Je n'en ai parlé à personne. Cet été, j'ai retrouvé mon père. Et je n'ai pas eu le courage d'aller jusqu'au bout.

— Au bout de quoi ?

Célia pose ses doigts sur la bouche d'Alice.

— Écoute-moi.

Chapitre 33

Quand j'étais enfant, j'ai eu une fièvre. Je ne devais pas avoir plus de cinq ou six ans, mais ce moment-là est resté gravé dans ma mémoire. À vrai dire, c'est même un de mes tout premiers souvenirs. C'est étrange, non ? C'est comme si rien ne s'était imprimé en moi avant cela. Comme si la vie avait coulé autour de moi sans que je ne m'en aperçoive. Ou peut-être est-ce la vie qui n'avait pas fait attention à moi ? Comme si j'avais été une quantité négligeable. Un minuscule caillou dans le lit d'une rivière. Et cette fièvre, c'est une main qui serait venue me pêcher au fond des eaux, moi et moi seule, et qui m'aurait donné une véritable existence en me ramenant à la surface. Je ne sais pas vraiment pourquoi je suis tombée malade. J'imagine que c'était une de ces maladies banales d'enfant. Ma mère, je le lui ai demandé à plusieurs reprises, ne se souvient pas de tout ça. Elle était pourtant présente, mais, à force de vivre au côté de ses personnages, la vie, la vraie, a moins d'épaisseur que le monde qui palpite dans ses histoires.

Moi, je me rappelle parfaitement des murs de ma chambre, qui tanguaient comme si j'avais été dans un bateau. Le papier peint, il y avait des motifs de fleurs roses sur un fond de ciel bleu, se dilatait et se froissait et claquait dans le vent. Autour de mon lit, on aurait dit quatre voiles. Mon lit était une chaloupe. Je tournais et tournais sans cesse, cramponnée aux draps trempés de sueur. Je ne sais pas si c'était le jour ou la nuit, parce que les volets étaient tirés. Mes parents étaient entrés dans la chambre. J'avais vu leurs yeux inquiets. Enfin, j'ai peut-être imaginé leurs yeux inquiets. Parce qu'en y repensant leur visage se fond dans l'obscurité de la chambre, et je ne distingue que leur silhouette énorme projetée par l'ampoule du couloir. En fait, je ne vois rien d'autre que des sensations. Comment est-ce qu'on peut voir des sensations ? Je n'en sais rien, mais c'est avec un goût de caramel sur mes lèvres que je vois la cuillère de sirop que mon père tente de me faire avaler. C'est avec le froid sur mon front que je vois ma mère poser la paume de sa main contre ma peau. Et c'est avec le brouillard de quelques paroles échangées à voix basse que je vois mes parents refermer doucement la porte de ma chambre. Ensuite, le silence. Le silence est rouge et brillant. Le silence est écarlate. D'une intensité si violente qu'il transperce mes paupières, alors je sais que je n'ai définitivement plus besoin de mes yeux pour voir. Je vois. Je vois au-delà des draps. Au-delà des murs. Je vois jusqu'au-delà de la ville. Je vois jusqu'au plus profond des forêts. Il y a quelque part un lieu sombre fait de roche et de nuit où une vieille femme danse. Drapée de noir, les yeux clos jetés aux étoiles, elle tourne sur elle-même. Et rien ne semble pouvoir l'arrêter.

Son visage est creusé de rides profondes. Son sourire est à peine une entaille dans la corne de sa peau jaune. Pourtant, je n'ai pas peur. Je m'avance dans la nuit et je me recroqueville à ses pieds. Sur les parois de pierre vient s'imprimer la trace de ses mains. Les empreintes sont rouges. Elles sont vertes. Elles sont jaunes. Elles sont bleues. Et les mains dansent sur les parois. Et les mains dansent autour de moi. La vieille femme danse toujours. Maintenant, elle n'est plus seule. Il y a avec elle des dizaines de femmes, toutes vêtues d'un linceul noir. Elles sont jeunes, vieilles, grosses, squelettiques ; certaines rient avec des bouches pleines de dents, d'autres ont le visage cadenassé par la douleur ou la colère. Elles tournent bientôt si vite que les pans du tissu qui les enveloppe se confondent pour ne former qu'une seule et unique nuit. Une nuit immense sur laquelle dansent les empreintes colorées de leurs mains. Je n'ai pas besoin de voir ou d'entendre pour savoir. Je sais. Ici dansent les femmes qui savent ce qui se cache de l'autre côté. Ici dansent les sorcières. Alors les mains, toutes les mains, se tendent vers moi. Elles m'invitent à les rejoindre. À rejoindre leur danse de nuit. Mais je ne veux pas. J'ai soudainement très peur. Je veux retrouver mon lit, ma chambre, mes parents. Je cours. Les bras tendus devant moi, je cours à la recherche d'un abri. Les mains sont derrière moi. Je dévale des escaliers. Je trébuche. J'entraîne dans ma chute des vases qui se brisent. Je déchire la peau de mes pieds sur des tessons. Mais je continue. La peur me pousse et je pousse des portes au hasard. Une. Deux. Derrière la troisième, celle de la chambre de mes parents, quelque chose bouge et grogne et gémit. Je crois un instant que c'est un monstre, là, dans le lit devant moi. Puis j'aperçois le visage de ma mère. Je réalise alors qu'il y a le corps de mes deux parents sous les draps. Qu'il n'y pas de monstre. Qu'il y a juste des choses cachées dont je n'aurais rien voulu savoir. Le corps moite de sueur dans mon pyjama d'enfant, je remonte les escaliers. Je m'enterre sous les draps. Je grelotte, je suffoque. Je ferme les yeux. Je veux oublier. Mais je n'oublierai jamais. Le voile s'est levé. Une première fois.

Il se lève à nouveau quelques années plus tard derrière l'écran d'une salle de cinéma. Mon père et l'ouvreuse. Les lèvres jointes et les yeux hagards. Là aussi je cours au hasard des rues. Mon père me rattrape. Sa main sur mon épaule. Ma bouche scellée. Pendant des jours entiers, j'enfouis mon visage dans les oreillers. Je veux faire taire cette voix qui pose des questions d'adulte auxquelles je ne peux apporter que des réponses d'enfant. Et je sais bien que mes réponses ne sont pas à la hauteur de ce qui se joue là, entre mes parents. Puis un jour, dans la cuisine, le silence se brise. Je jette les mots entre eux. Et les mots finissent de trancher ce qui se délitait entre eux. Après ça, ne restent que les décombres et la culpabilité. L'impression que je suis la cause de tout ce gâchis. Ma mère disparaît de plus en plus souvent. Mon père s'en va. Définitivement. Laissant derrière lui à peine quelques mots, saisis depuis ma chambre d'enfant : « Célia n'avait rien à faire là ! » Et puis à ma mère : « Tu n'as que ce que tu mérites ! » Mes doigts n'en finissent pas de se tordre et mes phalanges craquent dans la maison vide. Je leur en veux. Je me déteste. J'en suis convaincue, je suis la seule qui doit être condamnée : « Célia n'avait rien à faire là ! » Et puis le temps passe. Je fais mon possible pour rebâtir quelque chose à partir des ruines. Un mur. Une tour. Une route. Je ne sais pas quoi. L'idée est de continuer, d'aller plus loin. Même sans mon père. Un faux-semblant de famille. Mais ma mère s'obstine à tout démolir. Et j'ai beau lutter, rien n'y fait. Il y a une faille dans le cœur de Catherine. Une ligne de fracture qui s'est ouverte avec ma grand-mère. Pourquoi ? Je n'en sais rien. Mais mon père savait forcément qu'en nous abandonnant cette faille se transformerait en gouffre.

Au début de l'année, quand un huissier a frappé à la porte, j'ai su que ma mère allait dégringoler dans ce ravin et qu'elle m'entraînerait à sa suite. Catherine ne pouvait plus rien gérer. Alors j'ai pris la décision d'aller trouver mon père. En fouillant dans les affaires de ma mère, j'ai trouvé l'acte du divorce. Il y avait une adresse dans le Sud. Un camping. C'était la seule piste que j'avais. J'ai décidé de la suivre. Je ne savais pas vraiment ce que j'allais lui dire. Si j'allais le gifler ou me réfugier dans ses bras. En fait, cette question-là m'a hantée durant tout le voyage. Qu'est-ce que j'avais vraiment au fond du cœur ? Je l'avais enfoui depuis si longtemps sous un manteau de silence que je ne savais plus si c'était de l'amour ou de la haine qui remuait là.

Chapitre 34

Le petit matin écrase maintenant ses pastels mauves et jaunes au sommet des montagnes. La tête d'Alice repose sur la cuisse de Célia. La jeune fille a jeté sur leur deux corps nus une peau de louve. Alice n'a pas dit un mot. Les yeux clos, elle écoute. Ou peut-être dort-elle. Peu importe. Rien ne pourrait empêcher Célia de continuer son récit. Il y a dans sa voix une détermination froide. Comme s'il lui était impossible de retenir plus longtemps les paroles et les secrets.

J'ai pris la route au début de l'été, poursuit la jeune fille. La semaine d'avant, juste après la fin des classes, j'avais empaqueté toutes mes affaires en prévision du déménagement. Mis à part cette pile de cartons, ma chambre était vide. La poussière accumulée sous les meubles dessinait de petits tapis gris et rectangulaires. Comme si tout ce qui emplissait l'espace s'était subitement évaporé. Une chambre fantôme. J'aurais pu me sentir nostalgique de quitter cet endroit. Mais en fait ça me laissait froide. Rien ne me ressemblait dans cet appartement. Je n'avais pas d'attaches, pas de passé. Sur aucune tapisserie les traits de stylo noir pour mesurer ma croissance d'enfant. Pas de jouets délavés par le soleil ni de balançoire bancale dans le jardin en friche. Aucun dessin au feutre punaisé dans le plâtre. Cet appartement, c'était simplement quatre murs et un toit pour nous abriter, Catherine et moi, du vent et de la pluie. Pas des doutes et des angoisses. Aucune maison ne protège de la solitude et des regrets. Combien de fois est-ce que j'ai déménagé depuis le départ de mon père ? Combien de fois est-ce que j'ai refermé les cartons sur les quelques affaires que je traîne encore et toujours, comme pour me souvenir de qui j'avais été ? Je n'en ai aucune idée. Trop. Trop souvent certainement. Mais cette fois-ci, je savais que nous étions au bout de la course. Les cartons seraient chargés dans un camion de déménagement et ils seraient amenés ici à la fin de l'été. Il fallait fuir les huissiers. Il n'y avait pas d'autre échappatoire. Catherine faisait semblant de se réjouir de ce retour au village. Elle faisait la liste de ce que nous allions faire toutes les deux une fois ici. Je l'écoutais d'une oreille distraite. Je savais bien qu'une fois au village tout recommencerait. Les crises, les angoisses, les volets tirés. Sans parler de l'ombre toujours présente de ma grand-mère. Catherine n'en a pas dit un mot, mais, j'en étais certaine, revenir ici, dans la maison de Tina, c'était raviver des plaies que je devinais profondes. Mon choix était fait. Il fallait que j'aille retrouver mon père. Alors j'ai inventé cette histoire de vacances. J'ai dit à ma mère qu'une amie du lycée m'invitait à la mer, dans leur maison de vacances. Catherine, je pense, n'y a vu que du feu. Et pourtant, c'était évident que je lui mentais. Si elle s'était donné la peine de lever les yeux de son manuscrit, elle aurait bien vu que je n'avais pas d'amie. Que j'étais seule. Mais elle ne s'était rendu compte de rien et elle m'a dit que c'était une très bonne idée. Que ça me ferait du bien de prendre le soleil. Ce genre de choses. Et je crois que c'est à ce moment-là que j'ai réalisé à quel point nous étions deux étrangères. Ma mère ne connaissait rien de ma vie. De mes envies. De mes joies. De mes peines.

J'ai recopié sur un bout de papier l'adresse du camping que j'avais trouvée dans les affaires de ma mère. Catherine m'a demandé l'adresse de la maison et le nom de mon amie. J'ai inventé n'importe quoi. Le jour du départ, elle m'a donné un double des clés de la maison de Tina et on a convenu de se retrouver au village à la fin de l'été. « Fais attention à toi, Célia », voilà tout ce qu'elle m'a dit alors que je refermais la porte sur l'obscurité de la maison. Tandis que je marchais vers la gare avec mon sac à dos, j'ai réalisé que je n'étais jamais partie seule. Il y avait quelque chose de grisant dans cette sensation. Comme quand on est en équilibre en haut d'un mur. L'impression que tout est ouvert devant soi. Et aussi la crainte. La peur de chuter. D'être entraînée par son propre poids vers le vide. Mais c'est peut-être de cette angoisse-là que naît le plaisir d'être bien vivante. Sans la peur de la chute, on ne ressent peut-être pas le plaisir de la liberté.

J'ai posé mon sac dans le train et je me suis laissé emporter vers le sud. Je n'avais pas pris grand-chose, quelques vêtements, de quoi grignoter durant deux ou trois jours, une carte routière, un peu d'argent. Je pensais retrouver mon père assez facilement. C'était comme une évidence. Comme si un lien secret nous reliait toujours. Peu importe la distance. Et quand je pensais à son absence, aux nouvelles qu'il n'avait jamais données, je ne pouvais m'empêcher de lui trouver mille et une excuses. Je lui imaginais des vies incroyables. Des péripéties dignes d'un film d'aventure ou d'une tragédie. Une carrière brillante. Une fortune subite. Une misère noire. Une maladie incurable. Et, à la fois, je savais bien, tout au fond de moi, qu'il avait fait le choix de partir. De nous abandonner, Catherine et moi. Et même les crises de ma mère ne pouvaient justifier sa décision. Il était coupable. Je crois que je n'ai rien vu des paysages qui défilaient derrière la vitre du train tant toutes ces questions tournaient sans fin dans ma tête.

Quand le train est arrivé à la gare de la ville où se trouvait le camping, je suis descendue avec mon sac à dos et mon fardeau de points d'interrogation. Je suis sortie de la gare emportée par le flot des familles en chemises et en tongs. C'était une petite cité de bord de mer, écrasée par le soleil et balayée en permanence par un vent brûlant. J'ai marché au hasard des rues tapissées par une fine couche de sable blond. Il y avait partout des boutiques de rien qui vendaient des parasols, des seaux en plastique, des glaces dégoulinantes et des cerfs-volants de pacotille que le vent mettrait bientôt en pièces. Les gens qui erraient dans l'après-midi suffocant avaient l'air abattu. Les vieux traînaient derrière eux des caniches à la langue rose et gonflée. Les gamins braillaient dans les poussettes et les parents dissimulaient leur lassitude derrière des lunettes noires. Je suis arrivée face à la mer. L'eau était marron et ridée, au-delà, l'horizon se déroulait sans fin. Des familles entières rôtissaient sur le sable jaune et brûlant. Je me suis assise à la terrasse d'un café et j'ai commandé une salade et un verre d'eau. J'ai picoré en regardant un groupe de jeunes jouer au ballon. Des garçons et des filles qui couraient en riant malgré la chaleur. Ils s'adressaient des clins d'œil. Les garçons rentraient le ventre et faisaient rouler leurs muscles. On aurait dit que les filles calculaient le moindre de leurs mouvements pour mettre en valeur leur corps fin et bronzé. Je ne sais pas si je les enviais ou si tous leurs jeux m'agaçaient profondément. Je me sentais si loin de l'adolescence. Souvent je me suis dit que l'adolescence n'est qu'un décor tendu pour camoufler l'adulte qui grelotte de peur en dessous. Et pourtant, ces jeunes sur cette plage, ils avaient vraiment l'air heureux.

À la fin de mon repas, le garçon du café m'a offert une glace. Il était plutôt beau. À peine la trentaine. Les cheveux bruns coupés courts. Un sourire un peu timide entouré de fossettes. Une chemise blanche. Il ne m'a pas baratinée. Il a juste posé une coupe fraîche devant moi. À l'intérieur, il y avait deux boules rouges de glace parfumée à la framboise. Il s'est assis pas très loin et il a allumé une cigarette. Pendant un long moment, il n'a rien dit. Moi, je piochais de petites bouchées de glace, tellement froides qu'elles me faisaient presque mal aux dents. J'ai dégusté ça lentement. Si bien qu'il n'y avait plus qu'une soupe rose quand il m'a adressé la parole. Il m'a demandé si j'étais en vacances, ou un truc comme ça.

J'ai bien aimé qu'il me vouvoie, même si j'ai trouvé sa question un peu stupide. Je n'ai pas répondu tout de suite. J'hésitais à me lever et à partir. J'ai regardé les jeunes sur la plage qui roulaient dans le sable. Et puis, je me suis dit, après tout, c'est un peu les vacances, c'est la première fois que je pars toute seule. Il était beau, alors pourquoi ne pas en profiter. J'ai dit que la glace était très bonne et il a suffi d'un sourire pour qu'il vienne s'asseoir près de moi. Il a parlé. Un peu. Et moi je l'écoutais en faisant tourner ma cuillère dans la soupe rose. Je crois que c'est la première fois que je ne m'enfuyais pas à l'approche d'un garçon. Il y a, comment dire, quelque chose qui m'effraie chez eux. Leurs paroles trop fortes, leurs gestes trop brusques. Une assurance qu'ils font semblant d'avoir et qui dissimule mal tout ce qui bouillonne à l'intérieur. Bien sûr, j'ai eu des aventures. Enfin, aventure, ce n'est peut-être pas le mot. Des baisers, des effleurements, des battements de cœur. Rien de plus. Dès qu'un garçon s'approchait trop près, je m'enfuyais. Et là, sur cette terrasse, je me suis dit qu'il fallait que je me laisse aller. Catherine était loin. Je pouvais être moi-même. Mais je n'avais aucune idée de comment faire. Alors j'ai joué un rôle. La jeune fille rebelle. L'effrontée. J'ai détaché mes cheveux et j'ai pris des poses de star du ciné en l'écoutant. J'ai ri à ses blagues, si fort que les gens se retournaient. Je crois que ça lui a plu. Il m'a demandé ce que je faisais le soir même. J'ai haussé les épaules, dédaigneuse, et j'ai lapé la glace à même la coupe. De tous petits coups de langue qui sont venus creuser ses fossettes. Il a parlé d'une fête, dans les dunes.

Il voulait que je vienne avec lui. On pouvait se retrouver ici dans la soirée. J'ai dit que j'y serais. Peut-être. Et j'ai passé ma langue sur mes lèvres barbouillées du rouge de la glace à la framboise. Le garçon a baissé les yeux et je me suis dit que ce n'était finalement pas si compliqué, même à trente ans, de faire d'eux des enfants dociles. Le patron du café l'a appelé. Il allait se faire passer un savon parce que des vieux trempés de sueur attendaient un peu partout sur la terrasse qu'il vienne prendre les commandes. Avant qu'il ne parte, je lui ai demandé où se trouvait le camping. Il m'a indiqué la direction. J'ai laissé quelques pièces pour lui sur la table et, quand je me suis levée, je savais qu'il me regardait, et je crois que j'ai aimé ça. Il a crié pour me dire qu'il s'appelait Romain et il m'a demandé mon prénom, mais je ne me suis même pas retournée. J'ai laissé mes hanches répondre pour moi.

Chapitre 35

Le camping était à la sortie de la ville. Quelques arbres momifiés par la canicule. Des allées envahies de sable. Des dizaines de caravanes et de tentes délavées par le soleil. Mon père était peut-être là, tout près. Et c'est le cœur battant que j'ai frappé à la porte du bungalow où quelqu'un avait maladroitement tracé le mot « Accueil » à la peinture rouge. Une grosse femme dans une robe à fleurs abominable m'a ouvert. Elle avait l'air d'avoir mille ans. Ou peut-être qu'elle venait simplement de se réveiller de sa sieste. Parce que son visage était rouge et bouffi et strié de marques violettes et profondes, comme si elle était restée trop longtemps couchée sur un oreiller. Dans le bungalow, le présentateur d'une émission riait à gorge déployée. Sur le canapé, j'ai vu la fourrure d'un chien aussi énorme que la femme. Sa langue violette pendait sur les coussins. On aurait dit qu'il était mort. J'ai expliqué que je cherchais Arthur. J'ai donné son nom. J'ai dit qu'il devait habiter là il y a environ huit ans. Et qu'il y habitait peut-être encore. Les sourcils de la gérante ont dessiné un pont sur son front. Elle m'a regardée de bas en haut comme si j'étais une créature exotique. Ses yeux sont venus s'entortiller dans mes cheveux bruns que je n'avais pas attachés. J'ai bafouillé que j'étais sa fille. « La fille de qui ? » a-t-elle demandé. J'ai répété que j'étais la fille d'Arthur. Que c'est pour ça que je le cherchais. Elle a hésité un instant. Son regard ne quittait pas mes cheveux. Je ne sais pas ce qu'elle croyait. Que j'étais peut-être une des conquêtes de mon père. Ou peut-être bien qu'elle ne se rappelait pas de lui. Après tout, depuis le temps, il avait pu quitter le camping. Au bout d'un moment, elle m'a fait répéter le nom et elle est entrée dans le bungalow. J'entendais qu'elle fouillait dans des papiers. Le chien respirait à peine et sa salive séchée avait formé sur les coussins des rigoles blanches. Quand la femme est revenue, elle a dit qu'Arthur avait déménagé. Il n'habitait plus ici. J'ai demandé si elle connaissait la nouvelle adresse. Elle a passé un doigt boudiné sur les ravins que l'oreiller avait creusés sur sa joue et puis elle m'a tendu un paquet de lettres. Elles étaient adressées à mon père, au camping. Elle m'a dit : « Tu lui donneras ça. J'ai pas eu le temps de les retourner. » Et elle m'a indiqué où il habitait. C'était un peu plus loin sur la côte. La porte s'est refermée.

J'ai regardé les enveloppes. Elles avaient été ouvertes et la grosse femme ne s'était même pas donné la peine de recoller le rabat. Majoritairement des publicités pour des assurances, des rappels pour le contrôle technique d'un véhicule. J'ai sursauté quand j'ai vu l'écriture brouillonne de Catherine sur trois des lettres. Le cachet était illisible mais j'étais certaine que ces courriers n'étaient pas récents. Là aussi les enveloppes avaient été décachetées, et ça m'a mise en rage. J'ai balancé un coup de pied dans la porte du bungalow. Le chien s'est mis à aboyer de l'autre côté et je suis partie en courant.

Je suis revenue au café, mais Romain, le garçon, n'était plus là. Le patron a pris ma commande avec un air mauvais, mais j'en avais rien à foutre. Tout ce que je voulais, c'était découvrir ce qui se cachait à l'intérieur de ces enveloppes. Je l'ai fait lentement, et ce que j'ai trouvé m'a foutu le cœur à l'envers. À l'intérieur, il y avait des cartes pour la fête des Pères. Des cartes que j'avais fabriquées moi-même quand j'étais gamine. Trois cartes. Des collages, des dessins naïfs d'un château avec une cheminée qui fume sur le toit, des soleils au sourire béat. Une reine et une princesse dans un jardin. Un roi solitaire au loin. Une réalité passée à la moulinette niaise des contes de fées. Et derrière, au feutre rouge, mon écriture maladroite d'enfant de dix ans. « Je vais bien, et toi papa ? Bonne fête, je t'aime. » Et sur la dernière était marqué « Je t'aime encore. » Je me suis souvenue que j'avais fait une scène à Catherine pour qu'elle envoie ces cartes après le départ de mon père. Elle avait d'abord refusé en disant qu'elle ne savait pas où mon père habitait, mais, devant mon obstination, elle avait cédé. Je crois que j'attendais une réponse. Comme si rappeler à Arthur que j'étais toujours sa fille avait pu le ramener à la maison. J'avais attendu la réponse, mais elle n'était jamais venue. Au final, je m'étais persuadée que ma mère ne connaissait vraiment pas l'adresse. Ou plus sûrement que mon père ne voulait pas, ou ne voulait plus, entendre parler de moi. Sans que je puisse rien n'y faire, je me suis mise à pleurer sur cette terrasse face à la mer. Les vieux détournaient le regard, gênés. Je maudissais cette grosse bonne femme du camping.

J'étais dégoûtée en imaginant ses yeux se poser sur mes mots d'enfant. J'aurais voulu qu'elle meure, ici et maintenant. J'ai fourré les lettres dans mon sac à dos et je suis partie droit vers la mer. Même si c'était la fin de l'après-midi, le sable était brûlant sous mes pieds. Je me suis déshabillée. Je n'ai même pas enfilé un maillot. En sous-vêtements, je me suis plongée dans la mer. Et l'eau était aussi salée que mes larmes. J'ai nagé, nagé et nagé encore, jusqu'à ce que mes muscles s'enflamment et que toute ma colère fonde.

Quand je suis revenue sur la plage, Romain m'attendait, assis près de mon sac à dos. Il a dit que ce n'était pas prudent de laisser mes affaires comme ça, sans surveillance, ou quelque chose dans le genre. J'ai à peine entendu ce qu'il me disait, mes oreilles bourdonnaient à cause de la fatigue ou de la chaleur. Je me suis jetée sur lui et je l'ai embrassé à pleine bouche. J'ai fait ça sans réfléchir. J'avais simplement envie qu'on me tienne, qu'on me serre, qu'on me rassure. J'avais envie qu'on m'aime. S'il n'y avait pas eu tous ces gens autour, je crois que j'aurais pu faire l'amour avec lui, là, sur cette plage. Une sorte de vide qui s'était creusé en moi. Un vide que je voulais remplir au contact de sa peau et de ses lèvres. Romain m'a écartée avec un air affolé. Dans ses yeux, j'ai lu l'incompréhension et la crainte. Comme si j'avais été folle. Alors j'ai réalisé à quel point je devais ressembler à

Catherine. Je me suis recroquevillée sur le sable et j'ai chassé la main que le garçon voulait poser sur mon épaule. Je ne sais pas si je me suis endormie, mais quand j'ai rouvert les yeux, le soir était tombé et les familles avaient déserté la plage en laissant derrière elles des papiers gras et des châteaux de sable effondrés. Romain était toujours là, assis à côté de moi. Il fumait un joint et il avait ouvert une bouteille de vodka. Il m'a souri en me tendant le joint. J'ai bafouillé des excuses et j'ai avalé quelques bouffées qui m'ont enflammé la gorge et la tête. On a bu. Je n'avais pas l'habitude, aussi j'ai vite été ivre. L'horizon rouge peu à peu s'est mis à tanguer au-delà de la mer verte. Derrière nous, des familles et des vieux esseulés mangeaient des glaces. Le brouhaha des conversations et de la musique des terrasses des cafés et des restaurants formaient un coussin douillet. Je ne sais pas comment je me suis retrouvée dans la voiture. J'ai insisté pour que Romain me conduise à l'adresse que m'avait donnée la gérante du camping. Il a voulu savoir pourquoi, mais je n'ai pas répondu. On est arrivés dans une rue où s'alignaient des dizaines de pavillons identiques. Crépi jaune. Minuscules jardins en friche. Barbecues rouillés. Tous écrasés par les barres d'immeubles du front de mer qui bouchaient la vue sur l'horizon. L'alcool, la fatigue et le joint faisaient rouler une boule d'angoisse dans mon ventre. Tout d'un coup, j'ai eu peur d'apercevoir mon père, là, dans un de ces jardins envahis de mauvaises herbes. J'ai demandé à Romain d'arrêter la voiture. Le pavillon était là-bas, au bout de la rue. Rien ne le distinguait des autres. J'aurais aimé avoir une révélation en le voyant, mais non. Il était tristement banal. La peinture de la façade, fouettée par le sel, pendait à grand lambeaux. Dans le carré de terre devant la porte il y avait un arbre maigre, certainement un cerisier, auquel on avait accroché une balançoire. Et cette balançoire m'a soulevé le cœur, sans vraiment que je sache pourquoi. Peut-être parce qu'enfant j'aurais rêvé d'avoir une balançoire. Une silhouette est passée derrière les rideaux mauves qui ondulaient mollement devant la baie vitrée. J'ai dit à Romain de faire demi-tour. Je n'étais pas prête. Pas maintenant.

Chapitre 36

La fête se déroulait au milieu des dunes. Les basses remplissaient la nuit et faisaient bondir les étoiles dans le ciel et mon cœur dans ma poitrine. Il y avait des feux de bois flotté qui crépitaient en paillettes bleues et jaunes. Des dizaines de silhouettes dansaient près des enceintes. Romain m'a présentée à des ombres aux visages fuyants qui me souriaient. J'étais incapable d'aligner trois mots. J'ai bu. Encore. Et j'ai tiré sur des cigarettes qu'on me tendait. Romain voulait absolument qu'on danse. Son corps se démenait près de moi. Ses mains m'effleuraient, passaient sous mon tee-shirt, se glissaient vers mes fesses. Je le repoussais mollement. Je n'avais pas envie de ça. Je me sentais nauséeuse et déprimée. J'étais venue là pour retrouver mon père, et au lieu de ça je me retrouvais dans cette fête stupide. L'image de la balançoire sous le cerisier n'en finissait pas de me hanter. J'ai dit à Romain que je voulais rentrer. Il m'a demandé où je voulais aller. En fait, je n'avais pas réfléchi à ça. Je ne savais pas où j'allais coucher, mais je ne voulais pas rester là. Alors j'ai dit que je voulais retourner au camping. Je voyais bien qu'il aurait aimé que je reste, mais je voulais dormir. Simplement dormir. Dans la voiture, tout s'est mis à tanguer. Mon estomac dérivait à chaque lacet. J'ai demandé à Romain de s'arrêter. Il a stoppé la voiture près d'une vieille grange au toit crevé. J'ai juste eu le temps d'ouvrir la portière, je me suis laissée tomber sur le sol et j'ai vomi. Romain m'a aidée à me relever. Je me suis blottie dans ses bras en sanglotant. Il m'a embrassée. Il sentait l'alcool et la fumée des feux de bois. J'aurais tant voulu qu'il me dise des choses gentilles. Mais il est resté muet et il m'a emmenée vers la grange.

À l'intérieur, tout était sombre. Les étoiles se déversaient à travers le toit crevé. On s'est allongés sur un matelas défoncé qui sentait le vieux chien. Romain m'embrassait et ses mains couraient partout sur moi. Je regardais les étoiles qui tourbillonnaient au-dessus. Je me suis dit que j'aimerais être là-bas, très loin, au milieu d'elles, comme elles indifférente au chaos qui ballotte les corps et les cœurs. Romain avait baissé mon pantalon de toile et sa main s'est glissée dans ma culotte. J'aurais pu lui dire que je ne voulais pas. Que je ne voulais pas comme ça. Pas dans cette grange en ruine, sur ce matelas qui puait et sur lequel s'étaient déjà allongées des dizaines de filles anonymes, le cœur et la vie en lambeaux. J'aurais pu lui dire que j'étais encore vierge. Que j'avais peur. Mais je suis restée muette. J'ai plongé dans le vide au-dessus. Je me suis laissée faire. Je n'ai presque pas eu mal quand il est entré en moi. Mon esprit dérivait là-haut. En apesanteur. Léger comme un satellite qui aurait pourtant pesé plus d'un million de tonnes. Je percevais ses gémissements de très loin. Et sa langue glissait entre les lèvres d'une autre fille que moi. Je ne sais pas pourquoi, mais je me suis mise à rire. Un rire irrépressible, venu du plus profond de moi et qui secouait tout mon corps écrasé sous le sien. Romain s'est retiré et je riais toujours sans pouvoir m'arrêter. Son sexe luisant pendait maintenant entre ses jambes et son visage était tordu par la colère. Une gifle m'a fait taire. J'ai posé une main sur ma joue qui cuisait. J'étais totalement dégrisée. Le coup m'avait ramenée sur terre. Il m'a lancé des mots coupants comme du verre et soudain j'ai eu peur. J'étais nue, au milieu de nulle part, avec cet homme que je ne connaissais pas, il pouvait faire de moi ce qu'il voulait. Les journaux étaient pleins d'histoires comme ça. Mais, après m'avoir giflée, il s'est relevé, il a reboutonné son pantalon et il est parti vers la voiture. Je savais que ça ne servait à rien de courir derrière lui, alors je suis restée allongée, nue sous la pluie d'étoiles. J'ai entendu la voiture démarrer et s'éloigner. J'ai passé une main entre mes jambes, il y avait du sang. Pas beaucoup. Et puis aussi ce que j'ai pensé être du sperme. C'était la première fois que j'en voyais. J'ai pensé que c'était étrange. Que tout sur notre terre tournait autour de ça. Autour de quelques gouttes de sang et de sperme mêlées. Je n'avais jamais vraiment fantasmé sur ce moment. Le moment où je perdrais ma virginité. Au collège, c'était un des sujets récurrents dans les conversations des filles. Moi, ça me laissait indifférente. Peut-être parce que j'étais persuadée que cela ne m'arriverait jamais. Et voilà que sur ce matelas crasseux, j'avais découvert la réalité de la chose. Et là aussi, en regardant ma main tâchée de sang et de sperme, je me sentais totalement indifférente. Comme si tout ça était arrivé à une autre que moi. Il n'y avait pas eu de révélation. J'étais toujours la même. Épuisée, j'ai fermé les yeux. Je me suis dit que peut-être j'étais folle moi aussi. Comme ma mère. Ensuite, j'ai laissé la nuit se déposer sur moi et je me suis endormie.

Le lendemain, le soleil était déjà haut quand je me suis réveillée. J'avais mal au crâne et la nausée n'avait pas totalement disparu. J'ai suivi la route qui traversait d'anciens marais. J'avais pensé faire du stop, mais personne ne passait par là, alors j'ai marché sous le soleil brûlant. Quand je suis arrivée à la ville, j'étais en nage. Dans les rues, les gens me jetaient des regards offusqués. J'ai vu mon reflet dans une vitrine. Mes cheveux étaient sales et emmêlés. Mes habits étaient maculés de terre et de sueur. Mon visage blafard. Je ne voulais pas que mon père me voie comme ça, alors je suis allée jusqu'au camping. En passant devant le bungalow de l'accueil, j'ai entendu derrière la porte close la télé qui braillait. Je me suis glissée discrètement dans les douches et j'ai laissé l'eau glacée couler sur moi et emporter les restes de la nuit. Je me suis changée. J'ai lavé mes vêtements dans un lavabo et je les ai jetés en boule dans mon sac.

En sortant du camping, j'ai croisé la gérante, qui s'est mise à hurler que je n'avais rien à faire là, qu'elle allait appeler la police ou je ne sais pas quoi. Je l'ai ignorée. Je me sentais beaucoup mieux. Maintenant, rien ne pourrait m'empêcher de retrouver Arthur. J'ai fait du stop à la sortie de la ville. Un groupe de jeunes m'a déposée au pied des immeubles qui faisaient face aux pavillons. Sur la boîte aux lettres de la maison de mon père, il n'y avait pas de nom. J'ai pris une profonde inspiration, j'ai poussé le portillon du jardin et j'ai tapé trois coups contre la porte. J'ai attendu. On aurait dit une mauvaise pièce de théâtre. Et puis la porte s'est ouverte. Elle s'est ouverte sur une enfant. Elle devait avoir six ans. Pas plus. Blonde. Avec une robe constellée de petites fleurs mauves. Je m'étais certainement trompée d'adresse. Bien sûr, c'était la seule solution, tous les pavillons se ressemblaient. Je faisais forcément erreur. Mon père... mon père ne pouvait pas avoir une autre fille. C'était impossible, on s'était quittés hier à peine. Hier. Il y a huit ans. Et j'avais beau me répéter ça, je savais que je ne faisais que me mentir. Il n'y avait pas besoin de demander à la petite fille quel était le nom de son père. Tout était limpide. Et à la fois si irréel. Elle a demandé ce que je voulais, mais je l'ai à peine entendue. Tout s'est mis à tourner autour de moi. J'ai posé ma main sur le crépi moche et il m'a semblé que le mur s'enfonçait sous mes doigts. Comme si tout cela n'avait aucune réalité. Une voix de femme m'est parvenue du bout du couloir derrière la porte. Une femme qui demandait qui était là. Alors je me suis mise à courir. Je suis sortie du jardin et je me suis égarée dans l'enfilade des rues qui se ressemblaient toutes. Le soleil me brûlait la peau mais je grelottais. Je ne sais pas combien de temps j'ai marché ainsi, mais au bout d'un moment je suis arrivée face à la mer. J'ai ôté mes vêtements, sans même un regard pour les gens qui ricanaient certainement de me voir en sous-vêtements, et je me suis laissée glisser dans l'eau tiède. J'ai nagé, longtemps. Puis j'ai pris une profonde inspiration et je suis venue m'étendre sur le sable, tout au fond. Il n'y avait plus un bruit. Là, tout était calme. Et j'ai pensé que j'allais rester là. Définitivement. Pour laisser tous mes souvenirs se dissoudre. Oublier tout ça, Catherine, Arthur, Romain. Et je me suis imaginée ce qui se passerait ensuite, quand on ramènerait mon corps jusqu'à la grève. Les cris affolés des enfants, la curiosité malsaine de leurs parents, les gyrophares, le sac abandonné, les cartes pour la fête des Pères, les coups de fil qui se heurtent au silence de la maison aux volets clos où s'empilent des cartons désormais inutiles. Et puis les pleurs, les regrets, Catherine effondrée, mon père détruit, sa nouvelle famille ravagée. Tout leur monde égoïste balayé. J'ai crevé la surface de l'eau et j'ai rempli mes poumons, qui hurlaient. Je savais que rien de tout ça n'arriverait. Ce n'était rien de plus qu'une rêverie macabre, romantique et pathétique. J'étais incapable de mourir. C'est alors que je l'ai vue. La petite fille qui m'avait ouvert la porte. Ma demi-sœur. Au milieu de tous ces gens qui fuyaient la chaleur dans l'eau saumâtre, quelle était la probabilité que je me retrouve à côté d'elle ? J'y ai vu une sorte de signe et je me suis approchée. Elle n'était qu'à quelques mètres du rivage. J'ai cherché mon père du regard et mon cœur a fait un bond en devinant son visage, là-bas, sur la plage, au côté d'une femme blonde beaucoup plus jeune que lui. Il était trop loin pour que je puisse voir parfaitement ses traits, mais c'était bien lui. Il avait vieilli. Son crâne s'était dégarni. Et son corps s'était alourdi. Mais c'était bien lui. Pas de doute possible. Il discutait avec la femme blonde et elle riait, et il riait lui aussi, et à ce moment-là je lui en ai voulu. Pour ce rire. Pour l'âge qui était passé sur lui sans que je puisse m'en apercevoir. Pour ces cartes qui étaient restées lettres mortes dans les classeurs du camping. Pour cette enfant qu'il avait préférée à moi. Comme si je n'avais été qu'un brouillon de fille. Un premier essai avant de se lancer dans la vraie vie. Celle où une famille pouvait être unie et où on pouvait vieillir tous ensemble. J'ai nagé vers la fillette et je lui ai souri, malgré la colère qui me mangeait les joues. Ses beaux yeux bleus se sont agrandis et elle m'a demandé si j'étais bien la fille qui était venue chez elle. J'ai répondu que oui. Elle tournait autour de moi en nageant la brasse de façon désordonnée. Elle m'observait avec un peu de crainte, comme si j'avais été une créature inconnue et potentiellement dangereuse. Elle a voulu savoir pourquoi je m'étais enfuie, mais je n'ai pas répondu. Je me suis mise à nager à côté d'elle. Je plongeais la tête sous l'eau, je prenais de l'eau dans ma bouche, puis je me renversais sur le dos et je crachais de petits jets à la façon des baleines. Elle a ri et elle s'est détendue. Sur la plage, mon père et sa femme se tenaient enlacés et ne regardaient pas vers nous. La fillette m'a demandé mon prénom. J'ai dit n'importe quoi. Elle s'appelait Marion. Sa mère Adeline. Et son père… « Arthur », j'ai dit avant elle. Elle n'a pas paru intriguée que je connaisse le prénom de son père. Je lui ai proposé de l'aider à nager et elle a accepté. J'ai glissé une main sous son ventre. Et l'autre derrière sa nuque. Je lui ai dit de faire la grenouille. C'était étrange de tenir ce corps entre mes bras. Ce corps qui était issu en partie du corps de mon père. Presque ma sœur. J'ai repensé au sang et au sperme sur ma main. Tout me paraissait absurde. Marion battait régulièrement des pieds. Ses bras traçaient des arabesques qui ridaient à peine la surface. Je lui ai dit de plonger la tête sous l'eau, que ça l'aiderait à aller plus vite. Elle hésitait. Je lui ai montré comment faire, je lui ai dit que c'était facile, que toutes les grenouilles faisaient ça. Alors elle a enfoui son visage sous la surface. Ma main sur sa nuque s'est faite plus lourde. Je n'entendais plus rien des cris et des rires et des pleurs autour de nous. Il n'y avait que son corps qui flottait, là. Et son visage sous l'eau. Et ma main sur sa nuque. Il suffirait de peu. Sa poitrine était toute fine. Ses poumons ne pourraient pas résister bien longtemps. J'imaginais le trajet de l'oxygène à travers son tout petit corps. Les fines bulles emportées dans le sang par le battement du cœur. Et bientôt le manque. Les muscles qui se contractent. Les poumons qui pompent dans le vide. La bouche qui happe. Rien d'autre qu'une eau saumâtre. L'eau envahit tout. Les hoquets. L'agonie. Rien de très long. Pour une si petite enfant. L'autre fille de mon père. Mon père qui avait répété dans l'escalier : « Célia n'avait rien à faire là ! » Mais je n'ai pas pu aller jusqu'au bout. J'ai laissé sa tête sortir de l'eau. Elle a souri et elle m'a demandé si je pleurais. J'ai dit que non, que c'était juste des éclaboussures, que je devais partir. Je suis sortie de l'eau, loin de mon père. Marion me faisait au revoir de la main. J'ai récupéré mon sac à dos et je suis repassée au pavillon. J'ai glissé dans la boîte aux lettres sans nom les trois cartes. Les trois cartes de la fête des Pères.

*

Marie n'était pas la première fillette assassinée. Son prénom vint s'ajouter à ceux de Louison et de Faustine.

La vallée entière était recouverte d'un voile de deuil.

Dans les premiers temps, on avait pensé que les loups étaient responsables des meurtres. Qui d'autre qu'un animal sauvage pourrait s'en prendre à des enfants ? Il se disait qu'une meute hantait les sommets. Qu'elle était arrivée là il y a quelques mois, poussée par les derniers soubresauts de la guerre dans l'est. Des battues avaient été organisées. On avait bien trouvé des traces, des empreintes, des déjections, mais rien de plus. Personne n'y croyait vraiment. Les derniers loups avaient été décimés au début du siècle, à grand renfort de charognes d'ânes empoisonnées. Oui, il se pouvait que les loups soient revenus. Qu'ils se cachent là-haut pour vivre leur vie de bête. Mais jamais ils ne se seraient risqués à descendre dans les vallées pour tuer des enfants dont ils n'auraient pas ensuite mangé la chair.

« Les animaux sauvages tuent pour se nourrir, pour défendre un territoire de chasse ou pour protéger leurs petits. » C'est Marcus qui m'avait dit cela en flattant l'encolure de sa chienne, qui avait des airs de louve. « Il n'y a que l'homme qui tue pour l'honneur. Ou par plaisir. Il n'y a pas plus cruel que l'homme. »

Mais la superstition avait la vie dure et les chasseurs avaient arpenté la forêt des semaines durant. Ils s'accrochaient à ce rêve, ce mythe de l'animal maléfique, en définitive bien rassurant. Tous étaient revenus bredouilles. Les journaux avaient finalement annoncé ce que tout le monde savait déjà sans oser se l'avouer : les meurtres n'étaient pas l'œuvre d'un animal. Mais celle d'un homme. Et cet homme-là avait tué Marie, et Louison, et Faustine.

Quelques jours après la découverte du corps de la fillette, Armand était passé à l'appartement. Je venais de dîner d'une soupe et je tentais de me réchauffer auprès d'un livre et de la maigre flamme qui vacillait dans le poêle quand j'ai entendu le tintement des trois petits cailloux lancés contre la vitre du salon. J'ai rajouté une bûche dans le feu, j'ai débarrassé l'assiette et les couverts que je n'avais pas eu le courage d'aller laver après mon repas et, le cœur battant, j'ai vérifié mes cheveux dans le miroir du réduit qui tenait lieu de cabinet de toilette. Mon reflet avait une tête affreuse. Je me sentais nauséeuse. Mes yeux étaient cernés et mes joues creuses. Les parents de l'école avaient remarqué mon teint pâle. On m'avait conseillé d'aller voir la Quimette, une femme du village connue pour faire passer tous les maux grâce à des onguents et des tisanes, mais je n'avais pas pris le temps d'aller la consulter. Sitôt la classe finie, je m'affalais dans mon appartement et je m'abrutissais de lecture. Malgré le froid, j'ai retiré le gilet de laine qu'avait tricoté ma mère et j'ai ouvert un bouton de mon chemisier. Je n'avais pas vu Armand depuis le jour du drame. La mort de Marie était venue se glisser comme un coin entre nous. Les gens étaient furieux. Le désir de vengeance enflammait les conversations. Et Armand, en tant qu'adjoint de Tonio, le maire, avaient dû monter au front pour éteindre les incendies qui menaçaient d'embraser le village. Je savais qu'il avait à peine vu sa femme et son fils. Alors j'étais heureuse qu'il m'accorde un peu de temps.

J'ai déposé une goutte d'eau de lavande derrière mes oreilles et je suis allée tirer le loquet de la porte. Armand est entré, les joues très rouges et les épaules blanches de neige. Il a eu un coup de menton vers ses chaussures énormes qui laissaient des flaques sur le parquet. C'était sa manière à lui de s'excuser. J'hésitais à me jeter à son cou. J'en avais très envie. Tout ce que je voulais, c'est qu'il me serre, qu'il m'embrasse, qu'il m'écrase de son corps, qu'il me fasse l'amour, violemment, et que j'oublie enfin le corps blanc de Marie. Mais il avait l'air si fatigué que je n'ai même pas osé le toucher. Il est allé s'asseoir là où je me tenais quelques instants auparavant. Il a pris le roman entre ses grosses mains, l'a tourné et retourné comme s'il n'avait jamais vu auparavant d'objet semblable. Puis il l'a reposé et il m'a demandé si je n'avais pas trop froid. J'ai menti, bien sûr. J'ai dit en haussant les épaules que je venais du Nord, que j'étais habituée à des températures bien pires. Il a hoché la tête. Il n'en croyait rien. Il s'est excusé pour la vétusté du logement de fonction puis il a passé une main fatiguée sur son visage. Armand m'a expliqué que la situation devenait intenable. Un de ses forestiers avait failli se faire lyncher par un groupe de mineurs. L'homme était descendu en ville pour faire des provisions. Il s'était arrêté dans un bar. Il avait bu. Beaucoup. Et la conversation avait dérivé sur les meurtres. On ne sait pas vraiment ce qui s'était dit. Peut-être avait-il fanfaronné en déclarant savoir qui était le meurtrier. En tout cas, la rumeur avait galopé en ville comme un cheval mordu par un serpent. Bientôt une foule de mineurs se pressait devant le bar. Pour eux, ça ne faisait pas de doute. Les fillettes avaient été retrouvées dans les bois. L'assassin était donc forcément un forestier. Et puis ce ne pouvait être un mineur. Eux, ils se connaissaient tous. Une fois dans le ventre de la terre, on ne pouvait rien dissimuler, on ne pouvait pas mentir. Ils étaient tous comme des frères. Par contre, ceux de là-haut, ceux du village, on ne savait pas qui ils étaient. Ils vivaient là comme des bêtes, dans la neige et le froid, au milieu des loups. Quel homme était assez fou pour vivre entouré de bêtes sauvages ? Et puis, je l'avais entendu à plusieurs reprises, dans la vallée, il se répétait qu'il y avait eu des massacres, là-haut dans la montagne, pendant la guerre. Il se disait que ce village était maudit. Bien sûr, c'était stupide. Peu importe le métier de leurs parents, la mort avait saisi les fillettes de la même façon. Avec la même sauvagerie. Mais sans doute était-il rassurant pour ces hommes de penser qu'aucun d'entre eux ne pouvait commettre ces atrocités. Au fil des rues et des minutes, m'a expliqué Armand, la rumeur s'était muée en certitude : le meurtrier venait du village. Et il était peut-être là, dans ce bar. Il était certainement là. Il n'y avait pas de doute. C'était lui, cet homme qui disait en savoir plus que tout le monde. La vitrine avait été brisée. Les chaises cassées. On avait roué l'homme de coups de poing, de pied, et de barre de fer, et il n'avait dû son salut qu'à un gendarme qui avait bravé la foule, l'arme à la main.

J'ai écouté Armand sans rien dire. Les flammes jaunes posaient sur son visage un masque de cire. Même s'il n'avait que dix ans de plus que moi, il paraissait si vieux soudain. Les hommes ne sont pas faits pour endurer les tourments du monde. Ils se laissent si facilement vaincre par la douleur. Ils pensent pouvoir la défaire en se drapant dans leur assurance alors qu'il suffit de l'accueillir et de la bercer contre son sein pour la faire taire. Lentement, j'ai dégrafé mon chemisier. Il parlait toujours, en feignant d'ignorer ma poitrine blanche qui apparaissait peu à peu. Il racontait une bagarre qui avait eu lieu en fin d'après-midi sur la place. Un bûcheron et un de la mine qui en étaient venus aux mains. Des histoires d'honneur. Des histoires d'hommes. J'ai pressé mes seins contre son visage. Il a fini par se taire. Son souffle sur ma peau était chaud. J'ai dit : « Viens. Réchauffe-moi », et je l'ai entraîné vers le lit. Entre mes bras, il ressemblait à un tout petit enfant.

Chapitre 37

Au point du jour, Célia, les traits tirés, ne monte pas dans le bus.

Depuis une semaine, elle ne va plus au lycée.

Catherine ne se doute de rien. Elle n'est qu'un fantôme que la jeune fille peut entendre vaguement s'agiter derrière la porte de sa chambre. Elle a même débranché le téléphone pour faire taire les jérémiades de l'éditeur. Aussi Célia sait que l'intendance du lycée n'arrivera pas à joindre sa mère.

Tous les matins, elle quitte pourtant la maison, son sac de cours en bandoulière. Mais elle se cache dans une ruelle, regarde le bus s'éloigner, guette la camionnette des bûcherons. Et si elle surprend les yeux de nuit d'Alice, elle sait que ce sera une bonne journée.

Elle se rend ensuite à l'Atelier, où elle retrouve Andréas. Le premier jour où elle est venue frapper à sa porte, il ne lui a pas posé de questions sur le lycée. Il n'a pas eu l'air étonné de voir arriver la jeune fille. Il lui a simplement demandé sa pointure et, après avoir fouillé dans un placard, il lui a tendu des bottines poussiéreuses et maculées de boue. Ils ont ensuite pris le chemin de la montagne. Et ils ont continué ainsi tous les matins.

À plusieurs reprises, ils ont croisé des groupes de chasseurs. La saison venait d'ouvrir et les bois résonnaient d'aboiements et de coups de feu. Au creux du coude des hommes reposait leur fusil, et, même si le canon était cassé, le métal lançait des reflets menaçants. Chaque fois, les chasseurs les ont regardés passer avec un œil amusé. Célia a reconnu parmi eux Tonio, le grand-père de Paul. Mais pas de traces du vieux chien aveugle. Une fois ou deux, on leur a conseillé sur un ton moqueur d'éviter de batifoler dans les fourrés, sans quoi on pourrait les confondre avec des sangliers. Mais la boutade sonnait comme une menace. Les carcasses tordues et criblées de plombs qui teignaient de rouge l'herbe verte à leurs pieds ont effrayé Célia. Elle n'a pu s'empêcher de penser à ce qui pourrait arriver si les hommes les surprenaient, Alice et elle, revêtues des peaux de louve. Ils n'hésiteraient pas à tirer, elle en était certaine. Andréas, lui, se contentait de les saluer d'un geste de la main. Sans effusion particulière, mais sans mépris non plus.

Sur le chemin des bois, le jeune homme faisait toujours une halte au niveau de la pierre de la source. Il s'asseyait sur le rocher et contemplait pendant de longues minutes le village en contrebas. Andréas, comme Tina, parlait très peu dès les limites du village franchies. Comme pour respecter le silence des forêts. Célia venait alors sans un mot s'asseoir à ses côtés. Elle tentait de percevoir le flot de la source, les battements du cœur de la montagne. Elle en était persuadée, Andréas faisait de même. Comme Tina avait dû le lui enseigner. Et dans l'automne qui étalait un jaune violent sur toute la vallée qui s'ouvrait devant eux, il suffisait à Célia de fermer les yeux pour percevoir une autre pulsation, calquée sur celle de la source, celle du cœur de sa grand-mère. Comme si la petite femme drapée de coton noir se tenait là, entre eux, assise elle aussi sur la roche froide.

Au cours de ces matinées, Andréas récoltait des quantités de plantes et Célia suivait. Les forêts ne l'effrayaient plus. Elle réalisait le plaisir qu'avait dû éprouver Tina à marcher sur ces chemins secrets connus d'elle seule. Elle regrettait d'avoir été imperméable aux enseignements de sa grand-mère. Elle redécouvrait tout cela au côté d'Andréas, qui l'entraînait au cœur des bois dans ses collectes pour préparer ses encres et ses papiers.

Le reste de la journée, Célia le passe sur un canapé dans l'Atelier, à courir derrière le sommeil, dans les vapeurs et les senteurs des décoctions d'Andréas. Ces derniers jours, le jeune homme lui a proposé de fabriquer un carnet. Son propre carnet. Célia lui a avoué qu'elle détestait les livres et l'écriture. « Tu n'auras qu'à dessiner, ou peindre », a répliqué Andréas. Et elle s'est donc lancée dans la fabrication des pages et de la couverture. Peu à peu, elle a pris goût à ces tâches simples qui, au moins, ont le don de mobiliser toute son attention. Il y a dans le processus de fabrication quelque chose qui tient de l'alchimie. Transformer des végétaux en tout autre chose lui paraît finalement assez fascinant.

La nuit, quand Thomas est ivre au point de ne plus entendre le verrou tomber dans la chambre de sa fille, elle retrouve Alice près du château et elles filent ensemble vers le plateau, où elles revêtent leur peau de louve. Les soirs où la nuit est sans lune, elles restent toutes les deux dans la grotte près du feu.

Depuis qu'elle a parlé de son père à Alice, le poids qui pesait sur la nuque de Célia s'est subitement envolé et elle s'est découvert une envie nouvelle. Le désir de jouir de sa liberté, pleinement, sans plus aucune entrave. Avec Alice, elle se sent plus forte. Quand la fourrure de la louve est sur ses épaules, Célia n'a plus peur. Et peu importe si tout ça n'est qu'un fantasme, elle peut sentir la réalité de cette métamorphose et les changements profonds qu'elle a provoquée en elle. Elle n'est plus un animal craintif et soumis. Elle n'a plus besoin de fuir ou de se cacher. Comme la louve qui a habité cette peau, elle se sent libre et forte et insoumise. Et elle a la sensation, enfin, d'être au monde, libérée de toutes les chaînes d'angoisse de l'enfance et de l'adolescence.

Je suis louve.

Boum boum

Le tambour de sang.

Boum boum

Fait trembler la peau de la montagne.

Boum boum

Le monde est un arbre foudroyé. Un chêne à la ramure de cendres. Ses racines. Sous la carapace de la terre sèche. Et crevassée. Dans le ventre même. Sinueux. Entre les veines. L'architecture sombre déployée.

Un arbre inversé.

Tordu et noueux. Racines entremêlées. Noires. Desséchées. Presque pierre. Presque mortes. Mais pas tout à fait. Immobiles. Dans la nuit de la terre aveugle. Là où les oiseaux ont une carapace noire et luisante. Et des élytres en guise d'ailes.

Boum boum

Je
suis
louve

Et mes pattes griffues.

Boum boum

Et mes pas.
Ébouriffent la ramure.

Légers tremblements. Une vibration.
Un frisson dans le panache de l'arbre inversé.
Les racines frémissent
Comme la baguette de coudrier entre les
mains du sourcier.
À l'approche de l'eau secrète.
Les racines tendues. Vers la source profonde.
La ramure déployée.
Des bourgeons atrophiés.
Dans les coquillages de pierre.
La promesse des fleurs à éclore.
Des fleurs de terre aux pétales d'os.
Délicatement ciselées.

Chapitre 39

— Que faisait Tina de toutes ces plantes qu'elle ramassait ? demande un matin Célia à Andréas.

Elle avait toujours vu sa grand-mère collecter ces tiges, ces racines et ces feuilles sans vraiment savoir ce qu'elles devenaient. Pour l'enfant qu'elle était alors, ce n'était rien d'autre qu'une pratique exotique et incompréhensible, une lubie de personne âgée.

— Tina savait des choses qui ne figurent dans aucun livre, répond Andréas en récoltant aux branches d'un arbre des grappes serrées de baies noires. Regarde, ça, ce sont les fruits du sureau. C'est un excellent colorant, c'est comme ça que je l'utilise. Mais les baies sont aussi comestibles une fois cuites. Ta grand-mère en faisait de délicieuses confitures. C'est aussi un remède contre les névralgies. L'écorce est efficace contre l'épilepsie. Et le bois repousse les rongeurs dans une maison. Par contre, les feuilles et les fruits crus contiennent un poison qui peut être très violent si on les consomme en trop grande quantité. Il suffit de cuire les fruits pour que le poison disparaisse.

Andréas casse une branche de l'arbre. Le cœur du bois est empli d'une moelle claire qui laisse s'échapper un jus rougeâtre.

— On appelle le sureau l'arbre des morts. Il paraît que les esprits défunts vivent à l'intérieur de ses branches. C'est pour ça que le bois saigne quand on le coupe.

Le jeune homme tire un couteau à la lame effilée de sa poche et évide lentement la branche.

— Les sorciers en faisaient des flûtes qu'ils venaient tailler au solstice d'été. La tradition est très ancienne. Jusqu'à la flûte du dieu Pan qui aurait été faite de sureau. En soufflant dedans un air secret, les sorciers pouvaient communiquer avec les âmes des morts. D'ailleurs, on dit que les Gitans font bien attention à ne pas brûler du sureau parce que ça attirerait le malheur sur eux.

Célia observe attentivement Andréas. Elle se demande si il se moque d'elle. Elle ne comprend pas vraiment pourquoi le jeune homme lui raconte toutes ces superstitions et, en même temps, elle ne peut s'empêcher de penser à ce que les gamins du village lui criaient l'été à propos de Tina.

— Tu es en train de me dire que ma grand-mère était une sorcière ?

Andréas sourit.

— Non. Rien de tout ça. Tu as trop d'imagination. Ce que je t'explique, c'est que Tina connaissait les plantes et leurs secrets, et qu'elle les utilisait pour guérir certaines maladies des gens d'ici.

Célia fronce les sourcils.

— Mais alors pourquoi on la traitait comme ça au village ? Tout le monde se méfiait d'elle. Et pourtant, elle les aidait ?

— Je crois que ta grand-mère savait beaucoup de choses. Sur les plantes et sur les gens. Quand elle était plus jeune, elle soignait beaucoup de monde.

— Oui, je me rappelle, ils rentraient dans la maison en baissant les yeux. Elle les amenait dans sa chambre. Je ne savais pas ce qui s'y passait et j'imaginais des choses affreuses.

— Ils devaient avoir honte de leur maladie. Et ils préféraient aller la voir, elle, plutôt que de consulter un médecin. Il leur arrivait certainement de se confier à Tina. Et elle devait en savoir trop à leur goût. Finalement, elle connaissait tous les secrets de la vallée. Les coucheries, les trahisons, les mensonges. Tout le côté sombre des gens d'ici. J'ai déjà vu des gens se signer sur son passage ou cracher à ses pieds. Mais ta grand-mère n'a jamais refusé de soigner personne. Jamais. Même ceux qui avaient craché devant elle le matin même.

Andréas tend la branche évidée à Célia.

— Tiens, si jamais tu veux appeler les esprits.

La jeune fille sourit en faisant rouler le cylindre de bois entre ses doigts.

— Les gens d'ici. Je les ai toujours trouvés durs et mauvais, dit-elle après un instant.

— Tu crois que ceux de la ville sont mieux ? demande Andréas en secouant la tête. Non. Ici, ils ne sont pas moins humains qu'ailleurs.

— Comment est-ce que tu peux dire ça après tout ce qu'ils t'ont fait ? Les coups à la sortie de l'école. Paul et sa bande ? Tu ne leur en veux pas ?

— Tu sais, la majorité des gens d'ici n'aiment pas qu'on suive une autre route que celle qui a été tracée par les anciens. Ils pensent que c'est une question de survie. Que ce qui est inconnu ou étranger représente un danger pour la communauté. Ça, je peux le comprendre. J'imagine que c'est un réflexe hérité du temps où le village était coupé du monde. Un temps où les loups infestaient les montagnes et où les routes n'étaient pas sûres. Tout ce qui venait d'ailleurs pouvait apporter la mort et la désolation. Ils n'en sont pas conscients, mais c'est inscrit profondément en eux. Une sorte de mémoire collective du pire. Ils préfèrent être les chasseurs que les proies. C'est pour ça qu'ils se méfient de ceux qui ne font pas partie de la meute.

Célia hausse les épaules, peu convaincue.

— D'accord, c'est une idée un peu étrange, continue Andréas, mais je suis certain qu'il y a du vrai. Pendant la guerre, l'armée occupait toute la vallée. C'est parce qu'ils ont cette mentalité de chasseurs qu'ils ont résisté, qu'ils ont tenu tête, qu'ils n'ont jamais plié. Peu importe. Ce qui est certain, c'est qu'avant tout le monde ici travaillait dans les mines ou à la scierie. Ce n'était pas une vie facile. Il fallait se serrer les coudes. Ce qui leur permettait de survivre au fond du puits ou dans les forêts, c'était la confiance. Aujourd'hui, tout ça s'est perdu. Il ne reste qu'une grande amertume. Quelles sont les perspectives pour Paul ou les gars de son âge ? Bosser à la scierie comme ouvrier. Bûcheronner dans les forêts, été comme hiver. Ou vivre de l'aide sociale. Rien d'autre.

— Ou vendre de l'herbe ? lance Célia.

— Et alors ? dit Andréas en haussant les épaules. Qu'est-ce que tu crois ? Que c'est simple pour moi ? On se débrouille comme on peut. Eux comme moi. Et faut pas croire que c'est parce qu'on vit dans un petit village paumé que les jeunes d'ici n'ont pas tous des rêves plus grands. C'est pour ça que ça ne m'étonne pas qu'ils soient aigris et qu'ils se replient sur eux-mêmes. Ils me rejettent parce que je me suis échappé des voies toutes tracées. Parce que je vis d'une manière qu'ils ne comprennent pas. C'est vrai, j'ai peu d'amis, mais, comme pour Tina, la solitude ne me dérange pas. Même si je suis à l'écart du village, ici, c'est ma terre, mes montagnes. Et d'une certaine façon ces gens sont aussi une part de ma mémoire, de ma famille. J'ai fait le choix de rester. Comme eux, j'ai le droit de vivre ici. Je ne céderai pas. Je suis encore plus borné qu'eux.

— Toi et Alice, vous auriez dû partir tous les deux. Loin du village. Loin de votre père.

— Alice a fait son choix. Elle a décidé de rester au Moulin, avec Thomas, pour l'aider. Même si, j'en suis persuadé, ça ne sert à rien. Je te jure que je voudrais bien faire quelque chose pour elle. Mais elle s'entête à rester là-bas. Nous ne sommes pas responsables des errances de nos parents. Nous n'avons pas à porter leur histoire. Il faut qu'Alice comprenne ça.

Andréas referme son sac sur les grappes de baies noires.

— Toi, tu l'as compris, pas vrai ?

Célia secoue la tête :

— De quoi est-ce que tu parles ?

— Catherine m'a raconté. Pour ton père. Elle m'a dit que tu avais mis du temps à accepter et…

La jeune fille lève les paumes vers Andréas.

— Je n'ai pas envie de parler de ça.

Andréas hausse les épaules.

— Alice, je crois que ça lui fait du bien d'être avec toi.

Célia se demande alors si le jeune homme les a surprises, un soir, sous leur pelage de louve.

— Comment… Comment est-ce que tu sais que je vois Alice ?

— Je sors parfois en forêt de nuit. J'ai déjà vu ma sœur s'échapper du Moulin. Je t'ai aperçue aussi, quand tu montes vers le château.

Célia détourne les yeux. Elle n'a pas envie de partager le secret de ses nuits avec le garçon. Mais Andréas ne semble pas remarquer son trouble.

— Peut-être que toi tu pourras la convaincre. Parce que si elle reste avec lui, c'est sûr, elle deviendra folle à lier.

Chapitre 40

— Allez, viens, on va au *Planet*. Toutes les deux.

C'est ce qu'avait dit Alice pour convaincre Célia quand elles s'étaient retrouvées près des murailles du château.

Alice n'avait pas la fourrure de louve avec elle. Elle était habillée d'une jupe courte et d'un tee-shirt noir très près du corps sous lequel on devinait parfaitement sa poitrine. Célia s'était rappelée que Paul lui avait parlé de cette soirée dans une boîte de nuit, le *Planet*. Mais tout cela lui semblait si lointain. Elle, elle aurait aimé courir là-haut, dans les forêts qui entouraient le plateau. Mais Alice avait insisté.

— Viens, on va s'amuser.

— Et ton père ? Là-bas, il y a peut-être des bûcherons ou des gens de la scierie. S'il apprend que tu es sortie...

Alice avait caressé la joue de Célia.

— J'ai peur de rien quand on est toutes les deux.

La jeune fille avait abdiqué. Sans bruit, elle s'était faufilée dans la vieille maison. Elle avait rangé la fourrure dans son placard et elle s'était changée rapidement tout en se demandant pourquoi Alice avait soudainement envie de se retrouver sur la piste de danse bondée d'une boîte de nuit qui ne diffuserait certainement que de la mauvaise musique trop forte. « Alice passe ses journées en forêt avec son père et les bûcherons ; peut-être a-t-elle envie d'autre chose que du silence des bois », s'était dit Célia. Après tout, pourquoi pas, cela faisait plus de deux semaines qu'elle-même vivait quasiment seule, ne partageant ses journées et ses nuits qu'avec Andréas et Alice.

« Alors, oui, peut-être que ça me fera du bien de voir d'autres gens », se dit Célia en enfilant une longue robe rouge, un cadeau de Catherine qu'elle n'a jamais porté. Dans le miroir de sa chambre, elle ne peut s'empêcher de remarquer les muscles qui roulent sous sa peau. Des muscles plus fermes et plus pleins. Des épaules plus larges, un dos plus droit. Elle, qui n'a jamais vraiment été sportive, ne reconnaît plus vraiment son corps endurci par la marche et la course. Aujourd'hui, Célia a l'impression de redécouvrir ce corps qui n'appartient qu'à elle. De l'habiter entièrement. Il y a ses muscles. Sa peau. Ses poils. Ses seins. Son sexe. La pulsation de son sang à travers la cathédrale de ses veines. La palpitation si précise de ses organes sous le voile de chair. Il y a aussi les marques brunes qui zèbrent ses bras, ses jambes, son ventre et ses poignets. Les souvenirs de ses courses nocturnes. Elle ne tente pas de les dissimuler. Elle prend même plaisir à les contempler. Chaque coupure, chaque égratignure, elle pourrait dire où et comment elles sont venues marquer sa peau. Comme si sur son corps était gravée la carte de la montagne tout entière. Et il lui suffit de promener un doigt sur une cicatrice pour faire ressurgir, intact, le souvenir qui lui correspond, et ça lui donne immédiatement envie de repartir là-haut, pour courir nue sous la lune, libérée de tout. Mais Alice l'attend à la sortie du village. Alors, un peu à contre-cœur, elle referme la porte du placard sur la peau de louve, défait le nœud qui retient ses cheveux bruns, étale du noir sous ses yeux et se faufile sans bruit dans les ruelles.

La boîte de nuit est à quelques kilomètres du village sur la route de la vallée.

C'est un vieux bâtiment de béton, échoué au bout d'un chemin de terre qui serpente interminablement au milieu de terrains en friche. Un jeune homme blond les a amenées là. Célia l'a reconnu quand elle est montée dans la voiture. Le garçon qui fumait un joint avec Andréas sur le balcon de l'Atelier. « Salut, moi c'est Fred ! » a-t-il lancé joyeusement aux deux filles. Il devait être ivre, car la voiture n'arrêtait pas de tanguer d'un côté à l'autre de la route. La radio hurlait une chanson folk et le jeune homme monologuait sur les couleurs de l'automne, qui étaient sensationnelles. Mais la voiture était noyée de nuit et on ne pouvait rien voir du paysage.

— T'en fais pas ! Fred, c'est un copain d'Andréas, il est réglo, a dit Alice devant l'air inquiet de Célia. La jeune fille ne voyait pas ce qu'il y avait de rassurant, mais elle n'a rien dit.

Sur le parking de la boîte de nuit, Alice propose au garçon blond de les accompagner à l'intérieur, mais il refuse l'invitation en riant.

— Non, tu sais que je suis pas le bienvenu, ici !

— Qu'est-ce qu'il a voulu dire ? demande Célia alors que les deux filles se dirigent vers les néons bleus de la porte d'entrée. Au-dessus en lettres lumineuses est inscrit « Le Planet ».

Alice hausse les épaules.

— Ils acceptent pas les homos. Allez, viens ! dit la jeune fille en souriant au videur, une montagne au crâne rasé et aux biceps tatoués.

À l'intérieur, la musique est aussi assourdissante que ce que Célia avait imaginé. La piste de danse est noyée dans l'obscurité et la fumée. Des spots de lumière noire viennent régulièrement hacher les silhouettes des corps qui s'agitent au centre. Principalement des filles aux jupes très courtes perchées sur des talons hauts. Dans la lumière noire, le blanc intense d'un sourire, d'une bretelle de soutien-gorge, d'une paire de bas. Les garçons sont affalés dans des canapés à côté du bar. Les bouteilles et les verres s'entrechoquent au-dessus des tables basses, mais on n'entend rien des bruits et des conversations tant la musique est forte. Les doigts de Célia s'entortillent immédiatement au bout de ses mains. Le vacarme l'effraie. La musique lui rappelle la soirée dans les dunes avec Romain. Et puis elle se sent ridicule avec sa robe longue et rouge quand toutes les filles sont habillées comme des modèles de pub télé. « Je dois ressembler à une enfant sage », se dit-elle en crispant les poings pour faire taire ses doigts. Les yeux pailletés d'Alice ne perçoivent rien du trouble de Célia, et la jeune fille l'entraîne d'une main vers le bar.

— Allez, on va s'éclater !

Alice se fraye un chemin dans la masse des corps en sueur. On la salue d'un coup de menton ou d'un sourire ironique. « Tiens, t'es là, toi ? T'as eu la permission de minuit ? » ricane un garçon aux lèvres fendues. Alice le fait taire en écrasant violemment sa bouche contre la sienne. Le garçon surpris recule en levant les bras. Une goutte de sang perle de ses lèvres jusqu'à sa chemise blanche.

— Si tu dis le moindre truc à mon père, je lui balance que t'as essayé de me sauter, OK ?

Et Alice le dit assez fort pour que tous autour puissent l'entendre malgré la musique.

— Et tu sais ce qu'il te fera quand vous serez là-haut dans la forêt, pas vrai ?

Le garçon jette un regard mauvais à la jeune fille, essuie ses lèvres et se tourne vers le bar.

Pendant qu'Alice commande deux verres de vodka, Célia se demande pourquoi Alice prend tant de risques. Elle sait très bien ce qui arrivera si Thomas apprend qu'elle était ici. Dans la forêt, il est presque impossible qu'elles croisent un visage connu. Les bois sont leur domaine. Mais ici, au *Planet*, tout le monde connaît Alice et son père. Célia doute que les menaces que son amie a lancées au garçon aux lèvres fendues empêchent les rumeurs de circuler. Tôt ou tard, Thomas sera au courant. Quelqu'un, au pied d'un arbre abattu, lors d'une pause, finira par parler. Et elle subira la colère de son père. Mais Alice ne semble pas effrayée. Elle revient du bar avec un grand sourire, deux verres blancs de givre à la main.

— Alice, on ne devrait pas rester ici, tu vas avoir des problèmes.

Mais Alice n'écoute pas, elle fonce sur la piste de danse. Célia la rejoint, se mêle aux corps mouvants.

— Ce que je veux dire, c'est que... hurle Célia à l'oreille de son amie qui danse, la tête renversée en arrière.

— Je sais ce que tu veux dire ! Je m'en fous ! Je veux m'amuser !

Et Alice vide le verre de vodka d'un trait.

— Allez, oublions tout ça ce soir !

Les basses résonnent dans la poitrine de Célia. À moins que ce ne soit son cœur qui s'emballe subitement. Les yeux d'Alice ne sont que poussières d'or et son sourire une caresse sur la joue de Célia. Alors la jeune fille sans plus réfléchir porte le verre à ses lèvres et la vodka allume un brasier dans sa gorge, dans son ventre et dans sa tête.

Les vodkas s'enchaînent. La musique n'est plus qu'un pouls. Célia et Alice sont un tourbillon. Une pulsation. Une conjonction. Sur la piste à moitié vide, leurs deux corps attirent les regards. Les yeux des garçons ne perdent rien des arabesques de leurs mains, des oscillations de leurs hanches, des muscles qui roulent sous la peau de leurs cuisses et de leur ventre. Leur danse n'est pas gracieuse. Leurs corps sont trop maladroits, leurs pas trop peu assurés, leurs gestes trop peu calculés. Mais c'est cette absence de perfection qui fait briller les yeux des garçons qui les observent à la dérobée. Il y a entre ces deux corps joints un lien indéfinissable, loin des conventions ou des modes. Il y a tout ce qu'on ne voit pas mais qui se laisse deviner. Il y a sous le secret du tissu de leurs vêtements le mystère de leur peau. Il y a ce lien qui s'incarne là, entre leurs corps qui s'effleurent. Flux et reflux. Un échange. Une vague qui emporte les deux filles qui dansent les yeux mi-clos au milieu de la piste à moitié vide. Et bientôt les garçons s'approchent. Et dans le ventre de Célia monte une chaleur qu'elle reconnaît immédiatement. C'est la même sensation qui l'avait envahie lorsqu'elle avait fait la lecture devant la classe entière. Le désir d'être regardée, non pas simplement pour être regardée, mais pour hurler au monde qu'elle est bien vivante. Elle, l'étrangère. Elle, l'absente. Elle, l'insignifiante enfant de la grande Catherine. Elle, la petite fille sage en robe rouge. Elle est aujourd'hui bien vivante. Comme elle n'a jamais été aussi vivante. Alice sourit en face d'elle, comme si elle avait perçu ses pensées. Et elle rit maintenant, et son sourire et son tee-shirt blanc étincellent sous le feu de la lumière noire.

Plus tard, la piste s'est remplie de toute la jeunesse de la vallée, et des garçons ont dansé avec Célia et Alice, et des garçons leur ont offert des verres de vodka. Combien de verres ? Célia ne saurait le dire, elle ne s'en souvient plus. Paul a été le plus prévenant. Il a dansé avec les deux filles, les yeux dans les yeux, un sourire sur les lèvres, et Célia a été étonnée par son corps souple et ses mouvements fluides. Il y a chez le garçon une grâce insoupçonnée qui contraste avec ses muscles saillants et ses épaules carrées.

Paul fait un signe depuis le bar et invite les deux filles à le rejoindre sur un canapé. Il y a sur la table basse une forêt de verres et une bouteille de vodka. D'autres garçons sont là, mais, peut-être à cause de la pénombre, peut-être à cause de l'alcool, Célia ne parvient pas à fixer les traits de leur visage. Tout semble brouillé, tout va trop vite. « Tout va délicieusement vite », pense Célia. Paul remplit les verres. L'alcool ruisselle sur la table. On trinque, on rit fort, on boit vite.

La tête d'Alice est venue s'appuyer sur l'épaule de Paul. Une de ses mains caresse la cuisse du garçon. Alice lance un clin d'œil à Célia, mais la jeune fille détourne les yeux. Quelqu'un lui parle. Elle ne sait pas qui. Elle ne sait pas ce qu'il lui dit. Elle rit et avale une gorgée de vodka. Il lui semble qu'on a remplacé l'alcool par de l'eau. Elle pose la question au garçon près d'elle : « C'est de l'eau ? C'est quoi, cette connerie ? C'est de l'eau ! » Mais le garçon ne l'écoute pas. Elle baisse les yeux et voit une main courir sur son sein gauche. Comme un énorme insecte. Elle jette le reste du contenu de son verre au visage du garçon, qui se met à hurler. Elle rit encore et tout le monde rit autour d'elle.

Elle vient s'asseoir à côté de Paul et tente de lui dire qu'il danse bien, qu'elle n'a jamais vu quelqu'un danser comme lui, mais les mots s'engluent dans sa bouche et Paul se contente de hocher la tête. La main d'Alice caresse toujours la cuisse du garçon et remonte vers son entrejambe. Les yeux d'Alice sont deux puits sans fond où flottent des étoiles. Célia pose sa main sur celle d'Alice et leurs mains sont une vague qui glisse sur le tissu du pantalon. Alice relève la tête vers Paul et l'embrasse longuement, tandis que ses doigts se nouent à ceux de Célia. Elle aussi pose ses lèvres sur celles de Paul. Ce n'est d'abord qu'un effleurement. Elle ne ressent rien. Et puis la main d'Alice vient caresser son épaule, son bras, sa cuisse, et quelque chose enfle dans le ventre de Célia, qui s'abandonne maintenant au baiser de Paul. Ses lèvres s'entrouvrent et sa langue vient à la rencontre de celle du garçon. Et la main d'Alice glisse sous sa robe rouge et ses doigts sont des braises qui traversent la chair de Célia et qui embrasent son esprit. Il semble à la jeune fille qu'elle se tient sur le rebord du monde, au-dessus du vide.

Quand elle ouvre les yeux, elle réalise que ce n'est pas la main d'Alice mais celle de Paul qui explore sa peau, et le monde soudain chavire. Sur sa cuisse, elle croit voir les doigts de Romain, le garçon de café. Puis maintenant les doigts de son père. Les mains de dizaines d'hommes qui rampent sur sa cuisse. La musique n'est plus qu'une vague épaisse. Les visages se tordent de façon grotesque. La sueur ruisselle sur les fronts. Les bouches sont des gouffres hérissés de pieux. Célia se débat. Elle chasse la main de Paul. Le garçon tente de la retenir. Il lui dit des mots qui ne parviennent pas à ses oreilles. Les yeux d'Alice sont noirs. Entièrement noirs. Plus d'étoiles. Pour se libérer, Célia plante ses ongles dans la joue de Paul. Le garçon hurle. La jeune fille se lève, chancelante, les yeux à la dérive, les joues décolorées. Elle bafouille quelque chose qu'elle-même ne comprend pas. Quelqu'un rit d'un rire mauvais derrière elle. Peu importe, il lui faut sortir, il lui faut de l'air, maintenant. Les sourires et les yeux trop blancs clignotent sous la lumière noire et donnent aux danseurs des airs de démons. Il lui semble que tous la regardent et que les gens parlent à voix basse. Elle saisit quelques mots : « Une sorcière. Une sorcière et une pute, voilà ce que tu es ! » Elle secoue la tête, trébuche, heurte des corps, renverse des verres. Une fille la repousse, et l'insulte, et la gifle. Il y a des cris. Il y a les bras puissants qui retiennent son corps qui part à la renverse. Il y a la nuit.

*

Elle s'appelait Amalia. Elle avait douze ans. Des cheveux blonds. Une robe d'un blanc de lys. Un sourire où manquaient les deux dents de devant. Les mains jointes sur la poitrine maigre. C'est la photo qui avait été choisie pour illustrer l'article annonçant qu'on avait retrouvé son corps dans une combe profonde située entre la ville et le village.

On ne disait rien de l'état de la fillette quand les chasseurs l'avaient trouvée. Mais parfois les silences en disent plus que les mots. Tout le monde savait.

Les parents d'Amalia vivaient à l'écart de tout, dans une pauvre bâtisse perdue dans les bois. Le père, disait-on dans l'article, était ouvrier agricole. Des gens de peu. Des gens pauvres qui avaient perdu l'unique bien qu'ils croyaient posséder. La photo devait être la seule photo qu'ils avaient de leur fille. Une photo de communion. L'image figée d'une innocence, aujourd'hui et pour toujours évanouie.

La disparition d'Amalia sembla ramener un peu de raison dans les esprits enfiévrés. Les mineurs et les forestiers cessèrent de se quereller et de se battre. Comme si la photo de la fillette dans son aube immaculée avait figé tout le monde.

Et puis, après quelques jours, tout recommença. De façon plus insidieuse. Les rumeurs les plus folles circulaient sur l'échine des montagnes enneigées. On avait vu des forains au regard sombre et aux sourires mauvais lever un campement dans la forêt. Un homme à la peau noire aurait été aperçu avec une meute de loups sur un plateau au-dessus du village. Un rémouleur itinérant avait été pris avec des couteaux bruns de sang. Les gendarmes savaient, disait-on, mais ils ne faisaient rien. Dans tous les villages et jusqu'à la ville on mit en place des groupes de chasseurs qui, fusil à l'épaule, patrouillaient dans les rues et aux abords des bois. Un matin, je rencontrai Marcus à l'épicerie. Cela faisait des jours que je ne l'avais vu. Avec un air sombre, il faisait face à l'épicier, un gros homme, dont la langue et l'appétit pour les ragots rivalisaient avec ceux de toutes les commères du village réunies. L'homme refusait de le servir en prétextant qu'il n'avait pas les articles demandés. C'était évident qu'il mentait. Marcus était resté très calme, il avait hoché la tête, et il était sorti sans me saluer. Je le rattrapai dans la rue, et je lui demandai ce qui se passait. Il me dit qu'il était sur le point de perdre son travail à la scierie. Quand je demandai pourquoi, il ne répondit pas, et il s'éloigna à pas décidés dans la rue enneigée. L'épicier derrière son comptoir fit claquer sa langue quand je demandai si Marcus avait fait quelque chose de mal.

En fait, je n'ai compris que plus tard. Un peu partout, les étrangers étaient chassés. Pas par la force. Mais avec la violence bien plus sourde du mépris et des sous-entendus. Les familles étrangères arrivées ici depuis longtemps étaient tolérées. Mais les nouveaux venus étaient regardés avec suspicion. On leur faisait comprendre à demi-mot qu'ils feraient mieux de retourner là d'où ils venaient. Marcus faisait partie de ceux-là. Il vivait seul dans une cabane près de la scierie, ce qui le rendait d'autant plus suspect. Tout le monde était saisi par la peur. On cadenassait les portes et les volets, à peine le soleil voilé. Les parents du village cessèrent d'envoyer leurs enfants à l'école. Je me démenai pour les convaincre que leurs enfants ne craignaient rien, que je veillerais sur eux, mais ils ne m'écoutèrent pas. On me regardait en coin, on reniflait bruyamment sur mon passage. Je n'étais qu'une étrangère dans ce pays. Je ne pouvais pas comprendre. Mieux valait me taire, c'est ce qu'on m'intimait en détournant les yeux.

Armand, Tonio et le père Tibo tentèrent de ramener les gens à la raison, sans succès. On se méfiait d'eux également. Les gendarmes étaient impuissants. Les patrons, les maires et les curés n'y pouvaient guère plus. Tous ceux qui représentaient l'ordre étaient montrés du doigt. On les traitait d'incapables. À peine si on ne les disait pas complices. Thomas, le fils d'Armand, était arrivé un matin avec un œil poché. Il s'était fait rosser par deux grands, des fils de forestiers. Toute la vallée vacillait sous son corset de neige. Plus le froid se faisait mordant et plus les hommes se montraient cruels. Comme des animaux acculés. Le monde devenait fou.

Chapitre 41

— Descends.

Célia peine à ouvrir les yeux. C'est comme si l'alcool avait scellé ses paupières. Elle parvient tout juste à fixer les contours de ce qui danse dans le pinceau jaune des phares. Une ruelle. Les volets clos. La vieille maison.

— Allez, descends, je te dis.

Paul, debout dans la rue, tient ouverte la portière passager. Le moteur de la voiture ronronne en laissant s'échapper des volutes blanches sur la toile de la nuit. Le garçon évite le regard de la jeune fille. Sur sa joue, quatre sillons rouges et profonds. Sa chemise blanche est maculée de sang.

— Alice, où est-ce...

— Je l'ai laissée à l'entrée du village. Dépêche-toi.

Célia s'extirpe difficilement de la voiture. L'air frais de la nuit d'automne hérisse le duvet sur sa nuque et ramène à la surface de sa mémoire ce qui s'est passé au *Planet*.

— Je... je suis désolée, bafouille la jeune fille.

Paul, indifférent, l'empoigne par le bras et l'aide à se lever.

— Rentre chez toi. Va dormir.

Célia avance une main vers la joue balafrée du garçon, mais il arrête son geste.

— Laisse-moi tranquille.

Des larmes perlent aux yeux de la jeune fille sans même qu'elle s'en aperçoive.

— Paul, je... je ne voulais pas.

Le garçon la fixe avec un regard froid.

— Tu sais, je voulais pas y croire. À toutes ces conneries que disaient Tonio, et tous les vieux du village, mais je me demande s'ils avaient pas raison.

Célia, grelottante, les bras enroulés autour des épaules pour retrouver un peu de chaleur, lève des yeux troubles vers Paul.

— Quoi ?

— Personne t'a raconté ça, hein ? Tu sais pas ce qui se dit ?

— De quoi tu parles ?

— On dit que tous les hommes que vous aimerez finiront par mourir. Que vous donnerez toujours naissance à des filles. Et que ces filles seront aussi folles que leur mère. Tu sais pourquoi ? Parce que ton grand-père était un assassin. Un tueur d'enfants. Voilà ce qu'on dit. Et putain, après ce que tu m'as fait ce soir…

Célia secoue la tête, perdue.

— Qu'est-ce que ça veut dire, Paul ? Tu crois quand même pas à des trucs comme ça ?

Le garçon claque la portière passager.

— Non, dit-il après un long silence. Mais tu ferais bien de partir du village, Célia.

— Pourquoi est-ce que personne ne nous aime, ici ?

Le garçon passe ses doigts sur sa joue abîmée et s'installe au volant.

— Je sais bien ce que les gens comme toi pensent des gens comme moi. Tu nous prends pour des bouseux. Tu penses qu'un rien suffit à nous éblouir, hein ? Tu penses que tu peux me manipuler sans souci.

— Non, Paul, ce n'est pas...

— Partez. Retournez à la ville, ta mère et toi. Vous avez rien à faire ici. Si vous restez, il n'arrivera rien de bon.

La jeune fille lève les yeux vers les volets clos de la maison, désemparée.

— Célia ?

— Oui ?

Le visage de Paul apparaît déformé à travers la vitre.

— La prochaine fois que tu me fais un truc comme ça...

La phrase reste en suspens et la voiture redémarre sur un crissement de la courroie de l'alternateur. Quelque part, dans la vallée en dessous, un chien aboie. Célia, dans sa robe rouge, ressemble à une fleur fanée.

Chapitre 42

La porte de la chambre s'est ouverte doucement.

La voix de Catherine a demandé : « Ça va, chérie ? », et Célia a bafouillé qu'elle était sûrement malade. Comme quand elle était enfant, une main s'est posée sur son front pour évaluer la température.

Elle n'a pas ouvert les yeux. Elle s'est contentée d'apprécier la présence rassurante de sa mère et la caresse sur sa peau.

— Repose-toi. J'appellerai le lycée pour dire que tu seras absente.

Elle a tenté de protester, mais les mots n'ont pas trouvé le chemin de ses lèvres avant que la porte ne se referme.

Plus tard, après des rêves aux couleurs de cauchemars, Célia se lève enfin. Elle ouvre les volets de sa chambre sur le ciel bas et les forêts fauves. Dans un coin de la pièce, la robe rouge jetée en boule. Face au miroir de la salle de bains, elle parvient difficilement à reconnaître son visage tant l'alcool et la fatigue ont tiré ses traits et décoloré ses joues. Elle pense à Alice. Elle se demande ce qui s'est passé pour elle. Elle espère que Thomas ne l'a pas surprise alors qu'elle rentrait au Moulin. Elle n'arrive pas à comprendre pourquoi Alice a tant insisté pour aller au *Planet*. Elle qui ne rêve que de vivre loin des hommes, là-haut dans les forêts. Et toute cette scène avec Paul avait été si étrange que Célia n'arrive pas à croire que ce n'était pas juste un cauchemar de plus.

Quand la jeune fille descend à la cuisine, Catherine a déjà regagné sa chambre. Au milieu de la table, une note griffonnée sur un bout de papier dit : « J'ai appelé le lycée. Il y a un problème. Il faut qu'on parle. » Célia soupire, froisse la feuille, la fait disparaître dans la poubelle. Il fallait bien que ça arrive. Tôt ou tard, Catherine devait bien finir par se rendre compte qu'elle avait déserté les salles de classe. La jeune fille s'y attendait. Elle avait imaginé des disputes, des cris, des explications. Tout sauf ces quelques mots jetés à la hâte par Catherine sur une feuille de papier. Et elle est finalement plus contrariée par le manque de réaction de sa mère que par le fait qu'on ait signalé ses absences. Elle imagine la discussion entre Catherine et l'intendance du lycée. Sa mère qui se présente. L'étonnement de la personne au bout du fil : « Comme… comme l'écrivaine ? » Un silence. « Oui, c'est moi », a certainement répondu Catherine. Et comme si la célébrité pouvait tout excuser, on traitera avec indulgence les manquements de Célia. Sa mère aura peut-être expliqué qu'elle travaillait sur un nouveau roman, qu'elle était très occupée et que sa fille avait encore du mal à trouver ses marques au village, mais que tout allait rentrer dans l'ordre très bientôt. Et d'ailleurs, avait peut-être dit sa mère, je pourrais faire un saut jusqu'au lycée, pourquoi pas. Je pourrais rencontrer les élèves. On lui aura répondu que, bien sûr, on comprenait pour les absences de Célia, et que ce serait formidable si elle avait le temps de venir présenter son métier et son manuscrit en cours. Les professeurs seraient vraiment enchantés. Catherine évacuait les problèmes ainsi. À grands coups de notoriété et de promesses. Les gens se laissaient berner, presque avec plaisir, comme si le simple fait que Catherine leur ait adressé la parole compensait tous les mensonges. La jeune fille est certaine que ces quelques mots, « il faut qu'on parle », ne sont rien d'autres qu'une promesse de plus. « Il y a longtemps que l'on aurait dû parler », pense Célia en finissant une tartine de pain saupoudrée de chocolat. « C'est trop tard. Bien trop tard. »

Il est presque midi quand Célia pousse la porte de la vieille maison. Pour lutter contre la luminosité qui enflamme ses yeux, elle a emprunté à Catherine de larges lunettes noires. Elle s'est dit que marcher lui ferait du bien, mais l'alcool court encore dans son sang et ralentit tous ses gestes. Jetant ses pas mal assurés au hasard des rues tortueuses, à l'abri derrière ses lunettes noires, elle ressemble à une aveugle qui aurait perdu son chemin. Elle ne peut s'empêcher d'imaginer les conséquences de ce qui s'est passé la veille au *Planet*. Elle sait que maintenant les jeunes de la vallée la montreront du doigt et chuchoteront sur son passage. Pendant de longues semaines, elle avait été l'étrangère. Elle avait réussi à se faire oublier à force de silence. Mais hier soir elle s'était ridiculisée devant tout le monde. Elle avait griffé Paul. Elle avait hurlé. Le videur de la boîte l'avait certainement portée à bout de bras après qu'elle s'était évanouie, telle une poupée de porcelaine livide. Il était évident qu'on avait dû voir ce qui s'était passé juste avant sur le canapé. L'alcool, les baisers, les caresses. Les imaginations allaient s'enflammer. La réalité se distordre de bouche en bouche. On racontera bientôt ce que l'on aurait aimé voir. On fouillera dans le passé. On établira des liens : « Tu sais bien ce qu'on disait de sa grand-mère ! Alors moi ça m'étonne pas... » Comme Tina, elle sera la pute, la traînée. C'est ainsi qu'ici les histoires naissent. Dans la ruelle sombre, Célia rit. Un grand éclat de rire qui déchire le silence de l'après-midi. Un rire qui hésite entre l'amertume et la colère. Le visage d'une vieille apparaît furtivement derrière les rideaux d'une fenêtre. Célia lui montre les dents et le rideau retombe sur les airs de chouette effrayée de la vieille, et la jeune fille s'enfuit en courant et en riant malgré la migraine qui transperce ses tempes.

Arrivée devant l'Atelier, Célia trouve porte close. Andréas n'est pas là. Elle aurait aimé juste s'asseoir, regarder le jeune homme allumer le feu sous les bassines de fer blanc, broyer les fibres, étendre la pâte sur les formes. Andréas sait respecter son silence, il n'aurait pas posé de questions. Peut-être lui aurait-elle parlé d'Alice. Du trouble qu'elle avait ressenti hier soir quand la main de la jeune fille s'était posée sur sa peau nue. Célia secoue la tête. Non, elle ne lui aurait pas dévoilé tout ça. Ce qui s'était passé entre elles ne concernait personne d'autre. « D'ailleurs, qu'est-ce que je ressens vraiment pour elle ? » Célia se sentait attirée par Alice, comme si les deux filles étaient les deux parties d'un même tout. Alice, en parlant du serpent que Célia avait tué près de la rivière, avait dit : « Ce jour-là, je me suis dit que je pouvais avoir confiance en toi. Que tu serais toujours là pour moi. Je voudrais que ce soit pareil pour toi. » Quelque chose d'unique reliait les deux filles. Un lien qui rend l'absence de l'autre douloureuse. Ce matin, Célia n'a pas vu Alice dans la camionnette. Il lui faudra attendre jusqu'au soir pour retrouver son amie, et elle aimerait que les heures filent comme des comètes. Elle l'imagine en ce moment même au milieu des forêts, des cris des bûcherons et des plaintes aiguës des tronçonneuses, nauséeuse et le crâne aussi douloureux que le sien. Elle espère que la nuit dernière Paul l'aura bien déposée à l'entrée du village, comme il le lui a dit. Elle s'étonne encore que le garçon les ait ramenées après ce qui s'était passé. Après tout, c'est moi qui l'ai embrassé, c'est moi qui l'ai laissé glisser sa main sous ma robe, c'est moi qui ai planté mes ongles dans sa joue. Et il l'avait quand même aidée à rentrer au village. Elle repense à ce que lui a dit le garçon : « Tous les hommes que vous aimerez finiront par mourir. Vous donnerez toujours naissance à des filles. Et ces filles seront aussi folles que leur mère. Ton grand-père était un assassin. » Est-ce vraiment ce qui se dit dans le village ? Des superstitions aussi absurdes peuvent-elle encore exister ? Célia refuse d'y croire.

Et pourtant, malgré elle, alors qu'elle erre au hasard des rues, son esprit s'emploie à réorganiser l'histoire de sa famille selon le schéma de Paul. Il n'y avait effectivement que des filles. Et Marcus, son grand-père, avait disparu très jeune, peu de temps après la fin de la guerre. Elle ne savait rien de lui. Il n'y avait même pas de photo le représentant. Elle repense alors aux quelques articles de presse trouvés qu'elle avait fourrés dans un carton. Elle y avait lu des choses concernant des enfants qu'on avait retrouvés morts dans la vallée. Assassinés. Son grand-père pouvait-il être le meurtrier ? Célia secoue la tête : « Non, je ne vais pas croire à toutes ces stupidités. » L'ignorance, la bêtise et la peur de l'inconnu avaient empoisonné la vie de Tina, faisant d'elle une vieille femme recroquevillée autour de paroles maigres et de gestes d'affection tout aussi rares. Catherine en avait certainement souffert. On l'avait traitée comme la fille de la sorcière. Voilà peut-être pourquoi elle était si instable et fragile. Aussi Célia se fait la promesse de ne pas se laisser entraîner dans ces croyances d'un autre âge. « Et pourtant », lui murmure une petite voix narquoise, « qui court nue sous la lune en pensant être une louve ? Qui a voulu noyer une enfant il y a quelques semaines à peine ? Est-ce que la folie n'est pas déjà en toi ? »

Chapitre 43

Célia pousse la grille rouillée du cimetière, qui s'ouvre en gémissant. C'est un petit carré de terre ceint de murs de pierre dont le sommet est hérissé de tessons de verre multicolores. Comme pour éviter que ceux qui reposent là ne s'enfuient à force d'ennui. Le gravier crépite sous les pas de Célia. Ce crissement, la bande-son de tous les cimetières. La jeune fille se dit que c'est peut-être fait exprès. Partout, dans tous les cimetières, le même gravier pour offrir un repère aux vivants au milieu des forêts de morts anonymes. Célia n'est pas venue à l'enterrement de Tina, aussi elle navigue entre les allées à la recherche de la tombe de sa grand-mère. Elle avait pensé qu'il y aurait peut-être une sorte de signe. Un appel qui la guiderait vers la sépulture sitôt la grille franchie. Mais rien de tout cela ne se produit. Les pierres tombales se contentent d'être grises, les photos en médaillons délavés, les prénoms d'un autre âge. Célia accompagnait parfois Tina au cimetière. Mais la vieille femme ne venait pas fleurir la tombe d'un parent, car la famille n'avait pas d'attaches dans le village. Son mari avait disparu dans les bois, aussi il ne lui avait pas été donné de sépulture. Tina, quant à elle, était née ailleurs, Célia ne savait pas vraiment où. Elle avait, lui semble-t-il, quitté sa région natale dans les derniers soubresauts de la guerre. Comment avait-elle choisi ce village pour s'installer ? C'était un mystère. Mais Célia avait toujours pensé que les guerres poussaient les gens au hasard des routes, sans se soucier d'une quelconque logique. Tina ne lui avait jamais parlé de ses propres parents. Comme si ce morceau de passé avait été englouti à tout jamais par l'Histoire.

Quand Tina et Célia venaient au cimetière, elles allaient sur la tombe d'une inconnue que sa grand-mère appelait « la Quimette ». La jeune fille retrouve aisément l'endroit de la sépulture. En guise de pierre tombale, un parterre d'herbes folles et de fleurs sauvages délimité par une bordure de métal rouillé. Et, pour toute épitaphe, une photo délavée sous le verre fêlé d'un cadre posé à même le sol. Les traits sont méconnaissables. Un visage en forme de pomme flétrie. Un fichu jeté sur les épaules. Un trait noir horizontal de charbon en guise de bouche. À peine un fantôme. Et le temps n'y était pour rien. Déjà, quand sa grand-mère l'emmenait ici, la photo semblait dater d'une époque depuis longtemps révolue. Dans l'imaginaire de Célia, la Quimette avait dû naître ainsi. Déjà vieille. À peine venue au monde, sitôt partie. Tina paraissait avoir du respect pour cette femme dont la jeune fille ne savait rien. Sa grand-mère n'apportait pas de fleurs fraîches, elle n'arrosait pas de plantes en pot, elle ne se recueillait pas. Devant la tombe, elle se contentait de plonger la main dans la poche de son tablier et elle en tirait une poignée de miettes de pain dont elle saupoudrait le parterre d'herbes folles. Elle et Célia s'asseyaient ensuite sur le banc peint en vert à l'aplomb d'un immense cyprès. Peu après, les merles arrivaient, tombés de la ramure de l'arbre. Des boules de plumes noires et brunes au bec d'un jaune plus intense que celui des citrons. Ils sautillaient dans le carré en friche, piquaient des miettes de pain, se disputaient en piaillant bruyamment pour emporter les plus beaux morceaux. Un jour, Célia avait demandé à Tina pourquoi elle mettait du pain sur la tombe pour attirer les oiseaux. Sa grand-mère avait souri : « Quand les oiseaux font des bonds, ça la chatouille, la Quimette. Ça la chatouille et ça la fait rire. » Célia avait alors pensé que les vieilles personnes sont un peu comme les enfants. Pour être heureux, il leur suffit de croire à leurs propres histoires.

Il arrivait que des gens poussent la porte du cimetière, et ils fronçaient les sourcils en apercevant Célia et sa grand-mère, et les oiseaux qui bataillaient et fourrageaient dans la terre de la sépulture. On aurait dit que rien ne faisait plus plaisir à Tina que ces airs offusqués, et, dans ces moments-là, un sourire fendait le masque froid de la vieille femme. Elle hochait la tête en direction de la tombe de la Quimette. Comme si la morte, elle aussi, plus que des chatouilles des merles, s'était délectée des méchantes imprécations que les visiteurs marmonnaient pour eux-mêmes.

Aujourd'hui, plus personne ne dépose de miettes dans l'herbe au-dessus de la Quimette, qui, depuis longtemps, ne doit plus être que des os. Par contre, la sépulture de Tina que Célia finit par trouver vers le mur nord, elle, est entretenue.

C'est une sobre stèle de marbre gris. Le nom, le prénom et les dates de naissance et de décès. Rien de plus. Pas de couronnes, pas de photos, pas de témoignages. Mais la pierre est lisse et propre. Et un vieil encrier d'écolier posé sur le marbre laisse éclater le jaune et le rouge de quatre fleurs des champs.

Célia se demande si le petit bouquet a été apporté par Catherine. Non, certainement pas. Catherine a toujours été effrayée par les cimetières. Quand Célia lui racontait que Tina l'avait emmenée nourrir les oiseaux sur la tombe de la Quimette, il y avait un silence froid et désapprobateur. D'ailleurs, Célia est certaine que sa mère n'a pas dû pousser la grille du cimetière depuis qu'elle est arrivée au village. Et elle imagine sans peine ce que Catherine a dû vivre le jour de l'enterrement de Tina. Elle avait certainement dit au curé de se presser. La cérémonie n'avait pas duré très longtemps. De toute manière, les gens devaient être peu nombreux. Personne n'aimait vraiment Tina. On avait peur d'elle, de ses mystères et de ses secrets. Pourquoi les gens seraient-ils venus ? Une ou deux bigotes peut-être, les sœurs Dandoc certainement, toutes deux à suivre le curé et à se repaître du visage défait de ceux qui enterrent leurs morts. Peut-être Andréas, car il était proche de Tina. Elle doute qu'Alice soit venue. Thomas, déjà, devait la tenir cloîtrée. À moins qu'il n'ait été présent lui aussi. « Après tout, il a failli épouser maman. Oui, il devait être là », pense la jeune fille. Elle imagine le bûcheron aux cheveux longs soutenant Catherine, la raccompagnant à la grille après l'oraison balbutiée par un prêtre à l'accent d'ici, et puis… Et puis, brusquement, tout se met à tanguer autour de Célia. Elle s'appuie au marbre de la tombe. Tout lui apparaît soudain clairement.

Catherine avait disparu après l'enterrement. Deux longues semaines durant lesquelles son père et elle avaient retenu leur souffle, certains du pire. Catherine n'avait jamais expliqué ce qu'elle avait fait, où elle était allée. Personne ne l'avait vue au village. Elle s'était volatilisée. Elle n'était pas au village. « Elle était certainement au Moulin. Avec Thomas », se dit Célia. Andréas devait savoir tout ça. Pourquoi n'en avait-il pas parlé ? Et Alice, s'ils étaient au Moulin, n'avait pas pu ne pas les voir. Pourquoi lui aurait-elle caché la vérité ? « Non, ce n'est pas logique », se dit Célia. « Alice me l'aurait dit. Il est possible alors qu'ils soient partis tous les deux. Quelque part où ils pouvaient être tranquilles. » La jeune fille n'arrive pas à imaginer ce couple improbable s'enfuir pour une escapade en amoureux. Catherine la dépressive et Thomas l'alcoolique. Ça ne colle pas. Mais ce dont elle est certaine, c'est qu'il s'est passé quelque chose entre eux après l'enterrement de Tina. Quelque chose qui fait qu'aujourd'hui Thomas évite Catherine, et inversement. D'ailleurs, Thomas l'avait menacée lorsqu'elle était allée au Moulin pour voir Alice : « Faut pas revenir ici, compris ? » Il y avait les mêmes accents que dans la voix de Tonio, le grand-père de Paul : « Laissez ceux du Moulin tranquilles. Vous ne devez pas aller là-bas. Ni Catherine, ni toi. C'est tout. » C'était comme si tout devait être fait pour éviter que Catherine et Thomas ne se retrouvent.

« Peut-être que Paul a raison ? Peut-être qu'il nous faut partir ? », se demande-t-elle.

La grille du cimetière grince dans le dos de Célia. Sans vraiment savoir pourquoi, elle se blottit derrière le tronc du grand cyprès. Au-delà du portail, elle reconnaît Andréas près de la voiture de Fred, le garçon qui l'a emmenée avec Alice au *Planet* hier soir. Elle va pour s'avancer, mais retient son pas quand elle voit un homme ouvrir la portière passager et descendre difficilement, aidé par Andréas. À la canne qu'il promène devant lui, à ses airs d'oiseau effarouché, Célia comprend que l'homme est aveugle et qu'il s'agit certainement d'Armand, le grand-père d'Andréas et d'Alice.

Elle se souvient à peine de lui. Elle n'a pas dû le croiser plus d'une paire de fois, et c'était il y a bien longtemps. À l'époque où son corps était moins courbé et où ses yeux avaient des reflets d'orage. Le vieil homme, Alice le lui avait dit, était connu pour son caractère sombre et sa dureté. Il dirigeait la scierie comme un capitaine de navire. Au déshonneur de voir l'entreprise sombrer par la faute de son fils, il avait préféré l'exil dans une maisonnette insalubre perdue dans la montagne. Et il s'était opposé à l'union de Catherine et de Thomas. Aujourd'hui, on peine à retrouver dans cette carcasse tordue accrochée au bras de son petit-fils et dans ces pas mal assurés le caractère intransigeant qui avait fait trembler plus d'un ouvrier dans la vallée. Dans ses yeux, l'orage est passé. Ne reste qu'un brouillard épais. L'âge a érodé la force pour ne laisser qu'une maladresse presque enfantine.

Andréas mène le vieil homme jusque dans le cimetière. Le gravier lance sa chanson funèbre sous leurs pas lents. S'ils se parlent, c'est à voix basse, et Célia ne peut saisir ce qu'ils se disent tant leur deux corps sont proches. Il y a dans l'image de ce vieil homme soutenu par son petit-fils quelque chose qui caresse le cœur de Célia. Comme ils arrivent vers la tombe de la Quimette, Andréas remarque la jeune fille. D'abord intrigué par sa présence, il finit par lui adresser un sourire un peu gêné.

— Salut, Célia.

— Qui est là ? demande Armand. Célia, tu dis ?

La jeune fille s'approche, les doigts noués.

— Célia ? Je ne connais pas de Célia, dit le vieil homme.

« Tu ne me connais peut-être pas, mais tu connais ma mère », pense la jeune fille.

— Nous venons de nous installer au village, dit Célia.

Et puis, elle ajoute, comme par défi :

— Je suis la fille de Catherine. La petite-fille de Tina.

Armand hoche la tête en faisant rouler entre ses mâchoires édentées le prénom de la jeune fille :

— Célia. Célia. Célia.

Andréas lui adresse un sourire désolé.

— Mon grand-père est fatigué.

Célia hausse les épaules.

— Je vous laisse tranquilles. Je partais.

Quelque chose semble soudain se ranimer derrière les yeux vitreux du vieil homme.

— Alors tu es la fille de Catherine, hein ?

— Oui, c'est elle, c'est Célia, dit Andréas.

Armand tend une main d'os et de peau vers le visage de la jeune fille. Célia frissonne au contact des doigts glacés qui courent sur sa joue, mais elle n'ose pas bouger.

— C'est vrai, tu lui ressembles, petite, dit le vieil homme comme s'il pouvait lire son visage du bout de ses doigts.

Les doigts arpentent ses pommettes, son front, ses lèvres.

— Il y a des coïncidences. Des milliers de choses minuscules qui séparent ou qui rapprochent les gens. Si on relie tous ces signes entre eux, cela forme une histoire et on réalise que rien n'est dû au hasard. À moins que le hasard lui-même n'ait un sens.

Et puis soudain le vieille homme jette ses bras autour de Célia et l'étreint.

Sa bouche, près de l'oreille de la jeune fille dit :

— Je t'attendais, petite. Je t'attends depuis très longtemps. Tina avait dit que tu viendrais.

Célia ne comprend pas. Elle se débat. Le vieil homme desserre son étreinte. Ses yeux sont deux lunes blêmes qui la font frissonner.

— Il y a des choses étranges, jeune fille, dit-il en caressant sa joue. Des choses très étranges. Même à mon âge, le monde est plein de surprises.

Célia a envie de courir, de s'enfuir de ce cimetière morne. Elle chasse brusquement la main d'Armand.

— Ne me touchez pas !

Andréas tente de s'interposer.

— Hé, qu'est-ce qui te prend ?

Le vieil homme a laissé tomber sa canne et sa tête oscille comme la tête d'un oiseau. Andréas s'avance vers elle.

— Laisse-moi tranquille !

Célia court vers la grille. Il lui semble que le vieil homme ricane, mais quand elle se retourne il est agenouillé. Il n'y a que ses mains qui retournent et font crisser le gravier sans parvenir à trouver le bâton de bois.

Chapitre 44

Une pluie fine s'est mise à tomber. Un voile léger qui masque à peine les lumières de la vallée. Sur le bord du lac, Alice se blottit contre Célia.

— Je veux pas rentrer ce soir. Est-ce que je peux dormir chez toi ?

— Et ton père ?

Alice secoue la tête.

— Sur le chantier, aujourd'hui, il y a eu un accident, dit la jeune fille après un long silence. On était là-haut, sur une parcelle difficile. En pente. Avec des murs de ronces. Et des arbres déracinés par la tempête de l'an dernier. Mon père bossait avec un gars qu'était arrivé il y a pas longtemps. Je sais pas comment il s'appelait. C'était un étranger. On m'a dit que ça faisait une dizaine d'années qu'il bossait dans le bois. Et pourtant il y a eu un accident. Le gars n'avait que les protections pour les bras. La lame a rebondi sur un nœud. Elle lui a labouré la moitié du visage. C'était affreux. Le type hurlait. Il y avait du sang partout. Personne n'osait aller le chercher dans son roncier. J'ai l'impression de l'entendre encore.

— Il est mort ?

— Non. Mais il aura des marques à vie. C'est ce qu'ont dit les pompiers qui sont venus le chercher. Et comme il avait pas son matériel, il va y avoir tout un tas de problèmes.

Célia caresse doucement les cheveux humides d'Alice.

— Les accidents, ça arrive souvent sur les chantiers. Mais là, ça aurait pu être évité. Tout ça, c'est à cause de mon père. Il avait laissé les protections au fourgon. Je crois qu'il était bourré. Mais tout le monde a l'habitude, et comme il est violent, personne n'ose rien dire. Mon père a pas voulu aller les chercher. Il a dit au gars que ça prendrait trop de temps de sortir des ronciers, qu'il fallait faire le boulot, et vite. Je sais pas si c'est la vérité. C'est ce que les autres ont dit. Tout à l'heure, quand on est arrivés à la scierie, un des gars a accusé mon père devant le patron. Mon père s'est jeté sur lui. J'ai cru qu'il allait le tuer. On les a séparés. Mon père est rentré chez nous. Il m'a laissée là, en face du mec qui pissait le sang. J'ai bafouillé que j'étais désolée, mais les gars en avaient rien à faire. Ils me regardaient comme si j'avais été un monstre. J'ai couru jusqu'au Moulin, mais la porte était fermée. J'ai frappé, j'ai appelé mon père, mais il a pas répondu.

Célia serre la jeune fille contre elle.

— Je suis désolée.

Alice lève vers elle les étoiles de ses yeux.

— Je partirai avant le matin. C'est promis.

Les deux filles entrent sans bruit dans la vieille maison. Un éclat de lumière pâle filtre sous la porte de la chambre de Catherine. Sur la table traîne un emballage de plat surgelé que sa mère a dû avaler entre deux chapitres. Les deux filles se réfugient dans la chambre aux murs jaunes. Elles enlèvent leurs vêtements trempés et Célia sèche les cheveux d'Alice à l'aide d'une serviette récupérée dans la salle de bains. Célia éprouve une sensation étrange. Le corps nu d'Alice dans les forêts, sous le manteau de la louve, ne l'a jamais vraiment troublée. Au fil des nuits, la pudeur a disparu. Mais là, dans sa chambre d'enfant, c'est comme si elle redécouvrait cette peau pâle zébrée de marques rouges. Quelque chose enfle dans son ventre, comme l'autre soir au *Planet* quand la main d'Alice était venue courir sur sa cuisse. Aussi Célia abandonne la serviette sur les épaules de la jeune fille et plonge sous les draps, le rouge aux joues. Alice n'a rien vu de son trouble. Ses yeux pailletés courent sur le papier peint, les draps du lit, les étagères où sommeille une peluche, avant de se poser sur Célia.

— J'imaginais pas ta chambre comme ça, dit Alice d'une voix rauque et étouffée.

— Qu'est-ce que tu croyais ? Que j'habitais dans un palace ?

Nue, au bout du lit, Alice tire un paquet de cigarettes et un briquet des poches de son jean roulé en boule.

— Je sais pas. Je pensais qu'il y aurait plus de souvenirs. Des photos. Des posters. Des objets. Des restes de ton enfance, dit la jeune fille en tirant une bouffée.

Célia pense que Catherine sentira certainement l'odeur du tabac, mais elle s'en moque. Elle est heureuse de partager ce moment avec Alice.

— J'ai déménagé si souvent qu'il me semble que mon enfance a été éparpillée aux quatre coins du pays, dit Célia après un silence où flottent des volutes de fumée.

Alice se contente de hocher la tête, se laisse aller à la renverse sur le lit, tend la cigarette à Célia. La jeune fille tire lentement sur le filtre et parvient difficilement à réprimer la toux qui monte dans sa gorge. Alice soulève les draps et vient presser son corps contre le sien. Célia inspire profondément. Peut-être à cause du tabac, peut-être à cause de la peau tiède d'Alice, il lui semble que son esprit flotte dans la fumée au-dessus du lit, délicieusement déconnecté de tout.

— On est bien, toutes les deux, non ? demande Alice.

Célia hoche la tête et glisse la cigarette entre les lèvres de son amie.

— S'il n'y avait pas tout le reste, ce serait parfait.

— Tout le reste ? interroge Alice.

— Ton père. Ma mère. Le lycée. Tous ces mensonges, tous ces secrets. L'autre soir, Paul… Paul m'a dit ce qu'on racontait sur nous dans la vallée. Ces histoires de malédiction et d'assassin d'enfants.

— Faut pas écouter ce qui se dit. Tu sais comment ils sont, ici. Ils inventent ce qu'ils sont pas capables de comprendre.

— Au cimetière, j'ai vu Andréas et ton grand-père Armand.

Célia tire sur la cigarette et la braise rougeoie.

— Armand m'a dit des choses étranges, des choses qui m'ont fait peur.

— Mon grand-père, il a plus toute sa tête depuis longtemps.

— Et Andréas, je suis certaine qu'il est au courant de ce qui s'est passé au *Planet*.

— Allez, fais pas attention à lui. Andréas croit toujours que j'ai six ans et que je suis incapable de faire les bons choix.

— Rien n'est simple, ici. J'ai parfois l'impression de devenir folle.

Alice tourne ses yeux de nuit vers Célia et caresse sa joue. Son haleine est chaude et parfumée de tabac.

— T'as rien à craindre. Je les laisserai jamais te faire du mal.

Alice écrase le mégot sur le paquet de cigarettes.

— Tu sais, dit Célia, j'ai réfléchi à ce qui s'est passé sur cette plage. À cette envie que j'ai eue de noyer Marion, la fille de mon père. Ça m'a hantée pendant des semaines entières. Il me semble que je peux encore sentir le poids du corps de cette gamine entre mes mains.

— Oublie ça.

— Non, laisse-moi parler. Durant tout le trajet du retour, ça n'arrêtait pas de tourner en moi. Je me suis demandée pourquoi. Pourquoi j'avais eu cette idée. Aujourd'hui encore, je ne sais pas vraiment. Peut-être que je voulais tuer l'enfant que j'avais été. Celle qui avait fait exploser notre famille en livrant le secret de mon père. Je ne sais pas. Je me déteste quand je parle comme ça, on dirait Catherine avec sa psychologie de comptoir. Tu sais, j'ai fait des choses stupides sur le trajet du retour. J'ai traîné avec des mecs plus vieux. J'ai pris des trucs. J'ai dormi sous des ponts. Je me sentais tellement sale après ce que j'avais fait que j'étais prête à tout pour oublier. Bien sûr, il ne s'est rien vraiment passé sur cette plage. Mais c'est un peu comme si j'avais vraiment tué cette gamine. Alors, je crois... Je crois que je voulais mourir.

Alice caresse la joue de Célia.

— Arrête. Tu l'as dit, on a pas à porter l'histoire de notre famille. On est pas responsables de leurs erreurs. Tu n'y es pour rien. Marion non plus. Tes parents sont les seuls responsables. Et ton père le premier.

Célia ferme les yeux.

— Il faut dormir. Tu te lèves bientôt.

Alice entoure le corps de Célia de ses bras et de ses jambes.

— On va dormir, maintenant.

La lumière s'éteint.

— Ne t'en fais pas. Demain, tout sera différent.

*

Au cœur de la nuit, on a frappé trois coups contre ma porte.

C'était étonnant. Armand ne grimpait jamais les escaliers avant d'avoir lancé trois petits cailloux contre la vitre. Si je me montrais seule à la fenêtre, c'est qu'il pouvait monter sans craindre de rencontrer quelqu'un. Si je restais invisible, c'est que j'avais de la visite. C'était une sorte de code secret entre nous. Bien inutile, en fait, car personne ne serait venu jusqu'à chez moi. Les mères d'élèves, si elles voulaient me rencontrer, prenaient des rendez-vous après la classe. Et jamais aucune d'entre elles n'aurait osé venir jusqu'à mon appartement au-dessus de l'école. Mais nous restions très prudents, car nous voulions à tout prix éviter que notre relation s'ébruite dans le village.

J'ai passé ma capeline de laine par-dessus ma chemise de nuit, et j'ai allumé après avoir cherché l'interrupteur à tâtons. Sur la table de nuit, j'ai vu que l'eau avait gelé dans la carafe. Mon visage se reflétait étrangement dans la glace. Ma tête s'est mise à tanguer subitement. Je me suis raccrochée au cadre du lit. Je ne me sentais pas bien du tout. Tout tournait autour de moi. La chambre, le lit, la table de nuit, la carafe, mon visage dans la glace. Je me suis précipitée dans le réduit du cabinet de toilette et j'ai vomi. J'ai pensé que je devais avoir de la fièvre. Peut-être une grippe. Et ça a accentué mon angoisse, car j'avais un oncle qui était mort de la grippe. Quasiment du jour au lendemain. Je me suis dit que si je tombais malade ici, au village, loin de la ville et des médecins, il se pouvait que j'en meure. J'ai pris la résolution d'aller voir la Quimette dès le lendemain. On a frappé à nouveau. Trois fois. J'ai essuyé ma bouche et j'ai regardé par la fenêtre. Un croissant de lune mince comme un cil se balançait au-dessus de la masse sombre des montagnes. Dans la cour de récréation, quelque chose a bougé. Deux yeux. Deux yeux jaunes et pleins. J'ai reconnu la chienne de Marcus. Et j'ai vu les traces de pas dans la neige. Ça m'a surprise. Marcus n'était jamais venu me voir. Armand ne l'aimait pas beaucoup. Il n'appréciait pas non plus que je discute avec lui comme nous le faisions parfois. Si Armand avait découvert Marcus ici, je crois qu'il aurait été capable de le tuer. C'était étrange que Marcus vienne jusqu'ici. Alors j'ai repensé à ce qui s'était passé avec l'épicier et à ce qu'il m'avait dit sur son renvoi de la scierie. Peut-être avait-il besoin de réconfort ? Après tout, je devais être une des seules personnes qui ne lui tournait pas le dos depuis qu'on soupçonnait les étrangers d'être responsables des meurtres.

J'ai vérifié que j'étais habillée décemment dans le miroir du réduit et puis j'ai déverrouillé la porte. Marcus était bien là, sur le seuil, le visage blême et les joues mangées de barbe. Il n'avait pas l'air bien. Même si je me sentais affreusement malade, j'ai essayé de lui sourire. Je lui ai demandé ce qu'il voulait à une heure aussi tardive. Il a juste dit : « Est-ce que je peux entrer ? » avec son accent qui charriait les rochers d'un pays lointain. J'ai hésité, c'est vrai. Je ne sais pas, peut-être que tout ce qui se racontait sur les étrangers avait fini par couler en moi comme un poison. Est-ce que je devenais comme les gens d'ici ? La chienne de Marcus a mis un terme à mes interrogations. Elle était montée jusqu'à l'étage et elle a poussé la porte de son museau. Il a essayé de la retenir, mais elle a esquivé sa main habilement et elle est entrée dans l'appartement. Le museau tendu, les oreilles dressées, elle a commencé à faire le tour des lieux en remuant la queue. Marcus s'est excusé pour la chienne. J'ai haussé les épaules avec un sourire et je l'ai invité à entrer. C'est à ce moment-là que j'ai entendu trois cailloux tinter contre ma fenêtre. Je n'ai pas pu me retenir de pousser un cri. Armand était en bas. S'il découvrait Marcus ici, rien ne bon ne pouvait arriver. Marcus a perçu mon trouble. Il n'avait pas l'air effrayé, mais il a désigné la chambre dont j'avais laissé la porte ouverte. J'ai hoché la tête. Il a claqué des doigts et la chienne est venue le rejoindre. J'ai remarqué qu'il y avait quelque chose d'étrange dans sa démarche, mais je n'ai pas réalisé tout de suite de quoi il s'agissait tant j'étais affolée. Il a refermé la porte. J'ai alors vu les traces sur le parquet. Les traces des pattes de la chienne et celles des chaussures de Marcus. Je les ai essuyées avec un torchon que j'ai fait disparaître dans le poêle.

J'ai entendu les pas d'Armand dans l'escalier. S'il avait remarqué les traces dans la cour de récréation, il saurait qu'un homme était venu jusqu'ici. Mais je ne pouvais rien faire de plus. Ma tête tanguait. Mon estomac se révulsait comme si un crapaud s'agitait à l'intérieur. J'étais au bord de l'évanouissement quand j'ai ouvert la porte.

Armand était essoufflé. Il avait les yeux fous. Et dans sa main il tenait un fusil de chasse à l'éclat menaçant. J'ai cru un instant qu'il savait que Marcus était là. Qu'il voulait le tuer. Ou me tuer, moi. Je ne sais pas. J'avais peur. Si bien que je n'ai pas vraiment compris ce qu'il m'a dit. Il parlait d'une voix lourde et basse. Il me disait de rester enfermée, de n'ouvrir à personne, sous aucun prétexte. « On va l'avoir », il m'a dit. J'ai secoué la tête. Je ne comprenais rien. Il a violemment écrasé ses lèvres contre les miennes. Il sentait l'alcool fort. Je crois qu'il était ivre. Il m'a répété de n'ouvrir à personne. « Et surtout pas à ce gars de la scierie avec qui tu parles des fois. Ce gars, là, Marcus. » Déjà il descendait les escaliers. Au-dehors, j'ai entendu des cris et j'ai vu les lumières des torches danser dans la cour. « Le monstre, c'est lui ! C'est Marcus. On va l'avoir ! » il m'a lancé. Les lumières et les hommes se sont éloignés. Je me suis retournée vers la chambre. La porte était toujours close.

Si Armand disait vrai, le tueur d'enfants que tout le monde recherchait se trouvait juste derrière.

Chapitre 45

Quand Célia se réveille, son lit est vide. Les draps sont froids et le jour creuse son sillon jaune entre les vieux battants de bois. Alice a dû partir il y a longtemps déjà. La jeune fille l'imagine dans les forêts, au milieu des ronciers et des grumes de chênes énormes, les traits tirés. À moins qu'elle ne soit enfermée au Moulin après que son père eut découvert qu'elle avait passé la nuit au-dehors.

La jeune fille descend les escaliers, vêtue d'un tee-shirt trop grand et démodé. Les tomettes de la cuisine sont glacées sous ses pieds nus. L'automne s'en va doucement. Bientôt l'hiver sera là. Il faudra allumer le vieux poêle noir qui semblait jusque-là inutile dans son recoin de la cuisine. Célia cherche des traces de la présence de Catherine, mais elle ne trouve même pas une tasse sale dans l'évier de marbre. Sa mère a dû travailler toute la nuit. Elle verse l'eau bouillante sur le thé, remplit un bol de porcelaine délicate et doucement s'avance jusqu'à la chambre de Catherine. Elle appelle, mais il n'y a pas de réponse. Comme elle tape trois petits coups contre le bois, le bol s'échappe de ses mains et vient exploser sur le sol. Célia bondit, les jambes éclaboussées par le liquide brûlant. Elle retient un cri de douleur, jure entre ses dents, dérape. Un morceau de porcelaine vient se planter dans la plante de son pied gauche et le sang jaillit en zébrures écarlates sur les planches de bois brut du couloir. Célia porte la main à son pied blessé, la douleur la transperce, elle vacille, se retient à la poignée de la porte. Sa main et la poignée sont maculées de sang, et soudain la porte cède. Célia s'écroule sur le seuil de la chambre de sa mère, son esprit tangue. À la limite de sa vision : le lit défait, les volets clos, la table de travail, les lattes du parquet, le petit ruisseau de sang entre les rainures, mêlé à la poussière sombre. Des grains de soleil dansent dans un rayon pâle tombé des volets clos.

Célia inspire profondément pour éviter l'évanouissement. Quelque part, à l'extérieur, le balancier du chant d'une tourterelle. La douleur qui palpite dans son pied reflue lentement. La jeune fille s'assied. Le morceau de porcelaine, un petit triangle blanc, s'est enfoncé sous sa peau blanche. Pas très profondément, car la plante de ses pieds s'est affermie au fil des courses dans la forêt, mais suffisamment pour lui tirer des larmes de douleur quand elle pose le doigt dessus. Elle saisit le morceau de céramique entre deux doigts, inspire longuement et le retire d'un geste sec. Le sang jaillit, bouillonne, ruisselle. La douleur ressurgit, s'agrippe à elle, enserre ses tempes, fait chavirer sa tête. Elle plaque une main contre la plaie, cherche autour d'elle, attrape un châle de laine noir que sa mère a jeté près de la table de travail, entoure son pied et fait un nœud solide.

Plus tard, après avoir posé un pansement sur la coupure, fait tremper le châle lourd de sang dans une bassine et ramassé les morceaux de porcelaine, elle nettoie le plancher. Les franges de la serpillière soulèvent une écume rougeâtre sans parvenir à effacer totalement les traces. Comme si le bois s'était profondément imprégné de son sang. Catherine sera furieuse si elle découvre que Célia a pénétré dans sa chambre. Aussi elle s'emploie à faire disparaître la moindre tache avant que sa mère ne revienne. « Elle a dû aller à la ville. Elle rentrera avec le bus de midi », pense la jeune fille, un peu rassurée.

Sur la table de travail s'entasse une pile de feuillets. Célia est heureuse de voir que le roman de sa mère a avancé. « Si seulement elle pouvait le finir, peut-être que nous pourrions vivre normalement. » La jeune fille risque une main vers le manuscrit. Elle sait que Catherine hurlerait si elle la voyait. Comme si des yeux étrangers pouvaient tout détruire de son travail. Chaque page est recouverte d'une écriture fine, serrée, torturée, quasi illisible. Célia laisse courir ses yeux le long des phrases. De phrases en chapitres. De chapitres en pages. Et à chaque page elle sent le vertige s'emparer d'elle.

Car ce qu'elle lit, là, sur ces pages, c'est son histoire.

L'histoire d'une adolescente, se cognant sans cesse aux murs de sa vie, peinant à trouver la voie vers l'adulte qu'elle deviendra peut-être si la folie ne la détruit pas. Célia se découvre sous la plume de sa mère comme face à un miroir déformant. Elle y voit une jeune fille complexée par son corps, par ses envies, rongée par la rancœur et la culpabilité d'avoir vu son père partir par sa faute. La colère gonfle le cœur de Célia et précipite des larmes de rage sur ses joues quand elle entrevoit le personnage de Tina à qui Catherine donne la parole. Une parole austère et desséchée, qui suinte tour à tour le fiel et la contrition, qui dit en creux tout l'amour qu'elle n'a su donner à sa fille parce que l'orgueil des gens d'ici lui tient lieu d'affection.

Les mains de Célia tremblent tant que les feuillets s'en échappent et s'éparpillent sur le parquet humide. Une boule de colère coincée dans sa gorge la fait suffoquer. Elle a envie de piétiner le manuscrit, de le déchirer, de l'anéantir. De briser les images affreuses et les personnages caricaturaux entraperçus dans ce texte boursouflé. Ce n'est pas un roman, c'est un cri de haine. Alors elle ramasse les feuillets épars en une boule informe qu'elle précipite dans le seau. Elle balaye le bureau de sa mère à la recherche d'autres feuillets. Un objet tombe au sol avec un tintement métallique. Célia se penche. Sa main se referme sur l'objet. Dans sa paume : une clé.

Et Célia sait parfaitement quelle porte cette clé ouvrira.

Chapitre 46

Senteurs de lavande, de camphre, de coton rêche et de laine élimée. Célia n'a pas allumé. Elle est sur le seuil de la chambre et elle laisse les parfums affadis par le temps s'échapper de la pièce. Les parfums de sa grand-mère, ceux qu'elle promenait toujours avec elle dans la maison, dans les rues du village et tout au long des chemins. Un mélange d'odeurs que la jeune fille n'a jamais oublié et qui s'échappe maintenant de la pièce, emplit le couloir, l'escalier, la cuisine, rendant à la maison le parfum des étés qu'elle passait là. Et la colère qui habitait la jeune fille il y a juste un instant disparaît soudain, comme apaisée par ces senteurs.

Elle pose la main sur l'interrupteur, hésite un instant, se demande pourquoi Catherine a dissimulé cette clé, et puis la lumière jaune inonde la pièce.

Elle est un peu déçue.

Elle ne sait pas vraiment à quoi elle s'attendait. À l'antre d'une sorcière ? À voir jaillir une vérité comme un jouet grimaçant s'échappant d'une boîte ancienne ? Enfant, la chambre de sa grand-mère avait été l'objet de tant de suppositions et de mystères qu'elle peine à croire que cette pièce si banale lui ait été toujours interdite. Derrière la porte, sous l'ampoule qui déverse une lumière crue, il n'y a qu'une chambre nue. Un lit. Une armoire brune. Une chaise. Une coiffeuse au miroir fêlé. Un broc où quelques fleurs grises semblent depuis toujours momifiées. Pas de cadres ni de photos accrochés au papier peint délavé. Rien. Elle fait quelques pas à l'intérieur, promène son index sur la tapisserie granuleuse, laisse courir son visage blême sur le miroir, s'assied sur le lit au matelas fatigué. Elle imagine Tina recevant là les gens qu'elle soignait. Elle les faisait certainement s'asseoir sur le bord du lit. Ils osaient à peine poser leurs fesses sur les draps, regardaient en coin la porte qui s'était refermée dans leur dos, inspectaient le moindre recoin, comme à la recherche d'une échappatoire, regrettant presque d'être venus quémander l'aide de cette vieille folle. Tina ne disait rien. Elle tirait la chaise, s'asseyait. Les deux points noirs de ses yeux qui trouaient son visage sec venaient se poser sur eux. Et ils les évitaient en plantant leur regard entre leurs pieds, comme si les yeux de Tina avaient pu les transpercer plus sûrement qu'une lame. Les hommes, les femmes, tous, après un raclement de gorge en guise de préambule, se mettaient alors à raconter à voix basse ce qui les avait amenés ici. Leur voix tremblait légèrement, peut-être de peur, peut-être de honte. Leurs explications étaient à la fois touffues et maigres et confuses. Pourtant, il leur était inutile de dissimuler ce qui les avait poussés ici. Tina, Célia le sait bien, avait une capacité incroyable à dénicher le serpent de la vérité dissimulé sous les pierres du mensonge. Ils commençaient peut-être en s'excusant de la déranger pour si peu, pour presque rien en fait, disaient que non, à bien y réfléchir, ils n'auraient même pas dû venir, mais c'est la femme ou le mari ou la voisine qui avait insisté : « Mais si, vas-y voir la Tina. Elle te tirera le mal d'en dedans. » Alors, pour faire plaisir, pour faire taire, on était venu toquer à la porte. Mais, ils en étaient certains, le mal était minime, ils étaient déjà guéris. D'ailleurs ils se sentaient déjà bien mieux. Tina devait faire cesser leurs errances d'un coup de menton.

Et ils se mettaient à parler, sans oser mentir à la vieille femme. D'abord lentement, la voix hésitante comme un filet d'eau qui cherche sa route entre les roches. Et puis la parole se libérait peu à peu, devenait un ruisseau puis un fleuve grondant. Ils déversaient leurs blessures de corps, d'esprit et d'âme. Ils dévoilaient l'intime. Ce qu'ils cachaient certainement à leur propre famille, ils le déversaient là, dans cette chambre, aux oreilles et aux yeux de Tina. Ils relevaient leurs chemises, elles baissaient leurs jupons, ils tendaient leurs plaies, elles gémissaient leurs douleurs, et les malheurs de leur corps disaient les tourments de leur âme. Que faisait Tina ensuite ? Est-ce qu'elle leur parlait ? Est-ce qu'elle promenait ses doigts sur leurs plaies visibles ou invisibles ? Est-ce qu'elle allait chercher des herbes sèches qu'elle glissait ensuite dans une pochette de coton ? Célia se tourne alors vers l'armoire. Oui, sa grand-mère devait garder dans ce meuble de bois sombre de quoi apaiser les douleurs de ces gens. Quand les deux battants s'écartent, il n'y a pourtant pas de pots renfermant des racines ni de grimoires exotiques. Simplement des piles de draps de coton au tissage grossier. Des mouchoirs de tissu fleuri. Une ou deux boîtes en fer-blanc. Et des romans. Des dizaines et des dizaines d'ouvrages, tous bien alignés. Mis à part le programme télé, Célia ne se souvenait pas d'avoir vu sa grand-mère lire. La petite bibliothèque du salon se résumait à quelques romans à l'eau de rose qui semblaient ne jamais avoir été ouverts. Elle s'était même demandé si Tina n'était pas analphabète. Ce n'était pas impossible. Elle ne connaissait que très peu de choses de l'enfance de Tina. Elle avait été enfant durant la guerre, et Célia avait pensé qu'elle n'avait pas dû aller à l'école bien souvent. Aussi, elle est surprise de découvrir tous ces livres aux couvertures fatiguées à force d'avoir été ouvertes. Des essais, des ouvrages scientifiques, des romans, beaucoup de romans, dont ceux de Catherine. Célia ignorait que Tina les avait lus. Sa grand-mère ne parlait jamais de la carrière d'écrivain de Catherine, aussi elle avait toujours cru que Tina s'en moquait. Ou qu'elle désapprouvait cette vie mondaine et futile. Célia ouvre délicatement les ouvrages. Sur les pages de garde, les prix inscrits au crayon à papier. Pas de dédicace. Tina avait dû les acheter elle-même à la ville, en bas de la vallée, parce que Catherine ne les lui avait pas offerts.

Célia, troublée, repose les romans et se saisit d'une boîte de fer-blanc. À l'intérieur, réunis en une liasse épaisse par un vieil élastique qui claque mollement entre ses doigts, elle découvre des coupons de réduction pour du café, de la chicorée, des tablettes de chocolat. Il y a aussi des photos aux bords dentelés. La plupart représentent Catherine, emmaillotée, et plus tard en jupe courte à carreaux. Tantôt sur la place du village, tantôt près de la rivière. Toujours la mine renfrognée. Le visage d'une enfant solitaire. Pas une seule photo de Tina ou de Marcus, son grand-père. Comme si ce passé-là n'existait pas. Célia trouve également une photo du mariage de Catherine et d'Arthur. Elle sourit de les voir si beaux dans leurs costumes élégants. Leurs visages sont radieux, fendus d'un large sourire, et ils ont vraiment l'air amoureux, loin de se douter de ce que leur réserve l'avenir.

Sur la dernière étagère, Célia attrape une vieille boîte qui un jour a renfermé des biscuits. Elle la dépose sur le lit. Soulevant le couvercle, elle trouve deux mèches de cheveux noirs liées à deux photos par un brin fin d'osier. Des cheveux aussi sombres et épais qu'une aile de corbeau. Semblables aux cheveux de Tina. La jeune fille défait doucement le nœud végétal. Sur la première photo, un homme pose de face, le bras passé autour de l'épaule d'une fillette. L'homme au visage jeune et aux épaules larges fixe l'objectif d'un regard clair et dur. Une force brute se dégage de son corps imposant recouvert d'une capeline de fourrure épaisse, à la manière des bergers d'autrefois. Par contraste, la fillette semble toute menue. Presque chétive. Ses yeux noirs immenses mangent son visage maigre. Il y a dans ce regard une confiance et une détermination sans faille. Comme si à l'intérieur de l'enfant fluette se cachait une femme au caractère déjà affirmé. L'homme est peut-être Marcus, son grand-père. Elle n'a jamais vu de photo de lui. Mais cette fillette n'est pas Catherine, Célia en est certaine. Elle a beau chercher dans ces traits fins le visage de sa mère, elle ne parvient pas à trouver de points communs. Au dos du portrait, deux prénoms : « Ana » et un autre, illisible, raturé. Célia distingue vaguement un « M » majuscule et elle ne sait que penser. Le prénom raturé pourrait être celui de son grand-père, Marcus. Est-ce une coïncidence ? Pourquoi Tina aurait-elle gardé le cliché d'un homme inconnu ? La deuxième photo a été prise dans la forêt. Un paysage blanc recouvert de neige. Au loin, une étendue sombre qui pourrait être la surface plane des eaux du lac Noir. Le cliché montre un groupe de quatre hommes en tenue de chasse, fusils contre l'épaule. Au premier plan, la fourrure grise de plusieurs animaux. Des loups à la gueule fracassé et aux langues pendantes. Et sur la neige, les traces plus sombres de ce que Célia devine être du sang. Entre les corps des loups, il y a le cadavre d'un homme. Un homme qui pourrait être celui de l'autre photo, bien plus vieux, les joues noires de barbe et les membres raidis par la mort. Les chasseurs sourient tous à l'objectif. Il y a là les visages encore jeunes de Tonio, d'Armand et de deux autres hommes.

Célia met un temps avant de comprendre ce qu'elle distingue à leurs pieds. Cette tâche blanche, se confondant avec la neige, c'est le corps d'une femme. Nu et blême. Le crâne rasé. Les mains en coupe sur le sexe. Les yeux clos. Cette femme, elle en est sûre, c'est Tina.

*

C'était la première fois que je prenais le train. Le voyage avait été long, extrêmement long. Mais ça ne m'avait pas dérangée. Je devais avoir l'air d'une imbécile, avec mon nez collé à la vitre tout au long du trajet. Je m'émerveillais de voir l'architecture et les paysages lentement se métamorphoser. Le ciel lui-même semblait accompagner ce mouvement. Le gris du Nord avait peu à peu été égratigné par des ongles bleus. Puis le bleu avait subitement tout envahi, comme si on avait déversé un pot de peinture entier sur une toile. Plus loin, dans une large plaine sertie de montagnes acérées, les nuages étaient revenus en moutonnant. Leur laine avait viré du blanc au sombre pour enfin devenir aussi noire que la toison du bouc que nos voisins avaient dû abattre tant il était mauvais. Les nuages lourds avaient crevé alors que la pierre des maisons se faisait plus blanche. Une pluie dense et violente était venue fouetter la vitre du compartiment et je m'étais amusée à suivre le trajet des gouttes sur la toile de verre. Leur trajectoire semblait aléatoire. Comme si chacune avait sa logique propre et se moquait de savoir ce que deviendrait l'autre. Et pourtant, peut-être mues par le hasard ou peut-être par une force à laquelle elles ne pouvaient résister, elles finissaient toujours par se retrouver et former une rigole qui s'échappait loin de ma vision. Malgré moi, j'avais alors pensé à ma famille. Je savais que je partais pour toujours. Que jamais je ne reviendrais dans ce Nord où pourtant j'avais vu le jour. Que je ne reverrais jamais ma mère. Elle avait glissé dans mon bagage quelques vêtements de laine qu'elle avait tricotés à dessein. Malgré mes vingt ans, elle avait toujours peur que je prenne froid. Je m'étais retenue de lui dire que là-bas, dans le Sud, il faisait toujours beau, parce que je savais ce que ces bouts de laine représentaient pour elle. Un lien qu'elle aurait aimé solide. Un amour qui ne pouvait être défait. Un prolongement de l'enfance et de l'innocence. La laine qu'elle avait utilisée pour ces nouveaux vêtements provenait de mes habits d'enfant. Elle les avait défaits et mêlé la matière de plusieurs d'entre eux pour leur donner la forme nouvelle de mon corps de jeune fille. Mais ces vêtements que j'avais abandonnés en grandissant comme le serpent le fait avec ses mues, je n'en voulais plus, elle le savait. Et malgré ses doigts habiles, je pouvais toujours reconnaître dans mes nouveaux habits les vestiges de ceux que j'avais portés enfant. J'avais refermé ma valise sans un mot. Je m'étais promis de m'en débarrasser une fois arrivée dans le Sud.

Bientôt, l'averse s'était tue. Le soleil était revenu polir la pierre blanche des maisons qui s'égrenaient le long de la ligne de chemin de fer. Les champs d'un vert insolent avaient laissé la place à une terre plus âpre où la roche affleurait sous la terre ocre. Dans les pâtures, les vaches grasses s'étaient muées en chèvres faméliques et en moutons floconneux. Les villes et les villages dans lesquels le train faisait halte me semblaient moins meurtris par la guerre. Chez nous, les bâtiments éventrés venaient sans cesse nous rappeler qu'il y a seulement deux ans la guerre étaient encore là, à fouler les hommes et les paysages de ses bottes de fer. En descendant vers le sud, cette ombre pesante se dissipait peu à peu. Est-ce que les bâtiments avaient été reconstruits ? Est-ce que la guerre avait épargné ces lieux ? La jeune fille que j'étais n'en savait rien. Mais je pensais que oui, il était bien possible que rien de tout ce que nous avions vécu pendant ces années noires ne soit arrivé jusqu'ici. Comme si le soleil rond et jaune qui écrasait les paysages avait protégé leurs habitants du voile sombre de la guerre. Bien sûr, il n'en était rien, mais c'est un peu comme ça que je me représentais le Sud. Une terre promise où on pouvait aller librement, sans crainte, avec pour seule préoccupation le degré d'intensité du bleu du ciel. C'est un peu pour ça que j'avais fait le choix de demander cette affectation. Ce désir d'insouciance. L'envie de me libérer du carcan des terres boueuses du Nord où chacun de mes pas était scruté par une armée de bigotes promptes à dire quel était le bon et le mauvais chemin. J'imaginais que dans le Sud les gens étaient tolérants, ouverts. Que je pourrais là-bas me débarrasser de ces bouts de laine. Réinventer ma vie. Réécrire le passé. Un peu comme toi, Catherine.

Chapitre 47

Les pas de Célia claquent de façon désordonnée à travers les rues du village. Elle a juste pris le temps d'enfiler un jean et elle est sortie de la maison sans même refermer la porte. Une fois passée la stupeur, la colère a explosé en elle. Une déflagration qui a fait trembler jusqu'à ses mains, si bien qu'elle a peiné à glisser les mèches de cheveux et les photos dans sa poche arrière. Elle aurait aimé que Catherine soit là. Elle aurait aimé hurler, la frapper, lui demander pourquoi. Pourquoi elle lui avait caché cette photo. Cette image atroce. Cette vérité qu'elle n'arrive toujours pas à comprendre. Mais la maison était vide. Catherine absente. Et il n'y avait rien d'autre à faire que de déverser le contenu du seau à travers la cuisine. Le manuscrit de Catherine rendu à l'état de pâte à papier, une mélasse molle et grise, s'est étalé sur les tomettes rouges. Célia a piétiné cette bouillie de ses pieds nus. La blessure s'est rouverte et le sang est venu se mêler au papier et à l'encre. « Après tout, s'est dit la jeune fille, Catherine faisait vivre mon double dans ces pages. Avec mon sang, il n'en sera que plus convaincant ! » Célia sait que Catherine sera folle quand elle découvrira le désastre. Et que la vision de ce manuscrit détruit sera bien plus douloureuse que tous les coups qu'elle aurait pu donner, que tous les cris qui auraient pu sortir de sa gorge. Elle se moque de ce qui se passera ensuite. Sa mère peut refermer tous les volets du monde, barricader son cœur et sa bouche, promener toutes les lames sur ses poignets, peu importe. Le passé qui ressurgit est venu briser définitivement le fragile présent.

C'est en passant devant l'Atelier que le doute s'empare de Célia comme un poison violent. Elle pousse la porte avec fracas. Andréas est là, au milieu de la pièce, penché au-dessus d'une pile de papier ivoire.

— Célia ? Qu'est-ce qu'il y a ? Est-ce que ça va ? demande Andréas, inquiet devant la mine défaite de la jeune fille.

— Est-ce que tu savais ? Est-ce que Tina t'avait dit ce qui s'était passé ?

Andréas s'approche, secoue la tête.

— Tu devrais t'asseoir, tu n'as pas l'air bien.

Célia repousse la main du garçon.

— Laisse-moi tranquille ! Je te demande si tu savais pour Tina, pour Tonio, pour Armand ! Qu'est-ce qui s'est passé là-haut ?

— Je ne vois pas de quoi tu...

— Ça ! dit Célia en tirant la photo de sa poche arrière.

Les yeux d'Andréas s'arrondissent devant l'image fanée.

— Qu'est-ce que... Où est-ce que tu as trouvé ça ? demande le jeune homme en tendant la main vers la photo, que Célia fait disparaître dans sa poche.

— Tout le monde est au courant, pas vrai ? crache Célia. Mon grand-père ne s'est jamais perdu dans la forêt. C'est lui sur la photo, hein ? C'est Marcus. Ils l'ont tué. Et Tina, qu'est-ce qu'il lui ont fait ? Qu'est-ce qu'Armand lui a fait ?

Andréas reste interdit, le menton tremblant.

— Il n'y a que moi qui ne savais pas. L'étrangère. La pauvre petite idiote. Ces histoires de malédiction, ces menaces, ces sous-entendus. Paul, Tonio, Armand, toi. Vous vous êtes bien moqués de moi !

— Célia, je…

— Non, j'en ai assez de vos secrets. Vous êtes tous bouffés par la peur et la haine. Vous pensez être des hommes, mais vous valez pas mieux que des animaux !

Andréas tend une main vers la jeune fille.

Célia l'arrête d'une gifle qui claque douloureusement.

— Ne porte pas la main sur moi. Jamais.

La jeune fille ressort de l'Atelier et court vers le château.

— Célia, reviens !

Mais Célia a décidé. Elle rejoindra Alice. Et ensemble elles partiront loin d'ici.

*

J'ai posé ma main sur la poignée de la porte. Je ne savais pas ce que j'allais découvrir derrière. Mes jambes tremblaient malgré moi. Armand avait dit : « Le monstre, c'est lui ! C'est Marcus », mais ça me semblait impossible. Il avait toujours été charmant et prévenant avec moi. Ses manières et son calme contredisaient son physique d'homme des bois. Malgré ses épaules larges, sa barbe fournie et ses cheveux hirsutes qu'il devait tailler lui-même quand il y pensait, c'était un homme discret. Peut-être un peu froid au premier abord, mais, au fil de nos rencontres, j'avais découvert sous ses apparences de bête sauvage un homme qui n'aspirait qu'à la liberté. Il ressemblait en cela à sa chienne, avec ses airs de louve butée. Je ne sais pas combien de temps je suis restée ainsi, la main en équilibre sur la poignée. Je n'avais rien dit à Armand sur la présence de Marcus. Je les imaginais, tous les hommes du village, lancés dans les bois à la poursuite du bûcheron, leurs torches tranchant dans la nuit et la neige, le fusil chargé à l'épaule. Je n'avais pas eu le temps de parler de Marcus à Armand. Il avait couru dans les escaliers pour rejoindre la troupe. Mais la vérité, c'est que quelque chose m'avait empêchée de me jeter derrière lui ou d'ouvrir la fenêtre donnant sur la cour pour lui crier que Marcus était là, avec sa chienne aux yeux de louve, dans ma chambre. J'avais peut-être peur de sa réaction. De sa jalousie. De sa colère. Au début de notre relation, je lui avais répété à plusieurs reprises que j'étais libre, que je ne lui appartenais pas, que je ne lui appartiendrais jamais. Il avait éclaté de rire. Un grand rire insolent qui disait le peu de cas qu'il faisait de mes déclarations. Même si au fond de lui il savait bien que je ne me laisserais jamais faire. Armand était ainsi. Il considérait que tout lui était dû. Sa femme Jeanne et son fils étaient sa propriété. Au même titre que la scierie, les bûcherons et les ouvriers. Même Tonio et le père Tibo avaient pour lui une sorte de vénération dont on ne savait si elle était due au respect ou à la crainte. Je crois que mon effronterie lui plaisait, parce que j'étais la seule ici à ne pas baisser les yeux devant lui. À ne pas ravaler mes mots quand il donnait un ordre. À ne pas courber le dos quand sa voix tonnait avec des roulements de colère. Armand était dangereux. Et c'est ce qui m'avait immédiatement plu chez cet homme dont j'étais devenue la maîtresse. Mais ce soir-là je me sentais fiévreuse, étrangement malade, et je n'aurais certainement pas pu lui tenir tête s'il avait voulu me punir pour avoir laissé Marcus entrer dans mon appartement. Alors je n'avais rien dit. J'étais la seule responsable de la frayeur qui m'étreignait maintenant. Mes jambes tremblaient et je n'osais ouvrir cette porte derrière laquelle se trouvait un homme qui pouvait être, même si je ne pouvais me résoudre à y croire, l'assassin de toutes ces fillettes. C'est la chienne qui a finalement pris la décision de mettre un terme à mon indécision. Je l'ai entendue geindre de l'autre côté du panneau de bois. Une plainte timide et triste qui m'a caressée le cœur. Alors j'ai pris une inspiration profonde et j'ai ouvert la porte.

La chambre était plongée dans l'obscurité. La chienne a levé vers moi ses deux yeux de lune et elle a léché affectueusement ma main, comme si elle était heureuse de me revoir. Sur le lit, il y avait la masse sombre de Marcus. J'ai pensé un instant aller chercher un couteau à la cuisine, au cas où j'aurais à me défendre, mais j'ai repoussé cette idée. Marcus était aussi imposant qu'Armand. Il n'aurait aucun mal à me désarmer. D'une simple pression de la main il pouvait me briser le poignet. Je me suis avancée vers le lit. Mon cœur faisait des bonds dans la cage de ma poitrine. Marcus ne bougeait pas. Il était à plat ventre sur le matelas. C'est alors que j'ai remarqué la tache. Une large auréole noire qui s'étendait sur les draps, au niveau de sa jambe. Du sang. Marcus était blessé. J'ai appelé doucement : « Marcus », mais il n'a pas répondu. J'ai cru qu'il était mort. J'ai avancé ma main vers son épaule quand il a tourné ses yeux vers moi. J'ai sursauté. Il était si blême qu'on aurait dit que son visage brillait dans l'obscurité de la pièce. Il a dit, je m'en souviens très bien : « Je ne m'appelle pas Marcus. Ce n'est pas mon nom. Depuis longtemps je n'ai plus de nom. »

Je suis louve

À la nuit levée, nous descendons vers le village. Nos hurlements emplissent la vallée.

Je n'ai plus peur.

La peur. A été balayée. Emportée comme les feuilles ont été soufflées par l'automne. Les arbres nus frissonnent. Le cœur de la montagne. Peu à peu. Ralentit. Les arbres nus frissonnent. Comme le cœur des hommes du village. Qui dans la nuit. Bruissant de nos cris. Courent en vain après le refuge du sommeil.

Et le battement de nos cœurs.

Nos cœurs de louves.

Est assourdissant.

Je n'ai plus peur.

Je suis la peur

Les vieux. Je les imagine. Ceux qui ont mis à nu le corps de Tina. Serrant les draps autour de leur corps sec. Ils savent maintenant. Que le monde m'appartient.

Tout entier.

Chapitre 49

Ça avait été des jours agréables. Célia se sentait bien sur le plateau. Le soleil était encore vif et les deux jeunes filles passaient leur temps à se baigner ou à laisser le soleil caresser leur peau nue. Alice avait posé des collets et elles avaient cuit un lapereau sur un petit feu de bois. Sa chair ferme en copeaux sous le couteau d'Alice avait été accompagnée des derniers champignons de la saison. Au soir venu, elles revêtaient leur peau de louve, et Célia se sentait entièrement libre. Dans ces moments-là, il n'y avait d'autre réalité que les muscles roulant sous sa peau, le vent qui caressait son ventre, la saveur de la sueur dans le pli du cou d'Alice. Il n'y n'avait pas besoin de parler. Elles se comprenaient. Tout était limpide. C'était un lien solide. Une confiance. Elles étaient deux jeunes filles courant nues sous la lune. Deux enfants sauvages. Libres. Entièrement libres, comme aux premiers jours du monde.

Quand elle avait retrouvé Alice au pied des remparts du château, Célia lui avait demandé si elle était prête à vivre là-haut, comme Alice le lui avait proposé un soir. Alice avait souri. Elle n'avait posé aucune question. Elle s'était contentée de prendre Célia par la main. Elles s'étaient éloignées du village pour pénétrer ensemble dans la forêt. Comme si tout cela était naturel. Comme si Alice attendait ce signal depuis longtemps. Célia, alors qu'elle s'avançait dans la montagne, s'était demandée comment Catherine réagirait en découvrant la chambre ouverte et le manuscrit en lambeaux et sa fille disparue. « Certainement qu'elle fera une crise de nerfs. Ou qu'elle prendra des drogues pour se calmer. Ou peut-être même qu'elle appellera la gendarmerie », s'était-elle dit avant de penser : « Il faut que j'oublie tout ça. Ça n'a pas plus d'importance. »

Pourtant, la photographie qu'elle avait cachée sous une pierre dans la grotte l'obsédait. La vision du corps nu de Tina ne voulait pas quitter son esprit. Et les sourires des hommes, ceux de Tonio et d'Armand, ne cessaient de la hanter. « Qu'avaient-ils fait à Tina ? Son grand-père était-il ce cadavre dépenaillé ? Pourquoi Catherine lui avait-elle caché la vérité ? » Toutes ces questions venaient la surprendre alors qu'il n'y avait rien d'autre à faire que de se laisser glisser dans l'herbe verte et le sommeil au bord du lac, les lèvres encore luisantes de la graisse d'un lapin. C'était aussi entêtant que le vrombissement d'une mouche un jour d'orage. Et les courses dans la forêt ne suffisaient plus à assécher le feu qui couvait dans la poitrine de Célia. Plus le temps passait et plus elle pouvait sentir la haine se concentrer en une boule dure au creux de son estomac. Sans vraiment qu'elle sache pourquoi, le visage de son père venait se superposer aux visages de ces chasseurs qui brandissaient leurs sourires carnassiers au-dessus du corps frêle de

Tina. Comme si tous ces hommes n'en faisaient plus qu'un seul. Un monstre identique à celui qui hantait ses cauchemars d'enfance. Un être sans pitié, se nourrissant de la douleur des femmes, répétant sans cesse : « C'est de ta faute. Tu n'avais rien à faire là. Tu n'as que ce que tu mérites ! » Ce monstre n'était même pas un animal. Les cadavres des loups sur la photo, leur pelage mité et poisseux de sang, prouvaient que les animaux sauvages eux-mêmes ne pouvaient rien contre lui. Ce monstre avait tout simplement l'apparence d'un homme, et c'était bien là le plus effrayant.

Alors un soir, au retour d'une course, Célia tire la photo de sous la pierre et la présente à Alice.

— J'ai trouvé ça. Dans les affaires de Tina.

La jeune fille reste muette pendant de longues minutes. Ses yeux vont d'un visage à l'autre.

— Est-ce que tu les connais ? demande Célia.

Alice finit par secouer la tête.

— Célia, c'est pas…

— Il y a ton grand-père Armand, tranche la jeune fille. Lui, je l'ai reconnu. Et Tonio. Mais les autres ? Qui sont-ils ?

Alice pose un doigt sur un homme aux épaules larges et au bras bandé.

— Lui, là, dit Alice, c'était un contremaître de la scierie. Un employé de mon grand-père. Mais il est mort il y a quatre ou cinq ans.

— Et l'autre ? demande Célia en posant son doigt sur un homme au corps qui disparaissait presque totalement sous les épais vêtements de chasse.

— Je ne sais pas vraiment. Je crois qu'il s'appelait Tibo. Quelque chose comme ça. Il te faudrait demander aux vieux du village. C'était il y a longtemps. Ta grand-mère... Ta grand-mère est jeune sur cette photo.

Célia promène ses yeux sur la tache blanche du corps de Tina. Ses traits fins. Ses yeux clos. Son corps maigre. Son crâne tondu.

— Tu sais ce qui s'est passé ? demande Célia.

Alice secoue la tête.

— Non. J'avais bien compris qu'il y avait quelque chose entre Armand et ta grand-mère. Mais personne ne m'a jamais rien dit. Tu sais, ici, les secrets...

Célia montre le corps de l'homme abattu au milieu des fourrures des loups.

— Et lui. Est-ce que c'est mon grand-père ?

Comme Alice ne répond pas, Célia lui montre l'autre cliché, celui où l'homme, plus jeune, est accompagné de la fillette brune.

— Ce n'est pas ma mère sur cette photo. Je ne sais pas qui est cet homme.

Alice passe une main réconfortante sur le dos nu de Célia, mais la jeune fille ne semble même pas le remarquer tant elle est absorbée par la photo.

— Pourquoi est-ce qu'ils ont fait ça à Tina ? Pourquoi est-ce qu'ils l'ont tondue ?

Ce crâne blanc rappelle à Célia des images en noir et blanc qui l'avaient hantée pendant de longues semaines après la projection d'un film dans une salle de classe. Comme sur cette photo, on y voyait un groupe d'hommes hilares, formant de leurs doigts le V de la victoire. Le film était muet, mais on devinait la joie, la musique, les cris. Les sourires tendus vers la caméra semblaient dire la liberté et la paix retrouvées. Les drapeaux s'étalaient en nuances de gris au-dessus de la foule en liesse. Les hommes brandissaient des armes noires et luisantes. Les femmes applaudissaient, envoyaient des baisers du bout des doigts. Et puis apparaissait un visage pâle et las. Un regard sombre. Des mains croisées. Et toujours les sourires. Fiers et victorieux. La caméra qui reculait dévoilait le corps blanc d'une femme meurtrie. La tondeuse courait et mordait dans les cheveux blonds. Celui qui la maniait fumait une cigarette, empoignait la chevelure sans ménagement, taillait sans relâche, les mèches s'envolaient comme la fumée du tabac. La femme gardait les yeux baissés. Autour d'elle, on riait. La tondeuse laissait sur son crâne entre les bandes blanches de peau nue des touffes de poils anarchiques. Et les mains venaient se poser sur le crâne. Tous voulaient toucher la tête glabre de la femme. Comme un atroce porte-bonheur. On se ruait sur elle le sourire aux lèvres, hommes, femmes et enfants. On la palpait. On la giflait, on la griffait. Et elle ne disait rien. Elle ne se débattait pas. Elle ne répliquait pas. Elle ne protégeait ni son crâne ni son corps à demi-dévêtu sur lequel couraient des mains avides. Elle se contentait de fixer l'objectif d'un œil noir. Il n'y avait ni haine ni désespoir dans son regard. Juste ses deux pupilles sombres. Deux disques démesurément agrandis qui semblaient se remplir du monde extérieur, deux trous noirs qui avalaient tous les sourires, toute la joie, toute la haine, toutes les trahisons. La femme ne semblait rien ignorer des mensonges que tous tentaient de dissimuler. Ils s'affichaient aujourd'hui comme ceux qui avaient résisté à la barbarie. Mais personne n'était dupe. Tout le monde savait qu'il ne s'agissait que d'un trompe-l'œil. Et que la vérité enfouie sous les cotillons, les drapeaux et les sourires, était bien plus sordide. Ou simplement banale. Chacun s'était accommodé du quotidien. Il n'y avait pas de héros. Il fallait pourtant célébrer la victoire. Magnifier l'instant. Construire la légende. Faire émerger une nouvelle vérité des décombres. Et elle, la femme, était chargée d'expier pour tous. Son corps nu était la résurrection. Son crâne rasé l'absolution. Son regard noir un supplicié en croix. Le passé était balayé. Les cheveux s'envolaient, et dans le même temps on évacuait les compromissions, les trahisons, la lâcheté. Comme le crâne luisant débarrassé de sa chevelure, de sa crasse et de ses poux, au final ne restait plus qu'une belle et grande nation. On pouvait alors lever vers le ciel encombré de fumées le V de la victoire. Célia avait frémi face à ces images. Et aujourd'hui, dans cette grotte, le corps de Tina sur la photo lui rappelait la femme de ce film. Comme si toutes ces femmes n'avaient été qu'une seule et même personne. Les yeux noirs figés pour l'éternité. Sans pitié et sans haine. Acceptant l'innommable comme s'il avait été écrit qu'il en serait ainsi.

Est-ce que ça avait été la même chose pour Tina ? « Non, ce n'est pas possible », pense Célia. « La photo n'a pas pu être prise durant la guerre. Tina était trop jeune à cette époque-là. Ça ne cadre pas. C'est juste un simulacre. Une façon de l'humilier. »

La colère embrase le cœur de Célia.

— Ils faut qu'ils sachent, dit-elle à Alice. Il faut qu'ils sachent que tout ne peut s'oublier. Je les trouverai un par un. Et sous ma peau de louve, ils verront que le cœur de Tina bat toujours en moi.

Je suis louve

Le cœur de la terre est un cri de colère.
Je cours, saute, glapis.
Je roule mon corps dans des linceuls.
De boue.
Je déchire.
Griffes.
J'use mes ongles.
Sur les parois de la nuit.
Je crie.
Ronge.
Râle.

Parfumée de sauge et de rage.
Je cours et je traque.

Et mes mâchoires claquent. Sur le plateau. Après les fantômes des chasseurs. Aux visages balafrés. De sourires carnassiers.

Et la peau de la louve sur mes épaules. Ressuscite les femelles aux corps suppliciés. Les pattes écorchées. Les crocs brisés. Les langues fendues. Les ventres ouverts. Suintant de nuit. Gonflés par la lune.

Le disque des pupilles tout entier.
Tendu. Pour toujours. Vers l'objectif.

Le sang.
Noir.
Éternellement figé.

Se remet aujourd'hui à couler.

Une poignée de perles jetées dans la neige.
Un ruisseau.
Une rivière.
Un fleuve.
Grondant.
Débordant.
Auquel je viens m'abreuver.

Dans les eaux noires, le visage de Tina.
Et son corps de jeune fille. Nu et blême. Entre la coupe de ses mains, son sexe sombre.

Une fleur écarlate.

Fleur de papier. Fleur fanée. Qui dans les eaux lentement se ranime. Un bouton. Un calice qui se déploie. Des pétales veinés de rouge. Une corolle. Une fleur de colère qui peu à peu se gonfle et palpite.

Boum boum

Boum boum

Boum boum

Dans le terreau de la meute écartelée. Dans les corps pourrissants et les fourrures déchirées. Dans la chair mêlée à la terre. Dans les souvenirs rongés de mensonges. Dans les silences mangés de cris.

Une fleur

au parfum lourd et entêtant

qui éclate.

Criblant la nuit humide d'automne de milliers d'aiguilles écarlates. Je lèche sur les pierres. Le pollen acide. Une ivresse. De colère et de sang.

Et je ris.

De tous mes crocs.

Maintenant, je sais.

Qu'aucun lien ne pourra me contraindre. M'entraver.

La main de l'homme qui se tendra,

je la déchirerai.

Chapitre 51

Célia et Alice sont entrées sans bruit dans le village endormi. Elles se sont faufilées dans les ruelles éclaboussées de la lumière jaune des réverbères. Toute la journée, elles ont discuté de ce qu'elles allaient faire. Du meilleur moyen pour dire au vieux Tonio qu'elles savaient la vérité. Alice a trouvé Célia trop timorée. Cette dernière voulait simplement aller le voir, lui montrer la photo et tourner les talons. Une façon de planter en lui l'épine du souvenir.

— Qu'est-ce qui te dit que ce sera douloureux, hein ? a demandé Alice. Qu'est-ce qui te dit qu'il regrette ce qu'il a fait ? Non, il faut aller plus loin.

Célia s'est retenue de parler d'Armand. Elle aurait aimé demander à Alice ce qu'il convenait de faire pour son grand-père. Alice, comme si elle avait lu dans ses pensées, avait éclaté de rire.

— Tu penses à Armand ? C'est qu'un vieux débris. À peine s'il m'adressait la parole quand j'étais petite. Il savait très bien ce qui se passait avec mon père quand il a tout plaqué pour aller s'installer dans sa ruine sur la montagne. Il s'est contenté de nous laisser au Moulin, Andréas et moi, avec Thomas, qui débloquait complètement.

Alice a posé son doigt sur le visage au sourire carnassier, si blanc sur la vieille photographie.

— Tu peux me croire, il ressemble aujourd'hui à un vieux type inoffensif, mais il n'y a jamais eu un soupçon d'amour en lui. Il n'y a que la scierie qui ait jamais compté à ses yeux. Sa scierie, il aurait fallu la brûler depuis longtemps. Avec lui, faut pas se fier aux apparences. Même si l'extérieur te paraît ramolli, à l'intérieur, c'est dur. Dur comme de la pierre.

Célia s'est remémoré leur rencontre au cimetière. Elle s'était laissé abuser par ses yeux vides et sa démarche mal assurée. Pourtant, derrière son air hagard, Armand dissimulait bien des secrets, et le contact de la main et les paroles étranges du vieil homme l'avaient fait frissonner.

Alice a alors parlé de la légende du lac Noir :

— On dit qu'ici, au bord de ce lac, vivait une femme changée en louve. Elle allait parmi les hommes durant le jour. Et elle commandait aux bêtes sauvages pendant la nuit. Ici, tout le monde a entendu cette histoire. Et même s'ils disent qu'ils ne croient plus aux histoires, aucun homme de la vallée n'oserait s'aventurer ici. Ils auraient trop peur de rencontrer la femme-louve. Crois-moi, quand il nous verra, le vieux Tonio, il se rappellera de l'histoire et il tremblera.

Célia a hoché la tête. Dans sa main, la lame du couteau d'Alice étincelait à la lueur du feu. Durant quelques secondes, elle a tenu le tranchant au-dessus des flammes.

— Qu'est-ce que tu fais ? a demandé Alice.

Célia a promené le couteau devant ses yeux.

— Je me prépare.

Puis Célia a saisi une poignée de ses propres cheveux. Et la lame est venue trancher dans la masse sombre. Sa chevelure brune, peu à peu, a disparu dans le feu en projetant des flammèches sombres. Pendant quelques instants, ont dansé sur les parois de la grotte des motifs primitifs et abstraits.

Quand Célia a relevé la tête, ses cheveux grossièrement taillés étaient aussi ras que ceux d'Alice. La jeune fille a souri.

— Maintenant, je suis prête.

La maison de Tonio, une bâtisse imposante, est blottie contre l'ancienne muraille du château. Même si elle est encore lourde de sa gloire passée, la maison semble aujourd'hui à l'abandon. Par endroits, de larges fissures s'ouvrent dans la façade. Des plaques entières de chaux se sont décrochées et laissent apparaître des murs de pierre rongés par l'humidité. Au premier étage, derrière une vitre crasseuse, tremble la lumière bleutée d'un écran de télévision. À côté de la maison, sur un carré de terre pelée entouré d'un grillage rouillé, se trouve un cube de bois branlant. Une tête de chien apparaît dans l'ouverture de cette niche de fortune. Célia le reconnaît. C'est le vieux chien aveugle. « Ainsi, Tonio ne l'a pas tué », pense la jeune fille. Il aboie mollement et s'avance en déroulant derrière lui le cliquetis d'une chaîne métallique. Remuant la queue, il s'approche de la clôture, mais la chaîne l'empêche de venir flairer la main que lui tend Célia. Son museau couturé de cicatrices hume l'air et le parfum des peaux de louve que les deux filles ont jetées sur leurs épaules.

— Il faut pas qu'il aboie ! souffle Alice.

— C'est bon. Ne t'en fais pas. C'est juste un vieux chien.

— Vieux chien ou pas, s'il se met à aboyer, il va réveiller tout le village.

Célia hoche la tête :

— Passe-moi ton couteau.

— Qu'est-ce que tu veux faire ?

— Passe-le-moi.

D'un coup de lame, Célia fait sauter le loquet branlant de la grille.

Le chien jappe de joie quand elle pénètre dans l'enclos. Elle caresse l'animal et lui parle d'une voix douce, puis avance le couteau vers l'encolure.

— Qu'est-ce que tu fabriques ? souffle Alice.

La lame attaque le collier de cuir.

— Je le libère. Tonio ne mérite pas ce chien. Et ce chien ne mérite pas ce maître.

— Célia ! Non !

— Je vais libérer ce chien.

Le couteau finit par trancher la lanière de cuir et la chaîne désormais inutile tombe à terre. Le chien s'ébroue et trottine dans l'enclos crasseux, osant à peine s'approcher de la porte ouverte, comme angoissé par sa liberté soudaine.

Célia l'invite à sortir à voix basse.

— Allez, va. Sors. Va-t'en.

Mais le chien au pelage rêche se contente de s'asseoir, le regard braqué vers les deux filles. Il incline la tête, comme s'il ne comprenait pas ce que l'on attend de lui.

— Il sortira pas, crache Alice. Qu'est-ce que tu crois ? On l'a dressé pour obéir à son maître. Il te suivra pas.

Célia s'agenouille, tente d'amadouer le chien, mais il ne bouge pas et commence même à grogner doucement.

— Laisse tomber, dit Alice. Referme la grille et on fait comme on a dit !

Mais Célia s'entête.

— Pourquoi tu ne sors pas ? De quoi tu as peur ?

Elle s'avance vers l'animal pour l'entraîner à l'extérieur, quand soudain il pousse un aboiement rauque et sonore. Le chien découvre ses crocs jaunes et menaçants. Il aboie à nouveau.

— Merde, jure Alice. Ferme la grille ! Vite !

Célia, comme tétanisée, oscille entre la peur et la colère.

— Mais pourquoi tu ne sors pas ? répète-t-elle. Pourquoi tu ne sors pas ?

Alors le chien bondit. Son corps tout entier tendu vers la jeune fille et sa gueule ouverte plantée de dents luisantes, prêt à la prendre à la gorge.

Alice tire Célia en arrière, rabat la porte sur l'animal, dont les crocs viennent broyer les mailles du grillage rouillé.

— Célia ! Cours !

La porte de la maison s'ouvre alors à la volée. Dans le rectangle de lumière pâle, la silhouette d'un vieil homme. Tonio. Entre ses mains, un fusil de chasse.

Je suis louve

Je sens. Le souvenir ancien d'un savon sur la peau. La senteur âcre de la colère, celle un peu fade de la fatigue, celle un peu piquante de la peur. Je frissonne.

Les aboiements du chien. Explosent. À mes oreilles.

L'homme fait un pas. Puis deux. Il appelle : « Qui est là ? » Et sa voix est un croassement.

Il y a le métal. La poudre. La gueule du canon qui se dresse. Je rabats sur mon visage. Le masque. De la louve. Je revois le corps. Nu. De Tina. Aux pieds du jeune homme. Que ce vieillard était. Autrefois.

Et le tambour de la terre.
Et le cœur de ma grand-mère.
Battent en moi.

Les mâchoires serrées. Je m'avance. Et je plisse les yeux. Deux quartiers de lune acérés. La bouche de l'homme ouverte sur la nuit. Quand il me voit. Quand la louve aux pieds nus se présente devant lui.

Un silence.
Juste le tambour de nos cœurs.

Et puis.
Une gerbe de feu.

Surexpose soudain. Son visage blême. La détonation de l'arme. Plante son aiguillon. À travers mes tympans.

Derrière moi un hurlement. Qui prolonge. Le mugissement du fusil.

Le chien.

Le corps criblé de plombs.

Et ses crocs et sa gueule mousseuse de rage. Alice, les yeux effarés. Et devant moi, les yeux de l'homme révulsés.

Boum boum. Boum boum. Boum boum
Son cœur.
Un tambour au rythme désaccordé.

Trop vite.

Trop lent.

Trop vite.

Trop

lent.

Le vieil homme vacille.
Au bord de la vie.

Et puis la musique cesse.

Et son corps bascule en arrière.
S'écrase et se brise sur les marches de l'escalier.

Le chien.

Écume de salive et de sang.

Les pattes folles. Jetées en travers des pavés. Et les mâchoires claquant après l'épaisseur de la nuit. Une longue plainte avant de s'affaisser. Ses yeux ronds tournés vers nous. Débarrassés de toute haine. Deux pupilles pour une supplique.

Alors je m'avance.

Dans ma main *l'éclat d'une lame*.

Alice hoche la tête. J'inspire. Je brandis le couteau.

Je pleure. Avec toi. Chien.
Toi qui autrefois.
Savais tout des chemins secrets de la nuit.
Toi qui ignorais les cages de fer.
Mon frère.
Aujourd'hui, avec cette lame,
de tes chaînes je te libère.

*

La blessure était affreuse. À la vue du sang et des chairs ouvertes, la nausée m'avait envahie. J'ai inspiré profondément pour la faire refluer. Marcus était très calme, couché sur le dos, il respirait régulièrement, mais son visage était horriblement pâle.

J'ai replacé le tissu sur la plaie comme on recouvre le corps d'un mort et je lui ai dit que la balle était certainement encore à l'intérieur, qu'elle avait dû s'arrêter contre l'os. Il s'est contenté de hocher la tête.

J'imagine qu'à cet instant j'aurais pu aller jusqu'à la cuisine, prendre un couteau dans le petit buffet, revenir jusque dans la chambre et planter la lame dans son cœur sans qu'il ne puisse rien faire tant il était faible. Oui, j'aurais pu faire ça, mais en vérité je n'y ai même pas pensé. Peut-être parce que le visage blême de cet homme, sa grande carcasse jetée en travers du lit, me faisaient oublier jusqu'à ce qu'avait dit Armand. À ce moment-là, Marcus, ou peu importe son nom, n'avait rien d'un monstre. C'était simplement un homme blessé et apeuré, même s'il était difficile de deviner la peur sous les traits de ce visage impassible.

La chienne a tendu vers lui son museau et elle a gémi doucement. Il a passé sa main sur l'encolure de la bête et il a dit quelques mots dans sa langue d'ailleurs.

Le silence est tombé sur la chambre. L'ampoule du plafonnier faisait une tache jaune sur le lit. Le matelas était noir de sang sous sa jambe. Je ne savais pas quoi faire. Il semblait attendre que je prenne une décision. Est-ce que j'allais le livrer aux chasseurs ? Est-ce que j'allais le laisser mourir ? Est-ce que je l'aiderais à vivre ? Tout ça lui semblait égal. Il ne disait rien. Il ne faisait aucun geste. Il ne cherchait ni à m'apaiser, ni à m'effrayer ou me contraindre. Il s'en remettait entièrement à moi. C'est là que j'ai pensé à la Quimette. Il était hors de question d'aller jusqu'à la ville pour trouver un docteur. Un médecin aurait immédiatement prévenu la gendarmerie. Mais la Quimette pouvait peut-être me donner quelque chose pour apaiser ses souffrances. Sans rien dire, j'ai pris quelques habits dans la penderie. Je me suis changée dans le salon. Durant tout ce temps-là, la chienne m'a fixée avec son regard de louve. Elle aussi devait se demander ce que j'allais faire, et j'ai cru lire dans ses yeux une supplique muette. Je lui ai fait un signe de la main avant de refermer la porte.

Chapitre 53

La pluie ne cesse de tomber depuis trois jours.

Célia et Alice sont restées terrées dans la grotte, où le petit feu parvient à peine à chasser l'humidité. Elles sont restées là, blotties l'une contre l'autre, avec dans le ventre la peur que quelqu'un les ait vues devant chez Tonio. Chaque soir, à la nuit tombée, elles sont descendues sous leur peau de louve lourde de pluie vers le village, tentant de percevoir les lézardes de la mort de Tonio courir le long des murs de pierre. Mais les ruelles étaient désertes. Chacun était chez soi, avec bien souvent pour seul compagnon l'éclat bleu d'un écran de télévision. Lors d'une de leurs expéditions au village, Célia a cru entendre les notes d'une guitare provenant de l'Atelier d'Andréas, mais la musique a bien vite été effacée par le tambour de la pluie. Les volets de la dernière maison sur la route étaient clos. Aucune lumière ne filtrait. Catherine avait dû s'effondrer en découvrant le manuscrit détrempé, désormais illisible. Des années de travail mises à bas en quelque secondes. Célia n'avait aucun regret. Ce qu'elle avait lu ne pouvait exister. Catherine l'avait trahie. Elle avait pioché à pleines mains dans la boue de l'histoire de leur famille. À partir de cette fange, elle avait modelé des personnages hideux et grotesques. Elle leur avait insufflés la vie de la pointe de son stylo. « C'est comme si elle avait volé notre âme », pensait Célia. Elle ne se reconnaissait pas dans ces descriptions sorties de l'esprit malade de Catherine. Pas plus qu'elle n'avait reconnu Tina. Alors peu lui importe si sa mère se précipite sur les boîtes de pilules qu'elle tient cachées dans sa table de nuit ou sur les bouteilles d'alcool. Peu lui importe que sa mère s'inquiète pour elle et guette son retour. Elle n'a que ce qu'elle mérite. Mais elle a beau se répéter tout cela, elle ne parvient pas à chasser une voix absurde qui lui murmure au creux des heures d'ennui que si elle a détruit le manuscrit, c'est bien parce que ce qu'elle avait lu correspondait à la réalité. Et qu'il n'y a pas de miroir plus juste et plus cruel que l'écriture.

Un soir, assise sur le rocher de la source, ignorant la pluie qui fouette son visage, Célia tente de percevoir la pulsation du cœur de la montagne. Après de longues minutes, résonne en elle un infime battement comme venu de très loin. Une pulsation paisible et régulière.

— Tina est vengée, murmure Célia, couchée sur la roche. Alors pourquoi est-ce que je me sens si mal ?

En contrebas, le village assoupi, les volets clos, la lumière froide des téléviseurs. Un homme était mort et la vie continuait pourtant, indifférente, imperturbable, comme une flamme qu'aucun souffle ne pouvait tout à fait éteindre.

Un homme était mort et Célia se sentait responsable de cette mort. Elle était celle qui avait fait que le cœur de Tonio cesse de battre. Tout cela lui paraissait normal, si terriblement normal quand elle était sous sa peau de louve. Et si horriblement étrange quand elle redevenait femme. Elle revoyait le corps basculer en arrière, le visage figé de l'homme, sa bouche comme une déchirure dans le ciel, il lui semblait pouvoir entendre jusqu'à son cœur exploser dans sa poitrine. Mais la scène avait la couleur irréelle d'un mauvais rêve. Elle n'arrivait pas à croire qu'elle avait tué ce vieil homme. Elle n'avait pressé aucune détente, elle n'avait plongé aucune lame dans sa poitrine. Mais Tonio était pourtant bel et bien mort. Tout comme le vieux chien, dont elle avait abrégé les souffrances, à défaut de lui donner la liberté. Le vieux chien. Célia pensait souvent à lui. Ses crocs qui venaient se planter dans la nuit. La rage qui s'était emparée de l'animal. Pourquoi n'avait-il pas voulu fuir quand elle avait ouvert la porte de l'enclos. Qu'est-ce qui avait poussé cet animal à rester prisonnier de son maître ? Il y avait là un mystère insondable qui mettait l'esprit de Célia au supplice. Peut-être plus que la mort du vieil homme. Et c'était ça le plus terrible.

— Il faut pas t'en vouloir, lui lance Alice depuis le chemin boueux. Tu sais ce que Tonio a fait à ta grand-mère. Tu voulais lui montrer ce que ça fait d'avoir peur. D'être impuissant. Son cœur a pas tenu le coup. C'est tout.

Célia tourne vers Alice son visage luisant de pluie.

— Est-ce qu'il méritait ça ?

Alice lui sourit faiblement.

— Est-ce que Tina méritait ça ?

— Et si ça avait été Armand, allongé là au pied de l'escalier ? Tu dirais la même chose ?

— Mon grand-père a survécu à tout. Il est tellement mauvais que rien ne peut le faire souffrir. À croire qu'il a jamais eu de cœur.

Comme Célia ne répond pas, Alice ajoute :

— Quand est-ce que tu vas arrêter de te sentir responsable de tout ? Les hommes, ils sont attirés par le malheur comme les papillons par la flamme d'une bougie. Personne ne les pousse. Sauf leur orgueil. Ils ont ça en eux. Nous, on est que des flammes.

Puis elle rajoute :

— Et quand on se laisse faire, regarde ce que ça donne. Regarde Tina. Regarde ta mère.

Le quatrième jour, la pluie n'en finit pas de noyer les montagnes. À l'extérieur de la grotte, le lac Noir tremble sous les aiguilles de la pluie. L'espace réduit, l'humidité, le feu qui fume plus qu'il ne réchauffe, tout cela met en lambeaux l'humeur des deux jeunes filles, si bien qu'elles finissent par ne plus s'adresser la parole, chacune d'elle sombrant peu à peu dans un demi-sommeil nauséeux. Puis la main d'Alice sur la joue de Célia la ramène dans la grotte.

— Écoute, faut pas qu'on gâche ce qu'on a. On peut pas rester ici.

— Tu veux qu'on revienne chez nous ?

Alice secoue la tête.

— Non, il y a plus haut, vers le col, une caravane occupée par un vacher durant l'été. Elle est vide maintenant. On pourrait aller là-bas. Il y a de quoi cuisiner, un lit, une source. On pourrait se reposer. On serait bien là-bas.

— Tu sais qu'ils vont nous chercher, murmure Célia, abattue. Ton père, ma mère. Ils finiront par nous trouver.

— On va aller au village. Je vais aller parler à mon père. Je vais lui dire que je pars. Que je pars et que je ne reviendrai pas.

Célia hoche la tête.

— Et toi ? demande Alice.

— J'irai voir Catherine.

— Tu reviendras ?

— Je reviendrai. Avec toi.

*

Je me suis faufilée dans les rues enneigées. Sur la place, les pinceaux d'une dizaine de torches trouaient la nuit. Je me suis abritée sous une porte cochère. Je ne voulais pas qu'ils me surprennent. Il y avait là Armand et des hommes du village. Ils étaient en treillis et tous portaient le fusil à l'épaule. J'ai vu une bouteille passer de main en main. Ils parlaient fort et certains riaient, comme s'ils étaient ivres. Armand les a fait taire de sa voix sèche comme un coup de fouet. Tonio et un contremaître de la scierie que j'avais déjà croisé sont arrivés sur la place. Leur visage était barbouillé de suie, et de petites volutes blanches dansaient devant leur bouche. Le contremaître avait le bras en écharpe, et une large auréole écarlate s'étalait sur le tissu. Ils ont désigné quelque chose du doigt. Au loin, du côté de la scierie, on voyait des flammes qui léchaient la nuit. J'ai deviné que c'était la baraque de fortune de Marcus. J'avais été là-bas une ou deux fois. Marcus m'avait invitée à prendre le thé. C'était une méchante cahute faite de bois et de tôle. Ils y avaient mis le feu, à défaut d'avoir mis la main sur l'homme. Armand et Tonio ont discuté quelques instants à voix basse.

Il m'a semblé tout d'un coup entendre un hurlement très lointain.

La plainte d'un loup.

Au début, je n'y ai pas cru. J'étais tellement troublée que je me suis dit que j'imaginais tout ça. Mais les chasseurs sur la place ont jeté leurs regards vers les montagnes et j'ai su que je n'avais pas rêvé. C'était bien un hurlement de loup qui avait résonné. Instinctivement, les hommes se sont agrippés à leurs fusils. Leurs rires se sont évanouis. Ils avaient l'air tendus. La plainte de l'animal avait planté la peur au creux de leur ventre. Une peur ancestrale, héritée des temps où l'homme vivait dans des grottes et n'avait pour seuls dieux que le ciel, les fleuves et la foudre. Armand les a secoués de sa voix forte et les hommes ont fini par s'ébrouer pour chasser l'image du loup de leur esprit. Ils ont commencé à se diviser en petits groupes. J'aurais pu aller les voir. Il m'aurait suffi de sortir de ma cachette. De m'avancer vers eux. De dire : « Je sais où il est. » Et tout aurait été fini. Les hommes auraient couru jusqu'à l'école. Ils seraient montés jusqu'à mon petit appartement de fonction. Ils auraient ouvert la porte. Il y aurait eu des coups de feu. Ils auraient certainement abattu la chienne aux yeux de louve. Et l'homme ensuite. Et tout aurait été fini. Mais quelque chose m'en a empêché. Encore aujourd'hui, je ne sais pas vraiment ce que c'était. Peut-être ce hurlement de loup, très haut dans la montagne. Peut-être autre chose. C'est étrange, parfois, comme on agit sans tenir compte d'aucune logique apparente. On se laisse guider par une impulsion qu'on dirait surgie de nulle part. Un jaillissement qui nous pousse vers une direction que l'on n'avait même pas entrevue. Sans même se soucier des causes ou des conséquences. En cessant de penser pour être. Être entièrement soi. Délivré de tous les carcans. En laissant les ombres et les lumières qui habitent les profondeurs de notre âme s'emparer entièrement de nous, et nous guider sur des chemins où jamais nous ne nous serions aventurés. Dans ces moments-là, ni la chair ni la raison ne peuvent rien. Le corps est mu par des énergies souterraines et primitives qui déferlent comme une source jaillie soudainement d'entre les roches de la montagne. Une source que rien ne peut retenir. Alors oui, j'aurais pu aller vers ces hommes. Leur révéler la vérité : l'homme qu'ils allaient traquer toute la nuit dans les forêts enneigées était allongé sur mon lit, une balle fichée dans la cuisse. C'est affreux à dire, mais, à ce moment précis, peu m'importait que Marcus ait pu tuer ces enfants. Les fils de la réalité me paraissaient distendus. Je n'arrivais pas à faire lien entre le corps blanc et inerte de Marie que j'avais aperçu quelques semaines plus tôt dans les bras d'Armand et l'homme qui était couché sur mon lit. Alors ce soir-là, je suis restée tapie dans l'ombre. Je les ai observés. Leurs ombres immenses projetées sur la neige par le faisceau des lampes. Armand qui donnait des ordres. Le père Tonio qui accourait vers eux avec ses airs de chouette effrayée. Les flammes de la cabane de Marcus qui déchiraient l'obscurité. Les groupes qui se séparaient. La bouteille. Les cris. Les fusils.

Quand ils ont disparu, j'ai traversé la place et je me suis engagée dans la petite rue où était la maison de la Quimette. C'était une folie d'aller frapper à sa porte en pleine nuit. Mais je ne me suis même pas posée la question de savoir ce que j'allais lui dire. J'étais poussée par cette force souterraine. C'est elle qui emportait mes pas vers la maison minuscule. Comme si rien d'autre n'avait d'importance. Comme si ce que je faisais là *devait* être accompli.

Aucune lumière ne filtrait derrière les volets. J'ai frappé à la porte. Doucement. Je ne voulais pas l'effrayer, tout le village vivait sous tension depuis qu'on avait retrouvé les corps de Marie et d'Amalia. Personne n'a répondu, aussi je me suis dit qu'elle devait peut-être dormir. La neige s'est remise à tomber. Les flocons sont doucement venus s'amasser sur mes épaules. Il devait faire horriblement froid, mais je ne sentais rien. J'étais comme anesthésiée par l'idée qu'il fallait trouver comment sauver l'homme allongé sur mon lit. J'ai frappé à nouveau, plus fort. Et une lumière a vacillé quelque part à l'intérieur, je l'ai vue à travers la fenêtre au verre grossièrement dépoli. Quelqu'un s'est approché à pas lents. Et j'ai repensé à mon arrivée dans ce village. C'était il y a mille ans.

*

C'était l'été. Il faisait chaud. Le soleil était une boule jaune qui embrasait le bleu du ciel. La texture même de l'air semblait très différente de celle que je connaissais chez moi. Un souffle épais et brûlant et humide tout à la fois dans lequel on peinait à se mouvoir. Sitôt que j'étais descendue du train, ma peau s'était couverte de sueur. J'aurais aimé faire bonne impression, aussi j'étais un peu agacée par les auréoles sombres qui marquaient mon chemisier aux aisselles. J'ai posé ma valise sur le quai et, les bras serrés contre le corps, j'ai attendu que la foule s'éclaircisse autour de moi. J'avais simplement reçu une lettre qui m'annonçait ma nomination dans ce petit village de montagne. Rien de plus. Bien sûr, j'aurais préféré être en bord de mer. Je n'avais même pas imaginé que je puisse aller dans le Sud et me retrouver dans les montagnes. Mais peu importe : je partais. Je quittais le village qui m'avait vu naître et le père qui avait saccagé mon enfance. Là était le plus important. Ma mère, évidemment, avait été horrifiée en découvrant que je partais à l'autre bout du pays. Je me rappelle bien de ses mots.

Elle avait dit : « C'est peut-être mieux pour toi. C'est peut-être mieux pour toi. » J'avais envoyé un courrier à la mairie, dont l'adresse figurait sur le papier m'informant de ma nomination, en disant que j'avais retenu un billet de train pour la ville la plus proche, et j'avais donné une date et une heure. Je n'avais pas eu de réponse. Aussi, là, debout sur ce quai alors que tout le monde semblait savoir où aller, quoi faire et quoi dire, je me suis sentie immensément seule. J'ai réalisé d'un coup que j'étais presque à mille kilomètres de chez moi, que je ne connaissais personne, que j'avais à peine vingt ans et que je m'étais peut-être trompée de route. J'ai senti les larmes monter du fond de mon ventre et j'ai vite tiré un mouchoir de mon sac à main. Quand j'ai eu fini d'essuyer mes joues, un homme se tenait face à moi. Des yeux bleus glacier, un menton carré, des épaules larges, une chemise rouge trempée de sueur. Il a dit : « Il fait plus chaud que chez vous, hein ? » Puis, sans me demander mon nom, si j'avais soif ou si j'avais fait bon voyage, il a pris ma valise. Elle paraissait minuscule entre ses grandes mains. « Allez, venez, on y va. » Je l'ai suivi jusqu'au parking de la gare. J'étais assez heureuse de tomber sur lui. Je m'étais imaginée que l'on m'enverrait une vieille bigote et je découvrais à la place un bel homme, et la chemise trempée de sueur n'enlevait rien à son charme. Il possédait une belle voiture que nous avons retrouvée devant la gare. Je ne me rappelle plus la marque, mais c'était un modèle sport assez luxueux pour l'époque. J'ai tenté de ne pas paraître impressionnée, mais il a bien vu que mes yeux s'étaient agrandis au contact des chromes et de la carrosserie d'un bleu éclatant. « Vous avez déjà vu la mer ? » il a demandé quand on a été installés dans la voiture. J'ai dit « non ». Et il m'a emmenée sur la route qui longeait la côte.

Pour la jeune fille que j'étais, tout paraissait fabuleux. Les familles au bord de l'eau, les hôtels luxueux, le sable jaune, la mer comme un miroir infini. J'avais le nez collé contre la vitre. L'homme ne parlait pas. Il se contentait de tirer sur sa cigarette tout en conduisant lentement. Il était comme ça. Il savait vous épater sans prononcer un mot. Certains hommes ont ce pouvoir-là. Vous donner l'impression que le simple fait d'être à leurs côtés remplit entièrement votre vie. Je ne sais pas combien de temps on a roulé, mais au bout d'un moment il a demandé : « Ça vous plait ? » J'ai hoché la tête. J'ai pensé un instant qu'il allait peut-être me proposer de s'arrêter, d'aller se baigner, ou qu'il m'inviterait à aller manger une crème glacée sur une des terrasses de la plage. Mais il s'est penché vers moi et il a dit : « Je suis certain que vous aimerez nos montagnes, Tina. » Puis, après un silence : « Je peux vous appeler Tina ? » Comme j'ai dit oui, il a ajouté : « Appelez-moi Armand. »

Le trajet jusqu'au village était interminable. La route s'enfonçait à travers les vallées. Derrière chaque vallée s'ouvrait une nouvelle vallée. Et plus on avançait, plus les montagnes autour de nous s'élevaient de façon menaçante. Je venais d'un pays plat, entièrement plat, et je n'imaginais pas qu'une montagne puisse être aussi haute. Elles me paraissaient beaucoup plus petites sur les cartes de géographie que j'avais patiemment décalquées pour mon concours. Armand ne parlait toujours pas, alors j'ai pris le parti de faire la conversation. Je ne sais pas bien ce que je lui ai raconté. Je crois que j'ai inventé la plupart des choses. Après tout, j'étais presque à mille kilomètres de chez moi, je ne connaissais personne, j'avais à peine vingt ans et je pouvais réécrire ma vie à ma guise. Gommer les peines et les laideurs et les difformités. Parsemer mon enfance de fleurs, de rires et de chants. Rien ne m'était interdit. J'ai toujours été très douée pour dissimuler les mensonges, aussi je suis certaine qu'Armand n'a rien soupçonné à ce moment-là. De mon père, j'ai simplement dit qu'il avait été blessé au début de la guerre. Rien de plus. J'ai demandé si la guerre était arrivée jusqu'ici. Il a secoué la tête sans quitter la route des yeux. Il n'avait pas envie d'aborder ce sujet. Ce jour-là, j'ai cru que c'était trop douloureux pour lui. J'étais loin de savoir la vérité. Comme je lui avais livré certains détails, il s'est senti obligé de se dévoiler un peu quand je lui ai demandé s'il était le maire du village. Il m'a expliqué que le maire s'appelait Tonio, que lui était le propriétaire d'une grande scierie, que les mines fermeraient bientôt et qu'il ne resterait plus que son entreprise dans la vallée. Il voulait me faire comprendre qu'il était quelqu'un d'important. Comme je n'ai pas relevé, il a continué à parler de sa vie au village, du Moulin, où il habitait avec sa famille. Il n'a pas passé sous silence qu'il était marié. Il a brièvement évoqué sa femme, Jeanne, puis il s'est mis à parler longuement de son fils Thomas. Il semblait très fier de son fils. Comme de beaucoup d'autres choses. Armand a toujours été un homme fier. Tout ce qu'il faisait était à ses yeux exceptionnel. Et dans un certain sens, c'est vrai, ça l'était. Quand il se lançait dans un projet, il s'y investissait entièrement et il n'abandonnait jamais avant d'avoir remporté la victoire. Il savait tordre le quotidien pour qu'il corresponde à ses désirs. Et il faisait pareil avec les gens. C'est ce que j'ai compris quand il a essayé de m'embrasser quelques semaines après ce jour-là.

Nous sommes arrivés au village à la tombée de la nuit. Armand m'a conduite jusqu'au logement de fonction, au-dessus de l'école. Il est resté sur le seuil, il a désigné la table où s'amoncelaient des légumes et des œufs frais. Il a dit que sa femme avait préparé ça pour moi et qu'il passerait me voir le lendemain. J'ai hoché la tête. La porte s'est refermée. Je crois que j'étais heureuse. C'était mon premier « chez moi ». J'ai regardé par la fenêtre. Dans la cour de récréation, Armand a levé ses yeux bleus vers moi. D'ici, on ne voyait pas la mer.

Chapitre 54

Les cloches se sont mises à sonner alors que Célia atteignait le village.

Sous le ciel bas d'automne, elle a suspendu son pas.

Des ombres grises quittent maintenant le cimetière, lentement, dans un silence épais.

Même les machines de la scierie s'étaient tues.

C'est une drôle de sensation de se dire que l'homme qui vient d'être enseveli sous la terre brune est mort par sa faute. Mais Célia chasse vite cette pensée. Elle se répète les mots qu'Alice lui a lancés : « Quand est-ce que tu vas arrêter de te sentir responsable de tout ? Les hommes, ils sont attirés par le malheur comme les papillons par la flamme d'une bougie. Personne ne les pousse. Sauf leur orgueil. » Et immédiatement ressurgit dans son esprit le corps frêle et nu et le crâne tondu de Tina. Cette vision scelle les remords au creux de son ventre, et ainsi apaisée elle continue sa descente vers le village. « Si Tonio est enterré aujourd'hui, cela veut dire que personne ne nous soupçonne d'être responsables de sa mort. Sans quoi les hommes seraient partis à notre recherche et on aurait attendu avant de l'inhumer », se dit la jeune fille. Aussi il lui vient l'idée d'aller jusqu'au cimetière. Qui sait, peut-être qu'Armand sera là ? Elle l'entraînera vers la tombe de Tina. Elle ne lui laissera pas le choix. Elle passera sa main sous son bras et il la suivra. Peut-être comprendra-t-il tout de suite qu'elle a trouvé la photo ? Il avait l'air de ne plus avoir toute sa tête lors de leur dernière rencontre, mais Célia le soupçonne d'avoir joué la comédie. Même si son esprit se défait comme une guenille, il ne peut avoir oublié ce qui s'est passé là-haut avec Tina. D'ailleurs, ce qu'il lui avait dit ce jour-là prenait maintenant un tout autre sens : *« Je t'attendais, petite. Je t'attend*s *depuis très longtemps. »* Ces mots avaient effrayé Célia, même si elle n'avait pas compris ce qui se cachait sous la surface des paroles du vieil homme. C'était comme les menaces voilées de Tonio et de Paul à propos du Moulin. Voilà pourquoi ils ne voulaient pas qu'elle s'approche de la famille d'Alice. Parce qu'ils craignaient tous que la vérité ne soit dévoilée. *Mais quelle vérité ?* « Armand, peut-être, m'expliquera », pense Célia. Elle dira au vieil homme qu'*elle sait* ce qu'il a fait et elle espère qu'il sera suffisamment ébranlé pour lui révéler ce qui s'est passé là-haut sur le plateau.

Arrivée au cimetière, Célia ne rencontre presque que des ombres de vieilles femmes, le cortège de celles qui restent et s'obstinent à survivre malgré le temps qui s'acharne sur les corps et les esprits. Elles vont par deux ou par trois, maigres et sombres et frêles comme des moineaux, échangeant à voix basse des secrets d'un autre temps, avec des yeux plantés au milieu d'un visage labouré de rides. Quand Célia passe la grille, les vieilles femmes la dévisagent. Elle reconnaît les deux qui attendaient le bus avec elle au matin. Les sœurs Dandoc. Les autres, elle ne les a jamais croisées. Comme si elles ne sortaient que pour les enterrements. Aux pincements de lèvres qu'on lui lance, Célia réalise alors que ses vêtements sont maculés de boue et déchirés par les ronces, que ses cheveux bruns taillés au couteau sont collés à son front et que son visage doit être pâle après son lot de mauvaises nuits et quelques maigres repas. Elle n'en a que faire. Elle est venue là pour Armand. Mais le vieil homme n'est pas dans le cimetière. Là-bas, près de la tombe de Tonio, se tient un couple à l'air maussade qui serre les dernières poignées de mains grêles que leur tendent des vieilles emmitouflées de noir. Certainement les parents de Paul. Une profonde lassitude se lit sur leur visage, comme s'ils avaient envie de fuir au plus vite ce cimetière morne écrasé sous l'avalanche des nuages gris.

Célia s'avance vers la tombe de Tina. Dans le petit encrier, les fleurs des champs sont fanées depuis longtemps. La jeune fille les froisse dans sa main. Puis elle se penche vers le pied d'un muret, où elle arrache un pissenlit sauvage et solitaire, certainement le dernier de la saison. Elle dépose la fleur jaune et ciselée dans l'encrier. Comme un bout de soleil offert à Tina. Sans même un regard pour les vieilles qui derrière doivent secouer la tête pour dire leur effarement face à ce bien piètre présent. Tina se moquait des conventions. Elle aurait aimé cette fleur grossière. « Grossière mais libre », se dit Célia.

Puis elle remonte une allée alors que tout le monde a presque quitté le cimetière. Elle s'arrête devant la tombe de la Quimette, sur laquelle Tina autrefois disposait des miettes de pain. Dans un geste instinctif, Célia plonge la main au fond de la poche de son pantalon de toile déchiré, mais il n'y a rien d'autre que la photo en noir et blanc. Rien pour attirer les merles qui aujourd'hui encore sont piqués dans la chevelure du cyprès, indifférents aux ombres grises qui traînent leurs pieds dans les graviers en dessous. Tina ne lui avait vraiment jamais parlé de celle qu'elle appelait la Quimette. Mis à part qu'elle avait toujours du pain dans les poches pour les oiseaux. Elle se souvient des paroles de sa grand-mère : « Quand les oiseaux font des bonds, ça la chatouille, la Quimette. Ça la chatouille et ça la fait rire. »

Célia regarde la photo délavée sous le verre fêlé. Le visage semblable à une pomme flétrie. Le fichu jeté sur les épaules. La bouche comme un trait de charbon. Tina n'avait pas d'attaches dans le village, à part cette femme, la Quimette. Tout le monde traitait Tina avec mépris et crachait sur son chemin. Comme si tous savaient ce qui s'était passé là-haut. Mais alors pourquoi n'avait-elle pas quitté le village ? Pourquoi s'obstiner à vivre ici ? Et soigner les gens malgré la haine qu'ils avaient pour elle ? Peut-être la Quimette avait-elle été une de ses rares amies ? Peut-être avait-elle été la seule à lui ouvrir la porte, à lui sourire quand elle la croisait dans le village ? La Quimette et Tina ont emporté leur secret dedans leur tombe. « Mais les autres savent », se dit Célia.

Quand elle sort du cimetière maintenant désert, deux ombres la retiennent. Ce sont les sœurs Dandoc. Pendant un temps, elles ne disent rien. Leurs vêtements uniformément noirs, les traits de leurs visages curieusement semblables.

— C'était pas une mauvaise, la Tina, finit par dire l'une d'entre elles après avoir jeté des regards de chouette pour vérifier les alentours.

Célia hoche la tête.

— Elle nous a bien aidées, vous voyez, dit l'autre.

Et comme Célia semble ne pas comprendre, elle porte une main osseuse à son ventre.

— Pour les choses des femmes, ajoute-t-elle avec un air entendu.

— Nous, on l'aimait bien, la Tina, conclut sa sœur. Voilà, on voulait vous le dire, on a rien contre vous.

— Merci, parvient à peine à articuler Célia.

Et puis subitement un visage de la photo surgit dans son esprit. Elle demande :

— Vous ... vous connaissez un homme qui s'appelle Tibo ?

En entendant ce nom, le peu de couleur qui s'étalait sur les joues des deux femmes vire subitement au gris. L'une d'entre elles se signe rapidement, les lèvres blanches.

— Qui vous a parlé de lui ? demande sa sœur en s'approchant si près de Célia qu'elle peut sentir le parfum aigre du corps étouffé sous les vêtements de deuil.

— Est-ce que vous le connaissez ? insiste la jeune fille, le regard froid.

Sa sœur s'approche alors.

— Dis-lui, qu'est-ce que tu veux que ça nous fasse maintenant, chuchote-t-elle.

L'autre hésite un instant, puis les lèvres frémissantes et les yeux baissés, finit par souffler :

— Ce n'était pas Tibo. C'était le père Tibo.

— Le père ?

— Le père Tibo. Le curé du village. Il s'est… il s'est pendu après la guerre. Dans son église, mon Dieu.

Les deux femmes se signent dans un même geste.

Célia hoche la tête. « Ainsi, des hommes sur cette photo, Armand est à présent le seul à être encore vivant », se dit-elle.

Elle va pour partir quand la voix d'une des deux femmes se pose sur son épaule comme une lamentation.

— Vous ne nous ferez pas de mal, pas vrai ?

Célia se retourne, les sourcils arqués.

— Comment ça ?

La femme désigne la montagne d'un coup de menton furtif.

— On a entendu. Les hurlements.

— Les hurlements ?

— Oui. On sait que les louves sont là. On savait qu'elles reviendraient, dit une des sœurs dans un souffle.

— Elles ne nous feront pas de mal, pas vrai ? demande l'autre. Nous, on l'aimait bien, la Tina.

Tout se met alors à tanguer dans l'esprit de Célia. Les morts, les vivants, le visage si semblable des deux femmes, leurs yeux inquiets, les vêtements de deuil, le ciel gris, le piaillement des merles dans le cyprès. Le monde lui semble être une photographie délavée, à jamais prisonnière d'un sous-verre opaque. Elle court.

*

La Quimette a ouvert la porte. J'avais cru qu'elle était endormie, mais elle était habillée comme si elle avait été sur le point de sortir. Elle m'a scrutée de ses yeux noirs. J'avais les épaules recouvertes d'un duvet blanc, les cheveux fous et je sentais que la fièvre avait chauffé mes joues à blanc. La Quimette n'avait pas l'air spécialement surprise que je vienne frapper à sa porte en pleine nuit. Elle m'a lancé un signe de tête : « Allez, petite, rentre. Un froid comme ça, c'est pas pour les vivants. »

Je l'ai suivie dans le couloir obscur. Elle avançait devant moi pas plus épaisse qu'une ombre. Je l'avais bien croisée une ou deux fois à l'épicerie du village, mais je ne la connaissais pas vraiment. Comme un animal sauvage, elle ne m'avait pas saluée quand j'étais entrée dans la boutique, et elle avait soigneusement évité de me regarder. J'avais d'abord pensé que c'était une des pudeurs des gens d'ici, mais le gros épicier avait vissé le doigt à sa tempe, et sitôt que la Quimette avait quitté le magasin il m'avait dit : « Elle est folle, celle-là, faut pas faire attention.

Elle est folle depuis que son mari est parti et que sa fille a disparu. »

Pourtant, on m'avait conseillé d'aller la voir si jamais j'étais souffrante. Une mère d'élève m'avait glissé avec des airs de conspiratrice que la Quimette savait tout des secrets des plantes. « Des plantes et des femmes », avait-elle ajouté.

Quand on la voyait s'avancer dans ce couloir, rien ne semblait la distinguer des autres vieilles femmes du village. Elle était de petite taille, le corps enfoui sous les plis d'innombrables couches de vêtements de coton teints en noir, la démarche vive et légèrement claudicante.

Dans la cuisine, les flammes dansant sous le manteau de la cheminée ont réchauffé peu à peu mes mains, qui avaient viré au bleu. La Quimette s'est laissée tomber dans les épaisseurs d'un fauteuil de velours râpé. Elle a eu un signe de tête vers une chaise dont le cannage d'osier partait en lambeaux. Ce n'était pas un ordre, plutôt une invitation. Je me suis assise, les mains tendues vers le feu qui brûlait avec des senteurs épicées. La pièce était sombre et austère, envahie de plantes qui séchaient. Sur un buffet, il y avait une photo. Une jeune fille au regard vide et au corps tordu posait avec un homme maigrelet. L'adolescente semblait étrangement absente. Peut-être était-elle simple d'esprit. Je me suis dit que ce devait être la famille de la Quimette, le mari et la fille disparue dont avait parlé l'épicier.

La Quimette a tiré de sous le fauteuil une corbeille de noix, et à l'aide d'une pince tordue de métal rouillé, elle s'est mise à faire craquer les coquilles comme si je n'étais pas là. Les cerneaux de noix disparaissaient entre ses lèvres sèches et ses yeux tout entiers étaient plongés dans le feu.

Je ne savais pas vraiment quoi faire ou quoi dire. D'un coup, la situation m'est apparue dans toute son étrangeté. J'hébergeais peut-être chez moi un assassin. Des hommes arpentaient en ce moment même la montagne, lancés à sa recherche. La neige recouvrait tout. C'était le milieu de la nuit. Et j'étais assise aux côtés d'une veille femme que je ne connaissais pas et qui engloutissait des noix avec une patience de religieuse. Je me suis demandée si je ne m'étais pas trompée, si la fièvre ne m'avait pas fait perdre la raison. Alors j'ai toussoté et je me suis levée en disant que j'allais rentrer, que j'étais désolée du dérangement. Le craquement d'une coquille et la main tendue de la Quimette ont suspendu mon mouvement. Dans la paume de la vieille femme, il y avait une noix, sombre et sèche. « C'est la tienne. Prends », m'a-t-elle dit.

J'ai saisi la noix tout en m'asseyant à nouveau. Sur ma paume pâle, le fruit était noir et dur et rabougri. Les deux maigres cerneaux étaient parfaitement symétriques et leur forme faisait penser au cœur momifié d'un tout petit oiseau. Quelque chose bougeait sous la fine pellicule sombre qui recouvrait les cerneaux. Et puis la peau s'est fendue et un ver est apparu. Un ver blanc minuscule qui ondulait et promenait ses yeux aveugles sur le monde pour la première fois. La Quimette m'a demandé de partager le fruit en deux. J'ai hésité parce que le ver me dégoûtait, mais, devant le regard ferme de la vieille femme, j'ai fini par glisser l'ongle de mon pouce entre les deux hémisphères. D'une simple pression, la noix s'est ouverte en deux, révélant une chair blanche et grasse, bien différente de l'aspect extérieur du fruit. Au centre de la noix, il y avait une cavité noire et ronde. Le berceau du ver. Il l'avait quitté en creusant un tunnel infime à travers la chair.

« Qu'est-ce que tu veux, petite ? » m'a demandé la Quimette, avec des flammes jaunes qui dansaient sur son visage de vieille pomme. Je me suis soudainement aperçue qu'elle n'était pas aussi âgée que je l'avais cru. Il y avait des sillons profonds au coin de sa bouche et de ses yeux, mais ce n'était pas l'âge qui était venu labourer son visage. Je ne sais pas vraiment pourquoi mais je me suis dit que cette femme avait été ravagée par la douleur et la peine.

« Qu'est-ce que tu veux ? » elle a demandé à nouveau.

Le ver aveugle dansait au milieu du cerneau de noix que je tenais au bout de mes doigts.

Alors j'ai dit ce que je voulais. J'ai dit la blessure à la jambe de l'homme. La balle écrasée contre l'os. L'hémorragie. Je n'ai pas précisé de qui je parlais, mais bien entendu c'était une folie de dévoiler ces détails à cette femme que je connaissais à peine. Il lui suffisait de sortir dans la rue, d'aller frapper à n'importe quelle porte et mon sort et celui de l'homme qui m'avait dit s'appeler Marcus étaient scellés. Pourtant, elle n'a rien fait de tout ça. Elle s'est contentée de hocher la tête. Elle m'a demandé quelques renseignements sur la blessure puis, après un silence, elle a dit : « Mange une moitié. Jette l'autre dans le feu. »

J'ai regardé le fruit entre mes mains. Le cerneau du ver. Le cerneau vierge. Les deux mêmes parties d'un fruit unique. Et pourtant l'un d'eux était intact. L'autre rongé par l'insecte.

Évidemment, je n'avais pas envie de porter à ma bouche celui dans lequel le ver était. Mon estomac se révulsait à cette simple idée. Mais dans l'ordre de la Quimette j'ai deviné quelque chose qui dépassait les simples limites de cette nuit. Il fallait faire un choix. Il faut toujours faire des choix. Finalement, la vie n'est pas autre chose qu'une succession de choix infimes. Des bifurcations invisibles à l'œil nu et qui pourtant feront que nous serons demain deux personnes entièrement différentes selon comment nous avons pesé sur ses aiguillages microscopiques. À ce moment-là, j'ai pensé à mes parents. J'ai pensé à mon père, à ses mains sur ma bouche et à ses mains sur mes seins minuscules et à ses yeux qui se ferment quand il jouit. J'ai pensé à ma mère, aux aiguilles qui guident la laine, au silence assourdissant à peine transpercé par le cliquetis des aiguilles. J'ai pensé aux hommes que j'avais croisés, à ceux à qui je m'étais offerte, à ceux que j'avais rendus fous, à celui que j'avais aimé. J'ai pensé à l'enfant que j'avais été, à l'enfant que j'avais porté et que j'avais fait passer. J'ai pensé à Marcus allongé sur mon lit, à Armand qui trouait la nuit du feu de sa torche. J'ai pensé à Marie, à Amalia, et aux autres fillettes et à leurs corps blancs et nus dont les chairs se mêlaient aujourd'hui à la terre brune. Toujours, tout est une question de choix. Ceux que j'avais faits m'avaient portée ici, dans cette cuisine obscure, face à cette cheminée où crépitait un feu parfumé, aux côtés de cette vieille femme, avec dans la paume de ma main gauche la chair blanche d'un fruit intact et dans la main droite la chair d'un fruit où un ver avait patiemment attendu de pouvoir éclore au monde. Il fallait faire un choix et je l'ai fait. J'ai jeté au feu le cerneau sain. J'ai porté la moitié qui contenait le ver à mes lèvres et d'un coup d'un seul je l'ai précipitée dans ma bouche et ensuite au plus profond de moi. Je l'ai fait les yeux fermés, sans plus penser à rien. Parce que lorsque un choix est fait, rien ne sert de vouloir revenir en arrière. Quand j'ai ouvert les yeux, la Quimette se tenait devant moi avec un papier journal jauni roulé en boule autour de quelque chose qui exhalait une odeur forte et poivrée. Elle m'a dit : « À l'intérieur, tu trouveras ce qu'il te faut pour soigner ce que tu veux soigner. Reviens me voir dans trois jours. »

Je l'ai remerciée. Elle s'est assise dans le fauteuil et elle s'est remise à sa tâche comme si je n'étais déjà plus là. Au-dehors les loups hurlaient.

*

Les chasseurs sont revenus avec les fusils chargés et la rage au creux du ventre. Évidemment, ils n'avaient pas trouvé Marcus. Le fait que l'homme se soit évanoui sans laisser de traces a alimenté les rumeurs les plus folles. De celles qui font se signer hommes et femmes sans distinction. On disait tout et n'importe quoi. Ce bruit de fond me parvenait à travers les rares enfants qui venaient encore à l'école. La cour de récréation bruissait d'histoires de diables, d'ogres et de sorcellerie. Il se racontait que l'homme n'en était pas vraiment un, que c'était un monstre tapi sous des habits d'homme. On se maudissait de s'être laissé berner. Certains disaient que depuis le début ils avaient su, mais qu'on ne les avait pas écoutés. Ils avaient pourtant prévenu qu'il fallait se méfier de l'étranger. Que savait-on de lui ? Très peu. C'était un taiseux. Il se tenait toujours à l'écart et il ne fréquentait même pas ses collègues de la scierie. Oui, si on avait été plus méfiants, on aurait tout de suite su de quoi il retournait.

Et puis il y avait la chienne. La bête qu'il promenait à ses côtés. Cette chienne, elle non plus, n'était pas ce qu'elle semblait être. C'était assurément une louve camouflée sous un pelage de chienne. Il suffisait de regarder ses yeux. Deux soucoupes jaunes et fixes qui vous plantaient la peur dans les reins. J'avoue que moi-même j'avais eu des doutes les premières fois où j'avais vu l'animal. Bien entendu, je n'avais jamais rencontré de loup, mais j'avais pu lire des descriptions dans des manuels. Et j'avais retrouvé certaines des caractéristiques des animaux sauvages dans la chienne de Marcus. Le plus troublant était sans doute ses yeux. Deux lunes jaunes épinglées dans une nuit profonde. Quand l'animal me fixait, immobile comme une statue, quelque chose se décrochait en moi. C'était une étrange sensation. On aurait dit qu'à ce moment-là je n'étais plus qu'un animal, semblable à tous les autres. Dans un certain sens, ses yeux vous déshabillaient de toute humanité. Ils vous renvoyaient à l'essentiel, aux choses élémentaires qui composent notre statut d'être vivant : la chair, les os, les muscles, les viscères, le sexe, le sang. Et son regard réveillait en chacun l'étincelle qui anime depuis les débuts du monde la machinerie du corps : l'instinct de survie. Ce n'était presque rien. Le duvet qui se hérisse sur la nuque. Un frémissement. Un picotement. Un infime vertige. Et puis, d'un coup d'un seul, la chienne sortait de son immobilité sans âge, posait son museau sur ses pattes croisées et fermait les yeux. Ou bien elle faisait claquer ses mâchoires en essayant d'happer au vol une mouche téméraire. Elle était subitement redevenue un animal domestique et dolent. Complètement inoffensif et entièrement soumis à la volonté de l'homme. Je crois que c'est durant ces jours sombres que j'ai entendu pour la première fois parler du lac Noir. Les enfants l'évoquaient entre eux, à voix basse, comme si le simple fait de dire tout haut le nom de cet endroit pouvait attirer jusqu'à eux celui qu'ils appelaient le *monstre de la vallée*. Je n'y ai pas vraiment prêté attention. L'histoire du lac faisait partie de toutes les fantasmagories qui agitaient les enfants. Mais pour eux, c'était certain, l'homme et sa louve venaient de là-haut. Ils avaient traversé le lac Noir. Ils étaient revenus de l'au-delà pour accomplir leur vengeance et rien ne pourrait les arrêter tant qu'ils n'auraient pas leur comptant de larmes et de sang. Les enfants passaient leur temps à jouer au chasseur, à traquer le monstre et sa bête. Ils poussaient de grands cris dans la cour de récréation. Leurs fusils de bois crépitaient sans relâche. Les couteaux ouvraient des ventres imaginaires. Je me souviens comment, un matin, dans cette petite école mixte, les garçons s'employèrent à cantonner les filles dans un coin de la cour enneigée. Ils les menaçaient si elles osaient s'aventurer au-delà du périmètre qui leur avait été alloué. « Si vous sortez des maisons et du village, le monstre vous tuera ! Vous devez rester là ! Nous, on va à la chasse ! » Au début, elles s'étaient volontiers prêtées au jeu. Moi, j'avais laissé faire. Je pensais que les enfants avaient besoin de laisser jaillir les peurs qui bouillonnaient en eux. Les filles jouaient aux princesses éplorées, s'inquiétaient pour les petits chasseurs qui risquaient leur vie contre le monstre de l'autre côté de la cour. Et puis, bien vite, elles se sont désintéressées des combats imaginaires et elles ont voulu organiser leurs propres jeux. Les garçons arpentaient la cour qui pour eux était devenue aussi vaste et sauvage que la montagne, aussi ils n'ont pas tout de suite réalisé que les filles avaient franchi la ligne imaginaire qu'ils avaient tracée. Quand ils s'en sont aperçus, ils ont fondu sur elles avec fureur. Ce qui au départ n'était qu'un jeu s'est transformé en pugilat. Les garçons se sont mis à frapper les filles de leurs fusils de bois pour les faire rentrer dans leur enclos. Avant que j'aie pu réagir, j'ai vu le nez d'une enfant exploser sous la violence d'un coup. Mais la vue du sang n'a pas stoppé les garçons. Ils semblaient tous pris de frénésie. J'ai dû distribuer des claques pour les faire cesser. Un grand silence est alors venu écraser la cour. Tous me regardaient, un peu hébétés. Les filles sanglotaient, terrorisées. Sur la neige avaient roulé des perles de sang. Cet épisode-là m'a profondément troublée. Peut-être bien plus que les morts qui étaient survenues les semaines précédentes. Je me suis dis que c'était révélateur de ce qui devait se passer dans chaque maison de la vallée. Les enfants tirent du réel la chair de leurs jeux. Ils tricotent ça intimement avec leur univers intérieur. Et ce qui s'était déroulé dans la cour ce matin-là disait à quelles extrémités nous étions tous arrivés. Face à une situation qu'ils n'arrivaient pas à dominer, confrontés à une peur qu'ils ne pouvaient faire taire, les hommes devenaient des bêtes et accablaient les plus faibles de la meute. Les fillettes étaient ce matin-là devenues les victimes de l'incapacité des hommes à accepter leur dénuement.

Et c'est peut-être pour ça que je n'ai pas dénoncé l'homme qui était dans ma chambre et qui un jour m'avait affirmé s'appeler Marcus.

Je ne savais pas s'il était le monstre que l'on disait. Mais je voulais comprendre. Comprendre comment on pouvait en arriver là. Comment à force d'angoisses et de frustrations on pouvait retourner le poignard de la haine contre les siens. Et tout particulièrement contre des enfants. Parce que tuer l'enfance, c'est tuer la dernière parcelle d'humanité. C'est assassiner le futur, c'est nier le passé, c'est dissoudre le présent. Une chose inimaginable. Une béance. Et pourtant la guerre qui venait à peine de mourir prouvait bien que tout était possible, sans que je comprenne comment. Et je crois que cette interrogation faisait écho à ma propre histoire. À ce que mon père m'avait fait. Ce corps d'enfant blanc et nu que j'avais vu entre les bras d'Armand, dans un certain sens, c'était moi, moi entre les bras de mon père. Bien sûr, il ne m'avait pas assassinée. Je vivais. Mais quelque chose, au fond de moi, était définitivement mort. Je voulais comprendre pourquoi. Pourquoi on pouvait faire ça à un enfant. Mon père était maintenant une carcasse vide. Son esprit était définitivement perdu. Il ne me donnerait jamais la réponse. Alors si l'homme qui autrefois s'appelait Marcus était bien l'assassin, j'espérais que lui pourrait peut-être me donner la clé.

*

L'onguent que m'avait donné la Quimette dégageait un parfum poivré. J'étais incapable de savoir de quoi était faite cette pâte brune et grumeleuse qui se trouvait dans le papier journal. Quand je l'ai déballée, la chienne, curieuse, a promené son museau sur l'onguent et elle a éternué de façon comique. J'ai pris du bout des doigts un peu de pâte et je les ai avancés vers la blessure. L'homme sur le lit ne semblait pas souffrir, mais ses yeux me fixaient sans cesse. Son regard me troublait, alors je me suis concentrée sur ce que je faisais. J'avais nettoyé la plaie. Sous les croûtes et la crasse, la chair avait viré au bleu. Je me doutais que ce n'était pas bon signe, mais je n'ai rien dit. J'espérais que ce que m'avait donné la Quimette permettrait de stopper l'infection qui couvait dans son sang.

J'ai posé mes doigts sur sa peau, doucement. L'homme a frémi. Il devait avoir affreusement mal, mais il n'a pas eu un cri. J'ai étalé l'onguent lentement et peu à peu l'odeur des plantes a envahi la chambre. Ensuite, j'ai fait comme la Quimette m'avait dit. J'ai enroulé un morceau de gaze autour de la plaie et je l'ai maintenu à l'aide d'une épingle à nourrice. En faisant cela, je me suis souvenue de mon père. Des bandages que ma mère enroulait autour de sa tête après l'accident. De son regard plongé dans un vide insondable. Un matin, ma mère m'avait demandé de l'aide. Elle avait commencé à changer les pansements, elle n'avait plus assez de gaze et elle devait aller en chercher d'urgence chez le médecin. Je devais rester aux côtés de mon père et maintenir en place ce qu'elle avait commencé. J'avais serré les dents en posant les mains sur sa tête. La porte s'était refermée et nous étions restés tous les deux, seuls, dans la maison vide et silencieuse. Je crois que c'était la première fois que je touchais mon père depuis qu'il était cloué là, sur ce fauteuil, face à cette fenêtre qui donnait sur un champ à la terre noire et grasse, ça et là piqué de corbeaux noirs aux ailes luisantes. Au loin, un horizon éternellement plat s'étendait jusqu'à l'infini. Je n'arrivais pas à croire que mon père n'était plus que cette carcasse vide, un pantin à la poitrine chargée de décorations militaires, incapable d'émettre le moindre son, de faire le moindre geste. Tout juste bon à ingérer ce que ma mère lui fourrait dans la bouche à l'aide d'une cuillère. Tout juste bon à faire sous lui, comme un enfant. Lui, celui que tout le monde appelait maintenant « le héros ». Est-ce que les gens savaient ça ? Est-ce que les gens savaient que ma mère devait porter des seaux puants jusque dans le jardin ? Non, les hommes ne voient que ce qu'ils veulent bien voir. Mon père n'était plus qu'une paire de breloques piquées dans le mauvais coton de sa chemise de nuit. Peu importait la merde, la pisse, la bave ou ce qu'il m'avait fait subir durant des années. Un éclat d'obus tombé sur un chemin boueux dans les premiers jours de la guerre avait fait de lui le héros et le martyr et la fierté du village. Que l'obus soit venu éventrer la terre et ouvrir la tête de mon père par erreur importait peu. Mon père était désormais un héros. De ces héros dont on fait des statues dans les parcs.

Ce jour-là, j'avais fait claquer mes doigts devant son visage, mais ses yeux étaient restés fixes et vides. Je n'arrivais pas à croire qu'il n'était plus là. Que plus rien n'habitait cette tête que je sentais sous mes doigts. Alors j'ai défait doucement les bandages. Dessous, j'ai vu la balafre qui zigzaguait entre des touffes de cheveux éparses. J'ai approché mon doigt. Je l'ai posé sur la boursouflure et j'ai suivi le trajet chaotique de la plaie qui achevait de cicatriser. Puis j'ai appuyé. J'ai appuyé de plus en plus fort. La chair s'est enfoncée légèrement sous mon doigt. Mon père n'a pas réagi. J'aurais aimé qu'il hurle ou qu'il bondisse. J'espérais qu'un peu d'humanité réintègre subitement ce corps. Mais il ne sentait même plus la douleur. Il était insensible. Aussi insensible que l'homme qu'il avait été auparavant. J'ai compris que jamais il ne me donnerait de réponse. Que jamais il ne s'excuserait. Que jamais je ne retrouverais ce qu'il m'avait volé. Et je crois que j'ai pleuré. Les corbeaux de l'autre côté de la fenêtre se sont envolés dans une explosion morne de croassements. Ma mère se tenait à la porte de la chambre. Elle me regardait sans rien dire. À partir de ce jour-là, elle ne m'a plus laissée approcher mon père.

Trois cailloux ont tinté contre la vitre derrière moi. Ils m'ont ramenée dans la chambre, au-dessus du corps de l'homme. Je lui ai fait signe de garder le silence. D'un claquement de doigts, il a fait venir la chienne jusqu'à lui. Elle s'est couchée sur le tapis au pied du lit, les pattes sagement croisées sous le museau.

En attendant Armand de l'autre côté de la porte, j'ai réalisé que mes mains tremblaient sans que je ne puisse rien y faire. Peut-être à cause du froid mordant, peut-être à cause de la peur. Comment est-ce que je pouvais être certaine que la Quimette n'avait pas dévoilé ce que je lui avais demandé ? Après tout, je ne connaissais pas cette femme, j'étais une étrangère ici, et l'homme que je protégeais était haï de tous. Armand me tuerait certainement s'il découvrait la vérité. Et peut-être était-il venu pour ça ? J'ai été soulagée quand j'ai vu son visage derrière la porte. Il n'y avait pas de colère, juste la fatigue qui délavait ses yeux bleus. Il m'a embrassée rapidement et il s'est laissé tomber dans un fauteuil. L'odeur de l'onguent de la Quimette flottait dans la pièce, aussi j'ai fait un café noir pour masquer les senteurs poivrées. On a discuté de choses et d'autres. Je parlais peut-être un peu trop fort, car j'étais nerveuse. Il aurait suffit que la chienne se mette à geindre et tout aurait été fini. J'ai demandé à Armand comment les hommes avaient su que Marcus était le meurtrier. Il se racontait beaucoup de choses contradictoires. On m'avait dit qu'on l'avait surpris dans les bois à courir après une fillette. D'autres affirmaient que des mèches de cheveux avaient été trouvées dans sa cabane de fortune. Armand a secoué la tête.

En fait, après le travail, une dispute avait éclaté entre Marcus et François, un des contremaîtres. François reprochait à Marcus de venir au travail accompagné de sa chienne. « D'ailleurs », avait-il dit, « qu'est-ce qui nous prouve que c'est une chienne ? Elle m'a tout l'air d'une louve ! » Et l'homme s'était approché de l'animal avec l'intention de lui découvrir les crocs. La chienne l'avait sauvagement mordu au bras. Les gars de la scierie avaient pris peur. Quelqu'un avait sorti un fusil. Tous étaient d'accord pour abattre la louve. Marcus avait dégainé un poignard et il avait menacé de tuer François si on faisait du mal à sa chienne. On voyait bien qu'il ne plaisantait pas. « Il l'aurait saigné si un des gars avait osé pointer son fusil sur l'animal », m'a dit Armand. Ensuite, tout avait dégénéré. Les gars de la scierie étaient persuadés qu'un homme prêt à tuer un autre homme pour une chienne ne pouvait être qu'un monstre. François avait tiré. Marcus, blessé, lui avait donné un coup de couteau et il s'était enfui. Les ouvriers de la scierie s'étaient lancés à ses trousses.

Quand il a eu fini de raconter, je suis restée silencieuse et j'ai dû demander quelque chose comme : « Mais alors, ce n'est pas lui, le tueur ? » Armand a passé une main sur son visage fatigué et il a avalé une gorgée du café fumant. « C'est lui. Crois-moi, c'est lui. » J'ai protesté, j'ai dit qu'ils étaient fous de s'en prendre à lui, qu'il était peut-être innocent. Il a fait claquer ses doigts pour me faire taire. Je contenais à peine ma colère. Alors je lui ai raconté l'épisode de la cour de récréation et de la bagarre entre les filles et les garçons ; il s'est contenté de hausser les épaules en lançant que c'était bien fait pour elles, que chacun devait savoir rester à sa place. Ça m'a mise hors de moi. Malgré tout ce que j'avais vécu, j'étais encore naïve à cette époque-là. J'étais devenue institutrice avec le rêve que je pourrais peut-être contribuer à construire un monde meilleur. J'avais l'espoir de former des adultes qui ne céderaient pas à la barbarie, qui plus jamais ne prendraient les armes pour les chimères d'un seul homme, qui ne réduiraient pas leurs voisins au rang d'animal. Et plus que tout je voulais que les femmes puissent aller librement dans ce monde de demain. Débarrassées de toutes les chaînes que les hommes avaient attachées à leurs pieds.

Mais Armand était incapable de comprendre ça. Je l'ai réalisé ce soir-là, dans le petit salon. Armand était un chasseur, viscéralement. Il considérait qu'il était tout en haut de la pyramide de l'évolution. Et cela lui donnait le droit de vie et de mort sur les êtres qu'il jugeait inférieurs. Nous nous sommes disputés violemment. Peut-être que si nous n'avions pas été aussi épuisés tous les deux les choses se seraient passées autrement. Mais la colère avait planté ses crocs dans mes reins et j'étais si désespérée de ne pouvoir lui faire entendre raison que je l'ai giflé. Il y a eu un silence. Ses yeux se sont voilés. On aurait dit un glacier sous les nuages. Il s'est approché de moi, lentement. J'ai frissonné en devinant le feu qui courait sous la glace. Il avait, à ce moment-là, le même regard que mon père. Armand m'a presque assommée d'un coup de poing. Je suis tombée contre le poêle et je me suis évanouie quelques secondes. Quand j'ai ouvert les yeux,

Armand avait défait les boutons de son pantalon et il était penché sur moi. Il caressait ma joue, presque tendrement, tandis que son sexe forçait le passage dans le mien. J'ai eu un haut-le-cœur. Je ne voulais pas tout ça. Mais c'est comme si l'histoire toujours se répétait. Une malédiction que rien ne pouvait stopper. Alors j'ai ri. J'ai ri à gorge déployée. Et Armand a joui.

Chapitre 55

Célia court vers la dernière maison du village, la peur nouée au ventre. Les paroles des deux sœurs la poursuivent dans les ruelles grises : « On sait que les louves sont là. Elles ne nous feront pas de mal, pas vrai ? » Elle réalise que les êtres humains l'effraient maintenant plus que les animaux des forêts. Le village est à l'image du monde. Ici, les façades fissurées suintent le mensonge et les trahisons. Là-haut, sur le plateau, elle se sent en sécurité avec Alice. C'est une vie simple. Poser des collets, faire du feu, s'allonger dans l'herbe, courir pieds nus sur les chemins. Il y a une sorte d'évidence dans tous les gestes accomplis tout au long du jour. Pas de paroles superflues. Un éternel présent. Pour être au monde, là-haut, il suffit de se laisser porter par le tambour du cœur des montagnes. Ici, dans le village, tout paraît menaçant. Les vieilles avec leurs corps de presque mortes, les regards en coin, les ruelles tortueuses où le passé se tapit, toujours prêt à ressurgir avec son fardeau de mensonges et de colères. Elle décide alors qu'elle ne reviendra pas parmi les hommes. Elle restera là-haut, avec Alice, comme elle le lui a promis.

Plus jamais elle ne portera sur les épaules ce manteau de silence écarlate qui faisait d'elle une ombre. Elle sera pour toujours elle-même, pour toujours louve.

En passant devant l'Atelier, elle entrevoit derrière la vitrine deux silhouettes enlacées. Comme elle s'approche, elle distingue maintenant les corps d'Andréas et de Paul. Le petit-fils de Tonio sanglote entre les bras d'Andréas, qui caresse doucement ses cheveux ras. Paul est habillé de noir, son visage est très pâle. Célia devine qu'il revient de l'enterrement de son grand-père. Il n'a plus rien à voir avec le jeune homme arrogant qui l'a abordée le premier soir de la fête sur la place. Entre les bras d'Andréas, il semble maintenant si fragile, comme si lui aussi avait un instant laissé tomber le manteau d'assurance qui recouvrait ses épaules, le laissant apparaître au monde dans toute sa nudité et sa fragilité. C'est peut-être cette transformation qui arrête la course de Célia et qui la pousse à poser son front contre la vitrine. Elle pense qu'il en va ainsi de tous ces gens. Tous vivent avec le poids d'un rôle qui leur a été assigné. C'est comme une mauvaise pièce de théâtre où les acteurs ne pourraient jamais retrouver qui ils étaient, qui ils sont vraiment. Condamnés à être quelqu'un d'autre. À vivre à côté de leur vie.

Derrière la vitrine poussiéreuse, Andréas chuchote au jeune homme pâle des mots que Célia ne peut saisir. Puis Paul relève la tête, essuie ses yeux rougis, et Andréas approche ses lèvres des siennes et vient y déposer un baiser léger. Paul détourne le regard, visiblement troublé, et son regard vient croiser celui de Célia. La colère fait place à la surprise. Le garçon se défait des bras d'Andréas avec violence. Célia entend des éclats de voix.

— Qu'est-ce qu'il y a ?

— Ne me touche pas ! Ne fais plus jamais ça !

Le poing de Paul s'écrase brusquement sur la bouche d'Andréas. Le jeune homme bascule en arrière, entraînant des étagères dans sa chute. Paul ouvre rageusement la porte, plante ses yeux dans ceux de Célia.

— Qu'est-ce que tu fais là, toi ?

Célia, silencieuse, ne cille pas.

Le jeune homme s'approche d'elle, menaçant.

— T'es bien comme ta grand-mère. Toujours à t'occuper de ce qui te regarde pas.

La colère bouillonne soudain dans le ventre de Célia.

— Ne parle pas de Tina, dit-elle en crispant les poings.

Les yeux de Paul sont durs et froids. Aussi durs et froids que le diamant à son oreille.

— Si tu racontes ce que tu as vu là-dedans...

Célia balaie l'air menaçant de Paul de sa voix qui claque.

— Ne parle pas de Tina et ne me parle pas comme ça ! ordonne-t-elle avec fureur.

Dans le sang de Célia bat le tambour furieux du cœur de la montagne. Elle sent cette force que rien ne peut contenir, ce bouillonnement qui l'accompagne chaque nuit alors qu'elle se fait louve. Elle est assaillie d'images de corps déchirés, de sang versé et de sourires carnassiers. D'envies de vengeance et de carnage. Elle tente de retenir cette force dans ses poings serrés. Y parvient à peine. Le tambour fait étinceler ses yeux. Des éclats de sang. Une colère brute et sauvage.

— Ne me parle plus jamais comme ça, répète Célia avec un rictus de louve.

Paul recule de quelques pas, les traits décomposés par la frayeur qui remonte depuis son ventre. C'est comme s'il découvrait Célia pour la première fois. Sa chevelure mal taillée, ses vêtements raides de boue, la sauvagerie qui emplit ses yeux. Alors il secoue la tête et s'éloigne à grand pas, les poings enfoncés dans les poches.

Andréas surgit sur le seuil, la bouche ensanglantée.

— Paul !

Mais Paul est déjà loin, et Célia s'éloigne elle aussi.

Andréas court derrière la jeune fille.

— Célia ! Où est-ce que tu étais ?

Célia ne se retourne pas. Elle tente de faire refluer la louve qui est encore en elle et qui a fendu son visage d'une bouche où luisaient des crocs. Elle a pris plaisir à voir les yeux de Paul s'arrondir comme deux lunes blêmes. Elle se fait la promesse que plus personne ne l'obligera à baisser la tête et à courber le dos. Elle sera louve, et ceux qui se mettront en travers de son chemin, elle les déchirera. Elle veut en finir avec tout ça. Aller jusqu'à la vieille maison, récupérer quelques affaires et retourner dans la montagne au plus vite.

Le jeune homme pose une main sur son épaule et elle consent enfin à s'arrêter. Elle respire profondément. La louve s'est tapie, quelque part tout au fond de son ventre.

— Célia, est-ce qu'Alice va bien ?

— Elle va bien.
— Vous êtes là-haut, n'est-ce pas ?
Célia hoche la tête.
— Ta mère est venue. Elle était inquiète. Elle voulait appeler la gendarmerie. J'ai dit que tu allais bien. Que tu étais avec Alice et que tu avais besoin d'un peu de temps. Elle ne va pas bien du tout. Tu devrais rentrer, Célia.
Célia se mord les joues pour ne pas hurler.
— Et puis mon père... poursuit le jeune homme en essuyant le sang sur ses lèvres fendues. Mon père s'est fait virer de la scierie. Depuis qu'Alice est partie, il est ivre en permanence. Je ne sais pas quoi faire.
— On se fiche de tout ça. On ne reviendra pas. Ici, il n'y a rien pour nous.
— Alors c'est où chez vous, hein ?
Comme Célia ne répond pas, Andréas reste lui aussi un instant silencieux, le menton barbouillé de rouge.
— J'ai parlé à Armand. Je lui ai parlé de la photo. Il n'a rien voulu me dire.
Célia détourne le regard. Elle entend la louve gémir au fond d'elle.
— Il m'a dit qu'il te parlerait. À toi. Rien qu'à toi. Armand, crois-moi, est quelqu'un de bien.
— Tu n'as aucune idée de ce que tu dis.
— Cette photo, je ne sais pas qui te l'a donnée mais...
— Ça suffit, le coupe Célia.
Andréas passe une main rageuse sur son menton.
— Écoute, je ne sais pas ce qui s'est passé. Il y a des rumeurs dans le village. On dit que le chien de Tonio a été tué d'un coup de couteau.

Que le vieux aurait surpris quelqu'un chez lui. Et puis il y a ces hurlements la nuit. Paul est…

La jeune fille le fait taire d'un claquement de langue.

— C'est bon, je ne veux pas en parler.

— Arrête ! ordonne soudain Andréas avec une voix dure qui fait sursauter Célia. Arrête de faire comme si plus rien n'existait ! Ici, les gens sont à cran. On a appris que la scierie allait fermer. Ce n'est plus assez rentable. Ils préfèrent acheter des arbres ailleurs, à l'autre bout de la terre. Les gars vont être virés. Tout le monde devient fou.

— C'est maintenant que tu t'en rends compte ?

Andréas secoue la tête, le sang se remet à couler de ses lèvres pincées.

— Écoute, tu es en colère et tu as certainement tes raisons. Moi, j'essaie de t'aider. Mais si tu le prends comme ça, je baisse les bras. Débrouille-toi.

Il tend à Célia un carnet à la couverture rouge.

— Tiens. C'est le carnet que tu as fabriqué.

Célia tend la main vers le carnet. Le papier est grossier et rugueux. La couverture est d'un rouge profond. Elle se souvient avoir fabriqué la teinture à partir de cochenilles séchées et pilées.

— Tu reviendras ? demande froidement Andréas. Une perle de sang trace une arabesque jusqu'à son cou.

— Non.

Andréas soupire.

— Tu te trompes, Célia. Tu te trompes de chemin. Il n'arrivera rien de bon.

Alors que la jeune fille s'éloigne, Andréas lui lance :

— Mon grand-père, l'autre jour, au cimetière, il était venu sur la tombe de Tina. Il vient depuis des années. À chaque fois il apporte des fleurs des champs.

Après un silence :

— Il l'aimait. Il l'aimait vraiment.

Mais Célia ne se retourne pas.

Dans son ventre, la louve laisse s'échapper un grognement sourd.

*

J'ai soigné l'homme qui n'avait plus de nom pendant trois jours. Il s'est laissé faire, sans rien dire, sans un merci. Le regard vide, il passait ses journées allongé sur mon lit, la chienne aux yeux de louve paisible et alanguie comme une fourrure à ses pieds. On aurait dit qu'il attendait quelque chose. On aurait dit qu'il savait déjà ce qui allait se passer. L'état de la blessure m'inquiétait. Dans les premiers temps, l'onguent avait semblé produire son effet, mais j'avais remarqué ensuite que la chair était boursouflée, comme si quelque chose gonflait et poussait sous la peau, et bientôt du pus s'était mis à suinter. Le front de l'homme était luisant de sueur et une odeur douçâtre avait envahi la pièce. Tandis que je tamponnais sa jambe d'un morceau de coton, j'essayais de garder le sourire, ou du moins d'afficher un air neutre. Lui regardait ailleurs. Je pense qu'il n'a jamais été dupe. Il savait très bien que l'infection grignotait peu à peu son corps. Bizarrement, j'aurais peut-être aimé qu'il se lamente. Qu'il pleure. Qu'il hurle. Mais il restait étrangement paisible. À la façon d'un animal qui se sait condamné et qui attend le moment où ses yeux seront pour toujours clos. Le soir, après la classe, je lui portais des bols de soupe et je l'aidais à manger. Je portais une cuillère à sa bouche, comme je l'aurais fait avec un petit enfant. Ou comme ma mère le faisait maintenant avec mon père. Et tandis que le métal de la cuillère disparaissait entre ses lèvres, ses deux yeux sombres ne me quittaient pas. Comme s'il essayait de percer le mystère de ma bienveillance. Il devait se demander pourquoi je ne l'avais pas dénoncé le soir où il avait franchi ma porte. Au final, après toutes ces années, je me dis que peut-être c'est cette promenade que nous avions faite tous les deux à la fin de l'été qui avait scellé notre destinée commune. Comme si le simple fait de marcher quelques minutes sur un chemin aux côtés d'un étranger pouvait orienter le cours entier d'une vie. En fait, s'il était étranger, je l'étais tout autant que lui.

C'était quelque temps après mon arrivée au village. Je ne connaissais personne mis à part Armand et Tonio, et au plaisir de la caresse du soleil d'été et des ombres douces des montagnes avaient succédé la crainte et l'ennui. La classe commençait bientôt. Les enfants que je croisais dans les ruelles me semblaient sauvages. Ils me dévisageaient sans honte. Me lançaient des mots dans une langue que je ne comprenais pas puis s'enfuyaient en riant. Leurs dents plantées de travers étincelaient dans leur visage assombri par le soleil. Les anciens, eux, me saluaient sans une parole, se contentant de faire basculer leur tête vers l'avant. Et je pouvais sentir leurs regards se planter dans mon dos sitôt que je m'éloignais. J'étais si loin de chez moi. Je n'arrivais pas à comprendre ce qui m'arrivait. J'avais voulu partir. Tout quitter. Refaire ma vie. Et c'était comme si je me languissais du ciel bas et de la terre brune et des gens abrupts de chez nous. Pour chasser cette langueur qui m'envahissait peu à peu et qui me jetait en travers du lit aux heures les plus chaudes de la journée, sans rien faire d'autre que de laisser mon regard dériver sur les continents que les craquelures du plâtre dessinaient au plafond de ma chambre, j'avais décidé d'aller marcher au-dessus du village. Il y avait un sentier qui montait vers les forêts sombres et épaisses. C'est là que j'ai croisé pour la première fois l'homme qui disait s'appeler Marcus.

Il était assis sur une énorme roche qu'on aurait dit posée en équilibre à l'aplomb du village. Une roche en forme d'œuf. Ses yeux étaient clos et il avait l'air indifférent à la morsure du soleil. Son visage brun, ses épaules larges, sa barbe taillée grossièrement lui donnaient l'air d'un ogre pétrifié, échappé d'un ancien conte. Il a ouvert les yeux quand je suis passée sur le chemin derrière lui. Il s'est retourné et m'a regardée, mais ses yeux semblaient perdus quelque part, très loin, comme s'ils n'avaient pas complètement réintégré ce corps qui s'animait maintenant. Il m'a lancé un bonjour poli. Avec une voix de basse dans laquelle roulait un accent d'ailleurs. Je me suis dit que c'était certainement un des bûcherons de la scierie. Armand m'avait parlé de ces hommes à la vie en lambeaux, jetés sur les routes par la guerre, l'esprit labouré comme un champ de bataille, les yeux trop pleins de sang et de fumées, cherchant en vain à retrouver parmi les décombres du monde les traces du monde qu'ils avaient connu. Il en arrivait régulièrement par ici. Ils trouvaient généralement à s'employer aux mines de la vallée. « Mais là-bas, avait dit Armand, l'activité déclinait. Les filons étaient taris. » Et ces hommes montaient au village pour pousser les portes de la scierie. Armand acceptait de leur donner du travail. Des tâches peu qualifiées, ardues, dangereuses et mal payées. Il fallait que la scierie produise toujours plus, à moindre coût. Ces hommes venus d'ailleurs restaient peu de temps. Ils travaillaient là quelques jours, quelques semaines, et les chimères et les fantômes et les démons qui hantaient leurs mauvaises nuits les poussaient au matin plus loin sur les chemins, sans qu'ils sachent eux-mêmes où ils allaient. Ils partaient parfois sans demander leur solde. Un soir ils étaient là. Le lendemain ils avaient disparu, ne laissant de leur passage que quelques traces de pas dans la poussière du chemin, bientôt effacées par le vent du nord. Ils étaient aussi inconsistants que des ombres. Alors, quand l'homme m'a saluée, je lui ai rendu son bonjour et j'ai continué mon chemin, en me disant que je ne reverrais sans doute jamais plus son visage.

Et pourtant, je l'ai croisé à nouveau. Toujours au même endroit, assis sur ce rocher en suspens, comme s'il attendait quelque chose. Et bien évidemment nous avons fini par discuter. Il m'a dit s'appeler Marcus. Il ressemblait à ces hommes dont Armand m'avait tracé le portrait. Il venait d'ailleurs et il avait certainement vécu des choses difficiles durant la guerre. Mais à l'époque on parlait très peu de ces choses-là. Il fallait refermer les blessures au plus vite. Quitte à les enfouir sous des pansements de mensonges. Quitte à les laisser pourrir sous ces mêmes pansements. Alors, d'un accord tacite, nous avons laissé les ombres de la guerre se perdre derrière nous. J'aimais bien le retrouver lors de mes promenades. J'avais plaisir à venir m'asseoir quelques minutes à ses côtés. Peut-être parce que nous partagions le fait d'être tous deux étrangers à ces gens et à ces lieux. Au fil des retrouvailles, ce rocher est devenu un espace qui nous appartenait un peu. Nous devions être les seuls êtres humains à venir poser nos corps à cet endroit précis. J'aimais l'idée que cela aurait fait rouler les yeux des bigotes du village si cela s'était su. Une institutrice et un bûcheron, seuls dans la forêt !

Je ne sais plus vraiment de quoi nous parlions, le temps a lavé ma mémoire. Il ne me reste que quelques bribes, comme une poignée de cailloux brillants à peine sortis de l'eau. Et même si aujourd'hui je suis si vieille que les cailloux semblent lisses et parfaitement polis à force d'avoir été roulés dans le torrent du quotidien, je peux sentir sous mes doigts secs les éclats infimes qui émaillent chacune de ces pierres qui autrefois étaient une montagne : ta naissance, Catherine. Le jour où tu es partie d'ici. La venue au monde de Célia. Oui, après toutes ces années, je pourrais dire avec précision le moment exact, où et comment les choses sont survenues, quelle était la forme du croissant de lune, quel éclat le soleil avait ce jour-là. Aujourd'hui, dans le lit du torrent ne subsistent que les pierres les plus brillantes, celles qui pourtant semblaient en tout point semblables aux autres quand l'eau les berçait toutes d'une façon égale, si bien qu'on n'aurait pu en retenir aucune tant pas une seule n'avait d'éclat particulier. La mémoire est ainsi. Des choses de peu deviennent de petits trésors. Et on regrette parfois de ne pas l'avoir compris avant.

Aussi, je me souviens très bien d'une discussion que j'ai eue avec l'homme qui disait s'appeler Marcus. La rentrée approchait. C'était une des dernières fois où nous nous retrouvions, peut-être. Le travail à l'école me laisserait sans doute peu de liberté pour aller me promener. Ce jour-là, il faisait beau. Certainement un peu moins chaud que les jours précédents. Le vent du nord soufflait une brise légère dont les anciens disaient qu'elle annonçait un hiver polaire. Moi, je me moquais bien de l'hiver. Le temps passant, je réalisais que dans quelques jours à peine je serais face à des enfants dont j'ignorais tout, chargée de leur apprendre des choses dont je savais peu. Je me sentais à peine adulte. Encore une enfant. En fait, j'étais terrorisée. L'homme qui s'appelait Marcus a perçu mon trouble. Il m'a demandé si j'allais bien et je me suis mise à lui raconter ma peur et mes doutes. J'imagine que j'étais ridicule avec mes grandes idées sur le monde de demain, ma vocation, mes pleurnicheries d'adolescente. Il m'a écoutée, sans rien dire. Et puis subitement il m'a demandé si je voulais des enfants. Cela a ranimé la lame du souvenir. J'ai pensé à l'enfant qui avait été en moi il y a quelques mois à peine et qu'une vieille de mon village avait chassé de mon ventre à l'aide de ses aiguilles. J'ai détourné les yeux. J'ai répondu que oui, je voulais des enfants. Des milliers d'enfants. Pour reconstruire ce monde hideux. Ou peut-être que je n'ai rien dit. Parce que je ne savais plus ce que je voulais. J'étais pétrifiée par l'idée que je ne savais pas de quoi demain serait fait. La vie jusqu'ici m'avait montré que tout ce qu'on croit tenir fermement dans ses mains peut se révéler n'être que des décombres. Ce qui est certain, c'est que quand je lui ai retourné la question, est-ce que lui voulait des enfants, il a posé ses mains à plat sur la pierre et il s'est allongé dessus. Son oreille collée contre la surface brune et irrégulière. J'ai ri. Je ne comprenais pas ce qu'il faisait. Mais ses yeux sombres et clos ont ramené le silence. Il n'y avait que la respiration ténue du vent du nord parsemée du chant diffus des insectes qui faisaient craquer leurs pattes dans le soleil jaune de la fin de l'après-midi. Comme lui, j'ai posé mon oreille sur la pierre. Nous étions si proches que j'ai remarqué combien ses cils étaient longs et noirs, comme ceux d'une fille, ce qui contrastait avec ses épaules larges et sa barbe mal taillée. L'homme qui s'appelait encore Marcus a dit de sa voix grave : « Écoute. » J'ai écouté mais je n'ai rien entendu d'autre que le vent et les insectes. Il a répété : « Écoute. », et j'ai fermé les yeux pour mieux entendre. Et sa voix a dit : « J'ai eu une fille autrefois. Ana. Ana a disparu. » Après un silence, il a ajouté : « Même si on ne la voit pas, on entend encore son cœur. Il bat. Comme celui de la montagne. » Et d'un coup nous avions tous les deux les yeux ouverts et on se regardait et il y avait dans ses yeux quelque chose de dur et de doux à la fois, le pardon et le regret, la haine et l'amour, une histoire qui ne serait jamais mise en mots, parce que qui peut raconter ce qui brille au fond d'un regard l'espace d'un instant et qui s'enfuit aussitôt ? Qui peut dire l'éclat vif du costume d'argent d'un poisson entraperçu au soir dans le courant, une étincelle de soleil accrochée sur une parure d'écailles, bien vite engloutie par les ombres ? Qui peut dire ce qui ne dure qu'un battement de paupières ? Non, personne ne peut raconter ça.

Ce soir-là, alors que je changeais ses bandages sur sa jambe pourrissante, le souvenir de ce regard-là palpitait en moi, et il palpite encore alors que la nuit s'enroule autour de mes épaules, c'est pour cela que je ne l'ai pas dénoncé à Armand. Je savais tout au fond de moi que l'homme qui un jour s'était appelé Marcus n'était pas le monstre qui labourait le corps des enfants de la vallée.

Le quatrième soir, après la classe, j'ai emprunté les escaliers qui menaient jusqu'à mon appartement. Je me suis figée en voyant que la porte était entrebâillée. Est-ce que l'homme s'était enfui ? En tremblant, j'ai écarté la porte. Sur le tapis du salon, près du poêle où les flammes se mouraient, il y avait la chienne aux yeux de louve. Elle était renversée sur le dos et soupirait d'aise. Au-dessus d'elle il y avait un enfant, un garçon, la main perdue dans la fourrure du ventre de l'animal. L'enfant caressait la chienne. La porte de la chambre était grande ouverte et j'ai deviné les formes de l'homme sous les draps. L'odeur était épouvantable. Je ne sais pas combien de temps je suis restée là. Avec ma bouche qui se fermait et s'ouvrait sans qu'aucun son n'en sorte. Pas plus que de la bouche d'un poisson qu'on aurait tiré de l'eau. L'enfant s'est retourné et j'ai découvert son visage. C'était Thomas.

*

La porte s'est ouverte alors que je tendais la main pour y frapper quelques coups craintifs. Comme si la Quimette m'attendait. Comme si depuis notre dernière rencontre elle attendait mon retour, plantée là derrière le panneau de bois, immobile, pareille à un cierge.

Son regard a glissé sur mon visage défait et elle s'est retournée pour aller vers la cuisine sans un mot. Son silence était une invitation à la suivre. Elle s'est assise près de l'âtre. Elle m'a désigné une chaise. Je ne savais que faire de mes mains, qui tremblaient sur mes genoux, et les mots ne parvenaient pas à franchir le portail de mes lèvres.

Le panier de noix avait disparu. J'ai repensé au cerneau et au ver que j'avais avalé, il y a à peine trois jours, ici-même. Trois jours qui m'avaient semblé être une éternité. Un fagot d'herbes sèches était suspendu près de la cheminée. Le feu dansait dans le foyer avec des crépitements tranquilles. Quelque part, à l'extérieur, derrière les volets clos, un oiseau a lancé un trille pour trouer la nuit. La Quimette a eu un coup de menton vers les herbes : « Tu peux parler sans crainte. Je suis aussi muette que les plantes des bois. Ça s'est pas arrangé, vrai ? » J'ai secoué la tête. Non, la blessure de l'homme qui ne s'appelait plus Marcus n'avait pas guéri. Mais ce n'était pas le plus grave. Sa vie était menacée par autre chose de bien plus dangereux. Thomas avait vu l'homme et sa chienne aux yeux de louve. Je l'avais saisi par les épaules près du poêle où il était accroupi. La chienne s'était redressée avec un air réjoui mais curieux de me sentir si anxieuse. J'avais secoué l'enfant. « Tu ne diras rien, hein ? Jure-moi que tu ne diras rien ? » Ma voix devait être stridente. Presque un cri. Thomas n'a rien dit pendant un moment. Ses yeux étaient un océan vide. Je crois qu'il essayait de comprendre la panique qui m'avait gagnée. Ou peut-être avait-il déjà compris. Il a juste dit : « Lâche-moi. Tu me fais mal. » J'ai regardé mes mains blafardes qui enserraient ses épaules. On aurait dit des griffes. Je l'ai lâché en me mordant les lèvres. Je n'avais pas voulu lui faire du mal ou l'effrayer, mais j'avais si peur que je ne contrôlais plus rien. C'était la première fois qu'il me tutoyait. Il n'aurait jamais osé faire ça en classe. Il m'avait ordonné de le lâcher avec un ton impérieux qui m'avait rappelé la façon d'être de son père. Si Thomas racontait à Armand que je cachais l'homme que tous recherchaient, il me tuerait, j'en étais certaine. Alors j'ai tenté d'amadouer l'enfant avec quelques sucreries que j'avais dans un placard. Il les a acceptées sans rien dire. Moi, je parlais sans cesse, comme pour trouver une échappatoire dans les mots. Je ne sais pas ce que je lui ai raconté. J'essayais d'avoir l'air enjoué. Comme si la situation était parfaitement normale. Comme s'il n'y avait pas d'homme couché dans mon lit. Comme si une odeur de maladie et de mort ne flottait pas partout dans l'appartement. Je me souviens de ses yeux qui suivaient mes mains s'agitant tels des papillons autour de ma tête. Thomas n'était pas particulièrement intelligent. Ses résultats à l'école étaient modestes. Il ne faisait pas d'efforts pour briller. Mais, du haut de ses six ans, il était aussi rusé qu'Armand. Pour dire la vérité, je ne l'appréciais pas tellement. Je le trouvais un peu trop sournois. Dans la cour de récréation, il provoquait fréquemment des bagarres entre les garçons. Il n'y prenait jamais part, mais il aimait attiser le feu. De la même manière, il intriguait souvent pour éviter les tâches collectives. Il allait rarement chercher du charbon pour alimenter le poêle, il n'effaçait presque jamais la craie sur le tableau noir. J'aurais pu le secouer un peu, mais je ne le faisais pas. Peut-être parce que c'était le fils d'Armand, que je couchais avec son père et qu'une pointe de culpabilité venait se planter dans mes reins quand Jeanne, sa mère, venait le chercher après la classe. C'était une femme effacée aux airs d'oiseau effarouché et j'aurais presque pu la plaindre d'être ainsi traitée par son mari si elle n'avait pas eu dans le regard quelque chose de mauvais qui m'effrayait. Derrière ses yeux perpétuellement éteints, toujours Jeanne semblait guetter le malheur.

Ce soir-là, après qu'il m'eut promis une dernière fois de ne rien dire, j'ai laissé Thomas partir. Avant de refermer la porte, il s'est tourné vers moi et il m'a souri. Un sourire maigre dans son visage pâle. Il a dit merci. Je n'ai pas compris.

Il m'a dit : « Merci pour les sucreries. » Dans l'embrasure de la porte, avec son corps frêle perdu au milieu des monceaux de laine brune, il avait alors l'air d'un enfant semblable à tous les autres. J'ai pensé que je m'étais peut-être fait des idées. Que ce que je vivais avec Armand avait influencé ma façon de le considérer. Et puis Thomas a ajouté avec une voix très sérieuse : « Est-ce que je pourrais revenir ? » Je ne sais pas vraiment ce qu'il voulait dire. Sûrement qu'il pensait à la chienne, qui l'avait accompagné jusqu'à la porte. L'enfant et l'animal semblaient si proches. Comme s'ils s'étaient toujours connus. Et le sourire de Thomas s'est agrandi quand la chienne a lancé ses pattes sur les épaules de l'enfant et que sa langue est venue lécher sa joue. Ce soir-là, il a souri comme je ne l'avais jamais vu sourire. Alors j'ai dit oui. Mais je savais que c'était un mensonge. Quand la porte s'est refermée, je me suis précipitée dans la chambre. L'homme qui s'était appelé Marcus était dissous dans l'obscurité. Seuls ses yeux brillaient. Et sa voix a dit : « Amène-moi. Amène-moi loin d'ici. »

Je ne sais pas ce que j'ai raconté à la Quimette. Peut-être une vérité tissée de mensonges. Quand j'ai eu fini, il n'y a plus eu que le feu qui cliquetait en flammèches minces et pâles. Alors la Quimette m'a raconté la légende du lac Noir et ses paroles sont venues se graver profondément en moi.

Elle a commencé comme ça : « Ce que je vais te dire, petite, je le tiens de la bouche des anciens... »

*

Ce que je vais te dire, petite, je le tiens de la bouche des anciens. Et comme je suis pas toute jeune, tu imagines, cette histoire, comment elle est usée comme un vieux manteau qu'on aurait laissé aux vents et au soleil et à la pluie. Cette histoire, je vais te la dire avec mes mots de vieille femme, des mots qu'ont jamais été tracés au tableau noir d'une salle de classe. Cette histoire, je vais te la dire, mais d'autres auraient pu te la dire avant moi. Tout le monde la sait. Ceux qui sont dans la montagne avec leurs feux et leurs armes, à chercher un homme qu'ils trouveront pas, ils la connaissent mieux que les autres. Mais ils en parleront jamais. Ils se couperaient la langue plutôt que de la dire. Parce qu'il y a des loups là-haut et qu'ils préfèrent pas y penser, même si je sais moi qu'ils ne font pas autre chose que retourner encore et encore cette histoire dans leur tête. Oui, Armand la sait aussi. Oh ! ne fais pas cette figure de vierge en plâtre, petite. Je ne te parle pas de lui pour faire trembler tes mains. Je te dis que lui aussi il en sait des choses et qu'il se garde bien de te les dire. Lui, il a pas besoin de se couper la langue pour garder le secret. C'est comme s'il l'avait pour toujours passée au fer rouge. La langue et le cœur.

Mais ça, c'est une autre histoire qu'il faudra que tu saches un jour.

Celle que je vais te raconter, elle est encore plus ancienne. Ni toi, ni Armand, ni moi n'avions la moindre idée qu'on viendrait au jour dans ce drôle de monde qu'elle se racontait déjà. Alors voilà, moi, je te l'ai dit, j'ai pas eu le temps d'user mes yeux sur un tableau noir, aussi je pourrais pas dire comment nos montagnes elles sont faites. Peut-être que la terre s'est ouverte un jour parce que ça remuait trop là-dedans et qu'elle a explosé de colère. Peut-être que quelque part y'a un dieu qu'a fabriqué tout ça entre ses mains et qu'a trouvé amusant de poser là ces montagnes pour que les hommes ils s'y cachent ou qu'ils s'y perdent.

Chacun se fait son idée.

Ce que je sais, c'est que là-haut, dans nos montagnes, y'a un lac. Le lac Noir. Une trouée d'eau aussi noire que du charbon. Et il se dit ici que c'est pas Dieu qui l'a posé là. Non, c'est comme qui dirait une larme du diable. Je te vois, petite, tu te signes pas, tu tournes pas les yeux. T'y crois pas à ces choses-là. Je vais te dire ce qu'est plus un secret pour tout le monde : moi non plus j'y crois pas à leurs bondieuseries. J'y crois plus depuis longtemps. Tout ce que leur raconte le père Tibo dans son église froide et sombre comme un tombeau, c'est pour mieux les endormir. Si y'avait eu un dieu, il aurait pas laissé faire cette guerre qui nous a rongés pendant tout ce temps. Et s'il y a un dieu, c'est un beau salaud qu'a pris du plaisir à voir les hommes souffrir. La religion, c'est comme un mauvais alcool. Une chose qui t'endort la tête et qui te ronge l'esprit. Et quand tu te réveilles après avoir bu une bouteille entière, tu te souviens plus de rien. Moi, je dis qu'un dieu qui pardonne tout, c'est pas autre chose qu'un diable qui te mettrait la main sur l'épaule et un couteau dans la main. Ah, voilà, petite, voilà que je parle sans plus m'arrêter et que je perds le fil de la pelote, c'est comme ça avec l'âge.

Je te disais l'histoire du lac Noir. L'histoire, elle raconte que le jeune seigneur du château d'ici, celui qu'est maintenant en ruine, il s'était mis en ménage avec une fille d'ailleurs. Il l'avait ramenée d'une ville où il était parti faire des affaires après la mort de ses parents. La fille, elle était belle, bien évidemment. Et aimable. Et toujours prête à rendre service. Si bien que les gens d'ici ils avaient bien voulu lui faire une place. Bon, quand même, il se racontait des choses. Parce que ce garçon et cette fille, ils avaient pas passé le portail de l'église, et qu'ils vivaient ensemble sous le même toit. Le curé, il avait bien été frapper à la porte du château plusieurs fois, mais la jeune femme l'avait remercié en souriant, mais non, ils se marieraient pas. Ces histoires-là, quand la religion s'en mêle, il en sort jamais rien de bon. Les gens d'ici, quand ils ont rien d'autre à faire qu'attendre que l'hiver passe, ils parlent. D'un rien ils t'en font une histoire. Et les histoires, quand il fait froid à fendre les pierres, ça devient plus tranchant que la glace.

Un jour, des hommes sont allés trouver le jeune seigneur. Ils lui ont dit qu'il fallait qu'il se marie ou qu'il quitte le village. Le garçon a haussé les épaules. Après tout, c'était lui le seigneur du château et il se disait qu'il pouvait en faire qu'à sa tête. Mais au bout d'un moment, tous baissaient les yeux sur son passage et le maudissaient. Alors, malgré lui, il a fini par faire ce que les gens lui demandaient, il a demandé à la fille de l'accompagner jusqu'à l'église. Mais elle a pas voulu. Alors voilà, le poison était entré en eux. Et leur amour il s'est desséché comme un vieux bout de cuir. Le seigneur s'est mis à boire plus que du compte. À crier sur la fille et à la frapper. Elle, elle partait dans la forêt pendant des journées entières, et on disait qu'elle était folle. Elle disparaissait de plus en plus souvent. Et un soir elle ne rentre pas. Le seigneur se met après elle. C'est l'hiver. On entendait le hurlement des loups, qui, à cette époque-là, avant qu'on les empoisonne tous, étaient plus nombreux que les mouches sur les paupières d'un mort. Le seigneur se met après elle. Il la cherche pendant des jours et des nuits, pendant si longtemps qu'il sait même plus si c'est le jour ou la nuit, et il voit enfin tout l'amour qu'il a pour elle et tout le mal qu'il a à être loin d'elle, et il maudit le village et le curé et ces gens pour lui avoir fait oublier ça. Mais c'est trop tard, le mal est fait et il va le découvrir bientôt, et toi aussi, petite.

Un matin, il arrive là-haut, vers le lac Noir. Les arbres, c'est pas autre chose que des baguettes de givre. La neige est partout. Et l'eau du lac, on dirait que c'est la nuit qu'a coulé là entre les roches et qu'a éclaboussé le blanc du plateau. Comme un trou qui donnerait sur l'envers du monde. Le jeune seigneur, il est comme un fou. Il n'a rien mangé depuis des jours. Ses doigts et ses pieds sont piqués d'aiguilles de glace et son sang peine à courir dans ses veines tellement il fait froid. Il suit les traces et il arrive au bord du lac. Quand il regarde dans l'eau, c'est comme s'il regardait dans un gouffre, et il a un vertige dans le ventre. À ce moment-là, il entend un bruit de l'autre côté du lac. Il voit celle qu'il aime qui s'approche doucement. Il va pour l'appeler avec son cœur qui fait des bonds d'oiseau dans sa poitrine mais quelque chose le retient. Peut-être parce que la fille elle commence à se déshabiller. Elle enlève tout et bientôt elle est blanche et nue. Si blanche et nue qu'il arrive à peine à la distinguer sur la neige. Il la regarde et il a envie de la prendre, parce qu'elle est encore plus belle ici, loin du village. Il va pour s'avancer, quand la fille rentre dans l'eau noire. Elle rentre sans trembler, sans une hésitation. Elle rentre dans l'eau noire comme si elle rentrait dans l'envers du monde. Et elle disparaît entièrement. Il reste que le petit tas de linge qu'elle a abandonné sur la rive. Alors le seigneur fouille les habits et les buissons et il court comme un dément autour du lac, et il ose pas donner des coups dans l'eau parce qu'il se dit qu'il pourrait peut-être la blesser, parce que c'est comme si elle était devenue l'eau elle-même. Ou peut-être qu'il se dit que le lac n'est pas un lac mais un miroir, et que s'il brise le miroir elle ne reviendra jamais.

Quand la nuit tombe, il tombe aussi. Et maintenant tout est noir, même la neige. Les étoiles viennent flotter dans le lac. Il les voit du coin de l'œil, qu'il a à moitié clos par le froid et la folie. La mort déjà lui serre l'épaule. Entre ses mains, il y a les habits de la fille. Il les respire, et son parfum, c'est comme si elle était encore là. Y'a pas un bruit là-haut sur le plateau. Que le battement faible de son cœur qu'est aussi faible que celui d'une grenouille dans un cocon de givre. Et y'a aussi le clapotis de l'eau. Comme si y'avait du vent sur le lac. Sauf que y'a pas de vent. Alors ce clapotis, dans le coin de son œil, il voit que c'est autre chose. Il y a là-bas de l'autre côté quelque chose qui sort de l'eau. Alors le sang revient un peu dans les joues et les bras et les jambes et le cœur de l'homme, et il se relève. Il se dit qu'elle est pas morte, qu'elle est là-bas. Pour pas qu'elle prenne froid, il prend les vêtements qu'elle a laissés et il s'approche à grands pas. Et quand le seigneur voit ce qui se tient là-bas de l'autre côté, il arrête son pas, parce que ce qu'il y a là-bas, c'est pas sa femme blanche et nue qu'est sortie de l'eau, mais c'est une louve, et autour d'elle brillent les yeux ronds jaunes de dizaines d'autres loups noirs comme de l'encre, peut-être même plus noirs que les eaux du lac, et tous baissent la tête devant la louve, qui leur parle dans leur langage de bête.

Et de voir ça, le sang de l'homme se glace, bien plus que s'il avait été couché là dans la neige. Je sais pas, peut-être même qu'il pousse un cri. Parce que la louve, elle se retourne et elle s'approche de lui avec ses poils noirs et ses dents jaunes et ses yeux comme deux lunes, et on peut voir que c'est elle, c'est la fille sous le pelage de la louve, et le seigneur il lui dit de revenir. Qu'il fera tout ce qu'elle voudra. Qu'il l'aime. Et qu'il l'aimera toujours. Et la fille qu'est une louve elle lui dit avec une voix de femme que non, elle ne reviendra plus jamais, qu'elle restera parmi les siens puisque ceux du village ont pas voulu d'elle. Et lui il hurle que c'est pas possible, qu'il lui faut revenir, qu'il mourra de chagrin si elle ne revient pas. Mais la louve montre les crocs et elle dit que c'est fini et qu'il doit lui rendre ses habits et qu'il doit partir. L'amour de l'homme se change alors en colère et il veut la punir parce qu'il comprend que sans ses vêtements la fille restera louve, qu'elle ne retrouvera pas le chemin de ce côté-ci du monde. Son linge, il le serre entre ses bras et il s'en va par le chemin avec les loups derrière lui et leurs crocs qui claquent et leur souffle qui fait des zébrures blanches sur l'ardoise épaisse et noire des bois. Je sais pas comment il fait pour pas se perdre, pour pas tomber, pour pas mourir, pour courir encore et toujours, mais au bout d'un moment le seigneur arrive au village et les loups derrière lui s'arrêtent en même temps qu'il s'adosse à la porte du château. Pendant un moment, il se passe rien. La louve qu'était femme, elle le regarde sans bouger, et il frissonne plus à cause de son regard que du froid qu'est pourtant glacial. Et les loups de hurler, tous la gueule tendue vers les étoiles blanches et pointues et brillantes dans leur écrin de givre, et de hurler si fort que les étoiles elles se mettent à trembler dans le ciel. Et des paillettes d'argent tombent de la nuit. Comme si les étoiles répondaient à la louve en se défaisant de leur parure de glace. Et au loin, là-bas, derrière les montagnes, y'a une éclaboussure pâle. C'est le soleil qui s'étale de l'autre côté des montagnes. Dans le village, les chandelles percent la nuit qui finit, on fait battre les volets et les portes, on lance partout des yeux pleins de peur et de lambeaux de sommeil. Et on voit les loups et le seigneur qui tient dans ses bras le paquet de linge, et les hommes hurlent plus fort que les loups parce que la terreur les mord au ventre et tout se tait quand de la gueule de la louve sort une voix de femme que tous reconnaissent pour être la voix de la femme.

La louve dit : « Vous ne me vouliez pas femme, vous ne me voulez pas louve. Sans mes vêtements, jamais plus je ne marcherai sur deux pattes. Je porterai pour toujours mon manteau de louve. Et pour toujours vous tremblerez quand vous entendrez notre chant. Aujourd'hui, je m'en vais de l'autre côté du monde. Mais sur les chemins de l'hiver je reviendrai et je prendrai vos enfants et plus jamais vous ne connaîtrez la paix. »

Après avoir dit ça, la louve se retourne et tous les siens avec elle, et leur pelage noir éclipse le soleil du matin et ils s'en vont en ligne comme si la nuit se coulait entre les arbres jusqu'à disparaître complètement. Oui, c'est ce que dit l'histoire, ma petite. Elle dit aussi qu'on retrouva plus tard un enfant, un tout petit enfant mort près du lac. Si bien que les gens pensent que la fille était grosse et qu'elle avait perdu son bébé quand elle avait quitté le village et que c'était là la raison de sa vraie colère. Après la découverte de l'enfant mort, on dit que le jeune seigneur a sombré dans la folie et qu'il a fini par se pendre, et le château est tombé en ruine la nuit où il s'est pendu. Depuis ce jour-là, plus personne ne va là-haut, près du lac Noir, par peur que la louve ne s'y trouve. Alors, tu vois, petite, Armand et les hommes qui sont cette nuit dans la montagne, ils savent tous cette histoire. Ils tremblent parce qu'ils pensent que c'est la louve qu'est peut-être revenue prendre leurs gamines. Ils ont beau avoir connu la guerre et ils peuvent faire les fiers quand ils sont à la chasse, ils croient encore aux histoires comme quand ils étaient enfants. Près du lac Noir, il y a une grotte. Si tu cherches un endroit pour l'homme que tu crois être innocent, c'est là-haut que tu dois l'amener, parce que jamais ils n'iront là-bas. Parce que tous ont peur des histoires.

*

Voilà ce qu'a dit la Quimette ce soir-là. Enfin, c'est ainsi que je me le rappelle et que je l'écris aujourd'hui. Si l'écriture permet de sonder la mémoire à la manière d'un archéologue, tu sais bien, Catherine, comment elle nous entraîne aussi parfois à réécrire le passé, comment la mémoire peut être modelée et remodelée sous la bille d'un stylo. Alors ce ne sont peut-être pas ces mots-là qu'elle a prononcés, mais ce dont je me souviens parfaitement c'est que j'ai écouté l'histoire sans rien dire tant la Quimette avait des talents de conteuse.

Quand elle a eu fini, son visage, que les mots avaient illuminé plus sûrement que le feu qui se mourait dans la cheminée avec des senteurs entêtantes de cyprès, est retombé dans l'obscurité qui rongeait la pièce tout entière. Je parvenais à peine à distinguer les fils du passé de ceux du présent, la réalité de l'imaginaire. Mon histoire se confondait avec celle qu'avait racontée la Quimette. Je prêtais aux ombres nées à travers les mots de la vieille femme les visages d'aujourd'hui. Un curieux sentiment m'a envahie. Je me suis demandé si tout ce que j'avais vécu jusqu'à présent n'avait pas été raconté à voix basse par quelqu'un que je ne pouvais voir mais qui était assis en ce moment même auprès d'un feu de bois et qui dévoilait mon histoire avec la patience de la Quimette quand elle faisait surgir les noix de leur coquille. Mais si cette histoire, mon histoire, était dite, qui était donc là pour l'écouter ? J'avais beau tendre l'oreille, je n'entendais que le feu qui gémissait et, au-dehors, assourdie par les lourds rideaux de neige, la plainte lointaine des loups. Bien sûr, la Quimette, elle, savait. Elle savait des vérités qu'elle ne m'a pas dévoilées ce soir-là. Et je peux dire aujourd'hui que dans un certain sens elle m'a trompée avec ses manières de vieille femme et ses mots de paysanne. Mais peut-être n'a-t-elle fait que me donner ce que je cherchais.

Alors que je quittais la cuisine sombre, ses doigts maigres sont venus se poser sur mon ventre et elle m'a confirmé ce que je pressentais depuis des jours déjà. Tandis qu'elle promenait sa main, dehors, l'oiseau de nuit s'est remis à chanter. Il disait que le jour était proche. La Quimette m'a souri faiblement. Malgré les épaisseurs de tissu, je pouvais sentir la chaleur de sa paume sur ma peau. Elle m'a regardée longuement et elle a su que je savais. Elle a dit : « Il ne te la laissera pas. » Et ça aussi je le savais déjà.

Voilà pourquoi je suis partie.

Parce que ton cœur, Catherine, battait déjà en moi.

Chapitre 56

Le village, lourd et gris comme un nuage, sous le ciel lourd et gris d'automne. La vallée, un chaudron noyé de brumes et de silence. La scierie muette, les machines à l'arrêt. Sur le chemin, les arbres s'ébrouent encore de la dernière averse et quelques passereaux se blottissent sous leur chevelure humide, des boules de plumes grelottantes qui lancent des trilles minuscules au passage de la jeune fille. Célia, les traits fermés, un sac sur le dos, avance d'un pas rapide à travers les bois sans même remarquer les ronces qui s'accrochent à son pantalon de toile en lambeaux, sans chercher à éviter les branches lourdes de pluie qui font de ses cheveux une anémone sombre qui s'étale sur son front.

Tout à l'heure, alors qu'elle arrivait à la dernière maison du village, elle a surpris Catherine et Thomas au détour d'une ruelle. Le bûcheron était ivre. Il titubait, les yeux fous et flous, en proie à la colère. Catherine le retenait d'une main agrippée à son bras. Elle disait : « On ne peut plus faire semblant, Thomas. On ne peut plus. » Le bûcheron secouait la tête : « C'est impossible. Putain, c'est impossible. » Célia n'a pas cherché à entendre la suite, elle ne voulait pas en savoir plus. Elle a profité que sa mère n'était pas dans la maison pour y pénétrer. Les volets étaient clos. Le salon en désordre. L'évier de la cuisine débordait de vaisselle sale et les bouteilles vides s'amoncelaient sur la table. Le manuscrit desséché formait un puzzle gris sur le buffet. Comme si Catherine avait tenté de le faire revivre à partir des lambeaux délavés par l'eau. Célia est montée dans sa chambre, a fourré dans son sac à dos quelques vêtements, une brosse à cheveux, un morceau de savon et un duvet. Elle a hésité à emporter les quelques peluches qui sommeillaient sur l'étagère, les derniers vestiges de son enfance, puis elle y a renoncé. Elle s'est demandé ce qu'elle devait faire du carnet rouge qu'Andréas lui a donné. Elle l'a finalement glissé dans une poche du sac et elle est descendue dans la cuisine. Catherine était là, pâle et figée sur les tomettes rouges. Célia aurait aimé que sa mère hurle, qu'elle se jette sur elle, qu'elle la maudisse pour le manuscrit détruit. Mais elle ne bougeait pas. Ses yeux étaient deux gouffres noirs. Un léger tremblement agitait son menton. Elle semblait dévastée, plus folle que jamais, et le cœur de Célia a oscillé entre la joie mauvaise et la peine. Puis Catherine a dit : « Célia », et elle l'a redit encore une fois. Juste son prénom, comme un appel. Mais Célia n'a pas répondu. Elle a ouvert un placard, elle a jeté dans son sac ce qu'elle y a trouvé. Des paquets de biscuits, des boîtes de conserve. Elle ne sait plus très bien, elle ne réfléchissait pas, elle tentait d'ignorer la voix qui derrière elle continuait à l'appeler.

Puis la voix de Catherine a dit :

— J'ai appelé Arthur.

Célia n'a pas compris tout de suite. Elle tirait sur le lacet pour fermer son sac quand les mots ont enfin éclaté en elle.

— Quoi ?

Catherine a répété :

— J'ai appelé Arthur. J'ai téléphoné à ton père.

— Comment ? a demandé Célia.

Catherine a secoué la tête.

— J'ai eu peur pour toi. Tu avais disparu. Je ne savais plus quoi faire. Alors j'ai appelé ton père.

Les lèvres de Célia tremblent et la louve dans son ventre se réveille lentement.

— Comment… comment est-ce que tu as eu son numéro de téléphone ?

— Je l'ai toujours eu.

— Je croyais que tu n'avais plus aucune nouvelle ? Qu'il était impossible de le joindre ?

Catherine s'est approchée, un sourire fade sur la bouche.

— Alors tu savais ? demande froidement Célia. Tu savais qu'il a une nouvelle femme ? Une fille ? Tu savais où il habitait ? Tu savais tout ça.

— Arthur a choisi de refaire sa vie. Loin de nous. Écoute, cette histoire qu'il a eue, ce n'était pas le problème. Il n'a rien fait de mal.

— Justement, il est là le problème. Le problème, c'est tout ce qu'il n'a pas fait.

— C'était de ma faute, Célia.

— C'est incroyable. Est-ce que tu t'écoutes seulement ? C'est comme si le monde tournait autour de toi. Toi, tout le temps toi !

— J'ai pensé que ça serait plus facile pour toutes les deux, si ton père…

— C'est comme pour Tina, hein ? Tu pensais que ce serait plus facile de me cacher la vérité ? De verrouiller la porte de sa chambre à tout jamais ? D'enfermer le passé ?

Catherine a un geste las vers la chambre.

— Oui, c'est ce que je pensais. Je ne pouvais pas vivre avec ça. C'était impossible. Alors j'ai fermé la porte. Et je me suis débarrassée de la clé. Je ne sais pas comment tu l'as eue. Mais ce que j'ai fait, je l'ai fait pour toi. Je ne voulais pas que tu vives et que tu grandisses avec cette histoire.

— C'est trop tard.

— Alors tu l'as lu ? demande Catherine. Tu as lu le carnet ? Tu as trouvé les photos ?

— Je ne sais pas de quel carnet tu parles, crache Célia en jetant le sac sur son dos. Ce que je sais, c'est que tu m'as menti. C'est que tu mens, toujours. Et le pire, c'est que tu te mens à toi-même. Tu es si pitoyable.

Le visage de Catherine se décompose soudain.

— Quand j'ai appris la vérité, ce qui s'était passé pour Tina, j'étais en colère. Je ne savais pas comment gérer tout ça. Je n'étais pas préparée. Personne ne peut l'être. Et puis il y a des choses que tu ne sais pas.

— C'est bon, je n'ai pas envie de les savoir. Et puis je n'ai pas le temps, je repars.

Catherine se laisse tomber sur une des chaises de la cuisine, comme si ses jambes ne pouvaient plus la porter.

— Lorsque j'ai vu mon manuscrit en lambeaux, j'étais furieuse. Je me suis demandé pourquoi tu avais fait ça. Pourquoi tu avais détruit tous ces mois de travail. Je t'ai détestée.

J'aurais voulu que tu disparaisses, mon Dieu. Je l'ai pensé, vraiment, souffle Catherine, et ses mains tremblent au bout de ses bras. J'aurais voulu que tu meures et je ne sais pas comment j'ai pu penser ça.

Elle relève les yeux vers Célia.

— Les jours ont passé et tu as disparu pour de vrai, et ça m'a foutue en l'air. J'ai réalisé que je m'étais trompée. J'étais enfermée dans cette histoire. Tu as raison, Célia, je me suis menti. Je t'ai menti. Mais à présent, je te le promets, tout ira bien. Je ne t'en veux pas. Reviens. Reviens avec moi. On peut oublier, Célia. On peut pardonner.

— Je ne pardonne rien, aboie soudain la louve tapie au creux du ventre de Célia. Je ne te pardonne rien. Ni à toi, ni à Arthur, ni aux hommes de ce village. Paul, Armand, Thomas, ce sont tous les mêmes. Pour eux, nous ne sommes que des proies. Tu ressembles à ces vieilles que j'ai vues au cimetière. Comme à un chien, on t'a bien appris à baisser la tête. À faire là où on te dit de faire. À trembler quand on élève la voix. Je t'ai vue avec Thomas. Tu me dégoûtes !

— Qu'est-ce que tu imagines, Célia ? demande Catherine, les joues blêmes. Tu te trompes. Il n'y a rien…

— Tu me prends pour une idiote ? Quand est-ce que ça s'est passé ? Après l'enterrement de Tina, pas vrai ? Tu as retrouvé Thomas. Tu as couché avec lui. C'est au Moulin que tu étais cachée pendant que papa et moi on t'attendait comme deux idiots. Comment est-ce que tu as pu faire ça ? Comment est-ce que tu as pu oublier ce qu'Armand et tous les autres ont fait à Tina ? Moi, je ne me laisserai pas faire. Je suis libre.

Et s'ils s'attaquent à moi, je rendrai coup pour coup. Tu peux téléphoner à Arthur si ça te plaît. Je ne lui appartiens plus. Je ne t'appartiens plus. Je n'appartiens plus au village. Je n'appartiens à personne !

La porte a claqué dans le dos de Célia. Ses pas de louve l'ont emportée vers la montagne. Sur le chemin, elle a posé ses mains sur la pierre qui domine le village pour tenter de calmer son cœur. Il lui a semblé que Tina, que le cœur de Tina, battait toujours au travers de la roche, au même rythme que le cœur de la montagne. Elle a laissé le soir se poser sur ses épaules. Elle a inspiré profondément les senteurs de mousse et de champignon révélées par la pluie des jours précédents. La louve en elle respirait maintenant paisiblement, comme lavée de toutes les scories du monde des hommes.

Célia a longuement regardé le pinceau de lumière grise qui venait s'étaler sur le fond de la grotte. Elle a pensé à Tina, qui, un jour d'hiver, aurait pu se réfugier là avec l'homme qui devait être son grand-père. Elle a pensé que tous les deux auraient dû venir se blottir ici pour fuir le monde, comme elle l'avait fait avec Alice. Ils auraient ainsi échappé à la fureur des hommes. Avant de glisser sa peau de louve dans le sac à dos, elle a promené une dernière fois sa main sur les parois irrégulières et humides. Et il lui a semblé sentir la présence de sa grand-mère, cette femme qui lui avait toujours fait un peu peur. Enfant, elle l'avait trouvée dure et froide, aussi dure et froide que la pierre sur laquelle glissait sa main. Et pourtant, aujourd'hui, il lui semble n'avoir jamais été aussi proche d'elle.

Chapitre 57

La caravane gît dans un repli de montagne protégé du vent du nord, blottie sous les volutes d'un chêne à l'écorce noire et profondément ridée. Quelque part non loin de là, une source s'écoule avec un chant clair dans une vasque de granit, brillante et polie et polie encore par la langue d'eau qui depuis des milliers d'années vient lécher le sel de la pierre. Un chevreuil, le museau dans l'eau, déploie son long cou et lève la tête quand une flamme jaillit de l'autre côté de la vitre sale de la caravane. Dans le crépuscule, l'arête fine de son dos frémit au passage d'une ombre. Il s'arque alors sur ses pattes et urine longuement dans un nuage de vapeur blanche et chaude, comme pour chasser la peur. Puis, d'un bond souple, il disparaît dans les bruyères rases et les balais des genêts en éparpillant un couple de merles qui y sommeillait.

L'intérieur de la caravane est dépouillé à l'extrême. Un lit de mousse nu, une paire de couvertures rêches. Un réchaud, quelques gamelles. Une lampe à gaz que Célia vient d'allumer pour creuser les ténèbres qui enserrent la coquille de tôle et de plastique. La caravane comme le refuge d'un ermite. « Ici on sera au sec et moins à l'étroit que dans la grotte », se dit la jeune fille. Elle a aligné les boîtes de conserve et les paquets de biscuits sur une table minuscule. Une casserole en fer blanc à la main, elle sort puiser de l'eau dans la vasque de granit. Elle hume la nuit, les senteurs de bruyère et de genêt, l'odeur forte de l'urine d'un chevreuil apeuré et elle se prend à sourire tant elle se sent bien ici. De retour dans la caravane, elle fait chauffer l'eau sur le gaz, étend un drap bleu et propre sur le matelas, suspend un petit miroir rond au-dessus d'une bassine. Son regard accroche son visage et elle peine à reconnaître cette jeune fille aux cheveux ras, aux joues creuses et au regard dur qui lui sourit malgré tout. Dans l'eau qui frémit, elle plonge un sachet de thé qui colore le liquide en brun. Une infusion sombre et âcre à laquelle elle rajoute quelques brins racornis de menthe sauvage qu'elle a cueillis tout à l'heure sur son chemin. Elle y ajoute trois cuillerées de miel blond, et avec bonheur le breuvage vient lui brûler les lèvres et la bouche et réchauffer son estomac. Derrière les vitres, le repli de montagne est maintenant plongé au cœur de la nuit, et des parois de roche qui l'entourent on ne distingue même plus la silhouette. Noir sur noir. La flamme de la lampe à gaz comme une autre des millions d'étoiles qui brûlent dans le ciel après que le manteau de nuages s'est déchiré en son milieu. La tasse tiédissant entre les mains, assise sur le marchepied de la caravane, Célia a l'impression d'être au centre du monde. Un monde vide et apaisé. Comme si rien n'existait tout autour. Une infinie solitude qui la remplit tout entière.

Pareille à l'animal enroulé sur lui-même au creux de la terre, dans les profondeurs de son terrier, se sachant seul et unique, débarrassé de toute pesanteur, prêt au voyage immobile qui le mènera jusqu'au printemps prochain.

Malgré le froid qui rend jusqu'au chant de la source plus aigu, Célia reste longtemps assise sous les étoiles. Elle attend Alice, qui, elle le lui a dit, la retrouvera ici. Mais Alice tarde. Célia craint un instant qu'elle n'ait pu retrouver le chemin. « Mais non », se dit-elle, « Alice ne peut pas se perdre, elle connaît ces montagnes. Elle est ici chez elle. » Alors elle attend, elle attend encore, elle attend bien après avoir fini son infusion et avoir senti sur sa langue la poussière un peu âcre du thé noir, bien après que la tasse entre ses mains est devenue complètement froide. Et, un châle de laine noire sur les épaules, elle se redresse quand elle voit une ombre s'avancer du côté de la source. Sous le maigre feu des étoiles, Alice s'avance. Le sourire de Célia s'élargit et décroit, flux et reflux, en découvrant le visage de la jeune fille et les meurtrissures qui lui font des ombres démesurées sous les yeux et sur les joues. Et il n'y a pas besoin de questions pour connaître ce qui s'est passé au Moulin avec Thomas.

Sur le lit de mousse habillé d'un drap bleu, dans les dernières senteurs de menthe sauvage, les corps blancs et nus d'Alice et Célia mêlés. Et leurs bouches accolées. Et la main qui caresse et qui console et qui apaise et qui promet. À partir de maintenant, il n'y a plus que le petit feu des étoiles et, dans l'écrin d'un repli de montagnes, l'espoir que rien ne se perdra plus jamais.

*

La journée était passée sans que je ne m'en aperçoive, mais, pourtant, certains moments m'avaient paru interminables. Le temps se dilatait et se contractait étrangement dans la salle de classe. Les enfants étaient revenus en nombre à l'école. Leurs parents étaient rassurés parce que le meurtrier, celui qu'ils appelaient « le monstre », avait été identifié. Tous étaient certains qu'il était déjà loin, qu'il avait franchi la frontière, qu'il était retourné dans son pays. Et pourtant, comme si la vie se jouait d'eux, l'homme qu'ils pensaient coupable se tenait dans l'appartement juste au-dessus de leurs enfants. Mais je savais très bien que le danger n'était pas écarté. Thomas avait vu l'homme et la louve. Armand et Tonio et d'autres hommes de la scierie arpentaient la montagne sans relâche sitôt la journée de travail derrière eux. J'étais persuadée de l'innocence de l'homme qui un jour s'était appelé Marcus. Et les doigts secs de la Quimette posés sur mon ventre m'avaient fait accepter ce que je ne voulais pas croire jusqu'ici. J'étais enceinte. Enceinte de toi, Catherine. Et le père, ton père, tu l'as sans doute deviné à présent, ton père, c'était Armand.

Ce père, tu l'as cherché Catherine. Tu ne l'as pas trouvé parce qu'il n'existait pas. Parce qu'il n'existait plus. Parce qu'il n'avait pas de nom, tout comme celui qui disait s'appeler Marcus. Tu ne pouvais lui en vouloir de n'être pas présent, de ne pas avoir de visage, alors tu m'en as voulu. Pour mon air sombre, pour les mots blessants qu'on nous jetait au visage et dont je ne te protégeais pas. Je te voulais forte, alors je t'ai appris à te méfier de la douceur. Je te voulais bien plus dure que moi, et dans un certain sens j'ai réussi. Je l'ai déjà écrit, mais je l'écris à nouveau. Je m'étais fait un devoir de refuser toute autorité. De refuser leur monde barbare qui avait accouché de la guerre. J'étais devenue enseignante avec l'espoir, tu le sais, de faire de ces enfants des adultes qui ne céderaient pas à la tentation de la haine. Un monde où nous les femmes nous pourrions aller librement. En cela j'ai admiré ta détermination, Catherine. Tu as tout quitté pour suivre ta route. Tu es devenue libre, indépendante. Tu ne peux pas imaginer ce que ça m'a fait de découvrir ton nom sur la couverture de ton premier roman. J'étais fière. Moi qui aimais tant la littérature. Moi qui t'aimais tant. Je me suis dit que j'avais réussi. Que ce que j'avais vécu ne t'avait pas affectée. Que rien n'entraverait jamais la femme que tu étais devenue. Mais j'ai réalisé trop tard que c'est l'amertume qui te poussait. Comme certaines plantes aux vertus puissantes, tout est question de dosage. L'amertume parfois peut aider à aller plus loin, mais il arrive bien plus souvent qu'elle empoisonne le sang et l'esprit.

Ce qu'il faut que tu comprennes, c'est que j'ai toujours su qu'Armand ne serait jamais ton père. Armand avait une famille. Armand avait la scierie. Bientôt, les mines de la vallée fermeraient. Il serait alors le plus riche. Et il aurait le pouvoir. Parce que le maire, Tonio, s'effacerait alors devant lui. Déjà, à cette époque, bon nombre des décisions engageant le village étaient prises par Armand. Tonio ne faisait qu'apposer sa signature au bas des procès-verbaux de la mairie. La vérité, celle que tout le monde sait, c'est que Tonio vibrait d'admiration pour Armand. Il ne pouvait rien lui refuser. Armand était appelé à régner en maître sur la vallée. Voilà quel genre d'homme il était quand son corps n'était pas encore usé et quand ses yeux pouvaient encore se porter sur ce monde. Et moi, pauvre étrangère, avec mon ventre plein de lui, je ne pouvais être en travers de sa route. C'est pour ces raisons que j'ai su que je devais partir, qu'il n'y avait pas d'autre solution.

Bien sûr, ça te paraîtra peut-être un peu fou.

Mais ce qu'il faut que tu saches, c'est que je t'aimais déjà, Catherine. Que tu étais ancrée en moi et que rien au monde n'aurait pu m'enlever ta vie.

Ce qu'il faut que tu saches, c'est que j'avais déjà perdu un enfant et qu'il m'en était resté une béance en travers du corps et de l'esprit. Dans ce village perdu au milieu des champs faits de boue, dans ce village où j'étais née, dans ce village où peu de temps avant mon père avait été blessé à la tête par un éclat de métal et déclaré héros de guerre, moi, je m'étais mise à dévorer les hommes. J'avais le goût du danger. Je choisissais les plus durs. Je leur croquais le corps et le cœur. Et je ne laissais d'eux que des sacs de peaux et de peine. Aussi vides que leurs bourses. Aussi vides que la tête de mon père, qui désormais faisait sous lui face à cette fenêtre grise sans pouvoir appeler à l'aide. Ceux du village où je vivais alors y ont vu la folie qui s'abattait sur moi après la blessure de mon père. Mais c'était plutôt la joie de le savoir pourrissant dedans son corps, prisonnier de lui-même pour toujours. La joie de retrouver mon corps. Le mien, celui que je tendais comme un appât à ceux que je voulais prendre. Ma mère se lamentait. Les femmes du village me crachaient aux pieds. Les hommes, eux, en secret, auraient tout donné pour seulement les lécher. Mais je ne choisissais que des ombres de passage. Des rétameurs, des vendeurs ambulants, des hommes à la peau cuivrée, aux mains crasseuses, à la parole facile, au couteau tiré pour un oui pour un non. J'ai fini par partir. Je suis partie. Ma mère ne pouvait plus porter à la fois le nom du père et mon déshonneur. Mon père serait pour toujours un héros. Et moi une putain. Ce que personne ne pouvait comprendre, ce que personne ne savait, pas même ma mère, c'est que j'avais été malgré moi la putain de mon père. Et qu'il n'y avait eu que les aiguilles pour me délivrer de lui.

Alors voilà, ce jour-là, quand j'ai su que tu étais là, en moi, tu ne l'as peut-être pas entendu tant tu étais à peine consciente d'être un enfant appelé à venir en ce monde, mais je t'ai juré que rien ni personne ne pourrait jamais te blesser. Je t'ai juré que tu vivrais.

C'est pour cela que j'ai à peine pu supporter le regard de Thomas pendant cette longue journée. Il savait que l'homme et la chienne aux yeux de louve étaient dans l'appartement au-dessus de la salle de classe. Une ou deux fois, il y a eu des bruits, des grattements provenant de mon salon. La chienne, même si je la sortais discrètement pendant la nuit, devait avoir envie de retrouver la liberté des bois, et elle arpentait mon appartement pour tromper sa vessie, ses nerfs et son instinct. Thomas a levé les yeux vers le plafond. Des yeux pleins d'espoir. J'en ai été affolée. Les autres paraissaient ne rien avoir remarqué. Penchés au-dessus de leurs cahiers, la plume à la main, la langue tirée, ils recopiaient une leçon que j'avais inscrite au tableau. Le poêle ronronnait doucement. Mais je craignais que Thomas ne se lève et ne parte en courant vers les escaliers pour rejoindre la louve. Bien sûr, il n'aurait jamais fait ça, mais j'avais tellement peur que tout se bousculait dans ma tête, si bien que pour chasser mon angoisse j'ai fait sortir les enfants en récréation et ils sont restés dans la cour enneigée plus d'une heure entière. Et même là, le regard de Thomas s'est porté plusieurs fois vers les fenêtres de mon appartement, comme s'il espérait que la louve viendrait au carreau pour le saluer de sa patte.

J'ai fini par appeler le garçon, d'une voix qui m'a semblée un peu trop aiguë. Il a croisé les bras derrière son dos et il a planté ses yeux dans les miens, ses yeux qui étaient immenses, si immenses dans son visage fluet. Je lui ai demandé s'il allait bien. Il a hoché la tête et ses yeux ont dérivé vers les fenêtres. Il a demandé avec une toute petite voix la permission de revenir voir la louve. Voilà ses mots. Il parlait de la louve. Sans crainte. Sans hésitation. Comme si quelque chose les unissait depuis toujours. Cet animal et cet enfant élevé par un homme aux manières rudes. Thomas m'est apparu dans toute sa fragilité. J'ai deviné derrière son caractère renfermé et souvent égoïste une façon de se préserver. Cette sensibilité qui émanait alors de lui devait être insupportable à Armand et il faisait tout pour la dissimuler, singeant l'attitude dominatrice de son père. Comme je ne répondais pas, il m'a reposé la question. « Est-ce que je pourrais venir voir la louve ? » J'ai esquissé un sourire et j'ai dit que oui, que demain nous étions jeudi, et qu'il pourrait revenir. Mais il ne devait rien dire à son père. Je le lui ai fait promettre, de ne rien dire, là, dans la cour de récréation, avec tous les autres enfants autour qui faisaient leur vie d'enfant, indifférents à notre air grave. Je lui ai dit d'aller jouer avec les autres, il a hoché la tête, il a fait deux ou trois pas puis il s'est retourné et il a demandé : « L'homme qui est dans ton lit, c'est celui qui tue les enfants ? » J'ai dégluti difficilement. À voix basse, je lui ai dit que non, ce n'était pas lui, que c'était juste un homme qui avait besoin de se reposer. Je lui ai dit qu'il devait me faire confiance. Il a souri puis il a ajouté : « Je te fais confiance. »

Je me suis mordue les lèvres pour faire refluer les larmes parce que je savais que je venais de lui mentir. J'en étais persuadée, il ne reverrait pas la louve.

*

Au soir, je suis rentrée à l'appartement. La louve, je me suis mise à l'appeler ainsi, comme Thomas l'avait fait plus tôt, la louve est arrivée vers moi avec sa queue en panache qui brassait l'air lourd. Elle s'est assise devant moi et m'a fixée avec ses deux yeux de lune, comme si elle savait que j'avais arrêté une décision. En fait, je n'avais pas vraiment fait de choix. Je savais que là-haut, sur ce plateau que je ne connaissais pas, il y aurait un refuge. Mais l'histoire que m'avait racontée la Quimette était plus un conte qu'une réalité, et il me semblait impossible d'y mener l'homme allongé dans ma chambre. Malgré le froid, j'avais ouvert les fenêtres pour dissiper l'odeur des chairs corrompues et du pot de chambre posé près du lit. Le vent du nord a ramené l'esprit de l'homme jusque dans la pièce. Il a ouvert les yeux, qu'il avait enfoncés au fond des orbites. Il a demandé si j'avais trouvé un endroit, si l'enfant qu'il avait vu hier avait parlé. J'ai répondu oui à la première question et non à la seconde. Je lui ai dit qu'il nous fallait partir, ce soir, que je l'accompagnerai jusque là-bas, sur le plateau, s'il avait la force de marcher. Il a hoché la tête lentement.

— Tu ne crois pas que j'ai tué ces enfants ? Tous les autres le pensent. Pourquoi pas toi ? a-t-il demandé après un moment.

— Parce que moi aussi je suis une étrangère. Comme toi.

Ce n'était pas vraiment une réponse. Mais c'est ce que je ressentais à ce moment-là. J'ai rassemblé des vêtements chauds dans un sac, une couverture, quelques provisions. J'ai aidé l'homme à se relever puis à s'habiller. La douleur devait être atroce, mais il n'a pas eu un gémissement. La louve observait nos préparatifs avec attention, et dans ses yeux brillait l'espoir de retrouver enfin la liberté. Nous avons dîné d'une soupe épaisse de haricots dans le silence, avec pour seule lumière les flammes qui dansaient dans le poêle. Le visage très blanc, la barbe et les yeux noirs, l'homme se tenait très droit. Je me suis dit qu'il ressemblait à un condamné et que ce repas était peut-être son dernier. Je venais de finir la vaisselle quand j'ai entendu tinter trois cailloux contre ma vitre, et mon cœur a cessé de battre un instant. L'homme a tressailli lui aussi. Il a tiré un couteau de sa ceinture. Une lame longue et large que je voyais pour la première fois et qui m'a glacé le sang. Recroquevillé sur sa chaise, il avait l'air d'une bête traquée. Je lui ai ordonné d'une voix mal assurée de ranger son arme, comme je l'aurais fait avec un enfant de ma classe qui aurait sorti une toupie ou une bille au beau milieu d'une leçon. J'ai enroulé un châle autour de mes épaules et je me suis précipitée dans les escaliers. Quand j'ai quitté l'appartement, l'homme avait toujours le poignard à la main.

J'ai retrouvé Armand dans la cour de récréation. Le vent du nord avait changé la neige en glace et la nuit vibrait sous sa coquille de givre. Les étoiles étincelaient comme des plombs de chasse. Armand avait l'air exténué. Ses yeux étaient gris. Je me suis demandé si Thomas avait parlé. S'il lui avait dit qu'il avait vu l'homme et sa louve dans mon appartement.

Armand m'a regardée étrangement. Il m'a demandé pourquoi j'étais venue à sa rencontre, pourquoi je ne l'avais pas attendu en haut. J'ai resserré le châle autour de mes épaules. J'ai dit que la journée de classe m'avait épuisée et que j'étais indisposée, aussi je préférais être seule. Armand a levé les yeux vers les fenêtres derrière lesquelles tremblaient les maigres flammes du poêle. Je tentais de ne rien laisser paraître, mais chacun de ses regards était un supplice. Il pouvait faire semblant de ne pas savoir. Il pouvait jouer avec moi comme un chat avec une souris. C'était possible, Armand était ce genre d'homme. Il m'a demandé si j'allais bien, si tout allait bien. J'ai essayé de repousser l'image de la vie qui s'était accrochée dans mon ventre. Il ne fallait pas qu'il sache. Je me suis contentée de hocher la tête. Mon mutisme l'exaspérait, je le voyais bien, mais j'étais incapable de prononcer le moindre mot. Je crois que j'aurais hurlé si j'avais ouvert la bouche. Nous nous tenions face à face dans la cour brillante de givre, seulement éclairés par les étoiles qui trouaient le ciel. Deux statues pâles aux épaules tombantes. Il a fini par dire, les mâchoires serrées, qu'il repartait là-haut avec les autres, dans les bois, à la recherche du monstre. J'ai dit ce qui se racontait à la sortie de l'école, qu'il s'était sûrement enfui, qu'il était loin à présent, mais Armand a secoué la tête. Il a répondu : « Non, il est toujours là, je le sens. » Il a donné un coup de menton vers mes fenêtres et j'ai frissonné malgré moi. « Tu devrais rentrer maintenant. » Il s'est retourné pour partir, quand je lui ai lancé : « Et si ce n'était pas lui ? Si vous faisiez erreur ? » Il a continué à avancer vers le portail et il a dit : « C'est lui. » Il a dit ça d'une voix ferme qui ne souffrait aucune contradiction.

À ce moment-là, je me suis rappelé une discussion que nous avions eue une semaine auparavant, au même endroit, alors qu'il quittait mon appartement. Les gens du village étaient saisis par la peur, les rumeurs les plus folles couraient de bouche en bouche dans les ruelles étroites. Les gens étaient subitement devenus fous, enragés. Plus bas dans la vallée, un rétameur ambulant avait été roué de coups. Il avait échappé de peu à la mort. En fait, peu importait que l'homme soit coupable ou non. Il fallait que les gens trouvent un exutoire à leur colère et à leur peur. C'était comme ces femmes qu'on avait tondues après la guerre et dont j'avais vu les images dans les journaux. Leur crâne pelé et leurs yeux las au milieu des sourires victorieux. Il fallait que quelqu'un porte la culpabilité de tous. Je racontais cela à Armand et je voyais bien que ça l'ennuyait profondément. Le simple fait d'évoquer la période de la guerre l'irritait. Bien sûr, tout le monde évitait d'en parler, il fallait refermer les blessures au plus vite. Et je pensais qu'Armand lui aussi avait cette pudeur un peu honteuse. Mais j'étais loin de savoir qu'il s'agissait de tout autre chose. Ce jour-là, je lui avais dit que je trouvais ignoble de désigner les étrangers comme les coupables évidents. Parce qu'après tout, si on s'en tenait à cette logique, moi aussi je pouvais être coupable. Armand avait ri. Un grand rire d'ogre. Il avait dit : « Ces meurtres, c'est l'œuvre d'un monstre. Tu n'es pas un monstre. » J'avais rétorqué qu'il n'en savait rien. Que tout était possible. Après tout, que savait-il de mon passé ? Il m'avait regardée longuement, un peu surpris. « Il y a des choses que je devrais savoir ? » avait-il fini par demander. J'avais trop parlé. Je n'avais rien dit à Armand de ce qui m'était arrivé. Il ne fallait pas qu'il sache. Alors, pour détourner son attention, j'ai évoqué l'homme qui s'appelait Marcus. J'ai dit que je l'avais croisé au-dessus du village un après-midi et que nous avions discuté. Bien entendu, je ne lui ai pas dit que nous nous retrouvions régulièrement. J'ai fait de notre rencontre un instant éphémère. Et je lui ai raconté comment cet homme avait dû lui aussi souffrir de la guerre. La façon qu'il avait eue de coller son oreille contre la pierre comme pour écouter battre le cœur de sa fille qui avait disparu. Je lui ai dit qu'il n'était pas différent de nous. Que la guerre ne fait pas de distinction entre les hommes. Qu'elle les déchire tous, peu importe d'où ils viennent ou qui ils sont. Quand j'ai eu fini de parler, j'ai réalisé qu'Armand ne m'écoutait pas. Son visage s'était décomposé. Il était aussi blanc que la neige qui recouvrait peu à peu la cour. Je lui ai demandé s'il allait bien. Il s'était contenté de hocher la tête, mécaniquement, et puis il était parti précipitamment. Quelques jours après, l'homme qui disait s'appeler Marcus était venu frapper à ma porte, une balle dans la jambe.

J'avais complètement oublié cette discussion-là, mais elle m'est revenue quand j'ai vu Armand s'éloigner à grands pas. C'était subitement une évidence : ce que je lui avais dit ce soir-là avait scellé le destin de celui qui s'était appelé Marcus. Quelque chose reliait ces deux hommes. Quelque chose qui s'était déroulé pendant la guerre et que chacun avait gardé pour lui. Un secret dont j'étais exclue. Un secret qui faisait qu'Armand n'aurait de cesse de traquer l'homme qui se cachait dans mon appartement. Je me suis aussi rappelé ce que j'avais entendu à la ville, des affirmations soufflées à voix basse par les mineurs : dans les montagnes, aux derniers jours de la guerre, il y avait eu des tueries. Et les fantômes étaient aujourd'hui de retour, sortis de terre pour réclamer vengeance. J'avais vu dans ces ragots une haine profonde des mineurs pour ceux de la scierie. Rien d'autre qu'un ramassis de superstitions pour mettre des mots sur l'innommable. Une histoire qu'on se raconte pour se faire peur à la veillée. Mais j'ai eu le sentiment que la vérité affleurait au travers des fils grotesques de l'histoire. Parce que tu le sais bien, Catherine, chaque histoire mêle intimement fiction et vérité.

Je suis **louve.**

Je suis **louve**

et je vais sur deux pieds.

Je suis **femme**

et je hurle à la nuit.

Je suis **louve** à la peau de

femme et *je suis* **femme**

aux crocs de **louve**

À l'intérieur de moi. Dans l'obscurité et le secret de mon corps, de mon vagin jusqu'à ma gorge. Se déploie et ondule et palpite la tapisserie du pelage tiède de l'animal.

La louve se love en moi,

m'envahit et me remplit. Elle est le cocon souple de mon cœur, de mon foie, de ma rate, de mes poumons, de mon utérus. Mes entrailles remuantes : un trésor palpitant déposé et offert dans un écrin de poils soyeux. Mes os des lianes solides. Mes veines et ses veines, des écheveaux de sang tressés, vibrant sous ma peau nue.

Mon sang et son sang :
la même pulsation.

Le tambour
vivant
de la montagne.

Boum boum

Boum boum

BOUM BOUM

La même pulsation.
Sous la peau lisse et humide du ventre des crapauds.
Au duvet tiède des oreilles du lièvre.
Dans l'écorce profondément ridée du grand chêne.
Dans le parfum du thym, du ciste, de la fougère et des bruyères foulées.
Dans le sang des lactaires qui éclabousse les sous-bois.
Dans l'œil égyptien de la perdrix courroucée.
Sous la fine coquille brune de l'œuf déniché que mes dents viennent percer, et, dans ma bouche,

la vie tout entière.
Un fluide chaud et épais, lentement aspiré.

Mon cri est son cri,
tendu tout entier vers la nuit.

Chaque étoile accrochée à son encolure venant tinter comme des perles de verre à mes oreilles. L'échine de la nuit alors frissonne et se tend et la nuit se cabre et rue et piaffe.

Et son œil. Énorme de lune jaune et orange roule en tous sens par-dessus les montagnes.

Et à sa bouche moussent quelques nuages épais qui crèvent et percent aux arêtes des pics dénudés et zèbrent la roche. Et mes yeux. De la lame phosphorescente des éclairs.

Et l'air tout entier s'emplit d'un rugissement dont je ne sais s'il s'agit. Du mien. Ou de celui de la montagne elle-même.

Et les fouets de la pluie frappent mon corps nu et si pâle qui chevauche et qui est dans le même temps chevauché. Par le ciel en furie.

Mes cuisses striées de sang fermement refermées autour de ses flancs boursouflés.

Mes ongles profondément plantés dans la chair de son encolure monstrueuse. Jusqu'à faire jouer sous mes doigts. Chacune des vertèbres de la nuit.

Et mes crocs fichés
en travers
de son œil démesuré.

Dans ma bouche de femme, dans mon ventre de louve, coule un fluide chaud et épais.

Une plaie ciselée par laquelle s'écoule.

La vie.

Chapitre 59

Célia et Alice, dans l'écrin des montagnes grises, aux premiers jours bruns et dépouillés de l'hiver, tantôt louves, tantôt femmes. Les heures s'écoulent lentement, avec simplicité, en dehors du monde et dans le même temps au cœur du monde.

Elles parcourent les crêtes dans le matin pâle. Deux ombres jetées sur la roche parmi l'esquisse rapide des oiseaux qui tournoient au-dessus. Elles s'enfoncent au cœur des forêts de résineux sur des sentes de bêtes. Cueillent des champignons au duvet noir et à l'odeur presque animale. Elles ramassent des noisettes, en remplissent un sac. Sous des ombrelles blanches achevant de se faner, les ongles de Célia fouillent la terre qui accouche de racines blanches et longues à la saveur de carotte. Elles barbouillent leurs lèvres du jus acide des premières arbouses. Les branches des arbustes maigres en sont lourdes, mais elles ne sont pas encore complètement mûres, aussi les deux jeunes filles se promettent de revenir plus tard dans la saison. Des lacets de fil de laiton noircis à la flamme d'un petit feu d'écorces de sapin, qu'elles ont posés la veille à peine, sont vides. Autour, des traces de pattes, quelques crottes rondes et noires et dures. Les lièvres ont senti leur passage. Il faudra recommencer, poser ailleurs les pièges, se frotter les mains dans le thym et la mousse, déranger le moins possible les feuilles et les brindilles qui forment sous les arbres sombres un tapis roussi par l'automne. Dans un autre lieu, elles trouvent un lapereau, l'œil fou, la gorge prise dans le lacet de laiton, une écume mousseuse et rosée à la gueule. Sa langue tranchée et minuscule repose dans les feuilles. Il donne à peine un coup de patte furieux quand les deux filles s'agenouillent au-dessus de lui. Sous le pelage fauve et touffu de ses flancs, son cœur fait des bonds spasmodiques. Alice, sans plus attendre, le dégage du piège de métal, prend ses pattes fines d'une main, saisit de l'autre l'animal par-dessous la gueule et, comme elle tire sur la nuque du lapereau dans un geste sec, on entend craquer les vertèbres. Célia le tient maintenant par les oreilles, pince l'abdomen sous le pelage dense, comprime les entrailles et pousse vers le bas, et l'urine jaillit dans un flot brun fumeux et bouillant avec des senteurs d'ammoniaque et de romarin. La lame du couteau d'Alice fend la peau, découvre la chair rosée sous le pelage, les viscères se déroulent ensuite en volutes noires sur les feuilles rousses.

Plus tard, au-dessus des braises qui rougeoient, Célia et Alice partagent la chair du lapereau, sèche et nerveuse et parfumée, jusqu'à ce qu'il ne reste plus que des os minuscules et rosés entre les pierres du foyer, une infime cathédrale à l'architecture complexe et raffinée.

À la nuit levée, dans le froid qui fige jusqu'aux étoiles et qui annonce le givre à venir, Alice et Célia vont par les chemins sous leur manteau de louve. Elles vont jusqu'aux frontières du village, là où sont les jardins. Elles passent les murets de pierre sèche et les grillages, elles arrachent à la terre noire choux, carottes et poireaux et les enfouissent dans les sacs à dos. Une nuit, sans un bruit, les deux jeunes filles ouvrent la porte d'un poulailler. Les poules sont endormies au-dessus d'un matelas de paille et leurs plumes gonflées et huileuses luisent faiblement sous la lune. Il monte d'elles une odeur âcre et chaude qui donne envie de plonger les mains entières sous les plumes et d'enfouir sa tête dans ce cocon vivant. La poule ouvre un œil rond ourlé de pourpre et glousse faiblement quand Alice flatte sa tête, qui se redresse lentement. Alors la jeune fille la prend dans ses bras, comme si c'était là un enfant qu'elle tenait. La porte se referme doucement sans que la poule ne s'agite au creux des bras d'Alice. Elle glousse toujours, écartelée entre la ouate du sommeil et l'ivresse de sentir le vent du nord courir sur ses plumes. Célia passe alors une main autour du cou gonflé. Alice l'encourage d'un sourire et la lame glisse à travers les plumes et la chair comme si elle fendait simplement la nuit. Elle ressort de l'autre côté et le sang épais, noir et tiède, bouillonne à la blessure et vient teindre les manteaux de louve. La poule ouvre un œil énorme, plus de surprise que de peur. La surprise de sentir là, en travers de sa gorge, le souffle de verre du vent du nord, ce vent qui tout à l'heure était sur ses plumes et qui maintenant est tout entier en elle, alors que, tenue par les pattes, le sang s'échappe de son corps en bouillons noirs. Quand elle comprend que ce vent qui entre en elle c'est la vie qui la quitte, il est trop tard. À peine quelques battements d'ailes désordonnés. Une gifle de plumes jaunes au travers de la nuit. Et déjà la poule est morte. Dans le poulailler, derrière, tout est calme et chaud. Les bêtes dorment de leur sommeil de bête. Plus tard, des cris viendront faire exploser le cristal de leurs rêves. Leurs yeux rouleront de terreur pure et leur chair blême tremblera sous la plume de ne savoir quelle horde pousse ce cri. Ni renard ni fouine. Comment pourraient-elles savoir que ce sont les deux ombres qui se tiennent au-dessus du village ? Est-ce qu'elles se doutent que, comme elles, dans les maisons des hommes, des corps usés par l'âge et les souvenirs tremblent et se serrent et se pressent sous de mauvaises couvertures de laine, piégés au milieu du gué de leur sommeil. À leur réveil, ils ne pourront savoir si l'écho de ce cri qui emplit encore leur tête provenait ou non d'un mauvais rêve.

Alice et Célia vont par les vallons et les crêtes sous leur manteau de louve. Elles vont en écartant devant elles la nuit, s'éloignant des appels que lance chaque soir Thomas de sa voix forte alourdie par l'alcool. Elles savent que l'homme les cherche, qu'il les cherchera sans relâche. Plusieurs fois, elles voient sa silhouette massive titubant sur les chemins et les sentes, la bouche pleine d'imprécations et les yeux fouillant les bois. Alors elles s'enveloppent de nuit. Laissent l'ombre se perdre plus loin. Elles ne font plus partie de ce monde.

Elles vont jusqu'à un flanc escarpé de montagne où gémit douloureusement le vent du nord. La terre sous leurs pieds, et les arbres pris dans un corset de givre étincelant. Là, au bout d'un chemin où la roche affleure, une baraque en pierre taillée coiffée d'un toit de tôle rouge de rouille. Un panache blanc sort d'une cheminée tordue, vite dispersé par le vent. Derrière une fenêtre sale, au-delà du velours rouge élimé de vieux rideaux, la lueur diffuse d'un foyer. Célia imagine le vieil homme, assis près du poêle, avec ses yeux qui ne voient plus, avec ses mains qui tremblent malgré lui. Évanoui le sourire qu'il brandissait fièrement sur la photo ignoble qu'elle garde toujours avec elle. Armand, le dernier homme figé sur le cliché à être vivant. Armand, celui qui a tondu sa grand-mère, qui l'a jetée nue dans la neige, qui a fait d'elle une ombre parmi les ombres. Armand, celui qui a assassiné le grand-père qu'elle n'a jamais connu, et dont le corps, semblable à ceux des loups, a depuis longtemps été avalé par la montagne. Là, près de la baraque en pierre taillée, dans la nuit parée de givre, Célia pousse son cri de louve, et ce cri c'est aussi celui de Tina, et peut-être même celui de Catherine. Et celui d'Alice. C'est le cri, le hurlement, la plainte de ces femmes qui sont en-dehors du monde parce que les hommes leur ont refusé le droit d'aller librement dans le monde. C'est la rage, la colère, la peur, les pleurs, le trop-plein de vie et les ombres de la mort, un mystère insondable qui n'en finit pas de résonner ce soir-là. Il retentit ce soir-là et bien d'autres soirs encore sur le flanc escarpé de cette montagne sans cesse giflée par le vent du nord. Le cri des jeunes louves.

Le vieil homme à l'intérieur de la baraque ouvre alors la porte du poêle, réunit à tâtons une brassée de souches de bruyère sèches, maigres et tordues, les enfourne dans le ventre du poêle, et les souches s'embrasent en crépitant et crachent des centaines de flammèches qui dansent furieusement depuis le foyer jusqu'en haut de la cheminée. Elles s'envolent en zébrant la nuit, poussées plus loin par le vent, pareilles à des lucioles prises dans la tempête. Et le vieil homme alimentera le poêle pendant des heures, comme pour, malgré ses yeux qui ne devinent qu'à peine les contours du monde, du jour et de la nuit, repousser plus loin l'obscurité.

*

Je ne me rappelle pas vraiment des détails de cette soirée-là. Peut-être parce que j'étais perdue, que j'ai dû prendre des décisions rapides et que je sentais confusément que mes choix feraient que rien ne serait plus comme avant. Bien entendu, c'est un peu facile de dire ça alors que tout est derrière moi. Mais certains aiment à croire que le destin est tout entier tracé, écrit quelque part, dans un grand livre, par un dieu qu'ils osent à peine nommer. Foutaises ! Ce sont nos choix infimes, à peine quelques mots tracés parfois avec insouciance par notre propre plume, qui font que l'histoire se déroule comme aujourd'hui je déroule mes souvenirs dans ce carnet pour toi, Catherine. Par contre, il m'apparaît comme une évidence que dans ces premiers mots, dans ces premières phrases que l'on jette sur le papier de sa vie est contenue la suite de l'histoire. Les premiers mots tracés sont les fondations du récit. Et les phrases qui viendront ensuite naîtront à partir de cette infime étincelle et s'organiseront de manière à toujours être éclairées par elle.

J'avais voulu fuir mon histoire. Elle me rattrapait. Sous une autre forme. Mais le fond restait toujours le même. Quand je suis remontée à l'appartement, l'homme qui s'était appelé Marcus m'attendait. Il avait un sac près de lui. Et le poignard était glissé à sa ceinture. J'ai voulu l'interroger sur le lien qui l'unissait à Armand. J'étais certaine qu'il s'était passé quelque chose durant la guerre. Un événement qui avait peut-être à voir avec Ana, la fille dont il m'avait parlé. Mais il ne m'a pas laissé le temps de l'interroger, il a lancé le sac sur son dos et malgré sa blessure il s'est avancé vers la porte d'un pas assuré, la louve derrière lui.

Le village était enfoui sous la neige comme un lapin transi de froid. Il n'y avait personne dans les ruelles, ce qui m'a rassurée, car je craignais plus que tout que l'on nous aperçoive et que l'on nous dénonce. L'homme et la louve marchaient derrière moi. J'entendais leurs pas. À vrai dire, j'avais pensé qu'il ne serait pas capable d'un tel voyage, mais l'homme avait une résistance à la douleur qui m'a impressionnée. Quand je suis passée devant l'église, les pas dans mon dos ont cessé. L'homme regardait vers le parvis. Je lui ai fait signe de se dépêcher, mais c'est à peine s'il m'a prêté attention. Il s'est avancé vers le portail et il est entré dans l'église sombre et froide. Je ne comprenais rien. Je savais que l'homme était très pieux. À la fin de l'été, près de la pierre, il m'avait parlé de Dieu. Mais, en voyant mes haussements d'épaules et mes sourires narquois, il avait vite cessé de me faire partager ses réflexions. De toutes les formes d'autorité, la religion était celle qui m'exaspérait le plus. La guerre avait prouvé que les soutanes blanches et les ors des églises s'accommodaient très bien de la souillure du sang. La religion n'est rien d'autre qu'un corset dans lequel les puissants tentent depuis longtemps d'enfermer les pauvres gens, et les femmes bien plus sûrement. Il suffisait de voir et d'entendre les prêches du curé d'alors, le père Tibo, pour comprendre combien cette croyance flatte l'ordre établi par ceux qui depuis des millénaires font des hommes et des femmes des servants de canons, des ouvriers résignés et des êtres perclus de peurs et de remords. Mais je m'égare à nouveau, ne m'en tiens pas rigueur, Catherine. Il n'est pas évident de faire le récit d'une vie sans s'égarer sur des chemins de traverse.

Donc, ce soir-là, au-delà du portail, j'ai vu l'homme et la louve s'avancer dans l'obscurité de l'église à peine troublée par la lueur pâle d'une poignée de chandelles. À l'intérieur, le silence était comme pris dans la glace, et les trois coups que l'homme a donnés à la porte de la sacristie l'ont fait exploser subitement. Je me suis demandé si l'homme n'était pas devenu fou, l'esprit emporté par la fièvre. À cette heure, il était peu probable que le père Tibo soit là. Mais si c'était le cas, l'homme venait de se condamner. Il y a eu un silence interminable et j'ai sursauté quand la porte s'est ouverte. J'ai eu le temps de voir le visage du père Tibo fondre comme de la cire. Je me suis cachée derrière le portail, le cœur battant follement. J'ai attendu. Les deux hommes discutaient à voix basse. Et puis j'ai entendu battre les portes du confessionnal. Est-ce que l'homme voulait faire pénitence avant de partir pour le plateau ? Se savait-il condamné ? Plaçait-il une telle confiance en Dieu pour qu'il vienne se dévoiler au père Tibo ? Avait-il décidé de se rendre et d'accepter de répondre de tous les crimes qu'on lui imputait ? Toutes ces questions tourbillonnaient en moi quand mon estomac s'est subitement soulevé. Je crois que j'ai vomi, là, sur le parvis de l'église, et que j'ai perdu connaissance quelques instants. Ou peut-être quelques minutes, je ne sais pas. Quand j'ai ouvert les yeux, la louve me léchait affectueusement le visage. L'homme était au-dessus de moi. Il m'a tendu la main pour aider à me relever. J'ai dit : « Le père Tibo, il va te dénoncer. » Il a répondu en souriant faiblement : « C'est déjà fait. Mais Dieu, lui, ne me dénoncera pas. »

Nous avons pris le chemin de la montagne. La neige était partout et le silence épais entre nous. Arrivé à la pierre, l'homme l'a effleurée de la main et nous avons continué notre route. Quelques minutes plus tard, quelqu'un d'autre a posé sa main sur le rocher. Ce que je ne savais pas, c'est que l'on nous suivait.

*

Nous sommes arrivés à la grotte sans savoir si nous étions morts ou vivants. Le visage de l'homme n'était plus qu'un masque de plâtre aux traits profondément creusés. Nos vêtements étaient déchirés de toutes parts, lacérés par les ronces qui avaient ralenti notre fuite à travers bois. Notre peau portait les marques de la course et nos bottes étaient gorgées d'eau. Seule la louve paraissait sereine, et elle reniflait avec attention les parois rocheuses. Les étoiles qui se déversaient par la cheminée éclairaient faiblement la cavité, et j'ai vu qu'il y avait de quoi allumer un feu. J'ai réuni des brindilles, des feuilles sèches, et j'ai gratté une allumette. Quelques maigres flammes se sont mises à vaciller en chuintant. Un mince filet gris s'est élevé et la fumée a peu à peu noyé la grotte dans un brouillard trouble qui nous a fait tousser tous les deux. Puis, après qu'on eut disposé des branches plus épaisses, le feu a flambé et la fumée s'est échappée par la cheminée. C'était un feu de rien qui nous rassurait plus qu'il ne nous réchauffait. L'homme était recroquevillé contre une paroi, il a étendu sa jambe devant lui en gémissant. C'était la première fois que je l'entendais se plaindre. Une tache sombre s'élargissait sur la toile. La plaie s'était ouverte plus largement. C'était une erreur d'être venus jusqu'ici. Les hommes n'étaient pas très loin. Les loups encore plus proches. Les uns ou les autres, ils finiraient par nous débusquer. Je ne savais pas ce qui était le mieux. Les chasseurs ou les animaux. Nous étions désormais prisonniers de cette grotte.

Tout à l'heure, alors que nous montions vers les forêts par le chemin, j'avais changé d'avis : je ne pouvais fuir le village. Je portais l'enfant d'Armand. Il devrait accepter cette réalité, peu importe si cela balayait sa réputation ou ses envies de pouvoir. Il s'était couché sur moi, nous avions eu du plaisir. Pourquoi aurais-je dû assumer seule cet enfant à naître ? J'étais certaine que je ne n'étais pas la première à me retrouver ainsi enceinte d'Armand. Tout le monde savait qu'il délaissait depuis longtemps sa femme. Alors combien d'entre elles avaient eu recours aux services de la Quimette, à ses plantes et à ses aiguilles, pour faire passer la vie qui s'était mise à palpiter en elles ? Combien d'entre elles avaient donné naissance à des enfants sans père ? Je me suis juré que ça ne se passerait pas ainsi. Dès demain, j'irais trouver Armand et je lui dirais la vérité. Je lui dirais que si j'étais femme, lui était homme. Et que si moi j'assumais cette vie, il devait l'assumer lui aussi. Alors que je marchais sur ce chemin au côté de la louve et de l'homme qui s'était appelé Marcus, les choses m'étaient apparues parfaitement claires. Mais c'était évidemment bien trop simple. J'avais vingt ans et des rêves qui n'appartenaient ni à cette époque ni à ce lieu. Je pensais que les temps avaient définitivement changé. Bien entendu, je me trompais. J'avais simplement le courage de mon inconscience.

Nous sommes bientôt arrivés à la bifurcation qui menait au plateau du lac Noir. L'homme qui s'était appelé Marcus et moi nous sommes restés face à face pendant un long moment. Il avait compris que je ne l'accompagnerais pas. La neige s'était remise à tomber en flocons légers, et quand nos épaules ont été blanches, il a incliné la tête comme pour me remercier et il s'est retourné sans un mot. J'ai presque été déçue. Il y avait tant de réponses que j'aurais aimé avoir. Qui il était vraiment, quels étaient les liens entre Armand, le père Tibo et lui, où était sa fille, est-ce que la chienne avait seulement des airs de louve, ou est-ce qu'elle était une louve aux airs de chienne ? Est-ce que, oui ou non, il était celui qui avait tué ces enfants dans la vallée ?

L'homme qui s'était appelé Marcus s'est retourné sans un mot, mais il s'est arrêté en réalisant que la louve n'était plus là. Elle avait subitement disparu. Elle n'était nulle part autour de nous. L'homme ne l'a pas sifflée, il ne l'a pas appelée, d'ailleurs je ne l'avais jamais entendu l'appeler par un nom. Comme si ça avait été lui faire injure que de lui donner un nom d'homme. Il s'est contenté de revenir sur le chemin à pas lents, le regard tantôt porté sur les traces du chemin, tantôt au loin sur la nuit saupoudrée de neige. Quelque part du côté du village montait la lueur diffuse des torches. Les chasseurs reprenaient certainement leur traque. Il fallait faire vite. C'est alors qu'un bruit de chute dans les broussailles en contrebas nous a fait sursauter. La lame du poignard, grise et large et dure, a jailli dans la main de l'homme. Il s'est avancé d'un pas décidé vers le bosquet de noisetiers dont les tiges frêles s'ébrouaient encore de leur gangue de neige. L'homme a écarté les branchages d'une main, le poignard dans l'autre, prêt à frapper, mais il s'est soudainement immobilisé. Je me suis avancée. Là, dans la neige, il y avait la louve, le corps enroulé autour de celui d'un enfant qui hésitait entre la joie et la peur. Et cet enfant, c'était Thomas.

Parfois, le temps se fige. Pareil à l'eau qui jaillit de la fontaine parce que la source tout entière, jusque dans les tréfonds de la terre, est saisie par le froid. C'est la sensation que j'ai eue en découvrant Thomas et la louve. J'étais alors incapable de savoir ce qui allait arriver. J'étais incapable du moindre mot, du moindre geste. Je ne pouvais que regarder, comme une simple spectatrice, ce qui se déroulait au ralenti devant mes yeux. L'homme qui s'avance. La lame parée des reflets de la neige. Le sourire sur le visage de Thomas, ce sourire qui s'enfuit. La louve qui tourne ses yeux de lune vers l'homme. La lame tendue. Le grognement de la louve. Et mon cri, je crois, qui vient faire exploser le silence et le corset de torpeur dans lequel j'étais enfermée.

La louve et l'homme, face à face. Poignard contre crocs tendus. Et moi, derrière, qui supplie : « Ne lui faites pas de mal. Ce n'est qu'un enfant. Ne lui faites pas de mal. »

Thomas, lui, ne dit rien. Il ne supplie pas. Il ne pleure pas. Il se contente de serrer la louve entre ses bras et d'enfouir sa joue dans le pelage chaud et humide. La louve grogne encore pour faire reculer l'homme. Plus haut, dans la montagne, retentit le hurlement d'un loup. Comme une réponse à la colère de la louve. Je pose une main sur l'épaule de l'homme, qui sursaute. Les yeux noirs et la lame large me font frémir. Je dis doucement pour le calmer : « Ce n'est qu'un enfant. Il ne parlera pas. Il faut y aller, maintenant. Ils vont arriver. »

Plus bas sur le chemin, la lueur des torches devient plus pressante et des aboiements ténus se font entendre. Je me suis trompée. Ce n'est pas l'homme qu'ils traquent à cette heure-ci. Ils cherchent Thomas. Nous sommes à plus d'une heure de marche du village. Armand a dû s'inquiéter de ne pas voir son fils rentrer. Il doit avoir pensé qu'il lui était arrivé quelque chose et ils ont pris le chemin de la montagne. Ils seront bientôt ici. Nous devons partir. Alors je passe une main sur la joue de l'enfant : « Tu ne diras pas que tu nous as vu, Thomas ? Jure-moi que tu ne le diras pas. » L'enfant me regarde fixement. Il dit en caressant toujours la louve : « Tu avais promis. Tu avais promis que je pourrais revenir la voir. Mais tu m'as menti. Tu es une menteuse. » Je ne dis rien. Qu'y aurait-il à dire ? La louve a dû sentir les hommes qui s'avancent sur le chemin, parce qu'elle relève la tête en dressant les oreilles. Après avoir léché une dernière fois la joue de l'enfant, la louve quitte les bras qui l'enserrent et s'ébroue. Je dis à Thomas que son père arrivera bientôt, qu'il doit descendre le chemin et aller vers lui. Je me retiens de lui répéter encore qu'il ne doit rien dire et nous montons vers le lac Noir.

Il n'y a plus de demi-tour possible. Je suis piégée sur ce chemin. S'ils nous trouvent, ici, les chasseurs nous tueront. Alors il faut avancer. Derrière nous, les hommes et leurs fusils et leurs torches et un enfant qui nous regarde fixement. Devant nous, l'inconnu, une nuit sombre hachée par la neige, percée des hurlements d'une meute de loups. Nous ne les voyons pas, mais ils sont là, quelque part au cœur des forêts. La louve a abandonné ses airs de chienne. Elle hume l'air, tend l'oreille, avance le corps ramassé près du sol. Elle sent les loups de la meute, qui par leurs cris peut-être l'accueillent, peut-être la menacent.

Tandis que nous montons vers le plateau, j'imagine Thomas, assis sur le bord du chemin, son corps frêle ramassé dans la neige, ses vêtements lourds d'humidité et de givre, ses yeux bas face à son père immense, et, derrière lui, les hommes aux traits tirés et toutes les torches qui déchirent la nuit. Tout à l'heure, Armand est venu frapper à leur porte. Il leur a ordonné : « Venez. Mon fils a disparu. » Et tous ont suivi malgré les loups qui hurlaient dans la montagne. Ils sont partis à sa recherche. Ils le croyaient peut-être déjà mort. Personne ne parlait sur le chemin. Armand, devant, menait la troupe, et derrière lui les chiens écumants et les hommes. Son pas lourd faisait voler la neige. Sa torche, la première à écarter l'obscurité, fouillant sans relâche les bosquets et les ravines. Et puis il avait trouvé l'enfant. Son fils, le corps pris dans le cocon pâle de la torche, les joues étrangement bleues, les cheveux cassants de glace, les lèvres scellées sur la promesse qu'il m'a faite. Mais assurément Thomas parlera. Personne ne peut rester muet face à l'orage qui gronde dans la poitrine d'Armand. Il dira pourquoi il est parti, pourquoi il a refermé la porte de la maison sans bruit. Il dira la louve, il dira l'homme, il dira que moi aussi j'étais là. Que nous allions par là-haut, sur le chemin qui mène au plateau. Peut-être ne le dira-t-il pas. Par amour pour la louve plus que par loyauté envers moi. Il doit me détester. Je lui ai menti. J'ai trahi sa confiance. Peu importe, Armand et les autres sont des chasseurs. Leurs pères les ont dressés pour ça. Ils ont le goût de la traque et la folie du sang. Ils verront. Ils verront les traces dans la neige fraîche et, hommes comme chiens, ils se lanceront après nous. La légende du lac Noir les avait tenus loin de ce lieu durant des siècles. Le temps des légendes était fini. Armand ne croyait pas aux histoires. Il croyait au fer, au bois, à l'argent, aux chiffres, à l'honneur. À ce qui faisait la matière des hommes d'aujourd'hui. Il pousserait les autres à surmonter leur peur et leurs croyances. Avec lui, ils ne reculeraient pas.

Je pensais à tout ça tandis que nous peinions sur le chemin et je sentais l'imminence du désastre. Probablement à cause de la fatigue ou des nausées qui faisaient chavirer ma tête, je me suis dit qu'Armand était peut-être le responsable de tout ça. Et plus j'avançais, plus ça s'inscrivait en moi comme une évidence. Il était bien possible qu'il soit le meurtrier de tous ces enfants. Tout le monde le savait, Armand délaissait depuis longtemps sa femme, qui, au bout de toutes ces années de mariage, n'était pas autre chose qu'un fantôme desséché. Dans la vallée, il était craint. Il ordonnait et on obéissait. Les ouvriers comme les femmes. Des enfants étaient forcément nés de ses coucheries. Aurait-il été capable de les éliminer pour préserver son pouvoir ? Qu'une seule de ces femmes présente son enfant comme étant celui d'Armand et toutes les autres auraient suivi, et sa dynastie aurait pu être mise à bas par un immense scandale. Oui, Armand était capable du pire. Il y avait chez lui une violence sourde. Une fêlure profonde. Et l'homme qui disait s'appeler Marcus et qui marchait devant moi était un coupable idéal. Il avait la carrure pour endosser les habits du monstre. Peut-être est-ce que je délirais à ce moment-là, mais j'en étais persuadée. Armand était le meurtrier. Comme un ogre l'aurait fait, il avait tué Marie, Louison, Faustine et Amalia, ses propres filles. Et il ne nous laisserait jamais nous échapper. Et peu importait la légende du lac Noir. La superstition n'arrêterait pas Armand. Les torches derrière nous se rapprochaient. La louve grognait et faisait claquer ses mâchoires après la plainte lointaine des chiens que là-bas les hommes peinaient à retenir au bout de leur laisse.

Et puis soudain j'ai vu les yeux.

Les yeux jaunes qui luisaient douloureusement dans les profondeurs des bois qui nous entouraient. Ils étaient là.

Les loups.

Ce qui s'est passé ensuite reste flou dans ma mémoire. Peut-être cela s'est-il déroulé ainsi. Ou peut-être pas. Ce qui est certain, c'est que les loups sont restés parfaitement immobiles.

Leurs yeux aussi fixes que des lanternes. J'ai le souvenir d'un grand silence. Un silence de cathédrale, à peine troublé par les flocons qui se déposaient sur nos épaules. Même le bruit de nos pas dans la neige semblait s'être évanoui. La louve marchait devant nous, la tête haute et fière. De part et d'autre du chemin brûlaient les yeux des loups. Les flammes du candélabre de la nuit. Leur respiration faisait naître de petits nuages chauds qui montaient lentement vers la voûte sombre des arbres. Derrière la louve, l'homme et moi avancions dans l'allée de neige, droits et le corps tendu et le souffle court, dans nos haillons raides de glace, comme si nous venions ici, dans ce territoire hors du monde des hommes, pour une célébration antique destinée à sceller une étrange union. Cela a duré quelques minutes à peine. Ou peut-être bien des heures, qui peut le dire ? Quand les yeux des loups ont été derrière nous, le hurlement des bêtes a éclaté à nos oreilles. C'était une plainte déchirante qui montait vers le ciel encombré de nuages et de neige. Peut-être s'adressait-elle à la louve qui marchait devant ? Je ne sais. Mais j'ai eu à cet instant la sensation d'émerger d'un rêve, et je découvrais un paysage qui m'était totalement inconnu. J'ai réalisé que jamais je ne reviendrais dans le monde que je venais de quitter. Nous étions passés de l'autre côté. Nous marchions sur l'envers du monde.

Ensuite, je me souviens du hurlement des chiens, de coups de feu, d'une course à travers les bois, des eaux noires du lac, du tunnel sombre et froid qui menait à la grotte, en tout point semblable à ce que la Quimette avait dit.

Et tandis que le feu peinait à nous réchauffer le corps, j'ai su que les hommes seraient bientôt là et qu'il n'y avait plus rien à espérer.

Bien entendu, je me trompais, puisque aujourd'hui, Catherine, tu lis ces lignes que j'ai couchées pour toi.

Chapitre 60

L'ombre a surgi de la forêt. Noir sur noir. Les contours de la silhouette à peine soulignés par la lame de la lune. Célia, les yeux jetés par-dessus les eaux épaisses du lac, s'est retournée en entendant le craquement d'une poignée de brindilles. Elle a cru un instant que Thomas, qui les traque depuis des jours entiers, se tenait là, devant le rideau des arbres. Puis elle a deviné les cheveux ras, le menton carré, les épaules larges. Paul s'est avancé. Ses yeux démesurément grands, à cause de l'alcool ou de l'herbe. Entre ses mains, la menace d'un fusil de chasse.

— Tu le reconnais ? demande le garçon.

Comme Célia, accroupie dans l'herbe près du lac, ne répond pas, il ajoute :

— Bien sûr, tu le reconnais. C'était le fusil de mon grand-père. Celui de Tonio.

Célia, blottie sous son manteau de louve, se redresse lentement. Le pelage qui s'entrouvre dévoile un instant la forme d'un sein et ses jambes nues. D'un coup de menton, elle interroge le garçon.

— Qu'est-ce que tu veux ?

Paul crache, s'essuie la bouche et lui sourit. Un sourire qui rappelle à la jeune fille celui des hommes sur la photo.

— Ce que je veux, hein ? Tu devrais bien le savoir, toi qui sais tout. Toi, la fille de la ville. La fille de l'écrivaine. Toi, tu devrais savoir ça. T'es tellement intelligente, non ?

— Va-t-en, Paul. Tu n'as rien à faire ici, dit Célia d'un ton las.

Les mains du garçon se crispent sur l'arme.

— Me parle pas comme ça. Ici, c'est chez moi, t'entends ? Alors me parle pas comme ça.

Les yeux de Célia étincellent, elle fait quelques pas en direction de Paul.

— Ne me donne jamais d'ordre, crache la jeune fille dans un rictus qui découvre ses dents. Et la louve dans son ventre laisse échapper un grondement menaçant.

Paul, après quelques secondes figé par la surprise, éclate de rire.

— Putain, mais vous êtes tarées toutes les deux ! Tu t'es regardée ? À poil avec ta vieille fourrure sur le dos ! T'es dingue, ma pauvre, aussi dingue que Tina !

Célia bondit sur le garçon, les mains tendues pour planter ses ongles dans le visage dur. La crosse de l'arme s'abat sur sa pommette avec un craquement sourd. La jeune fille roule à terre. Le pelage de la louve tombe de ses épaules, exposant au regard de Paul et à la nuit tout entière son corps maigre et pâle et nu.

— Tonio a toujours été un faible, déclare le garçon en se penchant au-dessus de Célia. Avec nous, ouais, ça s'est sûr, il était pas tendre. Je peux te dire qu'on s'en est pris des coups, et moi et mon père avant moi. Même ma mère, fallait pas qu'elle l'ouvre. Mais, bon Dieu, fallait le voir avec Armand. Comment il disait amen à tout ce que l'autre disait. Et Armand qui lui faisait faire tout ce qu'il voulait et qu'a profité de lui toute sa vie et qui lui parlait comme si c'était pas mieux qu'un chien, je te jure.

Alice apparaît alors au sortir de la grotte sous son manteau de louve, un sac chargé de couvertures jeté sur le dos. Son visage se fige en voyant Paul, le fusil braqué sur elle.

— Tiens, te voilà, toi. Approche.

Comme elle hésite un instant de trop, Paul appuie sur la détente et une gerbe de feu et une détonation énorme déchirent le calme du plateau. Les plombs viennent ricocher sur la roche au-dessus d'Alice.

— Approche, je te dis. Justement, on parlait de toi.

À pas lents, Alice rejoint Célia, nue et recroquevillée dans l'herbe, la joue en sang et le regard mauvais.

— Assieds-toi près d'elle. Assieds-toi, je te dis. Voilà. C'est mieux. Bon sang, ça me rappelle cette soirée au *Planet*. Vous vous en souvenez ? Vous vous souvenez comment vous m'avez allumé toutes les deux, hein ? Ouais, bien sûr, vous dites rien. Célia, est-ce qu'Alice t'a raconté la suite ? Non ? Elle t'a pas dit pourquoi je vous avais ramenées toutes les deux ? Non, tu te souviens de rien, bien sûr. T'étais bourrée, complètement cuite. Alors voilà, je vous ai ramenées au village parce qu'Alice me l'a demandé. Elle me l'a demandé gentiment. Elle faisait moins la fière ce soir-là, pas vrai ? Tu dis rien ? Non ? Eh ben, moi je vais le dire à Célia. Je vais lui dire comment tu m'as sucé pour que je vous ramène. C'est pas la vérité, ça, Alice ? Tu l'as pas dit à ta copine comment tu m'as sucé dans les chiottes du *Planet* ? T'es pas jalouse, Célia, j'espère ?

Alice ricane méchamment : « Tu bandais même pas, pauvre type ! Tellement pas que ça a duré des heures ! Y'a que les garçons qui t'intéressent, et t'oses même pas te l'avouer ! À qui tu pensais, quand je te suçais ? À qui tu pensais pour te motiver ? À Andréas, peut-être ? »

Paul met en joue les deux filles, la mâchoire tremblante, les yeux fous. Célia tire sur elle le manteau de louve.

— Ferme ta gueule, Alice ! hurle le garçon, le doigt crispé sur la détente. Ferme ta gueule !

Mais rien ne peut plus arrêter Alice.

— C'est ça ! Fais-nous ton numéro ! T'es comme ton grand-père. T'as jamais pu accepter ce que tu es vraiment. Il te faut un flingue ou des chiens pour passer tes nerfs et tes envies. T'as peur de toi-même, voilà la vérité. T'es pitoyable.

Le coup de feu vient mettre un point final aux cris d'Alice. Les plombs sont venus labourer la terre, tout près du genoux de Célia, et il flotte dans l'air froid un parfum âcre de poudre.

Paul sourit maintenant.

— Je vais te dire la vérité. Il aurait fallu que quelqu'un fasse le boulot depuis longtemps. Ouais, depuis longtemps. Je vous ai cherchées pendant des jours. J'ai fini par comprendre que vous étiez ici. Grâce à toutes ces vieilles légendes à la con. Et le boulot, maintenant, je vais le faire. Vos deux familles, c'est comme un cancer. Un putain de cancer pour ce village. Tina, elle a couché avec ce type, là, ce tueur d'enfants. Je sais pas pourquoi ils l'ont laissée vivre. Ils auraient dû la tuer. Au lieu de ça, elle a eu Catherine, et te voilà toi. Aussi dégénérée que les autres, crache le jeune homme. Et toi, Alice, avec Armand et ses grands airs qui pensait être roi mais qu'est plus qu'un cadavre et sa scierie qui sera bientôt une ruine, avec ton père qui tient à peine debout et qui te fout sur la gueule et toi qu'en redemande et ton pédé de frère et ses papiers et ses encres à la con. T'es une caricature de la misère, c'est tout ce que t'es.

— Et toi, t'es quoi ? demande une voix forte derrière le jeune homme.

Il y a un éclair. La tête de Paul qui s'envole. Son corps qui s'affale dans l'herbe. Et, derrière, la silhouette massive de Thomas, une branche épaisse et maculée de sang à la main.

Essoufflé comme après une longue course, il contemple quelques secondes le corps de Paul inanimé à ses pieds. Il jette la branche sur le jeune homme, qui laisse échapper un gémissement.

— Ne touche jamais à ma fille.

Puis Thomas agrippe Alice par l'épaule.

— Viens. On rentre.

Alice se débat, crie, hurle, rue, griffe et mord. L'homme la paralyse d'une gifle qui la sonne à moitié et fait tomber de ses épaules son manteau de louve. Thomas écarte ses cheveux longs, jette sur son épaule la fourrure, attrape la jeune fille nue sous son bras et l'emporte comme si elle n'était pas plus lourde qu'un fagot de branches sèches.

— Célia, murmure imperceptiblement Alice. Célia.

Après quelques minutes, Célia se redresse difficilement. La douleur du coup de crosse qu'elle a reçu enflamme ses tempes. Sa pommette ruisselle d'un sang chaud et épais. Paul, inconscient, gît sur un lit de feuilles décomposées. Il respire faiblement. Elle jette un regard au fusil et elle pense un instant s'en saisir, mais elle ne veut pas toucher l'arme qui a appartenu à Tonio. Alors elle rajuste sur ses épaules le manteau de louve et attrape la branche que tenait Thomas. Elle l'ajuste dans sa main et se met en route, à la poursuite d'Alice et de son père.

Elle rattrape le bûcheron dans une sente de bête qui serpente dans une mer de genévriers aux aiguilles acérées. L'homme progresse difficilement et on entend son souffle court. Elle n'est maintenant qu'à une dizaine de mètres. Les aiguilles déchirent sa peau nue, mais elle s'en aperçoit à peine tant la colère de la louve emplit et son esprit et son corps.

Je suis louve.

L'homme est devant moi.

En lui je sens

la haine, la tristesse,

l'alcool et la peur.

Embarrassé par le corps d'Alice, auquel s'agrippent les griffes des genévriers, l'homme peste et trébuche et s'écorche les mains et le visage en tentant de garder l'équilibre.

Le sang.

Son sang.

Son cœur.

Je l'entends battre et pulser au travers de son corps.

Boum boum - boum
Boum - boum boum

Un chant désaccordé. Décalé.

Écrasé par le cœur de la montagne.

Le corps nu d'Alice bascule dans les buissons épineux. Sa peau blanche striée de rouge. Ses seins menus tendus vers la lune. Sa tête rejetée en arrière et ses yeux qui roulent et une plainte minuscule d'enfant qui monte de sa gorge. L'homme jure et enrage et hurle des malédictions. Il lance ses poings en travers de la nuit. Pleure. Bave. Saigne. Cogne. Il hurle :

— Alice !

Dans ma main, la branche.

Dans ma poitrine, un cri. Aigu et perçant.

Celui d'un oiseau de nuit. Un oiseau de proie.

Une bête sauvage.

Qui fond sur l'homme apeuré.

Je frappe.

Je frappe. Encore.

Et le sang. Chaud. Et noir. Emplit mes yeux.
Et ma bouche. Et ma peau. Et mon ventre. Maculé.

L'homme renversé. La tête. Brouillée.

Je lève. Encore. Le bâton.

Pour tuer.

Et.

Soudainement, alors qu'elle abat encore le bâton sur l'homme recroquevillé, quelque chose frappe Célia à la tempe. Une explosion qui emplit la nuit tout entière d'une lumière si vive que les paupières de la jeune fille se crispent. Si fort qu'elle a l'impression qu'elle ne les ouvrira plus jamais. Elle tombe à la renverse dans les genévriers. Les griffes des arbustes se referment sur elle. Quelqu'un, quelque part, lui parle. Elle met un temps à saisir les mots.

La voix dit :

— Plus jamais.

Et cette voix, elle le comprend peu à peu, c'est celle d'Alice.

Elle parvient enfin à ouvrir les yeux. Dans sa tête la douleur pulse au rythme de son cœur. Au-dessus d'elle, Alice, menaçante, brandit une pierre aiguisée. Son corps est zébré de sang. Sa bouche tordue. Les mots explosent écarlates dans la nuit.

Elle dit :

— Ne touche plus mon père. Ne le touche plus jamais. Ou je te tue.

Célia tente de lever une main. Elle voudrait dire qu'elle a fait cela pour la protéger. Qu'elle voulait la sauver de son père. Qu'elle l'aime et qu'elle ne laissera personne la blesser. Mais sa voix ne parvient pas à franchir ses lèvres fendues. Pas plus que sa main ne réussit à s'élever. Elle ne peut alors que regarder Alice aider son père à se redresser et tous les deux s'en aller au-delà de la mer des genévriers. Bientôt il n'y a plus que la nuit, tout encombrée de nuages blancs et bas dont le ventre tendu et gonflé percera bientôt et laissera s'échapper la première neige.

*

Ils arrivaient. Les chasseurs arrivaient. La tempête et les loups les avaient retardés. Mais ils arrivaient maintenant. Je n'ai pas eu besoin de les voir pour comprendre. Dès qu'elle était sortie de son sommeil d'animal, la louve avait relevé la tête, les oreilles dressées. Depuis, elle tournait régulièrement vers l'homme son regard jaune, comme si elle cherchait une réponse dans le corps allongé. Mais l'homme qui s'était appelé Marcus ne réagissait pas. Ses yeux voyaient sans voir. Il était déjà loin, je pense. J'ai posé ma main sur son front. Il était brûlant, alors j'ai passé un tissu humide sur son visage. Il a balbutié quelque chose dans une langue que je ne comprenais pas. J'ai murmuré : « Tout va bien. Tout va bien. » Et c'était à la fois un mensonge et une vérité. Nous le savions tous les deux. Mais parfois le mensonge nous est indispensable pour accepter la vérité. La louve est venue laper l'eau dans la gamelle près du tunnel. Elle a tourné sa tête vers moi et je lui ai fait signe de partir, mais elle s'est assise sur ses pattes arrière en me fixant sans ciller. Elle était bien plus obstinée que moi, je le savais, alors j'ai renoncé à l'idée de la faire sortir. De toute manière, la fin était proche. J'ai tiré de mon sac le pot d'onguent que m'avait donné la Quimette puis j'ai écarté le tissu sur la jambe de l'homme. L'odeur était épouvantable et la peau autour de la blessure virait au noir. Notre course à travers les bois avait agrandi la plaie. Dans le pot, il ne restait plus qu'une noix de la pâte préparée par la vieille. Je l'ai prise du bout des doigts et je m'apprêtais à l'étaler sur la jambe de l'homme quand il a saisi mon poignet d'une main encore ferme malgré son corps qui peu à peu prenait la couleur des morts. Il n'a rien dit pendant un long moment, il se contentait de me fixer de ses yeux troubles. J'ai pensé au poignard qui reposait tout près, mais l'homme a dû lire dans mon regard. De son autre main, il a ramené l'arme sous lui. J'aurais voulu lui dire que je n'avais plus peur, que je n'avais plus qu'une seule idée en tête : il fallait que l'enfant niché en moi puisse vivre. Mais mon cœur battait si fort qu'il a empêché les mots d'arriver jusqu'à mes lèvres. L'étau de sa main sur mon poignet s'est desserré. Et il a dit : « Fais-la sortir. Fais sortir la louve. Qu'elle retourne avec les siens. »

J'ai tenté de la faire partir comme il me l'avait demandé. Mais elle ne voulait rien savoir. Elle se tenait immobile dans un recoin de la grotte, si bien qu'on aurait pu la prendre pour une statue. Je l'ai appelée, en agitant devant elle un bout de viande séchée que j'avais pris dans nos dernières rations. Elle a lutté un moment, la salive mouillait ses babines, puis elle a fait claquer ses mâchoires en gémissant et la faim a finalement eu raison d'elle et l'a poussée vers moi. À reculons je suis entrée dans le tunnel. Elle m'a suivie et ses yeux étaient deux flammes qui éclaboussaient l'obscurité. J'aurais pu avoir peur. Oui, j'aurais pu avoir peur de me retrouver avec cet animal à moitié sauvage, elle et moi plongées dans le noir. Et pourtant, à ce moment-là, je n'y ai même pas pensé. Parce qu'au fond de moi je savais qu'elle ne m'attaquerait pas. Elle était comme l'homme couché à l'intérieur de la grotte. Si elle avait voulu me tuer, elle l'aurait fait avant. Elle n'avait pratiquement rien mangé depuis plusieurs jours et j'imagine que la faim lui tordait l'estomac. Et pourtant elle aurait été incapable de m'attaquer. Je crois qu'elle se serait laissée mourir de faim plutôt que de planter ses crocs dans ma chair. Ce n'est pas que je l'avais apprivoisée ou quelque chose dans ce genre. Ces derniers jours, je lui avais donné des ordres comme on l'aurait fait avec un chien. D'une voix qui se voulait dure et impérieuse. Chaque fois elle avait tourné vers moi ses yeux couleur de lune et elle m'avait fixée longuement, sans ciller. Ses pupilles noires et rondes n'étaient qu'un seul et même miroir qui me renvoyait le reflet de mon agitation vaine. Elle semblait me dire : « À quoi bon. Toi et moi. Ici et maintenant. Nous sommes semblables. » On prête souvent aux animaux des attitudes humaines. Parce qu'on ne comprend pas ce qui nous sépare, on cherche ce qui nous unit et on remodèle l'animal à notre image, je sais tout cela. Mais je suis certaine, encore aujourd'hui, bien des années après, qu'un lien s'était noué entre nous deux. Peut-être moins fort que celui qui avait existé entre Thomas et elle, mais un lien tout de même. La louve savait sa fin proche. Elle savait que les hommes ne la laisseraient pas s'échapper. Mais elle n'avait pas pour autant envie de s'enfuir. Sa vie l'avait menée là, dans cette grotte, aux côtés de cet homme et de la jeune fille que j'étais alors, et elle acceptait avec un calme infini ce qui allait se dérouler.

Bientôt, je suis arrivée à la sortie du boyau. Le froid m'a mordu les reins. La tempête de neige avait enseveli le plateau, le lac et les arbres sous une armure blanche. J'ai mis un moment à les voir, mais ils étaient bien là, figés et majestueux comme des statues antiques. Leur pelage gris se confondait avec la toile blanche du paysage. Les loups attendaient. J'ai fait quelques pas hors du boyau. Juste un ou deux mètres, parce que j'étais terrifiée par la meute qui se tenait en cercle autour du lac. Comme nous, eux aussi devaient crever de faim. Et nous étions deux proies de choix. Deux êtres humains épuisés, acculés dans une cavité de la montagne. Il leur aurait été facile de nous tuer. Et pourtant ils n'en faisaient rien. La meute attendait la louve.

J'ai agité le morceau de viande devant la louve et je l'ai lancé plus loin dans la neige, au milieu des siens, qui n'ont pas bougé. Elle s'est ruée sur la nourriture, comme si elle s'était retenue de me l'arracher de la main durant tout le temps que nous avions passé dans le tunnel. Je me suis dépêchée de rentrer. À quatre pattes, j'ai avancé vers la grotte. J'étais frigorifiée, je voulais retrouver la chaleur du petit feu que nous peinions à entretenir mais sans lequel nous serions morts depuis longtemps. Et puis j'ai entendu un frottement derrière moi. J'ai lancé un regard par-dessus mon épaule. Et j'ai vu les deux yeux jaunes. Les deux yeux de la louve.

Elle était revenue. Elle est allée se blottir contre l'homme. J'ai dit qu'elle ne voulait pas partir, que la meute était toujours dehors. J'ai hésité à lui dire que la tempête avait cessé et que les hommes du village étaient sûrement en route. Qu'ils arriveraient bientôt. Mais j'ai finalement préféré me taire. Il avait de la fièvre et je crois que son esprit errait quelque part, dans un endroit très lointain, libéré de la douleur et de la colère. Il a fini par répéter ce que je venais de dire en passant sa main dans la fourrure humide de la louve : « Non, elle ne veut pas partir. » Il a souri. « Elle n'a jamais voulu partir. » Il a posé son regard sur moi et il m'a demandé : « Et toi, pourquoi tu ne pars pas ? Pourquoi tu ne retournes pas parmi les tiens ? » Je n'ai pas répondu. J'ai demandé depuis quand ils étaient ensemble, la louve et lui. Il s'est relevé sur les coudes, difficilement. Je savais que sa jambe le faisait souffrir atrocement, mais il n'a même pas grimacé. Il avait cette dureté en lui. Quelque chose qui me faisait penser à de la pierre. Je pensais qu'il ne répondrait pas à ma question, mais il s'est mis à raconter avec son accent d'ailleurs qui le faisait trébucher sur les mots.

*

C'était l'hiver, a dit Marcus. Comme aujourd'hui, la neige était partout. Comme aujourd'hui, des hommes étaient après moi. Moi, déjà, je n'étais plus vraiment là. On m'avait arraché à l'homme que j'étais. On avait fait de moi moins qu'un chien. À peine l'ombre d'un animal. Je ne sais pas combien de jours j'ai marché et couru et dormi dans les trous de bêtes qu'on trouve dedans la terre. Je n'avais rien à manger. Pour boire, je faisais fondre de la glace dans ma bouche. Je ne sentais plus rien. J'étais une coquille vide et froide. J'étais à peine l'ombre d'un animal, et pourtant, chose incroyable, je voulais vivre. Parce que vivre, c'est tout ce qui me restait. Ce feu. Cette flamme que j'avais encore à l'intérieur, malgré tout, et qui me brûlait le ventre. Elle empêchait que je m'endorme trop longtemps. Elle me réveillait quand les hommes s'approchaient. Elle me poussait à gratter la terre avec mes ongles cassés et mes doigts gelés. Elle faisait que toujours je continuais à avancer au travers des bois, dans cette montagne que je ne connaissais pas et où les hommes étaient après moi. J'avais beau essayer de souffler dessus, elle ne voulait pas s'éteindre. Cette flamme, tu peux y donner le nom que tu veux. C'était peut-être de la haine, de la rage, un obscur désir de vengeance. Ou peut-être l'amour qui s'accrochait encore à moi, même si je savais que rien ne serait plus comme avant. Je ne sais pas. Aujourd'hui, je ne sais toujours pas. Cette flamme, c'est ce qui m'a permis de survivre à ces jours et à ces nuits et à ces hommes-là. Cette flamme et cette louve que tu vois là.

Au début, nous étions trois. Je sais les noms, mais je ne les dirai pas. Je les garde parce que je suis le gardien de leur mémoire et que dire leur nom ferait d'eux des fantômes qui reviendraient ici nous hanter et que je garde les morts enfouis au fond de moi parce que je suis leur tombeau vivant. Nous étions trois et nous étions pareils à des bêtes. Quand j'ai ouvert les yeux, c'était la nuit. Les soldats étaient plus loin. Il y avait une odeur de sang, de crasse et, excuse-moi, de toutes ces choses qui sortent du corps en même temps que la vie s'en va. J'ai essayé de bouger, mais je n'y suis pas arrivé. J'ai cru qu'on me tenait, mais on ne me tenait pas. C'est les corps qui pesaient sur moi. Des jambes, des bras, des poitrines, des têtes. Tous mêlés. Du sang et des chairs brunes mélangés. Comme un monstre immonde. Et puis j'ai vu près de moi le visage d'un ami dont je ne dirai pas le nom pour qu'il reste en paix. Ses yeux étaient ouverts et me regardaient et des mouches bourdonnaient au coin de ses paupières. J'ai pensé que c'était étrange. Comment les mouches pouvaient être là malgré le froid. Alors l'odeur de tous les cadavres est entrée en moi. Un poison qui a mordu dans mon estomac. Quelque chose est remonté dans ma gorge. C'était un cri. Un cri énorme. Je me suis mordu l'intérieur des joues pour ne pas hurler et les larmes sont sorties de mes yeux sans que je puisse les arrêter. Je me suis vu, vivant au milieu de tous les morts, et j'ai pensé à ma femme et à ma fille. C'est là que la flamme s'est allumée dans mon ventre. C'est elle qui a fait que j'ai repoussé les corps qui pesaient sur moi, que j'ai creusé mon chemin dans cette colline immonde. J'ai cherché. J'ai cherché et j'ai trouvé ce que je cherchais. Et je ne sais pas si j'aurais voulu trouver ou ne pas trouver. Parce que ce que j'ai trouvé ne ressemblait pas à celles que j'avais perdues. Je ne dirai pas leurs visages et leurs corps pour ne pas offenser leurs âmes. Je les ai regardées longuement puis j'ai fermé leurs yeux pour toujours. Grâce à Dieu, elles sont aujourd'hui comme elles étaient avant. Belles et libres dans la main de Dieu. La colère dans les poings, je me suis extirpé du charnier. Dans les corps que j'ai frôlés, deux m'ont parlé. Ils comprenaient à peine ce qui se passait. Ils m'ont demandé s'ils étaient morts ou vivants, mais je ne pouvais pas leur répondre parce que moi-même je n'étais pas certain. Il y a eu des cris du côté des soldats et leurs torches se sont rapprochées. Nous avons senti l'odeur entêtante de l'essence et la peur nous a saisis au ventre. Tous les trois, nous avons couru vers la forêt. Encore et encore. Trébuchant et bavant et soufflant. Tordus et noirs et fous comme trois diables. Quand je me suis retourné, j'ai vu que le village était en dessous du chemin où étaient nos morts. Oui, ce que je te raconte s'est passé ici. Sur le chemin de la montagne, près du rocher de la source, aux derniers temps de la guerre. Et tous au village savaient que les soldats étaient après nous. Tu te demanderas peut-être pourquoi personne n'était venu nous aider ? Pourquoi ils avaient laissé faire ça ? Moi, je ne me suis pas posé la question. La vérité est inscrite en moi depuis toujours. Enfant, je l'ai apprise de la bouche de mon père, et mon père la tenait de la bouche de son propre père avant, et ainsi de suite. Nous sommes d'ailleurs. Où que nous allions, depuis la nuit des temps, nous sommes d'ailleurs, condamnés à être des étrangers. Le chemin où se posent nos pieds est notre seul pays, et toujours il y aura des hommes pour dire que ce chemin est le leur et pour nous pousser plus loin, voilà la vérité. Je te disais que je me suis retourné. Que le village était en dessous de la pierre où étaient les nôtres, et j'ai regardé les soldats répandre l'essence et j'ai regardé les flammes ronger les corps et changer en boue rouge la neige qui était tout autour et lécher jusqu'aux nuages. Malgré ce que j'avais vu et malgré ce que je voyais, je n'arrivais pas à croire qu'elles étaient là, ma femme et ma fille, englouties par cette chose qui ne ressemblait à rien d'humain. La gueule de cette guerre que nous ne voulions pas et dans laquelle on nous avait jetés. Le vent a rabattu vers la montagne la fumée et l'odeur, mon Dieu, l'odeur était douce et terrible. C'est à ce moment-là que le cri que je retenais dans mon ventre est sorti. Et c'était le hurlement d'une bête. Je n'ai pas pu faire autrement que de le libérer parce que sinon il aurait dévoré mon corps de l'intérieur. Les soldats ont levé la tête vers nous et leurs yeux étaient pleins des flammes du brasier. Ils ont commencé à tirer et nous avons couru.

Un est mort de froid le lendemain. Il ne s'est pas réveillé. Quand j'ai passé une main sur ses yeux, sa peau était dure comme la glace et ses paupières n'ont pas voulu se fermer.

L'autre, ils l'ont tué dans l'après-midi. Nous nous étions séparés. Il était devenu fou. Il avait son couteau sur lui et il disait qu'il allait tous les saigner comme des porcs, que ses ancêtres lui donneraient la force de le faire, qu'il pouvait se rendre invisible, qu'il avait ce pouvoir-là. Il était parti en courant à travers les bois enneigés, torse nu, le poignard à la main. Caché derrière un éboulis de roches, j'ai entendu les cris et les rafales et les rires, et j'ai su que j'étais maintenant tout seul.

Les forêts, parfois, ressemblent à des labyrinthes. On peut errer pendant des jours sans savoir que le temps a passé, marcher sans fin sans pourtant jamais quitter le même lieu. Je te l'ai dit, j'ai couru, marché et dormi avec dans le ventre cette flamme. Aussi aiguisée que le brasier que les hommes ont allumé avec les corps. Je ne sais pas combien de nuits, combien de jours. Un matin, mes pas m'ont amené en un endroit où les soldats étaient passés. Là, dans un berceau de glace, il y avait une boule grelottante de poils blancs tachés de sang. C'était elle. C'était la louve. Ce n'était peut-être pas une vraie louve. Mais ce n'était pas un chien, je l'ai vu tout de suite. Je me suis demandé ce qu'il fallait que je fasse. J'aurais pu passer mon chemin. Ou avec mon couteau abréger ses souffrances. Mais il y avait quelque chose dans ses yeux jaunes qui m'a touché au cœur. Comme quand pour la première fois j'ai posé la main sur la tête brune de ma fille. Tu sais, les légendes disent parfois que les âmes trouvent refuge dans le corps des animaux. Et j'ai pensé que ma fille était peut-être là, sous ce pelage. Alors j'ai pris ce louveteau avec moi. Elle s'est laissé faire en grognant faiblement. Elle était au bord de la mort et elle n'avait même plus la force de m'attaquer. Je l'ai emmaillotée comme j'ai pu dans ma veste qui était lourde de glace et de sang et nous avons avancé ensemble et depuis ce jour nous allons ensemble. Pas parce qu'elle m'est soumise, mais parce qu'elle a choisi de poser ses pas sur le même chemin que le mien. Ni vraiment chienne, ni totalement louve, elle aussi est étrangère au monde.

J'ai vu dans cet animal un bon présage, qui m'a donné la force de continuer à fuir. Je ne savais pas où j'allais, j'avais de la fièvre, j'étais comme un fou. Les soldats avaient peut-être arrêté de me pourchasser, mais je m'en moquais. J'étais persuadé que si je m'arrêtais de marcher la mort me rattraperait. Pourtant, au bout d'un moment, mon corps s'est rendu. Je me suis effondré. Je ne pouvais pas aller plus loin.

C'est la louve qui m'a sauvé. Quand j'ai ouvert les yeux, une femme était au-dessus de moi et la louve à ses côtés. Cette femme, elle avait le visage blanc et les yeux d'une chouette tirée d'un long sommeil. J'avais peur. Je ne savais pas qui elle était. J'ai hésité à planter mon couteau dans sa poitrine, même si je n'en aurais sans doute pas eu la force. Quand j'ai saisi le manche de mon arme, la louve a grogné, alors j'ai arrêté mon geste. La femme m'a donné à manger. Un quignon de pain et un bout de fromage que j'ai dévorés. Elle, elle ne parlait pas. Elle se contentait de me regarder avaler la nourriture. Peut-être parce qu'elle savait que les mots ne servaient plus à rien. Quand j'ai eu fini, elle m'a indiqué où était la frontière. Quels étaient les chemins sur lesquels je pouvais aller sans crainte de croiser des soldats. Et elle est partie. Cette femme, je ne l'ai revue qu'au début de cet été, cette femme, c'était la Quimette. Elle m'a expliqué que ce jour-là elle cherchait sa fille Louise qui avait disparu la veille. Alors, au début de cet été, j'ai compris pourquoi tout ça s'était passé ainsi. Mais ça, c'est une autre histoire que tu sauras peut-être un jour.

Après ça, j'ai marché. Encore et encore. Moi et la louve. Seuls par les montagnes. Avec dans mon ventre la flamme qui me torturait. Je suis arrivé dans un autre pays où là aussi j'étais un étranger. Dans un village, j'ai appris que la guerre était finie. Depuis quelques jours à peine. Ça ne changeait rien pour moi : la flamme était toujours là. J'ai traversé des villes et des villages. J'ai fait toutes sortes de métiers. J'ai pris aux étals de quoi me nourrir quand j'avais faim. J'ai fui ceux qui brandissaient des fourches ou des bâtons. J'ai planté mon couteau dans des poitrines trop fières. J'ai fracassé des têtes stupides. J'ai tenté d'éteindre la flamme dans des tonneaux d'alcool. Mais tout brûle toujours. Alors mes pas m'ont ramené ici. Aujourd'hui, les loups et les hommes sont réunis à nouveau. L'histoire se répète, comme s'il restait quelque chose à accomplir. Je suis là où sont les miens et ma femme et ma fille. Et personne ne pourra plus me les enlever. Jamais.

Longtemps après que l'homme a cessé de parler, la fièvre l'a emporté. Le feu s'est éteint. Je me suis dévêtue et je me suis allongée tout contre lui. Peut-être pour garder un peu de chaleur. Plus sûrement parce que je me sentais un peu comme lui. Étrangère au monde. Si étrangère au monde que j'en étais devenue étrangère à moi-même. Toutes les questions qui encombraient mon esprit avaient disparu. Il n'y avait plus que cette évidence, l'évidence de nos corps réunis dans le cocon sombre de la terre. L'homme, la louve, moi et toi dans mon ventre, pas plus que des bêtes blotties dans un terrier, le cœur allant lentement, au même rythme que celui de la montagne, le sang s'écoulant sous la peau comme l'eau de la source sous le givre. Sans même se soucier de la promesse du printemps.

Chapitre 61

Célia est retournée seule jusqu'à la caravane.

Sa pommette ouverte et sa tempe profondément entaillée et ses yeux noirs et durs et son visage maintenant si maigre dans le petit miroir.

Elle n'arrive pas à reconnaître dans ce reflet les traits insipides de la jeune fille effacée qu'elle était encore à la fin de l'été.

— Qu'est-ce qui s'est passé ? se demande Célia à haute voix, allongée sur le lit de mousse où hier encore elle dormait avec Alice, toutes deux enlacées.

Mais personne ne répond. Pas même les animaux dont elle aperçoit les traces dans la fine pellicule de neige tout autour de la caravane. Elle est seule ici. Seule quand, grelottant, elle se rend à la vasque de granit faire sa toilette. Seule quand elle réchauffe une conserve, la boîte de métal à même le gaz et l'obscurité au-dehors si épaisse. Seule quand dans la nuit montent les glapissements affolés d'un renard.

Elle est seule. Sans Alice, il n'y a plus de magie.

Le manteau de louve n'est qu'une fourrure puante et élimée. La caravane, rien d'autre qu'une coquille de plastique défraîchie. Les chemins, un labyrinthe où elle s'égare. Le rocher de la source, une pierre muette. Les bois jonchés de détritus, de carcasses de voiture carbonisées et bouffées de rouille, de canettes défoncées, de mégots, d'emballages de cellophane et de cartouches de chasse à demi digérées par la terre. Sans Alice, elle n'est qu'une grande adolescente paumée, égarée sur le chemin de l'âge adulte. Sa colère contre ses parents devient aussi absurde qu'un caprice d'enfant. Pourquoi n'a-t-elle jamais pu admettre qu'un jour l'amour disparaît ? Pourquoi croire encore que tout n'est qu'un complot destiné à faire saigner son cœur ? Elle n'est finalement pas celle qu'elle croyait. Peut-être Catherine a-t-elle eu raison de faire d'elle un personnage égocentrique, plein d'une colère qui ne dissimule qu'un caractère faible et maussade, incapable d'être au monde parce que le monde n'est pas à son image. Même la photo sur laquelle elle promène son index lui semble loin de la réalité. Le corps surexposé de Tina, le sourire carnassier des hommes, le cadavre de l'homme jeté parmi les cadavres des loups. Peut-être son grand-père. Un tueur d'enfants, comme le lui avait dit Paul le soir où il l'avait ramenée du *Planet*. La vérité est si lointaine. Noir, blanc, nuances de gris. Une abstraction.

Tout ça n'a finalement aucun sens. Aussi elle approche la photo des flammes jaunes et bleues du gaz et le rectangle de papier vacille, et se racornit, et les visages et les corps se brouillent et se mélangent et se consument. Il ne reste plus qu'un tas de cendres grisâtres qu'elle disperse dans le vent qui charrie maintenant des tonnes de neige. Sur chacune des pages du carnet rouge qu'elle a fabriquée elle inscrit le nom de ces hommes, et le nom de son père. Et chacune de ces feuilles de papier grossier s'enflamme et s'envole, feux follets affolés tourbillonnant dans le vent.

Sur la dernière page, son nom. Elle aussi dispersée.

Accroupie au-dessus d'une couverture immaculée de givre, Célia urine longuement. Le liquide clair et tiède s'en va en rigoles jaunes et fumantes, creuse la neige jusqu'à l'herbe roussie qui sommeille au-dessous. Elle frotte ensuite son entrejambe d'une poignée de neige et elle frissonne. Ses règles ne sont toujours pas venues. Célia ne s'en est pas préoccupée jusqu'à présent. Elle vivait comme en dehors du monde. Alors elle repense à cet homme avec qui elle a couché dans une grange au toit crevé. C'était au bord d'une route qui se perdait dans les dunes. C'était ailleurs. C'était il y a très longtemps. Comment s'appelait-il ? Romain, peut-être. Elle n'en est plus très sûre. « Est-ce que je suis enceinte ? » se demande Célia. « Est-ce que c'est possible que ça arrive comme ça, sans qu'on le veuille ? Sans désir ? Sans amour ? Juste par la simple mécanique des corps ? » Elle se souvient du matelas qui puait le vieux chien. De la main rêche de l'homme sur son corps. De son rire quand il était entré en elle. Du sexe ridicule qui pendait entre ses jambes. De l'absence de préservatif. De la peur qu'elle avait ressentie. La déception. La nausée. La violence de l'homme. Le sang et le sperme qui barbouillaient ses cuisses. Est-ce que ça s'était vraiment passé ainsi ? Est-ce qu'il n'y avait rien d'autre que cette réalité terriblement banale ? Faisait-elle partie de ces pauvres filles qui se retrouvaient grosses pour avoir dit oui trop tôt, non trop tard, ou qui n'avaient simplement rien dit parce qu'elles ne savaient pas quoi dire ou parce qu'on les avait fait taire ?

Trois jours passent ainsi. Trois jours à dériver entre jour et nuit. Parfois, elle a l'impression d'entendre jouer une flûte dans le lointain. Une flûte de sureau. Un air aigrelet. Une mélodie de rien pour les esprits perdus dans la montagne. Mais les montagnes restent désespérément vides. La neige tombe sans discontinuer. Célia, allongée sur le lit, nauséeuse et les joues écarlates de fièvre, frissonnante et grelottante, ensevelie sous les couvertures. Et puis ces trois coups frappés contre la porte. La porte qui s'ouvre. Et c'est Andréas qui apparaît :

— Alice m'a dit que tu étais certainement ici, je viens te chercher.

— Laisse-moi. Je ne veux pas rentrer, réussit à articuler Célia. Je ne veux pas rentrer chez moi.

Mais sans l'écouter le jeune homme dépose un sac à terre, en tire des vêtements secs et chauds. Il écarte les couvertures crasseuses et habille Célia, qui se laisse faire, le regard vide, indifférente à son corps nu entre les mains du garçon.

— Ne me laisse pas, croit murmurer Célia. Papa, ne me laisse pas, dit-elle dans son délire. Papa, ne me laisse pas.

Mais si son père lui répond, elle ne l'entend pas.

*

Ce qui s'est passé ensuite, j'ai peine à l'écrire. Et ce n'est pas à cause de ma mémoire qui s'enfuirait et qui ferait hésiter ma main sous laquelle se déroule ce journal, non. J'ai l'âge de mon écriture. Quand j'écris, j'ai vingt ans. L'écriture permet ce retour-là. Je me souviens de tout comme si tout était posé là sur la feuille, le lumineux et l'obscur. Et ce que j'ai oublié surgit sans que je le veuille sous la bille du stylo avec des accents de vérité si troublants que je me dis que les choses se sont vraiment passées ainsi. Le passé à jamais capturé. Comme saisi par l'œil impartial de l'objectif d'un appareil photo. Mais en vérité, Catherine, tu sais bien combien tout est affaire de point de vue. La mémoire, l'écriture, comme la photographie. Des points de vue. La position du photographe, celle du sujet. La distance qui les sépare. La lumière et les ombres qui les habillent. L'œil qui agence la géométrie de l'image. L'instant où l'index pèse sur le déclencheur. Tout se résume à une intention. Consciente ou non, l'intention se fait plus forte que le sujet de la photo lui-même. Le regard enferme le monde. Le modèle. Lui donne un sens qu'il n'avait peut-être pas et qui finalement n'appartient qu'au photographe. Mais qu'est-ce que la vérité sinon un regard singulier sur ce qui nous entoure ? Une manière très personnelle d'organiser le chaos. La vérité comme une pierre unique et brillante tirée du lit de la rivière. Chacun pensant détenir la plus brillante de toutes. C'est ce que m'a appris la vie dans ce village. C'est ce que m'ont raconté ces hommes et ces femmes qui venaient chez moi pour soigner et leur corps et leur cœur.

Dans ma chambre, ils sont tous venus déposer leur pierre. Au fil des ans, mon lit est devenu celui d'une rivière, encombré de cailloux. Certains aussi lourds que des rochers. D'autres minuscules comme des diamants. Au final, tous semblables car tous promis à se changer en sable. Un sable fin que rien ne peut retenir et qui s'échappe entre les doigts et dont on ne peut distinguer les grains tant le temps et le flot de l'histoire les a mêlés intimement. La vérité est peut-être là, en fait. Dans ces montagnes qu'on croyait éternelles et qui toutes ne sont plus que silice, un tapis de grains infimes et indistincts, déposé par le flot de l'eau claire sur une berge, des diamants de rien du tout sous les pieds d'un enfant. Et quand j'écris je suis pareille à l'enfant qui trace son nom dans le sable. Je cherche à retrouver une vérité dans ces histoires mêlées. Ma vérité, faite de toutes les autres. Derrière ces mots, il y a la jeune fille que j'étais. Il y a la mère que je suis encore. Il y a la grand-mère de Célia. Il y a la vieille dans le crépuscule. Il y a la femme penchée sur les corps et les cœurs. Il y a les corps et les cœurs eux-mêmes. Derrière mes mots, il y a tout un monde.

Ce jour-là, donc, j'ai été arrachée du sommeil par les bruits du dehors sans savoir si c'était le matin ou la nuit tant les parois de la grotte étaient devenues pour nous pareilles aux contours du monde. Un monde fait d'une obscurité rassurante où, l'un contre l'autre, l'homme qui s'était appelé Marcus et moi nous nous étions blottis pour fuir la colère des flammes que les hommes faisaient courir dans la montagne.

Quand j'ai ouvert les yeux, il ne restait que quelques braises dans le foyer. La louve n'était plus là. J'ai entendu des coups de feu étouffés. Je me suis penchée sur l'homme, il respirait à peine. Ses yeux étaient ouverts. Énormes. Nous savions tous les deux que les chasseurs seraient bientôt là. Qu'en ce moment ils tiraient sur les loups au-dehors. Que la louve s'en était allée avec eux. Qu'elle avait enfin rejoint les siens. Qu'elle serait pareille à eux dans la mort. Qu'il y aurait une fin à notre fuite.

L'homme m'a regardée et il a difficilement tiré quelque chose d'une de ses poches. C'était une photo. Un homme et une fillette. « Ma fille », il a dit. « Prends-la. » J'ai pris le rectangle de papier ramolli par l'humidité. Je distinguais à peine les traits des deux personnages tant l'obscurité était grande. Puis l'homme a saisi le poignard qui reposait près de lui. La lame large luisait faiblement. Je lui ai posé la question. Je lui ai demandé si les meurtres d'enfants étaient liés à ce qui s'était déroulé à la fin de la guerre, si Armand avait quelque chose à voir avec tout ça. Il n'a pas répondu. Ses yeux étaient tournés vers la photo entre mes doigts. « Quel est ton prénom ? » j'ai demandé. Il a dit que rien de tout ça n'avait plus d'importance. Qu'il n'était plus personne. Je ne savais pas qu'il avait effacé jusqu'à son identité au dos de la photo. Comme pour disparaître totalement. Il a tendu le poignard vers moi. Au-dehors, les fusils tiraient sans discontinuer. Il m'a semblé sentir l'odeur noire de la poudre. Lentement l'homme a fait pivoter la lame vers lui. Je suis restée longtemps sans bouger. Il me regardait calmement. Son visage mangé par l'obscurité était aussi pâle que la lame. Ma main s'est avancée et j'ai vu que je tremblais sans que je puisse rien y faire. J'ai saisi le manche. Tous les deux, lui et moi, immobiles dans les entrailles de la terre, reliés par ce couteau. Il y a des actes que l'on accomplis parce qu'ils doivent être faits. Peu importe la logique. Peu importe la raison. Peu importe la peur qui court sous la peau. Peu importe ce qui se passera ensuite. L'homme a tiré la pointe de la lame vers son cœur. Ma main sur le manche a résisté. Un hurlement de bête a éclaté à l'extérieur. Suivi du cri des chasseurs. L'homme a fermé les yeux. Il a lâché le poignard, qui a pesé tout entier dans ma main. Une lumière vive a coulé jusqu'à moi. Quelqu'un venait d'entrer dans le tunnel. Quelqu'un qui a dit : « Par-là. Ils sont par là ! »

J'ai pris une profonde inspiration. Et, sans frémir, d'un coup d'un seul, j'ai plongé la lame dans le cœur de l'homme.

Tout son corps s'est tendu. Le sang s'est mêlé à l'obscurité. Quelque chose est entré en moi. Je n'avais plus peur. Je ne prêtais même pas attention aux cris et aux flammes des torches qui inondaient le tunnel. Il n'y avait plus que cette évidence-là : l'enfant que tu étais vivait en moi et je ferais tout pour te protéger.

Il a soudain fait aussi clair qu'en plein jour. Des hommes étaient près de moi, leur dos plié sous la voûte. Je ne voyais que leurs jambes et leurs pieds qui ne savaient plus où les mener. Il y avait là Armand, le père Tibo, Tonio et un autre de la scierie. L'homme reposait au milieu d'eux tel un gisant, débarrassé de toute tension, le visage très blanc et les traits apaisés. Et moi j'étais près de lui, nue et figée comme une statue. Il y avait un grand silence. Un silence de chapelle. De ces chapelles qu'on trouve par ici et qui offrent calme et fraîcheur aux voyageurs dans le brûlant et le vacarme de l'été. Des lieux hors du temps, loin du chaos du monde.

Une voix a dit : « Sortez. Sortez tous. » La voix, c'était celle d'Armand.

J'ai levé mes yeux vers lui. Nous étions seuls. Son visage était dur et ses joues rougies de sang. Son regard était plus acéré que la lame encore fichée dans le corps de l'homme. Il n'a pas eu à poser de question pour savoir. Mon corps et mes yeux étaient un coffre qu'il pouvait forcer sans même avoir à le toucher. Il avait deviné que l'homme m'avait tout dit de son histoire. Que je savais le secret des gens d'ici. Qu'ils avaient laissé massacrer ces innocents. Peut-être pensait-il que je le croyais capable d'être le monstre qui avait tué Marie et les autres. Pourtant, ce n'est pas ce qui l'effrayait le plus. C'est mon ventre alourdi qui faisait trembler ses larges mains. Ce n'était pas grand-chose. À peine une courbe plus prononcée. L'esquisse d'une vie à éclore. Mais ses mains qui avaient couru sur mon corps et qui en connaissaient les formes exactes ne pouvaient ignorer la vérité. J'étais enceinte. J'ai pensé qu'il allait me tuer pour ça. Mais je n'étais pas prête à mourir. Aussi d'un geste vif j'ai retiré la lame du corps de l'homme. Je l'ai fait sans dégoût. Avec une détermination absolue. Je l'ai brandie devant Armand. Il était si massif qu'il semblait emplir toute la grotte. J'attendais le pire. Comme quand des nuages noirs roulent dans le ciel et que l'on se prépare à la foudre qui ne manquera pas de s'abattre sur terre. Le corps tout entier tendu pour protéger ce corps minuscule qui s'était enraciné en moi. Pour te protéger, toi. Mais, à ma grande surprise, Armand a soupiré et il s'est assis contre une des parois, le corps de l'homme entre nous, la flamme jaune de la lampe torche gravant dans la roche les contours noirs et tremblants de nos silhouettes. Au-dehors, il y avait la neige et les corps des loups et les cris. Ici, il n'y avait que nos deux regards suspendus par-dessus le cadavre de l'homme qui n'avait plus de nom. Une attente insupportable. Armand a fini par rompre le silence. Il a dit : « Je ne peux pas. Tu le sais, je ne peux pas te laisser partir comme ça. » J'ai serré les dents pour ne pas hurler. J'étais comme une bête traquée. Lui comme un chasseur fatigué. Il a parlé, encore et encore. Il essayait de me convaincre qu'il n'y avait pas d'autre issue. Il disait qu'ailleurs, les choses auraient pu se dérouler autrement. Que nous aurions pu vivre ensemble et accueillir cet enfant. Mais il y avait Jeanne. Jeanne qui, comme les reines cruelles des contes anciens, réclamait sa part de sang.

Et puis il y avait Thomas. Il disait des choses affreuses. Il ne comprenait rien. Je me moquais bien de lui, de sa famille, de sa scierie. Il n'y avait que toi, Catherine. Et le souvenir brûlant de la déchirure de l'enfant qui m'avait été arraché auparavant. Il me semblait que la voix d'Armand n'était autre que celle de mon père quand la nuit il venait à moi. Moi, terrifiée et pétrifiée sur mon lit d'enfant. Cette voix comme un sirop sucré et écœurant. « Je t'aime Tina. Ne pleure pas. Je t'aime tant. Je n'y peux rien. Je t'aime tant que je ne peux pas faire autrement. » Alors je me suis jetée sur lui. Le poignard en avant. Je voulais faire taire cette bouche. Tailler en pièces les mots qui s'en échappaient. Clore définitivement ces lèvres qui au creux de la nuit me faisaient exploser le crâne. J'ai frappé au hasard. Le poing d'Armand s'est abattu sur ma tempe. J'ai perdu connaissance. La dernière image que je garde de ce moment-là, ce sont les contours flous de la silhouette d'un enfant à l'entrée de la grotte. La bouche de Thomas qui s'ouvre et qui hurle sans un bruit. Ensuite ce fut la nuit.

*

Et puis il a fait jour. Douloureusement clair.

J'étais nue, le corps pris dans un voile épineux de glace.

Devant, éclaboussant la neige, la tache sombre des eaux du lac Noir. Là, sur la rive, un brasier achevait de se consumer. La neige avait fondu tout autour, dévoilant une terre noire aux reflets calcinés à laquelle se mêlaient des lambeaux de pelages roussis. Le vent du nord charriait encore des flammèches et une odeur épouvantable est venue tordre mon estomac.

J'ai cherché autour de moi. Il n'y avait plus personne. Juste les traces des pas des hommes qui avaient arpenté le plateau et traîné les corps jusqu'au bûcher.

C'est là que j'ai vu cette boule noire. Je n'ai pas compris immédiatement ce que c'était. J'ai cru que c'était le cadavre d'un louveteau, enroulé sur lui-même. Et puis j'ai senti le vent sur ma tête. Ses griffes qui se refermaient sur ma peau nue. J'ai porté la main à mon crâne et j'ai su. J'ai su que ce que je voyais là, cette toison dans la neige, c'était ma chevelure que les hommes avaient grossièrement taillée de la lame de leurs couteaux de chasse.

Alors j'ai ri. J'ai ri sans plus pouvoir m'arrêter. Un rire de folle qui a secoué jusqu'aux branches lourdes de givre des arbres sur le plateau. J'ai ri, encore et encore. Parce que même si les hommes avait pris ma chevelure. Même s'ils m'avaient arraché toute dignité. Même s'ils m'avaient mise à nu comme un gibier qu'on écorche, je gardais en moi ce que j'avais de plus précieux. Un diamant sous la fange. Tu vivais.

Chapitre 62

Tout est confus et trouble et mouvant.

Célia a trouvé refuge à l'Atelier. Comme sa mère, qui reste cloîtrée dans le noir, la jeune fille s'enferme dans les volutes grises et lourdes de l'herbe. Les journées passent, toutes curieusement semblables. Célia dans le canapé de l'Atelier. Les joues creuses et le regard vide. Sur une table basse, une boîte de bois pleine d'herbe grasse et collante, des feuilles à rouler, un cendrier qui déborde.

Andréas parle peu. Il s'absorbe durant de longues heures dans la fabrication des encres et des feuilles de papier. Parfois quelqu'un vient frapper à la devanture. Des hommes, des jeunes filles, tous nerveux, jetant derrière leurs épaules des regards anxieux. Andréas les accueille avec un sourire calme. Les fait entrer. Tous hument l'air chargé des senteurs des macérations auxquelles se mêle le parfum de l'herbe et ils hochent la tête en connaisseurs. Ils montent ensemble vers les combles, sans un regard pour Célia. Les visiteurs redescendent quelques dizaines de minutes plus tard, les yeux rougis et les joues pâles. À plusieurs reprises, c'est Fred, le jeune homme blond qui a amené un soir Célia et Alice au *Planet*, qui pousse la porte de l'Atelier avec un grand sourire. Il parle à Célia sans qu'elle puisse rien retenir des mots qui sortent de sa bouche. Comme si la drogue avait le pouvoir d'oblitérer jusqu'au sens des mots. Andréas et Fred disparaissent alors à l'étage, et Célia les entend rire et faire l'amour, alors remontent en elle les souvenirs mêlés de ce garçon dans les dunes, du corps si blanc d'Alice dressé pour protéger son père, des yeux hagards de Tina sur cette photographie qui n'est maintenant plus que cendres. Tout est confus et trouble et mouvant. Les souvenirs se mêlent aux rêves et aux cauchemars. La réalité peu à peu se dissout. L'herbe, comme une gomme sur un dessin d'enfant. Les traits, les formes et les couleurs se mélangent en une peinture abstraite.

Il arrive aussi que ce soit un de la scierie qui pousse la porte de l'Atelier, ne sachant pas très bien quoi faire de ses grosses mains et de ses larges épaules. Andréas imprime des tracts pour eux. Des feuillets de papier grossier. De l'encre noire et rouge. Le mot « grève » en caractères larges. En contrebas du village, les machines se sont tues, mais les hommes haussent la voix. Les camions ne partent plus à l'assaut des forêts, mais ils forment maintenant une barrière de métal devant les portes de l'usine. Chacun s'affaire autour du grand poumon nécrosé de la scierie, sans lequel la vallée est condamnée.

— Ta mère, elle va donner une interview à la télé, dit Andréas. Les actionnaires veulent fermer. Si on ne fait rien, la scierie est foutue. Il faut compter avec les médias Il y a tant d'usines qui ferment, ta mère peut faire la différence. Elle, on l'écoutera.

Célia hoche la tête sans vraiment comprendre ce qui se passe.

— Ça fait une semaine que tu es ici. Je n'ai rien dit à Catherine. Tu devrais aller la voir.

Célia détourne le regard et ne répond pas.

Un soir, trois coups sont frappés à la porte de la chambre où dort Célia. Trois coups légers qui la tirent à peine du sommeil. Et derrière le panneau de bois, Célia entend une voix. La voix d'Alice.

— Célia, je sais que tu es là. Je sais que tu m'entends. Ouvre-moi. Je t'en prie, ouvre-moi. Tu veux pas m'ouvrir ? Tu réponds pas ? C'est pas grave, Célia. Je t'en veux pas. Je comprends. Laisse la porte fermée si c'est plus facile pour toi. Mais écoute. Écoute-moi. Je veux te dire. Tout l'amour que j'ai pour toi. Il faut me croire, Célia. Tu es comme une sœur. Non, t'es plus qu'une sœur. Tu es la partie manquante. Tu es celle que je ne suis pas. Et, je le sais, je suis aussi celle que tu aurais voulu être, hein ? Toutes les deux, on est comme une lune. Découpée en quartiers. Mais une seule à la fois. J'ai jamais été aussi heureuse qu'avec toi, là-haut, dans la grotte du lac Noir ou sous le toit de cette caravane. Parce qu'avec toi je suis entière. Il n'y a plus de place pour le vide ou la peine ou les regrets quand t'es là. Tu te rappelles ça, hein ? Tu te souviens comme on était libres sous nos manteaux de louve ? Comme on était libres quand on courait dans les bois ? Tu réponds pas ? C'est pas grave, Célia, t'as pas besoin de parler pour que je te comprenne. Nous, on est différentes des autres. On a vu ce que les autres ne voient pas. Ce qui est caché. La seule et unique vérité. On sait que la liberté est une proie. Et on sait maintenant quel est le goût de sa chair, pas vrai ? Allez, excuse-moi, Célia. Je voulais pas t'effrayer. Jamais je te ferais du mal. Je pensais pas ce que j'ai dit. Enfin, peut-être que je le pensais. Je sais pas. Mon père, même si la haine lui a bouffé le cœur, il reste quand même mon père. Je sais tout ce qu'il a traversé. Des choses que tu imagines même pas. Tout ça, c'est la faute d'Armand, de Tonio, de tous les gens de ce village. Il est comme ça à cause d'eux. Il y a beaucoup de choses que tu ignores encore. Mais crois-moi, je te le dis, Thomas, il n'y est pour rien. C'est mon père et je dois être là pour lui. Je pouvais pas te laisser lui faire du mal. Tu comprends ça ? Tu peux pas lui faire du mal. Je te dirai pourquoi une autre fois. Quand tu m'auras pardonné ce que je t'ai fait et ce que je t'ai dit. Il faudra que tu saches la vérité. Je sais que tu es encore en colère contre moi. Je t'en veux pas. C'est à moi de me racheter. De te prouver qu'on est qu'une seule et même lune. Et je ferai ce qu'il faudra, t'en fais pas. Je sais tes rêves et tes cauchemars parce que je les partage. Je t'aime, Célia.

Après ça, le silence engloutit la voix. Le son feutré des pas d'Alice dans l'escalier.

Et la nuit se referme sur Célia.

*

Je ne sais pas combien de temps je suis restée prostrée ainsi, nue et grelottante dans la neige, ce qui avait été mes cheveux entre les mains, mèche après mèche toutes emportées par le vent.

Je n'arrivais pas à comprendre pourquoi Armand m'avait laissée vivre. Et pourquoi les hommes m'avaient abandonnée ici. J'avais découvert une partie de l'histoire du village de la bouche de l'homme qui n'était maintenant plus qu'os et cendres. Le récit de ce massacre perpétré dans l'indifférence. Parce que les gens qui étaient morts ce jour-là n'avaient pas de noms. Des étrangers. À peine des ombres. Et, à l'image de ces ombres, beaucoup de choses restaient obscures. La rage d'Armand à poursuivre cet homme restait un mystère, à moins qu'Armand ne soit le véritable meurtrier. De même que la rencontre de l'homme et de la Quimette posait question. Il avait dit que la Quimette cherchait Louise le jour du massacre. Est-ce que la petite fille au corps tordu était parmi les siens ? Des fils n'étaient pas dénoués et j'étais incapable de comprendre où était la vérité. Bien sûr, toutes ces interrogations sont nées bien plus tard. Dans l'état où j'étais, j'arrivais à peine à savoir qui j'étais et ce que je faisais là. Il n'y avait que ces mèches de cheveux entre mes mains et la certitude que tu vivrais.

Quand mes mains ont été vides et quand la seule lumière a été celle des braises qui rougeoyaient à peine dans les cendres et la boue, je me suis levée et j'ai brusquement pris conscience que j'étais seule, nue, enceinte et gelée au milieu de la montagne et de la nuit. Je me suis approchée tremblante des braises. L'odeur de mort avait maintenant disparu. J'ai cherché au milieu des pépites rouges la trace de l'homme, mais il ne restait rien de lui. Étrangement, je n'ai ressenti aucune peine, aucune amertume. J'ai pensé qu'il avait désormais retrouvé son vrai nom. J'ai pensé qu'il avait enfin rejoint les siens, sa femme et sa fille, comme si tous les feux étaient une porte donnant sur le même lieu. Mais de quoi était fait ce lieu et où se trouvait-il ? ça, je n'en savais rien.

Je me suis avancée vers les braises pour trouver un peu de chaleur et j'ai vu la louve. Son corps encore tiède couché sur le côté, près de celui d'un autre loup plus massif. Ils étaient morts, leur pelage maculé de sang, mais ils avaient échappé à la morsure des flammes. Les yeux de la louve étaient ouverts, jaunes et parfaitement ronds. Ses pupilles, deux morceaux de charbon gorgés de nuit. J'étais épuisée. Je chavirais. Au bord de la folie. Alors, sans plus réfléchir, je me suis allongée entre les deux animaux. Leur corps tiède comme un rempart contre le froid et la mort.

Au matin, elle était penchée au-dessus de moi. La Quimette. Son visage sombre découpé aux ciseaux et collé sur le bleu pastel du ciel. Je délirais, je crois. La fièvre écrasait mon front.

La Quimette m'a traînée jusqu'à la grotte. Au début, j'ai résisté. Je hurlais, les ongles plantés dans la fourrure de la louve. Je ne voulais pas la quitter même, si maintenant son cadavre était froid et raide et ses yeux voilés du linceul blanc de la mort. Mais j'étais si faible que mon corps a abdiqué. Je me suis laissée faire sans que je sache si j'étais consciente ou si tout ça n'était qu'un mauvais rêve.

Les jours ont passé. La Quimette s'occupait de moi. Elle me changeait, elle me nourrissait, elle faisait infuser des plantes dans des casseroles bosselées qui sifflaient au-dessus des flammes maigres du foyer. Moi, j'étais écartelée entre la vie et la mort, en proie à une mauvaise fièvre. Les heures étaient peuplées de loups au visage d'hommes et d'hommes au visage de loups et de brasiers et de courses et de chasses et d'aboiements et d'enfants nus. Leurs corps aussi pâles que la lune, tous surexposés sur les parois de la grotte. Ils dansaient et tendaient leurs mains vers moi et je ne savais pas s'ils voulaient que je les rejoigne ou si leurs gestes et leurs corps tordus étaient une supplique muette pour que je mette fin à leur exil de l'autre côté du monde.

Je pensais à toi, bien sûr, je m'accrochais à mon ventre comme un naufragé s'agrippe à un précieux bout de bois. Je tentais de percevoir sous mes mains le battement de ton cœur et le moindre de tes mouvements. Je hurlais parce que je ne sentais rien. La Quimette me rassurait. Elle me disait que tu étais là mais que tu étais encore trop timide pour venir vers moi. Elle disait qu'il te faudrait du temps pour t'ouvrir au monde. Elle parlait de toi comme d'une personne qui aurait été tapie là, au sein de la montagne, blottie dans un cocon de roche. Si bien que la nuit, une fois la Quimette repartie vers le village, je me suis mise à te parler à voix haute. Sans savoir si tu étais en moi ou tout autour de moi. J'ai dit les secrets de mon âme et j'ai chanté. J'ai chanté pour la montagne tout entière. J'ai chanté pour la source, pour la roche, pour les insectes cachés sous les écorces, pour les oiseaux de nuit au regard jaune, pour les bêtes qui vont par les chemins secrets. J'ai chanté pour l'homme qui avait retrouvé un nom, pour les ombres qui habillent les arbres, pour les cailloux charriés par la rivière, pour les loups désormais pour toujours immobiles dans leur tombeau de pierre, j'ai chanté pour les soleils et les lunes. J'ai chanté pour la mort et pour la vie. Je t'ai chantée, toi, l'enfant sous mes doigts et partout autour de moi.

La fièvre est passée. La mort s'est défaite de moi. Et la colère s'est mise à enfler. La Quimette voulait me ramener au village. Elle a dit qu'on me pardonnerait. Je me suis retenue de la gifler. J'ai craché à ses pieds. J'ai dit que moi je ne pardonnerais rien. Jamais. Armand et les hommes avaient fait de moi une bête. Et je vivrais comme une bête. Et les hommes apprendraient à me craindre. Je serais leur plus terrible cauchemar.

En fait, secrètement, j'avais peur de rentrer au village. J'avais peur que l'on t'arrache à moi. Je savais ce qu'Armand avait fait. Il avait dit à tous que l'enfant que je portais était celui de l'homme, celui du monstre. Et personne ne me croirait, peu importe ce que je dirais, et tous me détesteraient et tous voudraient venger les enfants de la vallée et ôter la vie que je portais.

Voilà pourquoi je ne voulais pas revenir parmi les hommes.

Ce jour-là, après avoir déclaré que je ne rentrerais pas au village, la Quimette m'a dit une chose étrange, je m'en souviens encore. Elle a dit : « Ils accepteront ta liberté de femme, si ta liberté porte les habits de la folie. Ils cracheront peut-être à tes pieds, mais tu pourras aller sans entraves car les crachats ne sont pas des chaînes. »

La Quimette savait bien de quoi elle parlait.

Quelques jours plus tard, les hommes sont revenus.

Chapitre 63

Le pinceau gifle la toile.

La couleur lacère le papier.

Célia, dans la chambre au-dessus de l'Atelier, les yeux clos, un pinceau à la main. Devant elle, des pots d'encres de couleur. Des pigments naturels aux teintes franches ou fades. Une palette entière tirée de la terre elle-même.

Le pinceau suspendu dans la main hésite un instant au-dessus des pots, bouteilles en plastique coupées à mi-hauteur. Célia, dans un vieux pull de laine écru maculé de peinture, ferme les yeux un peu plus fort. Comme quand elle était enfant et qu'elle ouvrait les paquets de bonbons dans la salle obscure du cinéma, la jeune fille invoque le sort. Un rituel.

— Si c'est rouge, je suis enceinte. Si c'est rouge, je suis enceinte. Si c'est rouge, je suis enceinte.

Un frémissement et le pinceau plonge dans l'encre, tantôt fluide, tantôt épaisse.

Et puis d'un geste vif, les paupières toujours closes, elle projette le pinceau vers le papier tendu dans le cadre.

La couleur s'étale comme une balafre.

Célia, le souffle court, le cœur suspendu, ouvre un œil hésitant.

Mais sur la toile de fortune, à force d'invoquer le sort, les couleurs se mêlent à présent. Rouge de cochenille, vert d'ancolie, bleu de sureau, jaune de carthame, brun de lichen, noir de fumée : les encres se fondent pour former un tableau abstrait. La carte d'un ciel tourmenté où, malgré tous ses efforts, Célia ne parvient pas à lire sa destinée. Comme si la vérité était enfouie sous une multitude de voiles. La vérité elle-même composée d'une infinité d'autres vérités, autant de hasards et d'accidents infimes qui rendent imprévisible ce que sera demain.

Ainsi, face aux rectangles de papier colorés qui jonchent le parquet de la chambre, Célia peine à trouver des réponses à ses questions. Mais peu importe, elle est ici au calme, loin du monde. C'est Andréas qui en a eu l'idée. Depuis qu'Alice était venue murmurer à la porte de Célia, elle n'avait plus voulu quitter sa chambre. Le jeune homme s'était inquiété de la voir sombrer dans l'apathie et les volutes de l'herbe. Aussi un jour il était entré dans la chambre avec des encres, des pinceaux et du papier. Il n'avait rien dit. Il avait simplement déposé le matériel au pied du lit et il était ressorti. Célia n'avait pas bougé pendant très longtemps. Quand le soleil avait sombré de l'autre côté de la fenêtre, elle s'était approchée des présents d'Andréas. Elle avait plongé un doigt hésitant dans le pot qui contenait l'encre rouge. Le liquide avait coulé dans sa main, le long de son poignet. Une balafre écarlate. Elle avait ensuite peint la nuit entière, les toiles et son corps maigre et nu seulement éclairés par la lumière fade d'une veilleuse. Elle n'avait pas cherché à représenter des formes, des hommes ou des paysages. Elle projetait la peinture au hasard, les yeux clos, le sourire aux lèvres. Des gestes primitifs, bruts, instinctifs. Tantôt gifles, tantôt caresses. Douceur et violence. Au fil des heures qui s'effilochaient dans la nuit et dans les balafres colorées, Célia avait senti monter en elle une certaine sérénité. Il y avait quelque chose de très apaisant dans l'acte de peindre sans se soucier de ce qui allait naître sous le pinceau. Une liberté totale qui rappelait à Célia ses courses dans la forêt avec Alice. Une animalité brute qui balaie tous les doutes, toutes les angoisses. Il n'y a plus que le geste, débarrassé de toute intention. Un présent qui explose sur la toile. Au matin, Célia étalait les encres avec ses doigts et son corps tout entier était lui-même un tableau vivant.

Quand Andréas est revenu dans la chambre, la jeune fille se tenait assise nue sous les toiles, le regard perdu dans les méandres des couleurs. Ce qui lui avait semblé si naturel, si anodin, lui apparaissait maintenant révéler une vérité qu'elle ne pouvait encore percevoir. Mais, elle en était certaine, il y avait bien là les réponses à des questions encore non formulées.

Célia peint. Andréas donne des nouvelles du dehors :

— Thomas est venu. Il cherche Alice. Alice a disparu. Catherine te cherche. Elle aussi est venue à l'Atelier. Tu devrais aller la voir.

Comme Célia ne répond pas, Andréas dit :

— Les ouvriers de la scierie sont toujours en grève. Demain, Catherine fera un discours. Il y aura la télé.

Il répète :

— Tu devrais aller la voir. Elle t'attend.

Célia l'entend à peine.

Célia demande à Andréas ce qu'il pense de ses peintures.

Andréas ne dit rien.

Andréas rit.

Andréas dit :

— Il n'y a rien à dire.

— Comment ça ? s'emporte Célia. Tu peux me le dire si tu trouves ça laid.

Andréas s'assied au bord du lit.

— Je me souviens d'une chose que m'a racontée Tina. Tu sais, un jour où je me sentais mal, je lui ai demandé pourquoi les choses étaient ainsi. Pourquoi mon père était comme il est. Pourquoi il ne nous aimait pas, ma sœur et moi. Ou du moins pourquoi il nous aimait de cette façon aussi brutale. J'ai aussi demandé pourquoi ma mère était partie et pourquoi elle n'était jamais revenue vers nous. J'ai posé ces questions-là et je savais très bien que Tina elle aussi se les posait. Pourquoi est-ce que ce qui nous lie ou ce qui nous sépare est un mystère ? Tina, tu la connais, ne parlait jamais simplement. C'est comme si ses réponses posaient d'autres questions. Alors, sa réponse, ou sa question, je ne l'ai pas vraiment comprise. Elle a regardé autour d'elle. Nous étions là-haut, près de la roche de la source, et tout autour étaient les montagnes et le matin. Il y a eu un silence. J'ai cru qu'elle ne voulait pas répondre, alors j'ai regardé moi aussi le chemin et les pierres du chemin. Les arbres qui poussaient leurs bourgeons verts après l'hiver. Le ciel qui était blanc et bleu à la fois, dans le silence froid et sec du matin. Au bout d'un moment, Tina a dit : « Il n'y a rien à comprendre. Le calme et la beauté sont les seuls mystères. » Bien sûr, sa réponse m'a fait serrer les poings. Parce que ce n'était pas une vraie réponse. Pas pour moi. Pas pour l'adolescent que j'étais. À ce moment-là, je vivais encore au Moulin avec Thomas et Alice. La veille j'avais vu mon père frapper ma sœur et je m'étais interposé. Nous nous étions battus, mon père et moi. Il était si ivre qu'il était tombé en travers de la table de la cuisine. Son front était ouvert et le sang lui coulait dans les yeux. J'aurais pu le tuer. J'allais le tuer. Mais Alice s'est jetée sur lui et elle a enroulé ses bras autour de son corps et il y avait tant d'amour dans son geste et dans son regard que je me suis arrêté. Je suis sorti du Moulin, je suis allé jusqu'au *Planet* et j'ai bu. J'ai bu à en crever parce que je ne comprenais rien. Cette image-là, mon père ivre et ma sœur comme un rempart autour de lui, je ne l'ai pas oubliée. Parce que même si mon père bavait et crachait du sang, même si ma sœur avait encore sur le visage les traces des coups de mon père, il y avait quelque chose de magnifiquement beau et d'incompréhensible dans leurs deux corps réunis. Un lien dont je m'étais senti exclu. Mais ça, je ne l'ai réalisé que plus tard.

Andréas passe ses mains sur son visage, comme pour chasser les regrets .

— Ce matin-là, avec Tina, il n'y avait que la colère et j'ai décidé que dès que je pourrais, je partirais. J'irais vivre ailleurs. Plus tard, j'ai déménagé. J'ai proposé à Alice de me suivre mais, elle n'a pas voulu. Je savais qu'elle refuserait. Parce qu'il y a cette chose entre mon père et elle. Et les choses ont continué ainsi.

Célia pose sa main sur celle d'Andréas sans rien dire.

Le jeune homme secoue la tête avec un mince sourire.

— Tu sais, plus tard, j'ai compris, je pense, ce que voulait dire Tina. Je me suis débarrassé de la colère. J'ai admis que je ne savais pas tout. Et à la violence de mon père j'ai opposé le calme et j'ai vu fondre tout ce qu'il y avait de plus dur en lui. Je l'ai vu nu et désarmé. Je crois que Tina avait raison. Le calme et la beauté sont les seuls mystères.

Andréas regarde les doigts de Célia, maculés d'encre rouge.

— Ça et le cœur des femmes, ajoute-t-il dans un sourire.

Il y a un silence dans la chambre. Les couleurs caressées par la lumière claire du matin. La main de Célia sur celle d'Andréas.

— Je suis enceinte, je crois, dit Célia.

*

Ils sont arrivés dans le silence blême du matin.

Leurs silhouettes sombres peinant sur les sentes en contrebas du plateau et sur le plateau les eaux noires du lac et les cendres du brasier plus sombres encore. C'était peu avant le jour de Noël. Le solstice d'hiver. La plus longue nuit de l'année achevait à peine de s'effilocher en lambeaux gris derrière les montagnes. La neige fondait en plaques boueuses, mais le ciel bas et laiteux à peine éclos promettait de nouvelles averses. Ce n'était qu'une accalmie.

Je les ai vus avant qu'ils ne me voient. Ils n'avaient pas pris les chiens avec eux, sans doute pour arriver au plus près sans être remarqués. J'ai reconnu Tonio, le contremaître au bras en écharpe et trois hommes de la scierie. Tous vêtus d'habits de chasse. Comme si j'avais été une proie. Armand n'était pas parmi eux. J'étais la femelle du monstre. Ils étaient là pour me tuer.

Je me suis souvenue des paroles de la Quimette. La liberté qui devait porter les habits de la folie. J'entendais rester libre. Libre et vivante. Alors j'ai fait comme elle avait dit. Dans la grotte, j'ai pris le poignard de l'homme qui avait retrouvé son nom. J'ai fendu le ventre de la louve. J'ai jeté dans la neige boueuse ses entrailles sombres et puantes. J'ai raclé la chair qui déjà s'en allait des os et de la peau. Les hommes étaient proches, je pouvais entendre leurs voix. Je me suis dévêtue. Mon corps nu plus blanc que les montagnes autour. J'ai jeté sur mes épaules le manteau de louve. L'odeur et le sang de la bête partout sur moi. Je me suis avancée au-delà du lac et chacun de mes pas était une blessure écarlate.

Les hommes sont apparus sur le plateau et ils ont suspendu leurs pas sitôt qu'ils m'ont vue. Leur bouche ouverte sur le vide et leurs joues plus pâles maintenant que mes seins. Je n'étais plus une femme. Je n'étais pas tout à fait une bête. J'étais tout cela à la fois. La fourrure sur mes épaules et le sang en rivières brunes sur ma chair blanche et mon crâne pelé et mon sexe noir et gonflé et mon ventre qui s'arrondissait et le rire dans ma gorge qui s'est mis à enfler, à enfler tellement que le rire s'est changé en cri et le cri en hurlement. Un hurlement qui ne m'appartenait plus. Un hurlement qui provenait du ventre et du cœur de la montagne et qui faisait trembler jusqu'aux plus hauts sommets.

Les hommes au bout du chemin, j'ai vu leur barbe et leurs cheveux blanchir à l'instant, je le jure. Tous sont devenus semblables à des vieillards en quelques secondes, le temps d'un cri qui semblait ne jamais vouloir finir.

Quand la carapace du silence s'est reformée, les hommes n'étaient plus là. Il ne restait plus qu'un fusil et une large trace de pisse jaune là où l'un d'eux s'était tenu.

Dès lors, j'ai su que plus personne ne pourrait nous faire du mal. Tous les hommes d'ici me craindraient comme leurs ancêtres avant eux avaient craint la femme de la légende de la Quimette. C'est à moi qu'il appartenait d'écrire la suite de l'histoire.

Désormais, j'étais louve.

*

Je suis allée par les bois et les combes et les chemins et les sentes comme une louve durant des mois.

Au fur et à mesure que mon ventre s'arrondissait, la Quimette m'apprenait le nom secret et les usages des plantes, des mousses et des racines. Au village, on traitait la Quimette de sorcière, et plus tard on m'a appelée ainsi. J'ai compris que pour nommer ce qu'ils ne connaissent pas, ou ce qui les effraie, les hommes utilisent des noms qu'ils peuvent comprendre. Par le langage ils tentent d'ordonner le chaos. La mort devient le paradis. Les plantes la sorcellerie. L'étranger un monstre. La femme une sainte ou une putain. Mais, dans ce que m'a appris la Quimette, il n'y avait aucune sorcellerie. Pas d'autre mystère que la beauté qui unit chaque chose en ce monde. Parce que celle qui écoute la nature apprend tout des hommes. C'est une affaire de conscience avant tout. Et la Quimette a ouvert pour moi ces portes. J'apprenais. Avec patience. Parce que je n'attendais rien d'autre que toi, Catherine. Et que six mois nous avaient été donnés avant que tu ne sois dans mes bras. Tout ce que j'ai appris durant ce temps-là n'a été écrit dans aucun livre, parce que les mots, malgré tous nos efforts et toute notre science, ne peuvent dire ce qui se ressent. J'ai essayé de te transmettre cela. Mais tu n'as pas voulu me suivre sur ce chemin. Plus tard, j'ai amené Célia à travers les bois. La pauvre petite était si effrayée par sa propre ombre qu'elle n'a rien entendu de ce que je n'ai pas dit. Peu importe. Chose étonnante, c'est Andréas, le fils de Thomas, qui a marché dans mes pas. Et aujourd'hui, alors que je m'éteins après avoir vu, entendu et vécu tant de choses, je me dis encore que ce monde est un drôle de monde, vraiment.

C'est peut-être pour cela que j'ai encore goût à la vie, même si la vie n'a plus le goût de moi. Cette surprise patiemment renouvelée. Tous les jours un caillou neuf et brillant au milieu du tapis terne des cailloux usés à force d'avoir été caressés. Ce n'est même pas une question de regard. Les yeux ne servent à rien. Il suffit de savoir sentir. Ressentir le monde autour de soi. Se laisser pénétrer du chaos sans forcément chercher à tout ordonner. Parce que nous-mêmes nous ne sommes pas autre chose qu'une part du chaos. D'ailleurs, les cailloux ne perdent-ils pas leur éclat dès qu'on les retire de l'eau ?

Ce que j'ai appris des plantes et des hommes, je l'ai su avec la Quimette, et plus encore je l'ai découvert par moi-même après sa disparition. Elle a ouvert les portes et j'ai avancé sur mon chemin.

Durant tous ces mois, la Quimette m'a guidée à travers les bois, elle m'a nourrie, elle a fait que l'enfant trouve sa place en moi et son chemin vers le jour.

Je n'ai jamais demandé pourquoi elle faisait tout ça ou ce qu'elle cherchait. Pas plus qu'elle ne me questionnait sur le père de l'enfant ou sur ce que je faisais de mes nuits. Elle quittait le village, un panier de provisions sous le bras, et elle venait jusqu'au plateau. Elle a fait ça presque trois fois par semaine, de l'hiver jusqu'à l'été, et même après le jour de ta naissance. J'étais persuadée que cela était lié à la perte de sa fille. Qu'elle vivait là une sorte de maternité de substitution. Qu'elle prenait sa revanche sur les gens du village parce que sa fille avait disparu dans l'indifférence de tous. Du moins, c'est ce que j'avais déduit des dernières paroles de l'homme qui s'était appelé Marcus. Mais ni l'une ni l'autre n'avons posé de questions. Il fallait faire ce qui devait être fait. Et nous l'avons fait.

Pourtant, j'étais certaine qu'elle m'entendait et qu'elle aussi devait frémir de mes hurlements à la nuit venue.

Car il faut que je te dise la folie qui me tenait lieu de vêtements en ces temps-là. J'étais louve. Avec au creux du ventre une flamme acérée comme des crocs de bête. Une flamme à laquelle je prêtais ton visage, Catherine. Je pensais alors que tu réclamais ta part de peur, de sang et de vengeance pour le père que tu n'aurais pas, pour le mal qui avait été fait, pour je ne sais quoi d'autre encore. J'étais persuadée que l'enfant à naître ne pourrait venir au monde en paix tant que tous ceux du plateau n'auraient pas été punis. Bien sûr, ce n'était pas toi qui désirait cela. Ce n'était que ma propre haine qui hurlait à mes oreilles. Mais les choses sont ainsi et c'est pour cela que j'allais au village soir après soir.

Je hurlais comme une bête. J'empoisonnais leurs chiens. Je tuais leurs pigeons et leurs poules. Je saccageais leurs jardins. Et je jouissais de les savoir terrés dans leurs maisons branlantes, les corps enfouis sous les draps, les paupières douloureuses à force de tenir leurs yeux fermés, la peur dans les tripes, secoués par les nuits qui ressemblaient à des cauchemars. J'ai pris plaisir à tout ça, je ne te le cache pas. J'étais louve et la montagne était à moi. Les rumeurs les plus folles ont couru dans la vallée. On disait que j'avais été la complice du monstre et que j'avais pris part à l'assassinat des fillettes. On murmurait aussi que j'étais revenue accomplir la vengeance de toutes les femmes qui avaient souffert là par la faute des hommes de ce village. Et dans un sens ils n'avaient pas tort, même s'ils ignoraient l'essentiel. Pour moi, tous les hommes avaient pris le visage de mon père. Armand, Tonio, le père Tibo, les contremaîtres, les bûcherons. Tous le même visage. Les traits écœurants d'un homme penché au-dessus de mon lit d'enfant. Et tous avaient la même voix qui ne cessait de chuchoter : « Je t'aime Tina. Ne pleure pas. Je t'aime tant. Je n'y peux rien. Je t'aime tant que je ne peux pas faire autrement. »

Bien des fois, j'ai croisé Armand. Je l'ai regardé, tapie dans les ombres, les mains posées sur mon ventre lourd. Il allait peut-être visiter une de ses maîtresses. Je savais que sa femme était partie et c'est comme s'il avait été un arbre terrassé. Jeanne, qui n'avait été qu'une ombre noyée dans l'ombre d'Armand, avait creusé un gouffre dans le cœur de l'homme. Il allait, le dos voûté, souvent ivre, et je riais de le voir ainsi vide et creux.

Bien sûr, je me suis dit quelquefois qu'il était peut-être malheureux pour moi. Qu'il aurait bien aimé que les choses se soient passées autrement. Je me disais ça les soirs de pluie où, seule dans la grotte, ma vie me semblait absurde et le froid atroce. Mais quand je le voyais traiter Thomas comme il le faisait, cette pensée s'évanouissait bien vite. Armand n'était pas fait pour l'amour. Alors je t'ai promis que jamais il ne poserait la main sur toi, que ce soit pour te battre ou te caresser. Je t'ai juré qu'il ne serait jamais ton père.

Tonio, lui, était pareil à un chien. Comme il l'avait toujours été. Il allait derrière Armand, le regard effondré et suppliant, désespéré de voir son maître si abattu, indifférent à ses pitreries et à sa servitude. Il est devenu plus aigri encore et il a enfoui ses colères au creux des poings qu'il jetait au visage des siens.

De tous ceux qui nous avaient traqués jusqu'au plateau, le père Tibo était celui qui réjouissait le plus la bête cruelle qui palpitait dans mon ventre. Je le voyais souvent, errant dans la montagne, les cheveux fous et les yeux exorbités. Il se signait constamment, sursautait au moindre trille de merle, s'allongeait la tête contre les pierres du chemin, les yeux inondés de larmes. Il implorait les anges, Dieu et les saints. Et comme ça ne suffisait pas à calmer sa peur, et comme Dieu ne lui répondait pas et le laissait pantelant dans son désarroi, il invoquait ensuite les diables et les démons et les bêtes des bois. Durant la nuit, il vacillait à travers les rues désertes du village. Il hurlait des imprécations aux volets clos derrière lesquels se blottissaient certainement des ombres épouvantées. Le père Tibo devenait fou. Moi, sous mon manteau de louve, je dansais.

Et puis, peu avant le début de l'été, tu es née.

Tu es venue à la pointe du jour, près des eaux noires du lac. Je t'ai mise au monde seule, face aux montagnes qui bruissaient encore des insectes de la nuit.

Tu es née là, dans l'herbe que le soleil d'été n'avait pas encore roussie, et la colère s'est tarie. Comme si la flamme s'éteignait peu à peu. Une autre sensation m'a submergée. Quelque chose de plus profond, à la fois plus douloureux et plus intense, qui m'a tiré les larmes des yeux.

En te voyant, frêle et hurlante, j'ai su que je m'étais trompée de route. Il fallait que je quitte cet endroit. Qu'il n'y avait plus rien pour nous ici. Alors j'ai jeté le manteau de louve sur mes épaules et j'ai pris le chemin qui menait au village.

Chapitre 64

— Salut, Célia. C'est moi.

La jeune fille secoue la tête.

— Alice ?

Tout à l'heure, Andréas est parti à la scierie. Le téléphone n'en finissait pas de sonner dans l'Atelier, alors Célia est sortie à contrecœur de sa chambre et elle a décroché le combiné.

— Où… où est-ce que tu es passée ?

— J'y suis, Célia, souffle Alice à voix basse. Je les ai trouvés.

— De quoi tu parles ?

Il y a un rire haut perché à l'autre bout du fil.

— Mais de ton père. Arthur ! Avec sa femme et sa fille !

Célia reste un instant interdite. Le combiné tremble dans sa main.

— Célia ? Célia, tu es là ?

La jeune fille s'ébroue. Il lui semble que la main qui tient le téléphone ne lui appartient pas.

— Qu'est-ce que tu racontes, Alice ? Comment est-ce que…

— Je sais que tu vas pas être contente, mais j'ai fouillé chez toi. Tu sais, le soir où on a dormi ensemble. J'ai trouvé leur adresse. Et voilà, j'y suis !

— Mais où est-ce que tu es ? demande Célia, qui n'arrive pas à comprendre.

— Je te dis que je suis chez eux.

— Arrête ça, souffle rageusement Célia. C'est pas drôle du tout !

— Tu me crois pas, hein ? Tu veux que je te passe Arthur ? Ou Marion ?

L'esprit de Célia se dérobe. Elle se laisse tomber dans le canapé.

— Tu.. tu veux dire que tu es chez eux ? Dans leur maison ?

À l'autre bout du fil, Alice éclate de rire.

— Mais c'est ce que je te dis depuis le début ! Tiens, je te passe ton père.

Célia entend Alice appeler quelqu'un. Il y a des grésillements sur la ligne.

— Allô, Célia ? demande une voix masculine.

Un gouffre immense se creuse dans l'estomac de la jeune fille. Cette voix, elle ne l'a pas entendue depuis très longtemps, mais pas de doute possible, c'est bien lui, son père.

— Allô ? Célia, tu es là ? demande encore Arthur comme Célia ne répond pas.

— Papa ? finit-elle par murmurer.

— Oui. Ça… ça fait longtemps, pas vrai ? dit Arthur, et sa voix grave ne parvient pas à dissimuler le trouble et la gêne. Mais Célia, elle, ne perçoit rien. Elle est trop abasourdie pour réaliser quoi que ce soit.

— Bon. Voilà. Est-ce que tu vas bien, Célia ? Ta mère a appelé. Elle était paniquée parce que tu étais partie. Mais ton amie, Alice, nous a dit que tout s'était arrangé. Alors... bon, voilà, je suis content que tu ailles bien.

Célia reste silencieuse, incapable d'émettre le moindre son. La voix d'Arthur ranime en elle tant de souvenirs, tour à tour agréables ou pénibles. Un kaléidoscope d'émotions contradictoires.

— Tu... tu es certaine que tout va bien ?

— Oui. Oui. Je vais bien.

Il y a un silence à l'autre bout du fil, comme si Arthur cherchait quels mots pourraient convenir à cette conversation. Et puis soudain Célia est prise d'un doute, alors elle demande :

— Papa... Qu'est-ce qu'Alice fait chez vous ?

— Comment ?

— Qu'est-ce qu'elle fait chez vous ? Pourquoi est-ce qu'elle est là ?

— Ah, mais je croyais que tu étais au courant pour son stage. C'est pas toi qui lui a donné notre adresse ?

— Oui. Enfin non. Le stage ? Quel stage ? bafouille Célia.

— Tu sais bien, elle fait un stage par ici. Pour être serveuse dans un bar, répond Arthur. Puis il ajoute avec une voix plus grave encore :

— Tu sais... je suis content que tu lui aies dit de passer nous dire bonjour. Enfin, me dire bonjour. Je suis content. Oui, je suis content que tu ne m'en veuilles pas. Pour tout ce qui s'est passé. Enfin, tu sais. C'est... compliqué et...

— Ça va, papa, le coupe Célia, au bord des larmes. Ça va.

Les rires d'une enfant résonnent à l'autre bout du fil. La jeune fille imagine le salon du pavillon de bord de mer. Son père, debout près d'un guéridon où repose le téléphone. Sa femme dans la cuisine, affairée à préparer le repas. Marion, près du canapé dans le salon, qui joue sur un tapis, peut-être à la poupée, peut-être avec des petites voitures.

— Bon. Ben, on se rappellera, j'imagine, hein ? dit Arthur. Maintenant que... Voilà, on se rappellera si tu veux.

Célia imagine Marion, qui fait voyager ses poupées à cheval sur de petites voitures. Elle imagine Marion qui lève ses yeux clairs vers Alice. Et qui sourit à Alice. Et Alice qui lui sourit. Et qui lui raconte peut-être une blague. Ou qui se penche vers elle pour la chatouiller. Et le cœur de Célia bondit dans sa poitrine.

— C'est d'accord, papa. On se rappellera. Mais passe-moi Alice s'il te plaît. Passe-la-moi.

Arthur est un peu surpris par le changement de ton de Célia. Après avoir salué sa fille, le combiné change de main et c'est la voix enjouée d'Alice qui reparaît.

— Hé, tu sais pas ce que Marion vient de...

— Alice ! gronde Célia. Qu'est-ce que tu fais là-bas ? C'est quoi ces conneries de stage. Tu vas être serveuse, toi ? Le bar dont mon père parlait, c'est celui dans lequel j'ai rencontré Romain ? Qu'est-ce qui se passe ? Qu'est-ce que tu cherches ?

— Mais Célia, tu sais bien, dit la voix peinée d'Alice. Tu sais bien ce que je cherche.

— Non, pas du tout.

— La même chose que toi. Je t'ai dit que je me rattraperais pour la fois où je t'ai frappée. Alors je vais faire ce que tu rêves de faire. Je vais faire ça pour toi.

— Mais faire quoi ? s'emporte Célia.

La voix d'Alice est à peine un murmure :

— Mais en finir avec Marion. Elle va disparaître, t'en fais pas.

Célia se rappelle alors des dernières paroles d'Alice, le soir où elle était venue derrière sa porte : « Je ne t'en veux pas. C'est à moi de me racheter. De te prouver que nous ne sommes qu'une seule et même lune. Et je ferai ce qu'il faudra, ne t'en fais pas. Je sais tes rêves et tes cauchemars parce que je les partage. Je t'aime, Célia. »

— Alice, ne raconte pas n'importe quoi, dit Célia d'une voix étranglée.

— T'en fais pas. Tu peux avoir confiance en moi. Je le ferai. Je le ferai pour toi.

— Mais Alice, je n'ai jamais voulu ça ! hurle Célia dans le téléphone. C'était... c'était juste une idée. Un truc morbide parce que j'en voulais à mon père. Il n'y a rien de...

— Arthur, c'est pas ton père, dit Alice d'une voix qui se veut rassurante. Ton père, notre père, c'est Thomas. Et tu es ma sœur.

— Tu es folle. Complètement folle !

— Non, je t'assure. Va au Moulin. Dans ma chambre, sous le matelas, il y a un carnet. Lis-le. Tu verras. Tu es ma sœur, Célia.

— Je t'interdis de faire du mal à Marion, à mon père ou à sa femme ! Tu m'entends ?

— T'en fais pas, je t'ai dit. Ils se doutent de rien. Je ferai ça ce soir.

— Alice, non ! hurle Célia.

Mais c'est trop tard. Alice a raccroché. Et le cri de Célia résonne dans le vide de l'Atelier.

*

Je suis revenue au village, le manteau de louve sur les épaules et mon enfant dans les bras. Cette nuit-là, les cloches de l'église ont sonné comme si elles avaient été frappées à la volée par le diable lui-même. Quelques heures après, on retrouvait le père Tibo pendu dans son église. La nouvelle a couru dans le village plus vite qu'un cheval fou. Je ne me suis pas réjouie de sa mort. J'étais indifférente à tout ça. Dans la cuisine de la Quimette, je préparai une valise avec quelques vêtements qu'elle m'avait donnés. J'ai déposé dans mon bagage deux fourrures, deux mèches de cheveux que j'avais conservées et la photo de l'homme sans nom avec sa fille. Marcus et Ana. Comme un miroir à la photo qui reposait sur le buffet de la Quimette. La vieille femme a surpris mon regard qui s'attardait sur le cadre où son mari et sa fille au regard vide nous dévisageaient, mais elle n'a rien dit. Je n'avais rien à demander non plus. Je voulais simplement partir, faire ce que j'avais à faire.

Je suis sortie au matin, à l'heure où les grillons ne chantent pas encore. Les quelques personnes que j'ai croisées dans les ruelles ont vivement baissé les yeux, comme si ma fille et moi avions été deux fantômes oubliés là par la nuit. À la sortie du village, un homme m'attendait. Armand était assis sur le capot de son coupé bleu. Je me suis approchée. Je n'ai pas eu peur. Je ne me suis pas défilée. Après tout ce que j'avais vécu sur le plateau, ces six mois d'errance et de folie, plus rien ne pouvait m'effrayer. J'ai planté mon regard dans le sien. Il a serré les mâchoires, mais il a eu la force de ne pas détourner les yeux. Il était beau. Beau à en crever. Tu as gigoté entre mes bras. Les langes dans lesquels tu étais emmaillotée devaient être trop serrés. Alors il t'a regardée pour la première fois et j'ai vu à l'intérieur de sa poitrine son cœur exploser. Tous ont toujours pensé que tu étais la fille du monstre, mais Armand savait bien que tu étais du même sang que lui. Il pouvait dire le contraire, il pouvait mentir autant qu'il le voulait, mais il était incapable de nier la réalité de ton corps menu et de tes yeux clairs. Tu étais là. Tu vivais. Tu étais la seule et unique vérité.

Quand je l'avais aperçu appuyé contre sa voiture, j'avais pensé que peut-être il voulait s'excuser. Qu'il aurait quelques mots pour nous deux. Ou peut-être qu'il m'accompagnerait à la gare. Comme quoi, malgré tout, il devait me rester un peu de naïveté. Il n'a rien fait de tout ça. Il a ravalé l'émotion qui l'espace d'un instant avait bouillonné dans sa poitrine et il a tiré quelque chose de la poche de sa veste. C'était une photo.

Armand m'a tendu le rectangle de carton. Il a dit : « C'est à toi. Prends. »

C'était une photo où étaient gravés mon corps nu et mon crâne pelé. Et tout autour de moi étaient la neige et les loups et des hommes au sourire carnassier. Quelque chose a hurlé dans mon ventre. Le cri de la louve. Et ce cri, je l'ai à peine contenu derrière mes lèvres blêmes. Je ne me souvenais de rien. Cette photo avait été prise là-haut, sur le plateau alors que j'étais inconsciente, six mois auparavant. Une autre vie. Pourquoi Armand me l'a-t-il donnée ce jour-là, je n'en sais toujours rien. Voulait-il me faire du mal ? Était-ce une façon de me dire que si je dévoilais la vérité il pouvait me faire taire avec cette image qui disait *sa* vérité ? Ou peut-être pour lui cela était pareil à des excuses, une façon de me rendre la dignité qu'il m'avait volée ?

Sans rien dire, j'ai glissé la photo dans mon corsage et j'ai continué ma route. Le regard d'Armand m'a accompagnée jusqu'à ce que je disparaisse en contrebas dans la vallée. Plus loin, une camionnette s'est arrêtée. Un épicier ambulant qui n'a fait que parler tout au long du trajet. Je l'écoutais à peine. Une partie de moi était restée là-haut, dans les montagnes. L'homme m'a déposée à la gare. La mer était partout au-delà et je me suis dit que jamais je ne me baignerais dans ces eaux qui m'avaient fait tant rêver il y a un an à peine. J'ai pris le premier train qui allait vers le nord. La passagère à côté de moi me regardait te bercer. Tu pleurais beaucoup, mais ça ne m'inquiétait pas. Tu étais arrivée dans ce monde malgré tout. Je savais que rien ne pourrait plus te blesser. La femme m'a demandé ton prénom et j'ai réalisé que je n'y avais jamais pensé. Pour moi, tu étais simplement « ma fille ». C'était une évidence. Je connaissais ton corps, ton odeur, ta peau. Sur le plateau, le lien qui nous unissait se passait de mots et de conventions. Mais dans ce monde, il fallait te nommer. Alors j'ai pensé à un film que j'avais vu il y a quelques années. Un film où une femme élevait seule sa fille. L'actrice principale se prénommait Katharine. C'est ce que je lui ai répondu : « Catherine. C'est ma fille. Elle s'appelle Catherine. » C'est ainsi, dans ce train qui nous emmenait vers le nord, que tu as trouvé un prénom.

*

La ferme semblait assoupie depuis toujours, une dent cariée fichée de guingois dans la terre noire. Le ciel était un océan gris où dérivaient d'énormes baleines blêmes. Tout était pareil que le jour où j'avais quitté le village où j'étais née. On me dévisageait sur les chemins et dans les rues. On hochait la tête d'un air entendu quand on voyait la tête minuscule de l'enfant entre mes bras. Je me moquais bien de ce qu'ils pouvaient penser. J'avançais le buste droit et la tête haute. Je n'éprouvais aucune honte. Eux devaient déjà tenter d'imaginer de quoi avait été peuplée mon absence. Les hommes. La turpitude. L'ivresse. Et ils se grisaient de toutes ces images sordides qu'ils feraient ensuite passer d'un signe de croix et d'une confession vite expédiée. Ici comme là-bas, les hommes étaient confits dans l'aigreur de ne pas mener la vie qu'ils espéraient. Leurs rêves avaient des relents de tombeau. Et ils avaient tôt fait de coucher ceux des autres auprès des leurs. Voilà ce que disaient leurs yeux fuyants : elle s'est montrée plus fière que nous. Elle a voulu se sortir les pieds et l'âme de la boue d'ici. Mais personne n'échappe à sa vie.

Elle est de retour, les joues creuses, le ventre retourné, un bâtard pendu au sein. Pour eux, j'étais la preuve vivante que rien ne sert d'aller voir au bout du chemin. Ici comme ailleurs, le ciel reste un cimetière planté de croix. Dans un certain sens, ils avaient raison. La haine et la bêtise ont partout le même visage. Il n'y a que le maquillage qui change. Mais je n'étais pas venue pour expier. Je ne porterai aucune de leur croix. Je ne creuserai pas le tombeau de mes rêves.

Quand je suis arrivée dans la cour de la ferme, ma mère était à trier des pommes de terre. Elle a levé la tête et c'est tout juste si elle m'a reconnue. J'étais devenue une autre, je l'ai bien vu à ses yeux. J'étais là, l'enfant contre ma poitrine, la valise au bout d'un bras, et je ne bougeais pas. Elle non plus. Mais à l'intérieur ça remuait, ça en charriait des nuages gonflés d'orage. Elle n'a rien su faire d'autre que continuer à brasser les bulbes terreux dans sa bassine pour ôter les germes qui perçaient la peau fripée.

Et puis elle a dit : « Il est mort. Il s'en est allé après la Noël. »

Elle parlait de mon père.

J'ai hoché la tête. Je me suis avancée vers elle et j'ai vu qu'elle avait affreusement vieilli. Mais sans doute que moi aussi. Elle frissonnait et ce n'était pas à cause du temps. Ses yeux étaient deux puits d'effroi. J'ai su qu'elle avait toujours su. Depuis le début. Et qu'elle avait laissé faire. Par amour, par lâcheté, par peur, que sais-je. Comment savoir pourquoi on laisse faire les choses ?

Je me suis penchée sur elle et j'ai déposé un baiser sur son front creusé de rides. Elle a regardé l'enfant. Elle a ouvert la bouche pour dire quelque chose, mais aucun son n'a franchi ses lèvres. Il y a juste eu l'esquisse de quelque chose. Peut-être un sourire.

J'ai dit : « Je m'en vais, maintenant. »

Elle a hoché la tête. Les pommes de terre n'en finissaient pas de germer dans la bassine.

Je m'en suis allée sans me retourner. J'ai pris la direction du cimetière, qui avait la même gueule que les gens d'ici.

La tombe était nue et grise et raide. Une plaque disait que mon père avait été un héros. Un des premiers à tomber pour cette guerre qui n'en finissait pas de déchirer nos corps.

Tu t'es mise à geindre doucement entre mes bras, alors j'ai posé la valise dans les graviers, j'ai dégrafé mon corsage et je t'ai collée contre mon sein blanc et maigre. Là, dans ce cimetière laid, face à la tombe de ce père que j'avais détesté et qui plus jamais ne poserait les mains sur mon corps. Tu as bu avec la soif de ceux qui ont trop longtemps attendu. Et moi j'ai souri. J'ai souri parce que la vie s'écoulait. De moi jusqu'à toi. Et que rien, jamais, ne pourrait empêcher ce flot. Et je savais que même après ma disparition cette rivière continuerait de couler à travers toi.

J'ai repris le train le soir même.

Le lendemain, quand je suis entrée dans le village, j'ai vu les visages de tous s'effilocher en lambeaux. Ils pensaient que j'appartenais au passé. Qu'ils ne me reverraient jamais. Moi, j'avais décidé de vivre ici parce qu'un bout de moi était là-haut, dans les montagnes. C'était peut-être le seul endroit où je n'étais pas une étrangère. Ici était devenu chez moi.

Ce dont je ne pouvais me douter, c'est que bien des années plus tard Thomas tomberait amoureux de toi.

Et toi de lui, sans savoir que vous aviez le même père.

Chapitre 65

Célia fend la foule. Elle bouscule des corps sans ménagement. Elle écarte les journalistes qui s'installent près de l'estrade de fortune montée devant l'immense portail de l'usine. Catherine est là, radieuse, sans lunettes, sans chapeau, légèrement maquillée. Elle déclare à un micro tendu :

— Oui, je vais écrire sur les gens d'ici…

Célia pose une main sur son bras. Le visage de Catherine s'illumine d'un grand sourire.

— Célia, tu es là ! Je suis si contente que tu soies venue !

— Il faut que tu me donnes le numéro de téléphone de papa. Tout de suite !

Quelque part derrière elles crépite le déclencheur d'un appareil photo.

— Qu'est-ce qui se passe, chérie ? Tu n'as pas l'air bien.

— Je t'expliquerai. Plus tard. Il me faut le numéro d'Arthur.

Catherine secoue la tête, décontenancée. En suivant son regard, la jeune fille aperçoit Thomas dans la foule, les yeux rivés sur sa mère.

— Pourquoi est-ce que… demande-t-elle en l'entraînant à l'écart des micros.

— Je ne peux pas t'en parler maintenant. S'il te plaît, donne-le-moi.

Catherine griffonne les chiffres sur la page d'un carnet qu'elle déchire et tend à Célia.

— Merci, dit la jeune fille avant de déposer un baiser rapide sur la joue de sa mère.

Catherine, les sourcils arqués, s'apprête à la retenir quand un journaliste s'interpose, appareil photo à la main :

— Est-ce que vous voulez bien poser avec les ouvriers ?

Célia en profite pour s'échapper et faire demi-tour vers le village. Sur la place, elle décroche le combiné d'une cabine téléphonique, compose le numéro de son père, mais la ligne est occupée. Elle frissonne en pensant que c'est peut-être Alice elle-même qui a coupé le téléphone, mais elle chasse vite cette pensée et elle court. Elle court jusqu'au Moulin. Il reste peu de temps. Il faut qu'elle découvre ce carnet qu'Alice lui a caché. Et, Célia en est persuadée, elle trouvera là ce qui a fait germer en elle la graine de la folie. Car c'est une évidence : Alice est folle. Et si Célia ne trouve pas le moyen de l'arrêter, elle commettra le pire. « Tout ça à cause de moi », se dit Célia.

Bien sûr, Célia avait dit à Alice la colère qu'elle avait contre Arthur. Et elle lui avait raconté cette étrange sensation qui s'était emparée d'elle alors qu'elle était dans l'eau avec Marion. Mais ce n'était rien de plus que des fantasmes. Une rêverie morbide d'adolescente. Arthur, ce père imparfait. Ce père lâche. Ce père fuyant. Mon père. « Je l'aime », se dit Célia. Autant qu'Alice aime Thomas. De la même façon, peut-être. Un amour tordu. Un de ceux qui vous passent le cœur au papier de verre. Un truc bancal et moche qui vous abandonne la gueule brisée, la morve sur les joues et le goût du sang aux lèvres. Un amour comme un gouffre que l'on n'arrive jamais à combler, mais on s'en fout, on y va quand même, on le remplit et on s'y jettera en entier s'il le faut. L'amour en creux. L'amour en vide. Mais l'amour quand même. Comment est-ce qu'elle a fait pour ne pas le voir ? Comment est-ce qu'elle peut imaginer que je suis sa sœur et s'en prendre à Marion ? Par jalousie ? Est-ce qu'elle est folle à ce point ?

« Oui, peut-être bien », se dit Célia alors qu'elle franchit le gué. « Oui, depuis le début, elle m'a manipulée. »

Tout s'était éclairci dans l'esprit de Célia alors qu'elle raccrochait rageusement le téléphone de l'Atelier. Un rayon de soleil était venu tinter sur le métal d'une bassine. Un éclat de lumière qui avait soudainement donné du sens à tout ce qui s'était déroulé jusqu'ici. Ce miroitement avait suffi à faire remonter un souvenir. Quelque chose qui étincelait sur le coin du bureau de Catherine. Puis dans sa paume. La clé de la chambre de Tina. Cette chambre où nul ne pouvait pénétrer. Cette chambre qui n'avait plus de clé. La clé était réapparue le lendemain où Alice avait couché dans le lit de Célia. Célia pouvait encore entendre les paroles de Catherine : « Alors j'ai fermé la porte. Et je me suis débarrassée de la clé. Je ne sais pas comment tu l'as eue. » Dans cette chambre, Célia avait trouvé les photos et les mèches de cheveux. Mais Catherine, le jour où Célia avait tout quitté pour aller vivre dans la montagne, avait dit : « Alors tu l'as lu ? Tu as lu le carnet ? » Oui, il devait y avoir un carnet, un carnet rédigé par sa grand-mère. Un carnet où était couchée la vérité. Des années auparavant, Alice avait certainement trouvé cette clé. Elle est allée jusque chez Tina, elle avait pris le carnet. Et elle n'avait rien dit à Célia. Si je peux trouver un moyen d'arrêter Alice, ce sera dans ce carnet.

Le Moulin tout entier semble assoupi. La neige qui fond accroche ses perles aux gouttières et sous le soleil d'hiver la bâtisse craque tel un vieux chat qui s'étire. Célia fait le tour du bâtiment jusqu'à la chambre d'Alice. Elle tente d'ouvrir la fenêtre, mais n'y parvient pas, alors elle prend une pierre et elle fracasse le carreau.

Le carnet est bien là, sous le matelas crasseux. Un carnet à la couverture de toile bleue, semblable à ceux que fabrique Andréas. Elle s'assied sur le lit et, le cœur tambourinant, elle reconnaît sur le papier jauni l'écriture serrée de Tina. Alors elle se met à lire, là, dans cette chambre sombre et humide qui ressemble tant à une cage.

Et elle découvre ce qui a emporté le cœur d'Alice. Et le cœur de Catherine. Et celui de Tina avant elles. « Et le mien également », se dit Célia en repensant au manteau de louve posé sur ses épaules durant ces longues semaines où la colère avait été son seul soleil.

Combien de temps reste-t-elle là, penchée au-dessus des pages noircies du carnet ? Elle ne saurait le dire. Elle tente toujours de saisir la vérité de toutes ces vies mêlées. Il lui semble qu'il y a des motifs récurrents dans ces destinées. Comme si l'histoire se répétait indéfiniment, sous des formes différentes, mais le fond reste identique. Les lignes de fracture courent toujours sous la surface des choses, et ni le temps ni les lieux ne semblent pouvoir stopper les lézardes. Ceux d'ici, étouffés par les peurs et les superstitions, auraient appelé ça une malédiction. Célia se souvenait encore du regard de chouette effrayée des deux sœurs Dandoc au cimetière. Comment elles craignaient que la louve qui hurlait à la nuit tombée ne viennent pour elles. Bien entendu, c'était absurde. S'il y avait un mystère, il se trouvait dans les liens qui unissaient les gens du village et sa famille. Et au-delà dans la façon dont Tina avait tenu à faire de Catherine une femme différente de ce qu'elle avait été elle-même. Et comment cette éducation avait fait de Catherine la mère qu'elle était. Voilà, le mystère était là. Dans ces choix infimes. Dans la parole qui s'échange ou qui reste cadenassée. Dans l'amour que l'on donne ou que l'on retient. Dans la haine ou le pardon.

Mais le récit de Tina amène plus de questions que de réponses. Dans quelle mesure le texte qu'avait écrit sa grand-mère reflétait-il la réalité de ce qui s'était déroulé ici ? Finalement, ce carnet n'était-il pas semblable aux romans de Catherine ? Des parcelles de vérité réagencées par la mémoire pour tenter de donner un sens à ce qui apparaît comme flou, absurde et désordonné. « La vie est une fiction dont nous sommes à peine les narrateurs. L'auteur, lui, demeure invisible », pense Célia. D'ailleurs, Tina elle-même ne semblait pas avoir tout saisi des liens d'amour, de haine ou d'indifférence qui unissaient les gens d'ici. L'homme qui disait s'appeler Marcus, la chienne aux airs de louve, le père Tibo, Armand, Thomas, Tonio, la Quimette : des corps et des visages et des histoires aujourd'hui délavés par le temps. Le passé comme l'autre berge d'une rivière immense. À peine une mince ligne floue, au loin, où on ne peut distinguer les morts des vivants. Comme l'avait écrit Tina, la vérité ne pouvait être que dans le tableau formé par ces vies mêlées. Pour comprendre où se trouvait l'épicentre du séisme qui avait fait naître les failles, il aurait fallu entendre la parole de tous, avec toutes les contradictions que cela comporterait, et recomposer ainsi le récit le plus juste possible. C'est peut-être là que se trouverait le nœud de tout, dans ces contradictions. Dans la multitude des points de vue. Dans le chaos de toutes ces vies.

Mais la plupart des personnages avaient aujourd'hui disparu. Le vieil Armand, Catherine et Thomas sont les seuls à pouvoir raconter ce qui s'était passé. Andréas, Alice et Célia, ceux qui peuvent faire bifurquer l'histoire et mettre fin à la haine qui ronge depuis des générations le cœur de tous.

« Alice a été emportée par la folie », pense Célia. « Elle s'est jouée de moi. Elle a tout fait pour me conduire là où elle le voulait, hors du monde, et elle a réussi. Mais pourquoi ? Que cherchait-elle ? À fuir le village ? À punir ceux qui avait fait de son père l'homme qu'il était devenu ? À m'aider, moi ? Pourquoi ? » se demande Célia. Et la réponse lui vient comme on allume une bougie dans l'obscurité : parce qu'elle est jalouse de l'amour que j'ai pour mon père. Tout à l'heure, elle lui avait dit la vérité au téléphone. Je suis sa sœur. Et mon vrai père est Thomas.

*

La suite, tu la connais, Catherine. Toi et moi dans la dernière maison du village. Moi la mère, indifférente au fracas du monde et aux lâchetés des hommes, vivant tout entière à travers toi. Ton corps, tes pas, tes rires et tes pleurs comme la preuve vivante que rien ne pourra plus m'être enlevé. Que personne ne pourra plus me toucher. Toi, l'enfant qui ne cherche pas à comprendre mais qui déjà devine que nous ne serons jamais pareilles aux gens d'ici. Ton cœur est un sismographe : sans le vouloir, tu captes les fêlures qui courent dans les regards qui se détournent et dans les mots mauvais que l'on laisse tomber à notre passage. Et moi je laisse faire, persuadée que l'amour que j'ai pour toi suffira à effacer la laideur du monde. À effacer le monde lui-même. Nous deux comme les deux moitiés indivisibles du même fruit. Bien entendu, j'avais tort et je ne l'ai réalisé que bien plus tard, quand tu as commencé à me détester pour la coquille dure et froide dans laquelle je nous avais enfermées.

J'étais la folle. Tu étais la fille de la putain. Et ton père une absence. Peu à peu, le monde te rongeait le cœur. Je ne voyais rien. Ou peut-être bien que je voyais. Mais j'avais survécu à tout ça. Et je pensais que toi aussi tu t'endurcirais. Alors qu'en vérité tu étouffais.

Au fil des ans, j'ai trouvé ma place dans le village. Une place. Au côté de la Quimette. Elle m'avait tacitement désignée pour être celle qui prendrait le relais. Celle qui porterait le poids du secret des corps et des âmes des gens de la vallée. Et les gens de la vallée m'ont acceptée, plus par crainte que par amour. Je crois que ça me plaisait. Je me réjouissais de tout savoir de ceux qui le matin même avaient craché à mes pieds et qui le soir venu me dévoilaient les blessures de leur cœur. J'avais la sensation d'être en dehors du monde et à la fois de tenir ce monde dans la main. Pour tous, je suis devenue la folle et la sainte. Par bravade, ou peut-être pour éloigner Armand à tout jamais de nous, je t'avais dit que ton père se prénommait Marcus et, sans que tu comprennes pourquoi, les visages se fermaient quand tu questionnais les gens à propos de celui que tu n'avais jamais connu. Le temps a passé et tes questions aussi. Plus personne n'évoquait l'homme ou les loups ou ce qui s'était passé là-haut sur le plateau. Les meurtres d'enfants avaient cessé. Armand avait signalé mon abandon de poste à l'école et un nouvel instituteur s'était installé dans mon ancien appartement. J'ai emménagé dans la dernière maison du village. Je vivais du peu que me rapportaient les légumes que je cultivais dans un jardin de la Quimette. L'été était revenu. La rivière coulait. Les mines fermaient. La scierie prospérait. Le tumulte de la guerre s'éloignait. Au détour des ruelles ou à l'épicerie, Armand et Tonio me saluaient d'un coup de menton indifférent. Les enfants qui avaient été mes élèves baissaient les yeux. Le coffre de l'histoire s'était refermé. La mort du père Tibo l'avait scellé à tout jamais. Tous pensaient que le malheur frapperait ceux qui voudraient l'ouvrir à nouveau. J'imagine que c'est ainsi que naissent les légendes.

C'était sans compter sur les fils invisibles qui s'entrecroisent et se nouent malgré nous.

On ne se parlait déjà plus à cette époque-là. Tu étais presque une adolescente. Tu ne comprenais pas pourquoi nous devions vivre ainsi. Pourquoi les parents du village disaient à leurs enfants de ne pas jouer avec toi dans la cour de récréation. Pourquoi je répondais à peine quand tu me demandais qui était ton père. Je t'avais tout caché de ma vie d'avant. Tu n'as jamais su que j'étais institutrice. Tu devais me prendre pour une femme vieille et aigrie. Une folle qui s'enfermait dans sa chambre avec des hommes et des femmes qui étaient aussi pâles et muets que des fantômes quand ils venaient frapper à notre porte. Tu détestais le silence qui partout nous enveloppait. Comme tous les adolescents, tu avais des envies de vacarme, de fureur et d'ivresse. Et bien entendu tout ce j'ai pu te dire n'a pu t'empêcher d'aller vers celui que je redoutais. Bien au contraire.

L'enfant qu'il avait été avait presque disparu. Il en restait quelque chose dans ses yeux. Un air à la fois mélancolique et furieux. Comme un ciel lourd de neige. Thomas était devenu un jeune homme. Mais il avait laissé une partie de son esprit là-haut, sur le plateau, dans les eaux noires du lac. Quelque chose en lui était mort en même temps que la louve. Il errait souvent seul dans les bois. Il était tour à tour violent ou profondément abattu. Comme toi, Catherine, il semblait vivre à côté du monde. Ici, tous le craignaient. Quand il arrivait dans une fête, sa seule présence étouffait les rires et les conversations. Car c'était le fils d'Armand, le maître intransigeant de la scierie et de toute la vallée. Aussi on lui souriait poliment et personne n'aurait jamais osé manquer de le saluer. Mais, en secret, on disait de lui qu'il était fou. Qu'il avait le cœur rongé par un secret. Et les histoires qui se murmuraient étaient aussi fantasques que sordides. Sa mère, Jeanne, avait demandé le divorce et s'en était allée, ce qui avait fait scandale. Qu'Armand soit infidèle, tous s'en accommodaient. Mais qu'une femme puisse quitter son foyer et abandonner fils et mari, il y avait là la preuve d'un mal profondément enraciné. Nous étions peu nombreux à savoir ce qu'il en était vraiment. Chaque fois que je croisais Thomas dans le village, son regard me ramenait là-haut, vers ce chemin où nous l'avions découvert enlacé avec la louve. Aussi j'avais pris l'habitude de ne plus le saluer. Non pas parce que je faisais peser sur lui le fait que nous avions été découverts et traqués. Mais l'idée même que cet enfant ait vu ce qu'il avait vu m'était insupportable.

Thomas vivait seul au Moulin avec Armand, et j'imagine que cette solitude l'a rendu plus étrange encore. C'est drôle la façon dont parfois la vie ressemble à un conte. Le Moulin comme un château triste et froid. Armand en roi tyrannique et hautain. Jeanne la reine des glaces. Thomas le prince lunatique. Moi la sorcière dans sa masure.

Et toi la petite fille pauvre au cœur blessé. Si j'y avais plus prêté attention, j'aurais su ce qui allait se passer. Dans les histoires, il y a toujours une part de vérité.

Je ne sais pas exactement quand tu as commencé à le voir en secret. Mais je me souviens du jour où tu m'as dit que tu étais amoureuse de lui. Nous nous étions disputées. Une dispute à propos d'une radio trop forte qui me dérangeait. Une histoire sans importance, comme d'habitude. Tu enrageais. J'étais inflexible. Alors tu m'as jeté au visage que tu partirais bientôt et que je me retrouverais seule dans ce village. Comme je ne réagissais pas, tu as ajouté que tu allais te marier.

Te marier avec Thomas.

Je me souviens très bien de ton sourire victorieux quand tu as vu mon visage fondre. Tu ne savais pas ce que tu avais touché, mais ça t'a fait jubiler. Tu étais amoureuse de ton frère. Je ne pouvais ni laisser faire ni te dire la vérité. J'étais perdue.

Le soir même, je suis allée au Moulin trouver Armand. Nous ne nous étions pas reparlés depuis des années. Il n'avait pas fait le moindre pas vers moi ni moi vers lui. Il semblait indifférent au fait que tu sois sa fille, et ça me convenait parfaitement ainsi. Aussi quand il a ouvert la porte et qu'il a vu mes traits tirés, il a su que quelque chose de grave se passait.

La suite, tu la connais, Catherine. Tu la sais bien mieux que moi. Armand et moi, nous avons tout fait pour étouffer cet amour naissant, et il vous en est resté à Thomas et à toi des blessures profondes. Tu es partie faire tes études à la ville. Thomas s'est enfoncé dans l'alcool. Tu as rencontré Arthur. Et puis il y a eu le succès. Et puis il y a eu Célia. Ma chère Célia dont je n'ai jamais su si elle était la fille d'Arthur ou de Thomas. Car je sais que tu es revenue au village, quelques mois avant que tu m'annonces que tu étais enceinte. Et je sais que tu es allée voir Thomas, qui venait tout juste de se marier. J'ai eu une discussion avec Arthur à ce sujet. Évidemment, il est devenu enragé quand je lui ai dit que tu étais peut-être la fille d'un autre. Il m'a traitée de folle et il a dit qu'il ne voulait plus jamais me revoir. Je ne sais pas s'il t'en a parlé. Peu importe, en fait. Nous étions deux étrangères depuis longtemps déjà. C'était une hantise pour moi. Je voulais savoir. Quand elle venait pour les vacances, je cherchais à reconnaître dans les traits de Célia ceux de Thomas. Mais il y a des choses qui restent invisibles pour les yeux. Et je n'ai jamais su. Et je ne saurai sans doute jamais la vérité. Au fil du temps, j'ai appris à aimer Célia telle qu'elle était. Je l'ai aimée de mon amour rêche parce que je ne sais pas faire autrement.

Ces choses, je te les écris parce que je n'ai jamais eu le courage de te les dire. Quand la mort s'avancera, elle m'ôtera certainement toute force, et mes lèvres resteront closes et sèches. Alors j'écris aujourd'hui. J'écris pour te dire qui j'étais. Pour te dire qui nous sommes. Malgré tout, une famille.

Chapitre 66

La porte s'ouvre sur un cri :

— Alice ?

Mais ce n'est pas Alice qui lève les yeux vers l'homme qui se tient à la porte.

C'est Célia, le regard incertain, encore noyé entre les lignes qui dansent sur le papier jauni du carnet entre ses mains.

— Alice ?

— Non, dit Célia en secouant la tête.

Thomas regarde le carnet, la vitre brisée, la nuit qui s'installe au dehors, le visage de Célia dans la pénombre, le carnet à nouveau. Célia craint un instant qu'il ne se jette sur elle, mais toute tension semble l'avoir abandonné. Il se contente de dire d'une voix lasse :

— Le carnet, alors il était là.

Puis de sa démarche pesante il disparaît dans l'ombre de la cuisine. Elle entend ensuite une chaise qui laboure le parquet, le tintement aigu d'une bouteille contre un verre, et le silence qui retombe, épais.

Célia rejoint l'homme assis à la table, les épaules larges voûtées, les cheveux raides et longs et sales, ses énormes mains posées à plat, immobiles comme des bêtes assoupies autour du verre déjà vide.

— Il faut que vous téléphoniez à Alice. Elle va faire une énorme bêtise.

Thomas laisse échapper un rire méchant.

— Ce sera pas la première fois.

— Vous devez me croire. Il faut l'appeler. Lui dire de revenir ici.

— Si tu crois qu'elle m'écoute… Elle est partie. J'ai pas été capable de la retenir.

Célia abat le carnet sur la toile cirée où les fleurs ne sont plus qu'un lointain souvenir.

— Vous savez où elle est en ce moment ? Elle est chez mon père ! Et elle est prête à faire n'importe quoi ! Elle a lu ce carnet et elle s'est imaginé des choses ! Il faut l'appeler.

L'homme lève ses yeux sombres vers elle.

— Vous avez lu ce qu'il y a là-dedans ? demande Célia.

— Non. On pensait qu'il était en sécurité. Que plus personne le lirait jamais.

— On ? Vous parlez de ma mère ?

Thomas hoche la tête lentement, saisit une des bouteilles qui encombrent la table, remplit son verre et boit longuement, sans respirer. Il boit comme on se noie. Célia pense que tout est terminé, qu'il ne parlera plus, qu'il s'éloigne dans l'alcool, mais il finit par dire :

— Assieds-toi. Je suppose que tu l'as lu. Ça ne sert plus à rien de mentir.

Célia reste debout, mais l'homme ne semble pas le remarquer.

Alors Célia pose la question qu'elle retient depuis trop longtemps.

— Est-ce que vous êtes mon père ?

Et les mots qu'elle lance lui semblent si irréels qu'elle doute seulement qu'ils aient pu franchir la barrière de ses lèvres. D'ailleurs, l'homme ne répond pas. Comme si ces mots n'avaient jamais été prononcés.

L'homme dit :

— J'ai tenu la main de Tina. Je l'ai tenue jusqu'au dernier moment. Je dis le dernier moment, mais elle était déjà ailleurs depuis longtemps. Je crois qu'elle était revenue là-haut, sur le plateau. Je crois qu'au moment de mourir elle avait retrouvé ses vingt ans. Et il y avait pas d'amertume ou de tristesse en elle, non. Elle était heureuse, je crois, malgré la douleur qui lui tordait la bouche parfois. Oui, elle riait presque. Comme si elle courait sur les chemins. Comme si elle avait vingt ans et que la vie et la mort c'était quelque chose de léger et qu'il suffisait de se laisser aller. Voilà, j'ai tenu sa main, et le plus étonnant c'est que c'est moi qu'elle a appelé à ce moment-là. J'aurais jamais pu croire ça. C'est une des vieilles du village qu'est venue ici. Elle tremblait comme un lapereau quand j'ai ouvert la porte. Elle a dit : « Y'a la Tina qui te demande », rien de plus, et elle est partie presque en courant. Et moi aussi, en montant vers le village, je me suis rendu compte que je tremblais. Parce que y'a toute cette histoire entre Tina et moi et qu'elle me parle plus et qu'elle me regarde plus depuis combien de temps, j'ai oublié. Je pousse sa porte et quand je pousse sa porte j'ai à peine six ans il me semble, et elle, dans sa chambre, elle en a pas plus de vingt. Comme quand elle était l'institutrice et moi l'élève. Je le vois de suite : son esprit est ailleurs, quelque part dans les bois. Mais la mort, Tina la connaît. Elle connaît sa gueule parce qu'elle l'a vue qui rôdait dans cette chambre où beaucoup sont venus pour trois fois rien et sont morts le lendemain. Alors Tina, malgré son esprit qui s'échappe, elle sait qu'elle durera pas longtemps. Qu'elle est attendue. Et elle veut pas y aller seule. Et c'est moi qu'elle fait appeler. Elle a vingt ans dans son corps de vieille et j'ai six ans dans ma carcasse d'ivrogne et je tiens sa main entre mes grosses paluches. Moi, j'aimerais qu'on cause, qu'on s'explique sur tout ça, mais des fois, y'a rien à dire. Ou on peut plus le dire. Ou ça sert plus à rien. Y'a juste à être là. À tenir une main. Alors je suis là. Je tiens sa main. Et je lui dis pardon. Pardon. Pardon. Pardon, avec ma voix de môme. Et elle, elle dit rien. Elle sourit des fois. Elle rit presque quand elle a pas mal. Et moi je ris alors avec elle. Parce que je vois qu'elle m'en veut pas. Je vois qu'elle m'en a pas vraiment voulu. Et qu'elle me pardonne tout ça. Parce que moi je pensais pas à mal. J'aimais cette louve, c'est pour ça que je les ai suivis dans la montagne. Et, bon Dieu, c'est mon père qui m'a envoyé chercher l'appareil. Celui avec lequel il nous photographiait, nous, ma mère et moi. Et il m'a fait appuyer sur le déclencheur. C'est moi qui ai pris la photo. Cette putain de photo. Et je voulais pas tout ça. Voilà. Je dis pardon. Et je dis pardon après que la mort est entrée dans la chambre, et qu'elle a pris ce qu'il y a à prendre et qu'elle est sortie sans même refermer la porte. Voilà. Voilà qui était Tina. Et j'ai été heureux de lui tenir la main jusqu'au dernier moment. Elle m'a pardonné. C'est ce que je retiens d'elle.

Le courage qu'elle a eu de pardonner à tous. Elle a pardonné sans oublier.

Le silence retombe un instant sur la cuisine grise. Le verre tinte à nouveau. Derrière Thomas, la gueule de la cheminée est noire et vide.

— Pourquoi Tina n'a pas appelé maman ? Je ne comprends pas, dit Célia, les mains refermées autour du carnet.

— Elle l'a fait, dit Thomas. Enfin, c'est moi qui l'ai fait. Parce que je pensais que c'est ce que Tina voulait, même si elle avait plus la force de le dire. Catherine, je l'avais pas vue depuis plus de dix ans, mais j'ai trouvé son numéro sur un calendrier que Tina avait sur un buffet à côté du téléphone. Alors j'ai appelé et je suis tombé sur ton père. J'ai pas osé dire ce qui se passait. J'ai demandé que Catherine me rappelle, mais elle l'a pas fait. Je crois qu'elle avait peur de ce que je dirais. J'ai rappelé quand Tina est partie et j'ai eu Catherine. C'est moi qui lui ai annoncé que sa mère était morte.

— Oui, je me souviens de ça, j'étais là, près du téléphone. C'est après ça qu'elle a disparu, dit Célia. Vous étiez tous les deux ?

Thomas, les yeux dérivant au fond du verre, ne relève pas la tête.

— On était amoureux, ta mère et moi. Vraiment amoureux. Et on comprenait pas pourquoi nos parents voulaient pas de cet amour. On avait pas couché ensemble. On aurait voulu, oui. Mais on l'avait pas fait. Comme si on se méfiait d'un serpent caché sous un caillou. Ou alors parce qu'elle était trop jeune et que j'avais peur de la blesser. Elle était si fragile. Un oiseau. Je voulais lui laisser le temps. Je voulais que les choses soient belles. Pas comme entre mon père et ma mère. Alors voilà, on l'a pas fait, dit Thomas. On l'a pas fait à ce moment-là. On voulait le faire en ville. On voulait s'aimer ailleurs. On imaginait un hôtel, au milieu de la ville, une grande ville, avec tout le vacarme des autos et les gens qui vont et qui viennent dans les rues sans même savoir qu'il y a un homme et une femme qui font l'amour, là, juste au-dessus. Voilà ce qu'on voulait. On avait prévu de s'enfuir tous les deux. Le jour, l'heure, tout ça était décidé. Mais Catherine, un jour où elle était en colère, a dit notre amour à sa mère. Et évidemment Tina en a parlé à mon père. Mon père m'a enfermé dans ma chambre une semaine entière. J'ai tout essayé pour m'enfuir. J'étais devenu fou. Je voulais le tuer. Mais il avait les poings plus durs que les miens. Et quand Catherine est venue me chercher pour partir, j'étais dans ma chambre, inconscient. Je l'ai su après, mon père lui a dit que je ne l'aimais plus. Que j'avais renoncé à tout ça. Catherine est partie seule. Et moi je suis resté. Tout était brisé. Mon père m'a dit que Catherine s'était trompée. Qu'elle voulait autre chose que mes angoisses. Qu'elle était avec quelqu'un de la ville. Et moi j'y ai cru. Le scénario d'un mauvais film. Le temps a passé. J'ai rencontré quelqu'un, j'ai eu Andréas. Et un jour Catherine est revenue. Elle est venue frapper à la porte du Moulin. Elle m'a dit qu'elle écrivait un livre. Qu'elle avait rencontré quelqu'un mais qu'elle était prête à tout quitter. Moi, je savais pas quoi dire. C'est à ce moment-là que ma femme est arrivée, avec mon fils dans les bras. Je me souviendrai toujours du regard de Catherine. La douceur l'avait abandonnée. C'était plus que de la noirceur à l'intérieur. Je l'ai à peine reconnue. J'aurais voulu m'excuser. Lui dire que je l'aimais mais que la vie avait décidé autrement, mais ce regard-là, lui, il me hurlait de ne surtout rien dire, de ne pas parler. Moi j'ai compris que je m'étais menti depuis toujours. C'est affreux de dire ça, mais je me suis mis à détester ma femme et mes enfants et mon père et Tina, la vie tout entière et moi plus que tout. J'arrêtais pas de penser que les choses auraient pu se passer autrement. Enfin, si tu as lu le carnet, tu comprendras…

— Alors vous n'êtes pas mon père ? demande Célia, les joues blêmes.

— J'aurais pu. Mais ce n'est pas moi, non.

— Et ces deux semaines où Catherine a disparu ?

Thomas lève ses yeux troubles vers la jeune fille.

— Après l'enterrement, ta mère est venue chez moi. Nous avons fait l'amour. J'étais heureux, enfin. Je pensais que tout allait s'arranger. Que l'on pourrait recommencer une nouvelle vie. Catherine… elle pensait tout quitter. Elle ne supportait plus la pression, les interviews, les salons. Elle voulait une vie plus simple.

— Elle voulait quitter mon père ? Nous quitter tous les deux ?

Thomas hausse les épaules et détourne le regard.

— C'est triste à dire, mais la mort de Tina nous avait rapprochés. Nous étions adultes et nous pouvions enfin vivre nos rêves d'adolescents. C'est ce qu'il nous semblait. Andréas était déjà parti à cette époque-là. Alice ne supportait pas de voir Catherine ici. Elle était très jalouse et pendant une semaine entière ça a été disputes sur disputes. Je crois que c'est là que tout a craqué. Un soir, Catherine est allée jusqu'à la maison de Tina. Elle voulait dormir là-bas parce qu'ici avec Alice tout était trop compliqué. Ce soir-là, Catherine a trouvé le carnet, les photos et les fourrures des loups. Elle est arrivée au matin, le visage ravagé. Elle m'a raconté ce qu'elle avait lu. Pas tout, pas en détail. Mais elle savait désormais la vérité. Ce que j'avais fait. Qui était son père. Et qui, moi, j'étais. Sans avoir la même mère, j'étais son frère. Et ça, je le découvrais en même temps qu'elle. J'étais son frère et nous avions couché ensemble la veille à peine. Catherine ne savait plus quoi faire. Elle a dit que personne ne devait savoir, jamais. J'ai voulu la rassurer, mais quand j'ai touché son épaule elle s'est mise à hurler. Elle est partie en courant. Elle ne pouvait se résoudre à détruire le carnet, alors elle a jeté la clé de la chambre de Tina dans la rivière et elle a disparu.

— Mais comment la clé a-t-elle pu…

— Je suppose qu'Alice avait vu tout ça, dit Thomas en haussant les épaules. Elle a dû la repêcher et elle a découvert ce qui se cachait dans la chambre elle aussi.

Thomas fait tinter une nouvelle fois la bouteille sur le rebord du verre.

— Tu devrais y aller maintenant.

— Pas avant que vous appeliez Alice pour lui dire de revenir. Elle croit qu'elle est ma sœur. Vous n'avez pas besoin de lui expliquer tout ça, je le ferai. Mais appelez-la. Si vous tenez à Alice, appelez-la.

Thomas vide le verre d'un trait, essuie sa bouche de sa large main.

— Malgré tout ce que tu peux croire, j'aime mes enfants.

— Alors appelez-la. Et dites-le lui. Dites-lui que vous l'aimez !

Thomas reste silencieux, ses yeux noirs et vides plantés dans ceux de Célia.

La jeune fille attrape le téléphone posé sur le coin du buffet et compose le numéro d'Arthur.

À la personne qui décroche, elle lance sèchement :

— C'est Célia, je veux parler à Alice !

Puis elle tend le combiné devant le visage défait de Thomas.

— Allô ? dit la voix étouffée d'Alice. Allô ?

Les secondes n'en finissent pas de s'effondrer comme des pans entiers de glacier.

— Il y a quelqu'un ? demande Alice.

Et lentement le bras de Thomas se déploie et lentement sa main se tend.

— Alice. C'est papa.

*

Nous cherchons tous à nous libérer du passé. Nous tentons, jour après jour, de graver par-dessus ce qui a été gravé. Toi avec tes romans, moi avec ma peau de louve, Marcus avec ses chemins d'errance, Armand avec ses mensonges. Mais les fantômes ne reviennent pas. Ils dansent à la périphérie de notre vision et jamais nous ne pourrons les ramener dans nos bras. Le passé est un mausolée inaccessible. On peut tenter de le comprendre. En apprécier les formes, les dimensions, le sens. Mais il nous est interdit d'y pénétrer. Sous peine de nous perdre et d'errer sans fin dans un labyrinthe de doutes à la poursuite de ceux qui reposent là sans jamais parvenir à les rattraper. Non, c'est du futur qu'il faut se libérer, Catherine. Se libérer maintenant. Il te semblera que les chaînes sont lourdes comme des siècles. Mais il suffit de regarder devant pour les sentir se disloquer. La peur du vide nous empêche d'être au monde.

Chapitre 67

L'odeur. C'est l'odeur qui les a frappés en premier. Thomas venait à peine de raccrocher le téléphone quand l'odeur a submergé le Moulin. Des senteurs épicées, entêtantes. Anis. Miel. Romarin. Comme un immense bouquet sauvage qui embaumerait la vallée tout entière. Un parfum si fort qu'il soulève l'estomac.

Quelque part, derrière le Moulin, le feu hurle et se tord. Il claque et craque et siffle et gronde et gémit. Il dévore le bois, les bâtiments et la fin du jour avec des grognements d'ogre.

Thomas et Célia sur le chemin de la scierie. Le brasier dans le ciel. Rouge. Rouge. Rouge. Le gris de la nuit naissante lacéré par des coups de pinceaux rageurs. Et plus haut encore des tourbillons gonflés de fumée noire. Les entrailles d'un animal fabuleux se dévidant sans cesse, vomies par la gueule embrasée.

Maintenant, des gens. Les bras ballants, les épaules tombantes. À peine des silhouettes noires et figées par le projecteur jaune de la fournaise. Incapables de croire que la scierie brûle devant eux.

— Qu'est-ce que c'est ? Qu'est-ce que c'est ? ne cesse de demander un vieil homme à côté de Célia, le regard rivé sur une flammèche qui tourbillonne à ses pieds comme un feu follet. Si rouge qu'on dirait une déchirure dans la terre elle-même.

— Mais qu'est-ce que c'est ? demande le vieil homme en tremblant, les mains tendues vers la flamme minuscule qui danse dans le vent. Mais personne n'a de réponse à lui donner. Tous sont tournés vers les bâtiments en feu, muets, la bouche ronde. La chaleur délirante leur tire des larmes et les sèche immédiatement sur leurs joues. À moins que ce ne soit la colère qui bat dans leurs poings serrés. La colère de ceux qui ont peiné là sur les machines et sur les troncs, saoulés de poussière et de bruit. La colère de ceux qui partaient dans les matins blafards à l'assaut des montagnes et qui abattaient tout le jour durant les arbres immenses et centenaires. Les pères comme les fils et les pères des pères avant eux, tous ont maudit la forêt et l'usine et ses machines pour le bois qui écrasait les reins et fendait les mains, pour les lames qui déchiraient les tympans et ouvraient les chairs, pour le froid et la neige et la boue et le gel et le soleil et la pluie qui précipitaient la course des saisons et qui faisaient d'eux des vieillards avant l'heure. Mais pas un n'aurait pensé tout quitter pour aller jusqu'à la ville, passer des heures durant les yeux penchés sur des signes tracés sur du papier, enfermé dans un bureau aux vitres scellées. Depuis des générations, ils avaient acquis la certitude qu'ils étaient promis à la peine, mais que la peine pouvait être une fierté. Il leur venait parfois l'intuition que cette idée avait été formulée par ceux qui dirigeaient la scierie et qu'à force d'avoir été répétés ces mots avaient trouvé leur place dans leur propre bouche. Et la fierté leur laissait sur la langue une drôle d'amertume. Alors ils la faisaient passer avec un café partagé sous les ramures détrempées des chênes, avec une brassée de champignons qui éclaboussait brusquement le sous-bois, et pour les plus lucides il n'y avait rien d'autre que la flasque de métal qu'ils gardaient secrètement cachée sous leur tenue de travail contre leur poitrine. Des joies de peu pour faire passer les jours de misère. Ils avaient saigné là et leurs pères avant eux. Sous les tonnes de bois, le sang des hommes. Voir brûler la scierie maintenant ouvre en chacun d'eux un abîme. Ce vide est à la fois terrifiant mais aussi terriblement excitant. Et à la colère de voir disparaître l'usine où ils ont peiné ou dans laquelle ils peinaient hier encore se mêle une sensation inconnue. Le sentiment diffus d'assister à la fin d'un monde et au début d'un autre. Un monde plus vaste où, s'ils en avaient le courage, ils pourraient aller en liberté. Un monde où on ne sait de quoi demain sera fait.

Au milieu de ces hommes, aussi immobile qu'eux, aussi fascinée par le grondement du brasier, Célia regarde l'estrade où se tenait tout à l'heure sa mère, maintenant entièrement noyée dans les flammes. La banderole « En grève » suspendue au-dessus s'effiloche en lambeaux brûlants et les lettres se tordent et disparaissent, englouties une à une par le feu.

Sur un des côtés du bâtiment, les gyrophares d'un camion de pompiers. Une grande échelle et des lances déployées. Des ombres tournoient comme de minuscules fourmis sous le ciel embrasé. Il y a là aussi un fourgon bleu de gendarmerie. Et, tout près, Célia reconnaît Andréas, une main tendue entre son visage et le brasier.

Elle laisse Thomas, raide, les poings enfoncés dans les poches. Elle le laisse sans savoir ce qu'il pense, ce qui se cache derrière ses traits fermés. L'usine que son père a fait croître, l'usine à laquelle Armand a tout sacrifié, et son fils et sa femme et Tina, cette usine n'est maintenant que flammes et fumée. Elle n'en est pas sûre, mais il a semblé à Célia voir un sourire flotter sur la bouche du bûcheron tandis qu'elle s'éloignait.

Andréas prend Célia dans ses bras. Derrière eux, les gendarmes font reculer une dizaine d'hommes aux traits déformés par la colère et par les flammes de la fournaise.

— C'est moche, hein ?

— Quelqu'un sait comment c'est arrivé ? demande Célia.

Andréas hoche la tête.

— Oui, il était là quand les gendarmes sont arrivés. Il les attendait.

— Il les attendait ? Qui ça ?

Le jeune homme se tourne vers le fourgon. À travers la vitre grillagée, Célia devine un visage.

— Paul ?

Paul, les joues noircies, ses cheveux ras roussis par les flammes, les yeux sombres. Il se tient recroquevillé sur un des bancs du fourgon, indifférent au spectacle de l'incendie et à la colère des hommes que retiennent à peine les gendarmes.

— Pourquoi est-ce qu'il a fait ça ? s'interroge Andréas. Personne ne comprend pourquoi il a fait ça.

Mais Célia l'entend à peine. Elle vient de voir sa mère, les bras serrés autour du corps, comme si elle avait froid. Son regard perdu vers l'usine qui se boursoufle et qui craque sous la chaleur immense. Comme elle va vers elle, Andréas lui lance :

— Tu as des nouvelles d'Alice ?

— Elle va rentrer. Bientôt. Très bientôt.

Célia ne sait pas très bien ce que Thomas et Alice se sont dit au téléphone tout à l'heure. Par pudeur, elle était allée attendre dans la chambre d'Alice. Elle avait regardé au travers de la vitre brisée et elle avait lancé une supplique muette aux bois et aux bêtes qui vont sur les chemins. Une prière pour qu'Alice ne commette pas cette folie. Elle n'avait jamais voulu tout ça. Elle espérait que la jeune fille, en entendant la voix de son père, reviendrait à la raison. Peu après, Thomas était rentré dans la chambre et il avait simplement dit :

— Elle part ce soir. Elle revient.

Et le cœur de la jeune fille avait soudainement été libéré d'un terrible poids.

Célia retrouve sa mère sur le chemin qui mène au village. Catherine a l'air si âgée soudain, avec ses traits tirés, le châle noir sur ses épaules et ses bras enroulés tout autour. Cette femme en noir, éclaboussée par l'éclat du feu, on pourrait presque la prendre pour Tina. Sans rien dire, Célia l'étreint entre ses bras. Catherine résiste un instant. Peut-être par pudeur. Peut-être à cause de la surprise. Mais elle s'abandonne enfin. Et

Célia ferme les yeux pour chasser plus loin les images qui sont nées sous la plume de Tina. Elle ne dira rien de ce qu'elle a lu. Pas ici. Pas maintenant. Peut-être plus tard, elle dira ce qu'elle sait. Elle dira la vie qui palpite en elle. Là, elle se contente de serrer cette femme vieillissante entre ses bras. Sa mère. Et elle se laisse tenir par elle. Sans penser à rien. Juste sentir. Ressentir tout ce qui pourrait se dire mais qui ne sera jamais aussi fort que deux corps liés dans le silence.

— Est-ce que ça va ? finit par demander Catherine.

— Oui, je crois que ça va.

Chapitre 68

Célia, sur les chemins. Autour d'elle, des plaques de neige luisent faiblement dans l'obscurité. En bas, vers le village, la nuit toujours incendiée, les pompiers impuissants à maîtriser l'appétit monstrueux de l'ogre, et le grondement lointain du feu, pareil à l'orage qui roule au-delà des sommets certains soirs d'été.

Dans la caravane abandonnée, Célia retrouve la fourrure de la louve soigneusement roulée sur le matelas.

Elle jette le pelage sur ses épaules et s'en va par les sentes jusqu'à un lieu escarpé et battu par le vent du nord. Là, il y a une baraque de pierre au toit de tôle rouillée. La cheminée dévide une pelote de fumée terne. Célia s'avance jusqu'à la porte, les pieds nus sur la roche froide. Elle ne frappe pas. Elle entre. Et l'homme assis près du poêle lève ses yeux qui ne voient presque plus vers elle et sourit. Comme s'il attendait depuis longtemps la visite de la jeune fille.

À l'intérieur de la petite maison, à peine une table, un buffet vermoulu, deux chaises, un poêle et un matelas posé à même le sol. La cellule d'un moine. Le refuge d'un ermite ayant tout abandonné du monde. Ou lui-même abandonné du monde.

— Approche, dit doucement Armand. Approche, s'il te plaît.

Célia s'avance.

Les doigts du vieil homme courent sur son visage, soulignent ses lèvres, son nez.

— C'est vrai que tu lui ressembles. Même si je n'ai jamais touché son visage, tu ressembles à Catherine, je le sais.

La main se perd ensuite dans la fourrure posée sur les épaules de la jeune fille et un sourire presque enfantin vient fendre la bouche de l'homme.

— Tu es venu pour moi ? demande Armand, les yeux plissés. Pour prendre ma vie ? La colère brûle en toi comme elle brûle en Catherine, comme elle brûlait avant en Tina, c'est ça ?

Célia secoue la tête, même si l'homme ne peut la voir, et s'agenouille près de lui.

— Non. Je suis venue pour savoir.

Le rire rejette la tête d'Armand en arrière.

— Savoir ! La belle affaire. Quel âge as-tu ? À peine vingt ans, même pas, et déjà tu voudrais savoir ! Il te faudra d'abord apprendre la patience, petite.

— Je sais déjà beaucoup de choses, réplique sèchement Célia.

Le vieil homme hoche la tête, tend ses larges mains crevassées vers le poêle de fonte.

— Tu crois savoir beaucoup de choses. Et pourtant tu verras, quand tu auras mon âge, tu réaliseras que tu ne sais presque rien. Parce que tout ce que tu croyais savoir a disparu ou s'est effiloché en même temps que ton corps et ta mémoire. Alors, tu vois…

— Je sais que vous aimiez Tina, interrompt Célia. Je sais que vous êtes mon grand-père.

— Oui, bien sûr, tu sais tout ça. Et après ?

— Pourquoi avoir pourchassé cet homme, Marcus ? Ce n'était pas l'assassin. Pourquoi avoir fait tout ça ?

— Une vieille histoire entre nous. Rien qui ne puisse s'oublier.

— Alors cette histoire, dites-la-moi.

— Je m'en souviens à peine.

— Ce n'est pas vrai.

— À quoi bon la dire, ce n'est qu'une histoire.

— Dites-la-moi. Je suis votre petite-fille. Je veux savoir qui vous étiez.

— Non, je t'assure, tu ne veux pas.

— La scierie est en feu, dit brusquement Célia. Un incendie. C'est Paul, le petit-fils de Tonio.

Le visage d'Armand se contracte imperceptiblement.

— Il ne reste plus rien de ce temps-là, continue Célia. À part vous et des histoires. Et bientôt vous ne serez plus là. Vous êtes comme ces coquillages qu'on trouve pris dans la pierre. Ils ont disparu depuis longtemps mais ils nous rappellent sans cesse que la mer était là. Rien ne s'oublie jamais. Les histoires sont faites pour être racontées. Paul n'aurait pas incendié la scierie s'il avait su ces histoires. La vie de Tina aurait été différente. Celle de Catherine, votre fille, aurait été différente. Et la mienne aussi. Alors cette histoire vous allez me la raconter. Maintenant.

Le vieil homme sourit, comme s'il se délectait des paroles sèches de Célia.

— Tu es bien présomptueuse, petite. Tu viens chez moi. Tu me parles comme si je n'étais rien d'autre qu'un vieil homme sur son lit de mort.

— Vous n'êtes qu'un vieil homme sur son lit de mort. Si vous aviez des yeux, vous verriez ça.

— Qu'est-ce que tu attends ? demande Armand d'une voix dure. Tu voudrais que je regrette ce que j'ai fait à cet homme ? Que je me lamente sur la vie de Tina ? Tu voudrais que je te dise que je m'en veux pour ne pas avoir été le père qu'il fallait à Thomas ? Que je rampe à tes pieds pour ne jamais avoir serré ma fille dans mes bras ? Je vais te dire, ce que j'ai fait, je ne le regrette pas. Ce que j'ai fait, je l'ai fait pour ma famille, pour la scierie et pour les gens de cette vallée.

— Alors vous vous êtes trompé.

— Peut-être, admet Armand, ses yeux voilés jetés au-delà du feu. Qui ne fait pas d'erreurs ? Toi aussi tu t'es trompée parfois, n'est-ce pas ? Tonio, je sais que vous étiez là le soir où il est mort, Alice et toi. Est-ce que tu le raconteras à ton enfant ? Est-ce que tu lui diras cette histoire-là ?

Célia frémit et porte instinctivement une main à son ventre.

— Tu vois, poursuit le vieil homme, il faut laisser les regrets de côté. Sans quoi la vie ne peut continuer. Qui est le père de ton enfant ?

— Je ne sais pas.

— Vas-tu le garder ?

— Je ne sais pas.

— Tiens, s'amuse Armand, il y a beaucoup de choses que tu ne sais pas.

— Alors dites-les-moi.

— Mets une bûche dans le poêle, ordonne Armand en désignant un tas de bois sur le côté. Et tandis que Célia s'exécute, il ajoute :

— Tu es aussi obstinée que Tina.

Comme elle s'agenouille à nouveau devant l'homme, le manteau de louve sur les épaules, Armand dit pour lui-même : « Un coquillage. Un vieux coquillage pris dans la pierre. Tu ne doutes de rien. »

Dans le poêle, la bûche humide siffle et fume.

— Tu as raison, dit enfin le vieil homme. J'aimais Tina. Je ne lui ai jamais dit mais je l'aimais. Pas plus que je ne l'ai dit à Catherine. Il m'est arrivé d'aller jusqu'à l'école sous des prétextes quelconques, juste pour voir Catherine dans la cour de récréation. Elle était souvent seule. Les regards des autres enfants étaient pleins de méfiance et de méchanceté. J'aurais pu les tuer pour ça.

— Pourquoi ne pas être allé vers elles ? Votre femme était partie, vous étiez libre de faire ce que vous vouliez.

— C'était trop tard. Pas après ce qui s'était passé sur le plateau. Pour Tina, je n'existais plus. Catherine lui appartenait. Elle ne m'aurait jamais laissé seulement la toucher.

— Elle avait raison. Ce que vous lui avez fait était immonde.

— J'ai fait pour le mieux.

— Pour le mieux ? siffle Célia. La tondre ? La désigner à tous comme une putain ? C'était ça le mieux ?

Le vieil homme soupire.

— Tu ne le croiras peut-être pas, mais Tina a changé ma vie. À cette époque-là, je n'allais pas très bien. La routine de la scierie, ma femme Jeanne et ses angoisses, le village et ses ragots. Tout me semblait maussade. Couru d'avance. Rien ni personne ne me résistait. J'avais toutes les filles que je voulais. Mes poches débordaient d'argent. Tonio, le maire du village, faisait mes quatre volontés. Et, plus que tout, j'avais la scierie, une entreprise qui allait faire de moi le maître de la vallée quand les mines fermeraient. Tina, je suis tombé amoureux d'elle dès que je l'ai vue sur le quai de la gare. Il y avait quelque chose de tranchant en elle qui m'attirait. Elle semblait avoir déjà vécu mille vies et pourtant une flamme brûlait encore dans ses yeux. Une sorte de rage. Et moi j'étais comme un papillon. J'avais beau faire le fier, étaler ma richesse et mon pouvoir, quand elle me regardait je me sentais aussi nu qu'un enfant. C'était un sentiment nouveau, troublant. Et tous les deux, nous avons vécu ce que nous devions vivre. Jeanne, qui avait toujours toléré que j'aie d'autres aventures, a bien senti que cette fois-ci c'était différent. J'étais de moins en moins présent à la maison. Même Thomas était devenu inexistant alors que j'avais toujours traité mon fils comme un petit roi. Je ne le savais pas, mais ma Jeanne préparait sa vengeance. Et puis il y a eu ce soir. Ce fameux soir où Thomas a disparu. Nous sommes partis dans la montagne à sa recherche. Nous l'avons trouvé sur un chemin. Il ne voulait rien dire. Il avait peur de moi et cette peur m'a ouvert le cœur. J'ai réalisé que j'étais devenu un étranger pour mon fils. Une sorte de monstre. À force de cajoleries, il a fini par dire la vérité : l'homme et la louve et Tina étaient ensemble.

J'étais persuadé qu'ils avaient trouvé refuge sur le plateau parce qu'aucun des hommes du village n'osait s'aventurer là-bas. Une tempête de neige menaçait, alors nous sommes rentrés. Ma femme m'attendait. Je ne sais pas comment elle a su, peut-être par la Quimette, mais elle m'a révélé ce que je ne savais pas moi-même : Tina était enceinte. Et ce ne pouvait être que de moi. Jeanne m'a menacé de révéler la vérité si je ne me débarrassais pas de Tina.

— La vérité ? demande Célia. Quelle vérité ?

Armand hoche la tête :

— Un vieux coquillage, pas vrai ?

La jeune fille pose sa main sur celle du vieil homme, qui tressaille malgré lui.

— Quelle vérité ?

— La vérité sur ce qui s'était passé à la fin de la guerre, dit Armand dans un souffle. Un soir d'hiver, le père Tibo est venu frapper à la porte du Moulin. Il était affolé. Il tremblait et il arrivait à peine à parler. J'ai envoyé Jeanne dans la chambre de Thomas et on s'est installés dans la cuisine. J'ai versé au curé un verre d'alcool fort qu'il a avalé comme si ça avait été de l'eau. Et il m'a raconté qu'il avait reçu en confession un de ces étrangers qui vivaient dans la montagne. Deux semaines auparavant, tout un groupe était arrivé par ici. Des pauvres hères dépenaillés de je ne sais quel pays qui fuyaient la guerre et les rafles. Si les soldats de la vallée les avaient trouvés, ils les auraient exécutés, c'est certain. C'est comme ça que ça se passait en ce temps-là. Ces étrangers, ils parlaient à peine notre langue, ils avaient tous le visage creux, brun et hagard de ceux qui vont depuis longtemps sur les chemins. Ils s'étaient établis au-dessus du village, sur le chemin de la montagne. Ils venaient parfois acheter quelques œufs ou un bout de pain avec le peu d'argent qu'ils avaient encore. En vérité, on ne les aimait pas trop. On se méfiait d'eux. Il y avait eu des vols depuis leur arrivée. Mais personne n'osait les dénoncer à la gendarmerie, car c'était des gens très pieux. Ils venaient à chaque messe et le père Tibo en trouvait souvent occupés à prier dans son église. Ce soir-là, le curé avait reçu la confession de l'un d'entre eux. La veille, cet étranger avait été le témoin d'un crime. Il lui avait dit avoir vu sur le chemin de la montagne trois hommes autour du cadavre d'une fillette. À la description qu'il avait faite de l'enfant, ce devait être Louise, la fille de la Quimette. Quand j'ai demandé au curé pourquoi il n'était pas allé voir Tonio, il m'a dit : « Parce qu'il était là, lui aussi. Un de ces trois hommes était Tonio. » Le père Tibo était mortifié. Il n'arrêtait pas de se signer en disant que Dieu le punirait pour avoir révélé la confession de cet homme. Je l'ai rassuré en disant qu'il avait eu raison de venir m'en parler. Nous sommes allés chez Tonio. Il faisait semblant de ne pas comprendre. J'ai dû le gifler pour le ramener à la raison. Je lui ai dit qu'ils avaient été vus par un des étrangers. Qu'il allait finir en prison. Alors il s'est mis à raconter avec une voix tremblante. La veille, Tonio avait bu avec deux gars de la scierie. Trop bu. Et je ne sais pas comment cette idée leur était venue, peut-être à cause de blagues qui avaient été échangées autour d'une bouteille, peut-être par défi, ils s'étaient mis en tête d'aller voir du côté campement des étrangers.

— Voir quoi ? demande Célia.

Le vieil homme hausse les épaules.

— Voir si les femmes à la peau brune étaient aussi volages que ce qui se racontait. Une fois arrivés là-haut, bien évidemment, il n'y avait pas de femmes pour les accueillir. Ils ont été reçus par les hommes. Le ton est monté. Ils en sont venu aux mains et Tonio et les deux autres ont pris une bonne correction. Sur le chemin du retour, ils ont rencontré Louise, la fille de la Quimette. Elle était débile, à ce qu'on disait, elle partait souvent en pleine nuit sur les chemins, elle parlait aux arbres, des choses comme ça. C'était une gamine étrange que la Quimette laissait pousser comme une herbe folle depuis le départ de son mari, qui s'en était allé voir si l'herbe était plus verte ailleurs. Au village, tous les enfants se moquaient d'elle. Alors, ce soir-là, Tonio et les deux autres, saouls, en colère d'avoir été rossés par les étrangers, ont certainement eu des mots méchants pour la pauvre fille. Ou peut-être ont-ils eu peur qu'elle aille raconter d'où ils venaient ? En tout cas, Louise est partie en courant et ils l'ont poursuivie. Elle ne pouvait pas aller bien loin, cette fillette était handicapée depuis sa naissance. Ils l'ont poursuivie et, pour leur échapper, Louise s'est jetée dans une ravine. Quand ils l'ont retrouvée, elle était morte. Voilà ce que m'a dit Tonio ce soir-là : « On n'a pas tué Louise. C'était un accident, je te jure, c'était un accident. » Moi, je n'ai rien dit. Ça ne servait à rien de parler. Le père Tibo, Tonio et moi nous sommes allés par la montagne, dans cette ravine, et nous avons enterré le corps tordu de Louise. Le lendemain, j'ai fait ce qui devait être fait pour protéger ces hommes, et le village, et la scierie. Et puis il fallait que jamais l'homme qui avait vu tout ça ne parle.

— C'est-à-dire ?

Le vieil homme tend ses mains tremblantes vers le feu.

— J'ai pris mon téléphone et j'ai appelé la gendarmerie de la vallée. J'ai dit que des étrangers se cachaient au-dessus du village. Et, tu sais, en ces temps, la pitié n'existait pas pour ces gens-là. Les soldats sont venus. Nous avons entendu les détonations des mitrailleuses et, plus tard, un grand feu a troué la nuit. Plus tard encore, le silence est retombé comme un linceul.

— Comment votre femme a-t-elle su ce qui s'était réellement passé ?

Armand hausse les épaules.

— Après ça, rien n'a plus été pareil. Je faisais des cauchemars. J'étais hanté par l'image du corps fracassé de Louise et par le massacre des étrangers. J'ai fini par me délivrer de tout ça. Un soir, j'ai parlé à Jeanne. Je lui ai dit ce qui s'était passé. Aussi, quand j'ai réalisé que l'homme qui était dans la montagne avec Tina était un survivant de ce massacre, il est devenu évident que je devais le faire taire. Je ne l'avais pas reconnu et je ne me serais douté de rien s'il n'avait pas raconté des bribes de son histoire à Tina. Quand j'ai dit qui il était à Tonio et au père Tibo, ils se sont effondrés. Le père Tibo, surtout. Je pense qu'au lendemain de la nuit où nous avions enterré Louise et livré les étrangers aux soldats le prêtre avait commencé à sombrer dans la folie. Dans ses prêches, il ne cessait de parler de malédiction et de châtiment. Voir resurgir un de ces fantômes lui donnait raison. Pour lui, la meute de loups qui hurlaient dans la montagne n'était autre que les âmes de ces pauvres gens. Et la mort des fillettes dans la vallée, un châtiment pour le meurtre de Louise. Le père Tibo était fou, mais nous l'avons contraint à venir avec nous sur le plateau. Marcus, ou quel que soit son nom, devait mourir. Non seulement parce que nous étions persuadés qu'il était le monstre qui se vengeait en tuant nos enfants, mais aussi parce qu'il savait la vérité sur la mort de Louise.

— Votre femme savait tout ça et elle s'en est servie contre Tina, c'est ça ?

Armand acquiesce lentement.

— La veille du jour où nous nous sommes rendus au lac Noir, Jeanne m'a menacé de tout révéler du meurtre de Louise si je ne me débarrassais pas de Tina et de l'enfant. Je ne savais pas ce que j'allais faire. J'étais pris au piège. Je pensais ne pas avoir ce courage-là. Nous avons tiré sur les loups et nous sommes rentrés dans la grotte. L'homme était déjà mort. Tina avait abrégé ses souffrances. J'ai demandé aux autres de sortir et je suis resté seul avec elle. J'ai cru devenir aussi fou que le père Tibo, là dans cette grotte, face à Tina, aussi nue que fragile. C'est Thomas qui m'a empêché de faire ce que j'allais faire. Il nous avait suivis, sans doute pour retrouver la louve, et de le voir là dans ce lieu hors du temps m'a ramené à la réalité. Je ne pouvais me résoudre à tuer Tina. Mais il fallait apaiser Jeanne. Alors j'ai eu l'idée de l'appareil photo. L'appareil avec lequel je photographiais ma famille et la scierie. Et toute cette mise en scène, les cheveux tondus de Tina, le corps de l'homme, les carcasses des loups, tout ça n'était destiné qu'à une chose : montrer à tous que l'enfant de Tina n'était pas le mien. Qu'il était celui du monstre. Ainsi ma femme ne pourrait plus rien contre moi ni contre Tina. Voilà pourquoi j'ai fait tout ça.

Comme Célia reste muette, Armand ajoute :

— Voilà à quoi ressemblent tes coquillages pris dans la roche. La suite, tu la connais certainement. Comment Tina est revenue au village. Comment Jeanne m'a quitté. Comment le père Tibo s'est pendu. Comment Catherine a grandi et comment Thomas est tombé amoureux d'elle sans savoir qu'elle était sa sœur. Et le silence qui nous a mené là.

Célia se lève sans un mot, laisse courir ses doigts sur les paupières du vieil homme.

— Vous êtes le roi d'un tas de cendres.

— Sans doute. Mais je suis ton grand-père également.

— Il faudra parler, un jour. Dire tout cela à Catherine et à Thomas.

Armand hoche la tête.

— Un jour. Peut-être.

Célia dépose sur les jambes maigres d'Armand le carnet de Tina.

— Qu'est-ce que c'est ? demande le vieil homme en explorant la couverture de ses mains qui tremblent malgré lui.

— Une histoire. Une histoire pour vous tenir éveillé jusqu'au matin.

Armand grimace.

— Tu sais, mes yeux ne sont plus ce qu'ils étaient.

— Ne vous inquiétez pas. Je reviendrai vous la lire. Et vous saurez.

— Savoir ? Quoi donc ?

— Patience, grand-père, dit Célia en poussant la porte de la vieille masure. Il vous faudra d'abord apprendre la patience.

*

Finalement, ce que j'ai compris après toutes ces années, c'est que la guerre n'est pour presque rien dans ce qui s'est déroulé.

La guerre n'est qu'un décor sordide, un paravent derrière lequel tous sont venus s'abriter pour ne pas avoir à dire ce qui palpitait en eux.

Non, ce n'est ni une histoire de guerre, ni une histoire de haine.

C'est une histoire d'amour.

Car c'est bien de ça dont parlent toutes les histoires depuis l'origine du monde.

D'amour.

D'amour malgré tout.

Et la guerre, si elle a eu lieu, c'est là qu'elle s'est véritablement déroulée.

Entre ces cœurs empêchés.

Parce que nos cœurs blessés nous rendent plus sauvages que des animaux.

Parce qu'un amour déçu tue plus sûrement que la haine.

Aujourd'hui, je crois qu'il est temps de déposer les armes.

La guerre est finie.

Chapitre 69

Deux silhouettes noires, de part et d'autre du lac aux eaux plus noires encore, rayé en son milieu par l'égratignure d'argent d'un croissant de lune.

Sur les épaules nues, le pelage de bêtes qui allaient autrefois par les montagnes et dont aujourd'hui la plainte fait encore frémir les hommes.

Célia s'avance sans bruit.

Sur le visage d'Alice, un sourire.

Autour d'elles, le soupir de la terre qui exhale après le dégel. Infimes craquements. Tambour désynchronisé des arbres qui s'égouttent. Ici où là, les insectes à la carapace sombre déploient lentement leurs élytres.

— Ma sœur, dit Alice, tendant les bras vers Célia, dévoilant son corps nu sous le manteau de louve.

Célia ne répond pas. Elle s'approche et débarrasse les épaules d'Alice de la fourrure. Alice, entièrement nue et pâle sous la lune, immobile telle une statue.

Célia fait ensuite glisser le manteau de ses propres épaules.

Les deux jeunes filles, face à face. L'une pour l'autre comme un reflet sur le miroir de la nuit. Et au sol une masse sombre et indistincte. La peau des louves.

— Je suis revenue. J'ai fait comme vous avez demandé, Thomas et toi. Mais si tu avais voulu, je l'aurais fait, je te jure, dit doucement Alice. Tu as lu le carnet. Tu sais que nous sommes sœurs.

Célia ne répond pas. Elle prend la main d'Alice et lentement l'entraîne vers les eaux noires. L'image réfléchie de leurs pieds, leurs jambes, leur ventre, leurs seins et leurs épaules avalée sans bruit par le lac.

Enfin Célia sourit à Alice. Un sourire aussi mince que la lune.

Elle dit :

— Viens.

Elles traversent toutes deux le lac Noir. Leur corps laiteux évoluant côte à côte. Sans bruit. Avec fluidité. Deux cygnes graciles ne laissant derrière eux qu'un sillon où la lune vient déposer son vif-argent et qui bien vite se referme, emprisonnant ce trésor à tout jamais.

Sur l'autre berge, Célia tend des vêtements à Alice.

— Habillons-nous, maintenant, dit-elle en caressant sa joue.

Plus tard, Célia et Alice, allongées sur le rocher de la source.

Leurs oreilles contre la pierre humide et froide. Leurs yeux enlacés. Sur leurs joues, les éclats minuscules d'une brassée de millions d'étoiles. Et sous la roche le battement paisible du cœur de la montagne.

— Écoute, dit Célia. Écoute.

Alice ferme les yeux. Elle se laisse pénétrer par la pulsation régulière qui va au même rythme que le tambour de son propre cœur.

— Tu sens ?

Alice, les paupières closes, hoche la tête.

— Qu'est-ce que tu sens ?

— La montagne. Le cœur de la montagne.

— Et Tina ? Et Ana ? Tu les sens elles aussi ?

Alice ouvre les yeux et la nuit dans ses yeux scintille de mille paillettes.

— Oui.

Célia prend la main d'Alice.

— Il y a pourtant des choses que tu ne sais pas. Des choses que même la montagne ignore. Des choses que Tina et Ana ne pouvaient pas deviner. Parce que des hommes avaient préféré le silence à la parole.

— Tu veux parler de notre père ?

Célia hoche la tête.

— C'est une longue histoire. Mais peu importe. Les histoires sont faites pour être racontées. Écoute.

L'obscurité enveloppe le rocher de la source et les deux jeunes filles allongées et les histoires partagées.

Il n'y a plus que les arbres qui s'ébrouent et les bêtes qui vivent au cœur des bois, les yeux tournés vers le disque jaune qui, derrière les montagnes bleues, berce pour une nuit de plus le ciel tout entier.

*

La souffrance est une chose commune à tous les hommes. Et pourtant c'est la souffrance qui nous sépare. Qui creuse entre nous des ravins d'incompréhension. Pour les gens de cette vallée, je suis devenue celle qui aidait à tendre une corde au-dessus du vide. Durant des années, j'ai écouté leurs peines, j'ai hoché la tête quand il fallait le faire, j'ai tenu des mains quand elles tremblaient. Personne ne m'a tenu la main. Je pensais ne pas en avoir besoin. Mais, à présent que la mort s'approche, j'aimerais qu'il y ait quelqu'un. Ta lecture, Catherine, tes yeux sur mes mots seront cette main. Ils me sauveront du vide qui menace sous moi.

J'aimerais mourir comme on entre dans l'eau, apaisée, lavée des rancœurs et des remords. Et c'est pour cela que j'écris. Pour ne laisser de moi qu'un caillou sur la berge. Une pierre qui dirait tout de la montagne et des chemins qui la traversent et des bêtes et des hommes qui vont sur ces chemins et qui souvent s'en écartent pour chercher de nouveaux sentiers au travers des bois où aucune créature n'a encore marché.

Une pierre aux reflets de montagne, voilà ce que je voudrais laisser pour toi et Célia.

À me lire, tu te diras peut-être que ma vie a été bien triste.

Détrompe-toi.

Je t'ai dit la joie que j'avais eue à te voir grandir. Je peux te dire aussi le bonheur et la fierté que tu sois devenue écrivaine et mère. Et puis il y a la petite Célia et son corps maladroit. Il y a les montagnes frottées de soleil. Le murmure du vent du nord dans les sapins. Le chant de la rivière prise sous la glace. Mille choses minuscules impossibles à dire qui m'ont toujours ravie. J'ai eu des hommes aussi. Beaucoup d'hommes, et j'ai pris du plaisir avec la peau de chacun d'eux. Je leur ai donné mon corps, mais jamais ma confiance. Cela me suffisait ainsi. Avec le temps, j'ai appris à craindre mon cœur, qui s'échauffe trop vite, tu le sais.

Tu vois bien, ce n'est pas une vie de misère. C'est une vie.

Il y a encore quelque chose qu'il faut que je te dise. Quelque chose que j'ai su il y a peu et qui a fait jaillir tous ces souvenirs.

La Quimette est morte le mois dernier. J'ai écrit que la souffrance nous sépare, mais c'est parfois faux. La preuve en est que la Quimette et moi étions profondément liées par ce que nous avions toutes deux vécues. Nous n'avions jamais mis de mots sur ces choses, aussi je savais seulement que sa fille avait disparu sans laisser de traces. De même, elle ne savait de moi que ce qu'elle avait vu ou deviné. Par pudeur, nous gardions nos secrets respectifs dans des écrins de silence. La Quimette est morte le mois dernier et j'ai tenu sa main. Jour après jour, la mort passait et repassait son soc, si bien qu'à la fin le corps de la vieille pesait aussi lourd qu'un oiseau et son esprit n'en finissait pas de fouetter de ses ailes les murs de sa chambre. Elle délirait continuellement, mais, comme elle avait des difficultés à parler, je ne comprenais pas tout. Elle disait voir des enfants danser autour du lit. Et je pense qu'elle les voyait réellement. Tour à tour elle était prise par un grand bonheur, et elle chantonnait, comme si elle avait chanté avec eux, et, l'instant d'après, la terreur la saisissait. Son visage se transformait alors complètement. On aurait dit qu'elle changeait de masque. Elle implorait alors le pardon, hurlait, pleurait. Elle ne cessait de répéter : « Mes petites, mes pauvres petites. » Une des seules choses qui pouvaient l'apaiser était la photo de sa fille et de son mari. Je la plaçais entre ses mains desséchées. Ses yeux affolés effleuraient l'image et la peur qui palpitait en elle et qui secouait son corps refluait peu à peu dans le puits noir de son regard. « Louise, ma fille. Ma toute petite fille », disait-elle en promenant ses doigts sur la photo. Et dans ces instants-là, on aurait dit que son esprit avait un peu retrouvé le nid qu'il avait quitté. Elle se mettait alors à parler de Louise. Elle disait la peine et la joie d'avoir eu cette enfant handicapée. Elle disait le corps tordu et l'esprit simple de Louise. Elle disait l'amour de sa fille pour les oiseaux quand au matin ils chantaient derrière sa fenêtre, picorant les miettes de pain qu'elle avait déposées pour eux. Elle disait la méchanceté des gens d'ici, les moqueries et les insultes. Elle disait son amour pour sa fille. Elle disait la mort qui avait saisi Louise sur le chemin de la montagne et je ne comprenais pas de quoi elle parlait.

Et puis, en assemblant toutes ces paroles effilochées, j'ai fini par comprendre : comment sa Louise avait été tuée un soir par Tonio et deux autres hommes. Et comment Marcus avait été le témoin du meurtre. Et pourquoi nous en étions arrivés là. Et toutes ces choses-là semblaient s'être déroulées il y a mille ans.

La vie s'est accrochée à la Quimette pendant deux semaines qui m'ont laissée brisée. Je passais mes journées chez elle et je tentais comme je pouvais d'atténuer ses souffrances et ses peurs. Je préparais des tisanes et des onguents. Je faisais ce qu'elle avait fait pour moi dans la montagne. Je lui tenais la main.

Un après-midi où son esprit semblait s'être posé sur son épaule, elle m'a demandé d'aller jusqu'au buffet de la cuisine et d'y prendre une boîte en fer-blanc. Une vieille boîte qui autrefois avait dû contenir des biscuits. Je l'ai posée sur le rebord du lit. La Quimette a fermé les yeux. J'ai ouvert la boîte. Une odeur un peu fade s'en est échappée. L'odeur des souvenirs. À l'intérieur il y avait le papier jauni d'articles de journaux, tous découpés soigneusement. Il m'a suffi de voir une photo en noir et blanc de mauvaise qualité pour comprendre de quoi il s'agissait. Tous les articles concernaient les fillettes assassinées dans la vallée. J'ai sorti les rectangles de papier, un par un, délicatement. La Quimette fermait les yeux, comme pour ne pas froisser ce moment. Ça m'a fait une drôle d'impression de revoir l'image de ces enfants après tant d'années. Marie, Amalia, Louison, Faustine. Le passé semblait soudain si proche. Le souvenir de leurs corps nus et tordus si douloureux. Mon regard s'est arrêté sur un article qui avait pour titre : « Nouvelle révélation sur le Monstre de la vallée. » Il était daté de l'hiver où j'allais comme une louve dans la montagne. Je ne l'avais donc jamais lu. Je l'ai parcouru rapidement. On y disait que, grâce aux progrès scientifiques et au remaniement de l'équipe d'investigation, on avait établi que les fillettes n'étaient pas mortes des blessures qu'elles avaient reçues, que celles-ci étaient superficielles et qu'elles étaient destinées à masquer les symptômes du poison. Car c'est bien le poison qui les avait emportées. On avait retrouvé des traces de belladone dans leur organisme. Des doses infimes mais suffisantes pour provoquer la mort d'un enfant. La belladone, qui dilatait autrefois les pupilles des dames italiennes et qui, utilisée à faible dose, soulage les douleurs et stimule le cœur. La belladone, la plante dont les sorcières sont censées faire décoctions et pommades pour attirer à elles les visions et les faveurs du diable. La belladone, qui fait dérailler le cœur et dont les fruits ressemblent tant à des merises qu'ils attirent bien souvent les enfants.

J'ai levé les yeux vers la Quimette. Elle me regardait fixement.

J'aurais pu demander pourquoi. Pourquoi elle avait empoisonné ces enfants, mais je ne l'ai pas fait. Il n'y a que la folie qui peut entraîner une femme sur ce chemin-là. La perte de Louise avait précipité la Quimette dans cet abîme.

Pourtant, quelque chose m'intriguait, la Quimette n'aurait jamais eu assez de force pour traîner les corps à travers les combes et les vallons et les bois enneigés. Et encore moins le courage de lacérer le cadavre des fillettes. Quand je lui ai demandé qui l'avait aidée, elle a dit : « Le diable. Le diable marchait à mes côtés. »

Cette vérité-là, je ne la saurai jamais. C'était peut-être l'homme qui n'avait plus de nom. Ou un des hommes de ce village. Mais peu importe. Toute colère m'a depuis longtemps quittée. J'aurais pu haïr cette vieille femme mourante, car elle m'avait trompée. Sa folie m'avait poussée sur le chemin de la montagne un soir d'hiver. Elle était l'étincelle qui avait incendié ma vie. Ou peut-être n'avait-elle fait que souffler sur les braises qui couvaient déjà dans mon lit d'enfant. Mais plus encore la Quimette était celle qui avait révélé la folie des hommes. Tous emportés dans le même brasier. Il ne restait aujourd'hui que des corps usés et des souvenirs aussi ternes que des cendres.

Au fond de la boîte, dans une bourse de coton, se trouvaient dix-huit grains de belladone.

Je les ai fait rouler dans ma main. La Quimette a ouvert la bouche. J'ai déposé sur sa langue dix-sept grains, l'un après l'autre. J'ai mis dans ma bouche le dernier. Parce que j'aurais pu être à sa place. On aurait pu t'enlever à moi, Catherine. Qui peut savoir si je n'aurais pas fait la même chose pour éteindre la rage.

Ensuite, j'ai tenu la main de la Quimette.

Et les enfants autour du lit se sont remis à danser.

Merci à

Cécile et à sa Quimette ;

Marie-Jo et Gabriel
pour la maison en face des montagnes ;

Julia pour son chaperon ;

Simon pour ses anecdotes
sur les chantiers forestiers ;

Géraldine et Marion
de l'Atelier autonome du livre
pour les savoirs partagés ;

Claire et William
pour les spécialités du Nord ;

tous les habitants de Mosset
qui m'ont ouvert leur porte à la fin de l'été ;

Sylvie pour les conseils pertinents ;

Madeline pour son regard bienveillant ;

Laure pour sa relecture attentive,
son soutien, et sa disponibilité.

13921

Composition
NORD COMPO

Achevé d'imprimer à Barcelone
par CPI Black Print
le 27 août 2023

Dépôt légal août 2023
EAN 9782290379219
OTP L21EPLN003360-545231

ÉDITIONS J'AI LU
82, rue Saint-Lazare, 75009 Paris

Diffusion France et étranger : Flammarion